ミネルヴァ日本評伝選

うしろすがたのしぐれてゆくか

種田山頭火

村上　護著

ミネルヴァ書房

刊行の趣意

「学問は歴史に極まり候ことに候」とは、先哲荻生徂徠のことばである。歴史のなかにこそ人間の智恵は宿されている。人間の愚かさもそこにはあらわだ。この歴史を探り、歴史に学んでこそ、人間はようやくみずからの正体を知り、いくらかは賢くなることができる。新しい勇気を得て未来に向かうことができる。徂徠はそう言いたかったのだろう。

「ミネルヴァ日本評伝選」は、私たちの直接の先人について、この人間知を学びなおそうという試みである。日本列島の過去に生きた人々の言行を、深く、くわしく探って、そこに現代への批判を聴きとろうとする試みである。日本人ばかりではない。列島の歴史にかかわった多くの異国の人々の声にも耳を傾けよう。

先人たちの書き残した文章をそのひだにまで立ち入って読み、彼らの旅した跡をたどりなおし、彼らのなしとげた事業を広い文脈のなかで注意深く観察しなおす――そのとき、はじめて先人たちはいまの私たちのかたわらによみがえってくる。彼らのなまの声で歴史の智恵を、また人間であることのよろこびと苦しみを、私たちに伝えてくれもするだろう。

この「評伝選」のつらなりのなかから、列島の歴史はおのずからその複雑さと奥ゆきの深さをもって浮かび上がってくるはずだ。これを読むとき、私たちのなかに新たな自信と勇気が湧いてきて、その矜持と勇気をもって「グローバリゼーション」の世紀に立ち向かってゆくことができる――そのような「ミネルヴァ日本評伝選」にしたいと、私たちは願っている。

平成十五年（二〇〇三）九月

上横手雅敬
芳賀　徹

後ろ姿の山頭火（下関長府にて，近木圭之介（黎々火）撮影）

山頭火が終焉を迎えた旧一草庵（松山市御幸山麓）

一草庵の玄関

一草庵内部

まえがき

新聞の古い切り抜きで調べてみると、種田山頭火が一躍有名になったのは昭和四十六年（一九七一）秋ごろからである。ブームだったというべきかもしれない。「日本経済新聞」（昭和四十七年三月二十六日）の朝刊では、昭和四十四年までに刊行された山頭火の関係書を紹介しながら、「（山頭火は）まだごく限られた俳人仲間のものにすぎなかった。世は〝七〇年〟前夜で風狂どころではなかった。その後〝ディスカバージャパン〟をはじめフィーリング時代がいわれ、脱物質文明が若者をとらえた。漂泊詩人がよみがえる素地が醸成されつつあったわけだ。」

昭和四十六年秋になって、一気にブームが到来した。この時期、山頭火の大流行を報ずる新聞記事や週刊誌のコラムなどは多い。それにあやかるつもりはなかったが、わたしの初めての著書『放浪の俳人山頭火』（東都書房）が出たのは昭和四十七年二月だった。正に山頭火ブームの渦中にあって、発売初日には新宿の紀伊國屋書店だけで千冊近く売れたという。以来、幸か不幸か〝山頭火〟を書いた著者として、あちこちに引張り出されることが多かった。

私が山頭火の存在をはじめて知ったのは二十歳前後のこと。二十五のときインドを放浪し、いわゆる〝七〇年〟前夜には新宿にいた。そのころ三年余りかけ書下ろしたのが『放浪の俳人山頭火』である。考えてみれば拙著を出版してから、すでに三十五年以上もの年月が過ぎている。いろんなことがあった。私事はさておき、ほとんど無名に近かったマイナーな山頭火が、あれよあれよというちにメジャーになってゆく。その奇妙な現象に付き合ってきたわけだが、いつ果てるのか。

少々驚いたのは、今や山頭火の俳句が中学生の国語の教科書に掲載されていることだ。それも一冊や二冊でなく、文部科学省検定の全教科書に載っている。俳人で五種の全教科書に載っているのは子規でもなければ虚子、秋桜子、誓子でもなく、山頭火ただ一人なのだ。すなわち全国のすべての中学生が山頭火を知ることになる。これは恐るべきことで、公序良俗も地に墜ちたと嘆く人も多いと思う。

ついでに言えば、山頭火の俳句は諸外国でも人気が高い。あちこちで翻訳されて芭蕉に次ぐ存在になりつつあるという。これは請売りだが、今年三月にポーランド大使館で私が山頭火を語った後のパーティで、イギリス人からもアメリカ人からもそんな噂を聞いた。

山頭火はますます販路を広げ書店の棚を賑わしている。屋上、屋を架すこともなかろうと思うが、本書は新たなもう一冊だ。初めての拙著を出版してから一つの時代が過ぎ、世の中の移り行きも凄まじい。あのころは闇雲に歩いて山頭火の足跡を実証することに努めた。けれど彼の心の在り処は那辺にあったか。そんなところが気にかかるのは私の年齢のせいでもあろうが、前者が〝伝〟を中心なら今回は少々〝評〟を交えて山頭火の内面も書いてみようと思った。山頭火もまた典型的な日本人のひとりである。

種田山頭火――うしろすがたのしぐれてゆくか　目次

図版一覧

図版一覧

種田家家系図

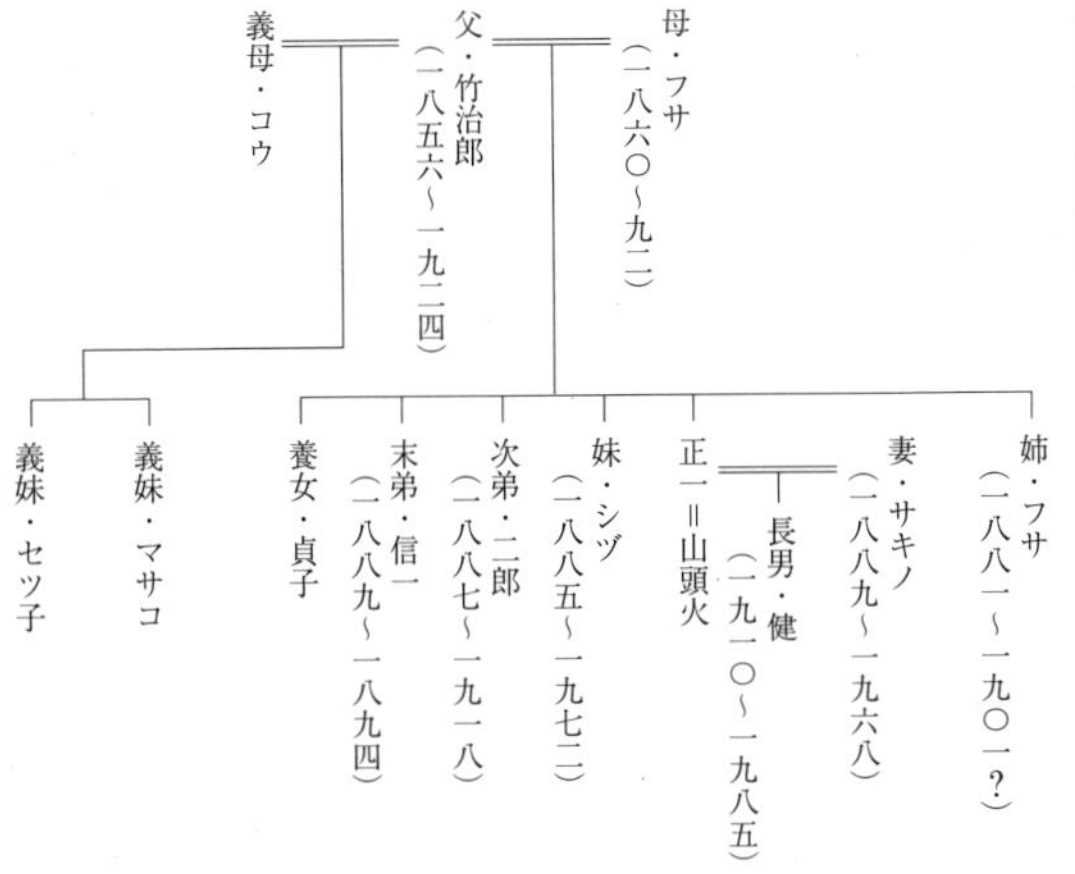
母・フサ（一八六〇～九二）
父・竹治郎（一八五六～一九二四）
義母・コウ
姉・フサ（一八八一～一九〇一？）
妻・サキノ（一八八九～一九六八）
長男・健（一九一〇～一九八五）
正一＝山頭火
妹・シヅ（一八八五～一九七二）
次弟・二郎（一八八七～一九一八）
末弟・信一（一八八九～一八九四）
養女・貞子
義妹・マサコ
義妹・セツ子

行乞足跡地図

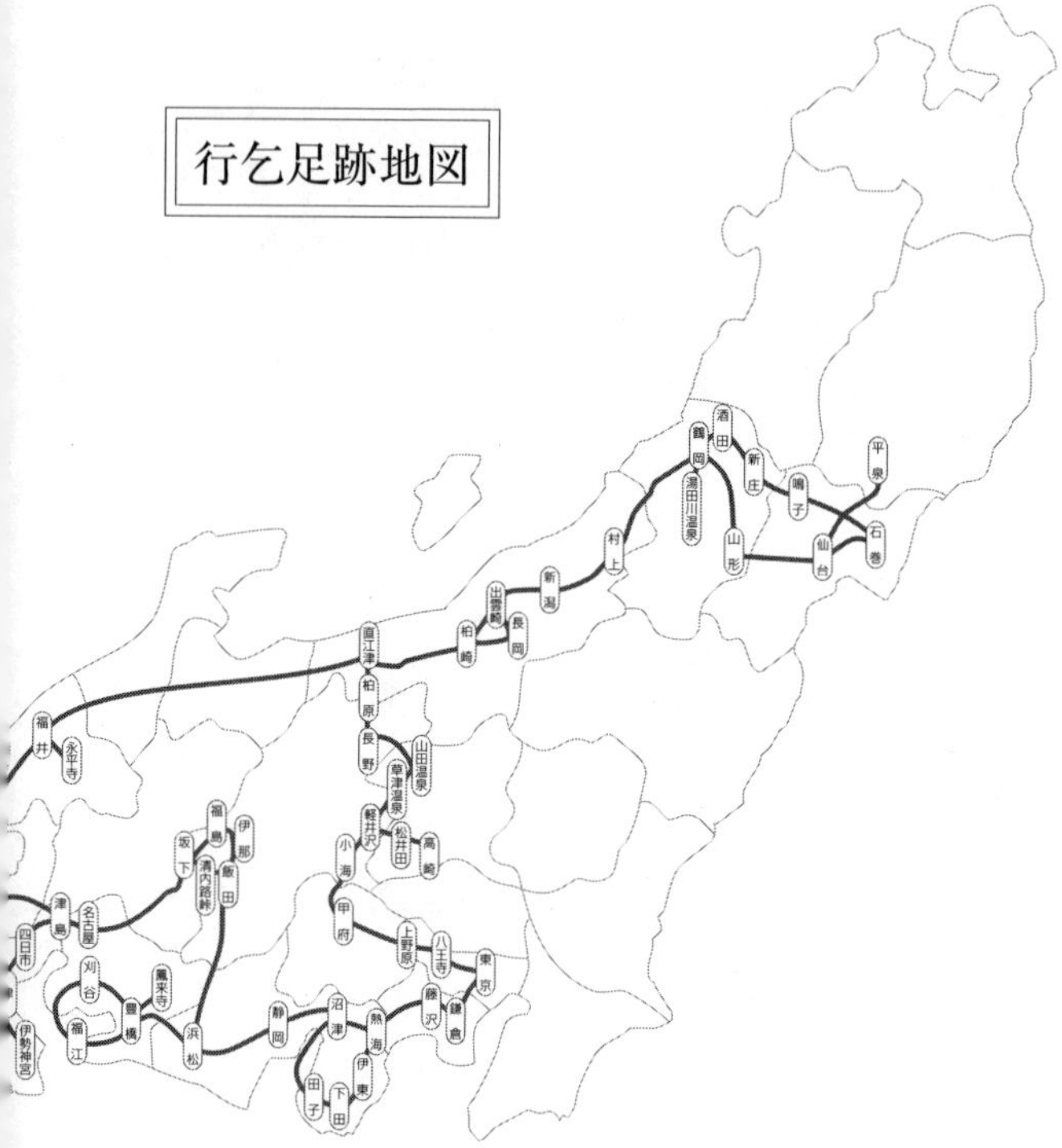
平泉
酒田
鶴岡
新庄
鳴子
湯田川温泉
山形
石巻
仙台
村上
新潟
出雲崎
柏崎
長岡
直江津
柏原
長野
山田温泉
草津温泉
福井
永平寺
福島
伊那
坂下
清内路峠
飯田
軽井沢
松井田
高崎
小海
甲府
津島
名古屋
四日市
上野原
八王子
東京
刈谷
鳳来寺
福江
豊橋
浜松
静岡
沼津
熱海
藤沢
鎌倉
伊東
田子
下田
伊勢神宮

【大正15年4月10日～12月】
熊本味取観音堂→高千穂→宮崎→大分→柳川→佐賀→唐津→福岡→下関→徳山→岩国→広島→内海
【昭和2年1月～昭和3年12月】
広島県内海→出雲→松江→鳥取→用瀬→岡山→高松→徳島→室戸岬→高知→松山→高松→小豆島→岡山県西大寺→津山→岡山→吉備高原→山陰地方→広島
【昭和4年1月～12月30日】
広島→山陽地方→北九州→熊本→阿蘇→英彦山→中津→国東半島→臼杵→竹田→熊本
※大正15年からの昭和4年までの足取りは推定である
【昭和5年9月9日～昭和5年12月15日】
熊本→八代→佐敷→人吉→都城→宮崎→油津→志布志→都城→宮崎→延岡→竹田→湯布院→中津→門司→下関→八幡→福岡→大牟田→久留米→熊本
【昭和6年12月22日～昭和7年5月24日】
熊本→味取観音→久留米→福岡→唐津→嬉野→長崎→島原→諫早→佐賀→佐世保→平戸→唐津→福岡→小倉→下関→徳山→小郡→三隅→粟野→川棚温泉

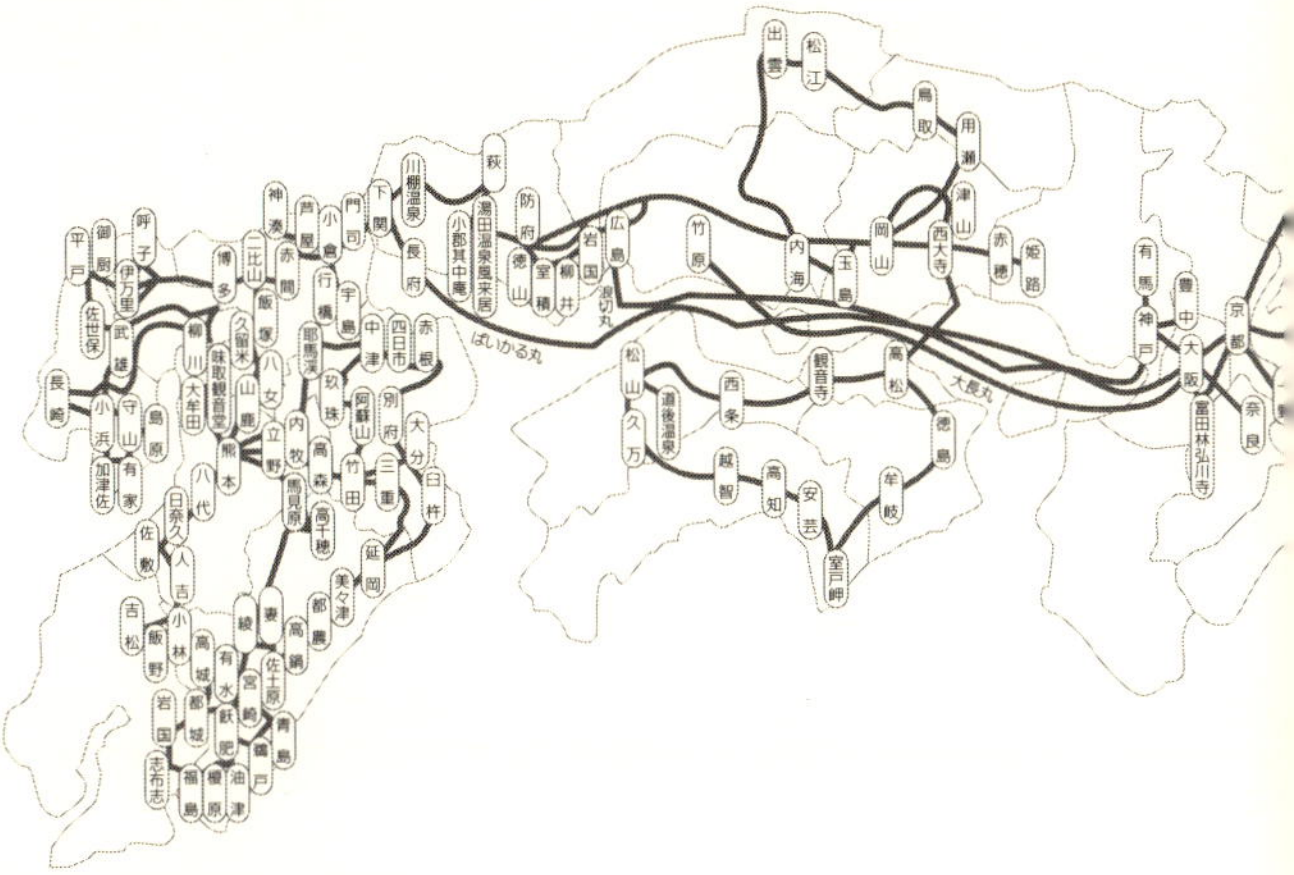

【昭和10年12月6日～昭和11年7月22日】
小郡其中庵→徳山→岡山→広島→柳井→徳山→防府→戸畑→八幡→糸田→飯塚→門司（船）神戸→豊中→大阪→富田林→枚方→京都→宇治→伊賀上野→津→伊勢神宮→名古屋→浜松→鎌倉→東京→伊東→下田→土肥→沼津→東京→甲州路→信濃路（高崎·小諸·草津）長野→直江津→長岡→出雲崎→新潟→鶴岡→仙台→松島→平泉→仙台→酒田→福井→永平寺（汽車）→大阪（船）→竹原→広島→小郡其中庵
【昭和14年3月31日～昭和14年5月16日】
徳山→広島（船）→大阪→京都→名古屋→福江→伊良湖岬→豊橋→浜松→秋葉山→飯田→名古屋→大阪→奈良→神戸（船）→湯田温泉風来居
【昭和14年10月6日～昭和14年11月21日】
松山→今治→西条→観音寺→善通寺→琴平→坂出→高松→小豆島→屋島→鳴門→牟岐→室戸→高知→越智→川口→久万→松山

生まれた家

改めていえば山頭火というのは俳号である。俳人と自認するとき、本名以外に用いる雅号で習わしに従ったまでだ。初学のころは古くさい田螺公を名のっていたが、ある時点からペンネームとしていた山頭火の号を俳句においても使うようになっている。この俳号については後にも触れるが、さほど深い意味があっての命名ではなかったはずだ。山頭火は通称としてよく知られているので、句作以前も本名と混同して使う場合があることを断っておきたい。

本名は種田正一。明治十五年（一八八二）十二月三日、山口県に生まれている。当時の戸籍は佐波郡西佐波令村第百三十六番屋敷。現在の住所でいえば防府市八王子二丁目一三である。後年、無一物になるまで零落する山頭火と対比するかによく語られるのは、生家が豪勢な大地主だったということだ。たしかに地主ではあったが、所有の土地は二町二、三反くらい。西佐波令村の総戸数六四五戸のうち種田家以上の資産家は十軒ほどもあったようだ。

父の種田竹治郎は安政三年（一八五六）十月十四日に生まれている。明治維新は十二歳のときだ。母のフサは万延元年（一八六〇）十二月二十七日生まれ。明治十三年（一八八〇）五月、竹治郎と結婚している。

フサが種田家に嫁したとき、先代の戸主である治郎衛門はすでに没していた。山頭火にとっては祖父であるが、文政六年（一八二三）生まれで明治三年（一八七〇）四月に四十六歳で死去。このとき父の竹治郎は十五歳と若く、時代は激動期でもあった。一家を支えてゆくのに、何かと戸惑いがあったのではなかろうか。

生家より歩いて10分ほどの防府天満宮

竹治郎の母であるツルは、同村の地主である歳弘佐右衛門の三女。八十七歳まで長生し、大正八年に長姉イクの嫁ぎ先である佐波郡華城村の有富家で亡くなっている。この祖母については後年、山頭火が「私の祖母はずゐぶん長生したが、長生したがためにかへつて没落転々の憂目を見た。祖母はいつも『業《ごふ》やれ業やれ』と呟いてゐた」と回想。嫁のフサが自死して以後は家政一切を切り盛りし、労苦の絶えない生涯を送っている。

ところで、山頭火について書こうとするとき、先ず問題になるのは母の自殺のことである。彼も日記に「あゝ亡き母の追懐！　私が自叙伝を書くならば、その冒頭の語句として――私一家の不幸は母の自殺から初まる――と書かなければならない」と記す。不意に母を亡くした少年の、心にうけた衝撃は終生癒えぬ傷として残っている。この自殺をめぐっては、あれこれ伝聞が錯綜している。そのあたりの混雑を整理し解きほぐすことも大切かと思う。

山頭火の母の自殺の様子を、最初に明らかにしたのは大山澄太氏であった。手元にある本によると、昭和三十二年十月に東京のアポロン社から発行の『俳人山頭火の生涯』に、聞き書きとして次のように書いている。引用が少々長くなるが、その後の山頭火伝記の大方を決める記述ともなっているので煩を厭わず引用しておこう。

「この塀が七八間ばかりと、あの西側の二階の一棟とが昔の大種田の頃の残りで、その外は皆、あとで建てたものばかりであります。さあ屋敷はどの位ありましょう。八百坪あまりでしょうな。今はその跡にこうして十四五軒も住んでおり、私もその一人なのですが。へえ、何しろ大きい庄屋さんでして、母屋は高い草葺の屋根で、その裾に瓦のおだれが四方に出ておりました。大きな樹がたくさん植えてありましてのんた、わしらは正一さんと一所によく蟬をとって歩いたものでした。わしの方が三つ歳上で、わしはもう七十六になりますが、あの頃の盛んであった大種田の屋敷の様子はまだはっきり覚えておりますのんた。それは大したものでした。ここから三田尻駅まで十町ばかりありましょうか、そこをのんた、大種田の人々は他人の土地をふまずに駅へ歩いて出るというようなことでしてのんた。ちょいとこちらへお出ませ、へえ、あんた伊予の松山の方からやって来られたのでしたか。さうです。お母さんは、とても美しい人でしたが、正一さんが十一歳の時に、井戸に飛びこんで自殺せられました。その井戸は、たしかこの辺であったと思います。すぐに土を入れてつぶされましたが。あの時、わしや正一さんは、納屋のような所で、芝居ごっこをして五六人で遊んでおったのです。『わあ』と皆が井戸の方へ走って行ったので、わしらもついて行きましたが、猫が落ちたのじゃ、子供はあっちへ行け。と云うてよせつけてくれませんでした。」

こう語ったのは種田家の旧居跡に住む河本という人である。大山氏は追憶を聞き取り、これをそのまま記したのだろう。真偽の検討はなされなかったから、伝聞は鵜呑みのままに独り歩きする結果となってゆく。あるいはこれを補強するかに、あれこれ尾鰭をつけて山頭火を語る人も増え、一時は批判など口出しの出来にくい状態であった。

引用の談話を整理すると、その一は種田家のかつての屋敷の様子、その二は大地主だったこと、その三は山頭火の母の自殺である。先ず確かなことは母のフサが明治二十五年（一八九二）に自殺したことだ。けれど自宅の井戸へ入水したというのに異論がある。母屋の東側にある長屋部屋の梁に麻縄を掛けて首をくくったという。

母の自殺の謎

首吊りと入水では情況が異なる。母のフサは首をくくったというのは川島惟彦という人の説だ。昭和四十九年三月に出した私家版の小冊子「種田山頭火研究」ではまだ入水説に拠っているが、「層雲」（昭和五十年一〜九月）に連載した「新・種田山頭火研究」においては首吊り説を主張している。その根拠となるニュース・ソースは明かしていないが、克明な周辺資料を呈示しながらの推論だけに捨てがたい。

あるいは自明と思いこんでいた事実が振出しに戻った感がある。こういった細かい詮索は死人を呼び戻すかのようで気が進まないが、後年の山頭火の生き方とも関わるので疎かにするわけにいかない。しばらく辛抱して付き合ってもらいたい。

種田家の母屋が建てられたのは文政十年（一八二七）で、草葺きに下屋は瓦屋根をめぐらし、屋内の一部は二階になっていた。建坪は三十七坪、ほかに二十二坪の長屋、三十四坪の倉庫なども建てられていたという。敷地が八五四坪（約二八二〇平方メートル）もあるところに建てられた家だから大きくて豪壮である。と思いきや川島氏によると田地は宅地より約三倍もの租税を納めなければならなかったから、宅地に隣接の田地も宅地で登記していたのだという。

これよりしばらくは川島惟彦氏の言説を紹介してみよう。母フサは種田家に嫁して長女フサ（なぜか母と同名）、長男正一、次女シヅ、次男二郎と四人の子供をあげ母として何の不足もない女だった。けれど三男信一をお腹に抱えながら病に倒れたという。肺結核と診断され、出産は命取りになるかもしれぬと予断を許さぬ状態だった。奇蹟的に無事出産を果したが、以後のフサは病床に臥せったままとなる。以下は引用で示してみよう。

「初めフサは世間口を憚り奥座敷に床を延べ、こっそりと寝かされていた。しかし、やがて病状の悪化に伴い神経衰弱もようやく酷くなってきたためにおよぼす影響も配慮し、母屋の東側にある長屋部屋が当てがわれた。竹治郎は閑静な高井の里の方へ暫く帰して気長に養生にあたらせたらと思案もしたようであるが、それも事実上協議離婚を強要する意味合いがあるなどして、安易には事を運びにくかったらしい。正一たちはその長屋へは滅多なことで近づかぬように大人から言い含められていた。フサは晴れた日など庭先で元気に遊ぶわが子の姿に目をじっと凝らしていたこともあったとか。」

母のフサを精神的窮地に追いつめたのは、次男二郎を養嗣子として佐波郡華城村の有富家に行かせる話だった。父竹治郎の実姉イクは有富家に嫁していたが、夫九郎治との間に子供がいない。ちょうど五歳になる二郎を養嗣子に迎えたいというのは無理な要望ではなかった。それに対して母フサは必要以上に神経を尖らせたという。

「フサは到頭長屋部屋の梁に麻縄を渡して括り首を吊った。明治二十五年、まだ春浅い日の恨むべき出来事であった。このとき山頭火は尋常科三年の少年で、ちょうど松崎の小学校へ出かけた矢先のことだったと言われている。

これを初めて見つけたのは姑で、朝餉の支度を膳にしてこれをいつも通りフサのもとへ運んで行って気付いた。ツルは慌てふためきながら母屋に立ち返り倅の助けを求めた。竹治郎は寝間着のまま急ぎ駆けつけたが、すでにこと切れていてなすすべもなかった。フサの姿は誰も顔を背けたくなるような悲惨さだった。その死顔は目を剝き出し、苦痛に喘いだ跡がありありと窺えた。」

こうした叙述を書き写しながら、伝聞の危うさを痛感する。これまで流布してきた井戸に身を投げて自殺したという話とは随分違う。巷間に知られていたのは夫である竹治郎の女癖が悪く、ヒステリーを起して自邸の釣瓶井戸に身を投げた、というのであった。竹治郎はそのころ愛人と共に別府温泉へ出かけ遊興中だったという。

芥川龍之介に『藪の中』という小説がある。黒沢明監督が『羅生門』のタイトルで映画化し、ベネチア映画祭大賞などを受賞して世界的に評判となった。平安の乱世を舞台に一人の武士の死をめぐり、妻や盗賊などが食い違った証言をする内容だ。事件の真相は一つしかないのに、語り手たちの証言がそれぞれ食い違い、矛盾する。明らかに真実であると思いこんでいることも、客観的真実などありはしない。そんなふうに手をこまねく内容だ。まさに藪の中なのである。龍之介は懐疑に悩んだ人であったが、ここで諦めてはいけないと思う。

尾鰭のついたデマはずいぶん多いが、事実は一つだ。地道に探求するほかない。わたしは幾度か種田豊一さんを訪ね、あれこれ質問し返信の手紙などをもらったことを思い出す。平成十三年末に九十一歳で逝去されたという。

防府の種田家は系図として江戸中期の享保年間（一七一六〜三六）のころまで遡れるが、本家と分家関係は入り組んでいる。本来なら山頭火が七代目となる種田家が本流だけれど、江戸後期になると新たに本家種田、大前種田、あたらしや種田などと呼ばれる家が生じ、現在どの家系も繁栄しているところが多い。豊一さんは大前種田の系譜に連なる人で、昭和十八年に八十歳で亡くなる父の種田文四郎氏と二人で、不遇だった竹治郎が死を迎えるまでよく面倒を見たという。

もちろん豊一さんは山頭火が生まれた種田家の近くに生まれ育った人だから、家屋の内部についてもよく知る人だ。一度思い出して見取図を描いてもらったことがある。それを参考に当時の様子を推論していけば、西側には道路があり、塀で囲った東側に母屋があった。南西の角、南向きに本門が設けられ、そこを入れば正面に玄関がある。南西の隅には屋敷神である荒神さまを祭り、母屋の南面は透垣で仕切る中庭になっていた。その庭と母屋の東側は広い空地で、普段は物干場に使っていたという。

母屋の裏には隣り合って、使用人の控部屋と作業場兼物置が建っていた。そこへの出入りは西側の通用門があり、母屋と作業場の間を通り抜ければ北側に広い炊事場と台所、そして土蔵に突き当る。その炊事場と土蔵の間に釣瓶井戸があり、大きな松の木がそびえていた。台所は母屋の中にもう一つあり、家族と使用人とは別々の賄いだったようだ。

母フサが入水した日は明治二十五年三月六日の日曜日だった。午前十時ごろで、まだ風は寒く背戸をひゅうひゅうと吹き抜けている。種田家の東側に家のある四反田与市さんは、自宅の前にある畑にいて草取りをしていた。このとき異様な物音に驚いたという。種田家の深井戸に何かが落ちたらしい。急いで行ってみると、フサが入水したと知るのである。

彼女が身を投げてから引き上げられるまでに、どれほどの時間が経ったろうか。一人や二人で隠密裏に仕末は出来ない。屍体が作業場の土間に引き上げられて後も検視のために手間取ったはずである。噂を聞いて駆けつけた人も多いはずだ。冒頭のところで引用した河本老人の話では「わしや正一さんは、納屋のような所で、芝居ごっこをして五六人で遊んでおったのです。『わあ』と皆が井戸の方へ走って行ったので、わしらもついて行きましたが、猫が落ちたのじゃ、子供はあっちへ行け」と追っ払われたという。この証言は重要である。

フサが投身自殺した第一の発見者である四反田与市さんは、少年だった山頭火が母の悲惨な死顔を見た後に祖母ツルの膝に取りすがったという。そんな話を豊一さんは四反田さんから聞いているのだ。

妻フサが入水の日、夫の竹治郎は何をしていたか。あいにく留守で行く先不明。ために連絡の取りようもなく、親戚や近所の人たちで急ぎ野辺の送りをすませたそうだ。その後に建てたフサの墓は、おそらく竹治郎の手によるものだろうが、なんともささやかなものであった。

墓は現在の市内戎ヶ森付近にあった石古祖とよぶ共同墓地の中に建てられていた。が、戦後になって国道開削のため移転させられ、市内本橋町にある曹洞宗の護国寺が管理する墓地内に収まっている。種田家の菩提寺は三田尻港の近くにある浄土真宗の名刹南溟山明覚寺であった。これは後に改めて書くが、フサの実家が曹洞宗の名刹天徳寺を菩提寺としていることも注目すべきだろう。山頭火が後年になって出家得度するため選んだのは、曹洞宗の寺院であった。


水底いちにち光るものありて暮れけり　　山頭火

この俳句は大正六年の作だが、母の入水が意識の底にあっての発想かもしれない。若書きの短冊が一点遺っている。これを所蔵の若き日からの親友である渡辺砂吐流さんが短冊の文字を見ながら、母を追懐して作ったのではないかとぽつりぽつりと話していたのを思い出す。

2 種田家のこと

防府というところ

種田家について書く前に、所在した地域のあらましを記しておきたい。山口県は明治四年の廃藩置県までは周防、長門の両国に分かれていたが、一円を毛利氏が支配していた。種田家は周防国の方で、古代において国府が置かれていたところ。現在、防府と呼ばれるのは周防の防、国府の府をとっての呼称である。

国府が置かれたところは諸国における政治、軍事、文化の中心地となっている。防府は中国山地を後背として周防灘へ流れ出る佐波川の下流に開けた平野部で、律令時代の昔から経済、文化が栄えていたという。その中心は二つあって、一つは天満宮の宮前町として商業の発達した宮市、もう一つは港町として発展した臨海部の三田尻である。

山頭火の生家は山手の天満宮まで歩いて十数分程の距離。道の途中には芸者屋を取締る検番などもあり、近辺は色町として賑わう場所もあった。

天満宮は菅原道真をまつる神社で全国に多数分布する。大宰府天満宮や大阪天満宮、北野天満宮などはよく知られており、防府天満宮は全国最古の社として有名だ。大昔から多くの参拝者を集めているが、「郡郷考」という文書によれば「中古大内家栄えて、山口在域の時は、この佐波の内なる宮市を城下の市場と定められたり、よりて宮市に兄部《コノカウベ》といふ者を置て、市価を掌らしめき、これ東の市也」とある。

引用文の中に兄部とあるのは鮮魚と干魚との間の塩魚類、すなわち合物を扱う商人である。大内氏が滅んだ後は毛利氏から合物役司に任命され、大いに栄えた家である。いつしか商業地の宮市を含む佐波令の土地を多く所有し、寛永十二年(一六三五)の記録によれば宮市に大邸宅二カ所を構えていたという。その一軒は前面の幅十間、奥行三十九間、裏口十間、もう一軒は前面七間、奥行三十六間、裏口六間半の豪壮なものだった。ちなみに一間は約一八〇センチである。

種田家が所在した防府の佐波令は、天満宮の門前である繁華な宮市の西に隣接していた。山頭火が生まれたところは西佐波令村。明治二十二年には宮市町と東佐波令村、西佐波令村が合併して佐波村となっている。この年の町村合併で三田尻村も成立し、明治三十五年には佐波村と三田尻村が合併し防府町が発足した。

旧家の兄部家は多くの古文書を遺しており、その中に『累代遺語抜萃』というのがある。一節には「大内家ノ頃、当郡東佐波西佐波の両村ハ、恐ラクハ我ガ家ノ領地ニシテ、毛利家ニ到リテ召シ揚ゲラレシモノナラン」とある。一度は毛利氏によって没収されていたが、いつしか所有権が復活していたらしい。そして次には作人たちからの訴訟によって紛糾した。種田家とも関係がなくもないので、問題の個所を引用してみよう。

「佐波令ノ地ハ前世ヨリ我ガ家ノ抱ヘ地ナリシガ、父直久(一六九九年死亡・筆者)ノ時ニ至リ、作人等彼レ此レ謂レ無キ訴訟ヲ起シ、数年間争論ノ後、遂ニ彼ノ田畠ハ過半作人等ノ所望ニ任セ売リ渡シタルモノナリ」

ここに問題の田畑の一部は、後年になって種田家の所有となるものも含まれている。けれどこの時代の種田家については何も分っていない。ようやく手懸りらしきものをつかめるのは享保年間（一七一六〜三六）になって以後である。種田家系図は菩提寺にあるという。

種田家の菩提寺は三田尻にある南溟山明覚寺という浄土真宗の名刹である。明覚寺由来によれば、開基は蓮如上人の弟子である明西という人だ。俗世では五十香川信盛と名告る武士で伊豆に住んだが、応仁の乱に敗れて京都山科に逃れ本願寺八世蓮如に帰依して出家。やがて同姓である三田尻の五十香川氏を頼って来て明覚寺を開いたのだという。時期は文明五年（一四七三）以前のことだ。蓮如の時代は安芸、周防へ本願寺の教線を拡大したことで知られている。戦国時代に入ると本願寺の門徒衆は毛利氏傘下の水軍の一翼を担い、勇名をはせることもしばしばあった。

三田尻の明覚寺は周防灘に臨む海浜近くにあった。現在は干拓に次ぐ干拓によって往時の面影はない。けれどこの一帯は門徒を含む海賊衆（のち船手組）が結集したところ。江戸時代になると長門の萩に居城を構えた毛利氏が江戸へ参勤のときなど、山口を経て防府に出て三田尻港から出港した。

種田家の菩提寺が本願寺派の明覚寺だということは、あれこれ推測すると興味深い。私は明覚寺の二十一代目住職である香川陽氏から話を聞いた。真宗寺院は血脈相承で長子相続である。また口伝というのがあって、住職の妻である坊守は門徒衆の家の歴史を次代の坊守に言い伝える義務があるそうだ。そのため個々の家についての言い伝えは多い。周防国最古の真宗寺院ということもあり、この地域の旧家はほとんどが門徒だともいう。

遠祖は土佐から

種田家の遠祖は土佐国山内家に仕えた郷士だったという伝えがある。居住地は香《か》美《み》之郷、現在でいえば高知県中部東寄りの太平洋に臨む海岸近くに住んでいた。享保になって周防の地に移り住み着くのである。享保といえば江戸幕府の八代将軍徳川吉宗の治世下で、全国的商品経済の発展が幕藩体制を揺るがしていた時期である。それに対して治世三十年間にわたり施政を改革、いわゆる享保の改革のころに種田家の先祖は土佐から周防へと移住。それはどういう事由があってのことだろうか。

宮市を拠点とする兄部家は毛利氏の庇護のもと、江戸にも出店していた。合物を商う問屋として全国的展開をしていたのだろう。山頭火の生地は佐波令だが、古代より周防における諸国土産といえば鯖が挙げられていた。鯖から佐波と名づけられ、令とは領の意だという説がある。

塩魚類の総称を合物というが、これを商うためには漁獲と製塩の容易なところが立地の条件だろう。先ず塩については、古伝によれば「三田尻の塩田は長防二州の最たり、往時より製造の業伝ふれど、享保中に至り、産額頓に加はり」とか、「周防国三田尻浜に於ては、斎田に先だつ事二年、即ち慶長二年盛に塩を製造し、爾後漸次進歩し、享保年度に至り、製額益進みたりと云ふ。其頃芸州の人三原某なる者あり、寒風霜露の候に於て得る所の海水と、炎熱三伏の時に於て得る所の海水とを較比して、濃淡の大差あるを明弁し、陰暦二月より九月迄を営業の適季とし、其余の月は休業すべき法を設く、其意蓋し濫製を防ぐにあり」と記す。

注目すべきは塩の製造高が享保になって飛躍的に伸びたということ。それは他国である芸州から来た三原某によって技術革新がなされたという二点である。製塩業の発展に伴い、産業構造も変化してゆく。漁獲量も増やさなければならないはずで、内海の周防灘だけでは不足したのではなかろうか。合物を商う豪商の兄部家は土佐の海へも進出した。そのとき種田家の先祖とも接点が生じて、周防国に移住する切っ掛けになったとも考えられる。

種田家は大地主といわれているが、先祖は農に従事する家系ではなく、流通関連に縁のある家であった。種田家の分流の一つに通称あたらしやと呼ぶ種田家がある。襖紙や障子紙などを商う問屋で、三田尻港より堺や江戸へ向けて商品を手広く送っていた。和紙は毛利氏三白政策の一つで、塩と米と共に産業の柱だったのである。けれど航海中に暴風雨で難破することも多く、航海の無事を祈って荷物を馬車ごと防府天満宮で祈願していたそうだ。

山頭火の生まれ育った種田家は、系図によれば嫡流である。けれど没落したせいか、現在は宝暦年間（一七五一〜六四）に分家した庶流が本家ということらしい。さらにそこより分流の一つは大前種田とよばれ、もう一つはあたらしや種田だ。

父の青春

父の種田竹治郎のことも少々まとめて書いておきたい。これまでに伝えられる評判はかんばしくない。遊蕩児で、女房を自殺に追いやった張本人として弾劾されることが多かった。そのまま鵜呑みにしていいのだろうか。

竹治郎の青春期は新しい時代の胎動と重って、いかに生きるかの選択に迷うことが多かった。明治維新は十二歳のときで、何もかにもが一新されると思いこんだ集団ヒステリーに陥っていた時期でもある。特に周防・長門の二国は回天の意気に燃え、憂国の志士を多く輩出した。竹治郎の場合、彼らの政治運動と直接に関係はなかったが、時代の雰囲気による影響は受けていたはずだ。

少年時には迫戸にあった修斉堂という漢学塾に学び俊英ぶりを発揮したという。その後は岡本三右衛門が開いた郷学校で勉強した。三右衛門は防府天満宮の祠官だった鈴木高鞆の門弟で敬神尊王を学んだ、いわば維新の志士である。その影響で竹治郎が政治に興味をもつようにもなったのだろうが、特出するものは何もない。夜間に郷学校で行われる剣道の方は熱心だったらしい。

竹治郎の父治郎衛門が四十六歳で没するのは明治三年四月二十三日である。世上まだ騒然として、いわゆる内乱の状態であった。戊辰戦争で活躍した兵士たちは江戸幕府の滅亡と同時に多くが不要になっている。人材をどう処遇するかに困窮したらしい。やがて兵員削減の断行で、大村益次郎は不満分子に暗殺された。さらに反抗する二千人の兵は脱隊し、山口から宮市へと移動して天満宮に本陣を張ったのである。藩兵と反乱兵は佐波川を挾んで交戦。木戸孝允が率いる正規軍は、明治三年二月十一日になって、ようやく反乱兵を鎮圧している。そんな渦中での父の死去だ。竹治郎はまだ十四歳で、悲しみと共に降り懸かってきたのが大難であった。嫡男である彼は、地主である種田家をさっそく切り盛りしてゆくことになる。

明治五年二月には土地永代売買の禁が解かれている。そして翌六年には地租改正法を公布した。それは旧来の田畑貢納法を全廃して、かわりに土地の代価に従い、地租を徴収しようとするものである。それは旧来の領主と農民のあいだにあった封建的な生産物分配の制度を崩すもので、土地の個人所有が容認されることだ。たいへんな変革だが、戸惑う人が多かった。地主は土地を基準として賦課される地租を、政府に現金で納めなければならない。けれど小作人は昔ながらの年貢として、米を地主に納めるのだ。

当時の農村では収入の三割近くも地租納入のために現金化する必要があって、地主たちは金策に忙しかった。秋になると小作人たちが運んでくる年貢米を、どう高値で売りさばくかで腐心する。最も腐心するのは米相場で、いわゆる地主階級は市場依存の商人になってゆくわけだ。

防府は佐波川の下流部に開けた平野だが、支流の剣川上流には三十数軒も水車小屋が出来ている。勝坂というところだが、米はそこに集めて精米する。有力な地主たちは宮市商人とも呼ばれるようになり、彼らが米相場をつくってゆく。「勝坂相場で上がったり下ったり」といわれるようになったという。

地主たちは自分たちの立場を有利にするために、明治十二年には宮市に正米会所を、港のある三田尻には協力社を設立している。彼らは米相場の情報を得るために談合を繰り返す。また土地に関係ある味噌や酒醸造などの地方的家内工業に投資した。これは防府に限らず全国的な傾向だが、やがて彼らは地主兼商業資本家に転身し、みずからの利益のために政治活動にも参加してゆく。その基本構造は現在もあらゆる業界で引き継がれてきたことだが、談合のための社交場も賑わった。宮市では料亭「五雲閣」がその役割を担っている。

竹治郎が米相場に手を染め、五雲閣に出入りするようになるのは後年のことだろう。明治十六年には西佐波令村の村会議員に選ばれている。水利事業や土地改良などの仕事に励み、みずから耕地図の図面を引くこともあった。有能な実務家として認められている。

明治二十二年四月には町村合併で宮市町と西佐波令村、東佐波令村を併せて佐波村となっている。このとき村議会議員の選挙についで村長と助役の選任も行われ、竹治郎は助役に選ばれたのだ。まだ三十二歳だったが、おおいに嘱望されるところがあったのだろう。

明治二十六年には村議会が解散になり、立候補するが落選の憂き目を見る。前年には妻フサが非業の死をとげたというのが影響したのだろう。けれど政治生命が絶たれたというのではなく、明治三十一年の選挙では村会議員に当選している。といって助役に返り咲くことはなく、以後は鳴かず飛ばずの状態だった。

竹治郎は意気消沈して、手をこまねいていたわけではない。起死回生をねらって一攫千金の米相場に手を染めてゆく。はじめは地元の宮市や三田尻の米仲買人との取引だったが、いつしか下関の米穀取引所まで出かけ大勝負をするようになったという。病膏肓に入るのは明治三十五年ころからのことか。山頭火は上京して、早稲田大学の前身である東京専門学校高等予科に在学のころである。

3　少年時

忍耐を強いられた母

正一はだれからも「正さま、正さま」と愛称で呼ばれていた。松崎尋常小学校に入学した明治二十二年四月には、父の竹治郎はちょうど町村合併になった佐波村の助役に就任。まだ三十二歳と若く、行く行くは村長になる人物と嘱望されていた。その長男ともなれば一目置かれる存在で、ひいき目に見られることが多い。けれど親の威光を笠に着るような性格ではなかった。だれからも好かれる、素直な良い児であったという。

母のフサは佐波川で隔てられた佐波村に隣接の佐波郡高井村に生まれている。長じては高井一の娘だと評判の器量よしだった。種田豊一さんからの伝聞によれば小柄な女性だったが辛抱強い性格で、田舎育ちながら躾はしっかりしていたそうだ。

清水というのが旧姓で、フサの父利兵衛は清水家の婿養子となった人だ。家としては田畑を六反ほど所有する並の農家だったという。母は明治七年、フサが十三歳のとき病没。兄が一人いて嫁を取ったのを機に、明治十三年五月に種田家に嫁している。フサは十九歳であった。

結婚してちょうど八カ月後の明治十四年一月に、母のフサは長女フサを出産している。合点のいかない謎の一つだ。確かに戸籍には母と同名のフサの名が記されている。もう一つ腑に落ちないのは戸籍の記載順だ。長女フサは長男正一より二年近く前に生まれているのに、戸籍に記載されたのは正一より後である。あれやこれやおかしなことばかりだが、父の竹治郎に隠し子がいて、後に認知して入籍したのであれば納得がいく。とすれば母フサにとっては継子であり、屈辱的な仕打ちだったというべきだろう。

母のフサはどうしたか。どうにも仕様がなかったのではないか。一つには離婚して実家に帰る方法はあったが、そこに居場所はなかったのだ。辛抱強い人だった、との伝聞がある。近所の人々が同情しての噂だったかもしれないが、本人にとっては我慢するのが嫁の努めと諦めたのだろう。当初から幸せが約束された結婚ではなかった。

長男正一が生まれたおよそ二年後の明治十八年一月には次女シヅを、また二年後の明治二十年一月には次男二郎を出産している。そして三男信一を身籠っているときに病に倒れ、肺結核と診断されたという。それから以後、母のフサが自死を選ぶまでは先に書いたとおりである。自殺の真相はなお藪の中だが、悩んだ果ての最後の手段が死を選ぶほかなかったというのはいかにも残酷だ。

山頭火は後年、「砕けた瓦（或る男の手帳から）」（「層雲」大正三年九月号）と題したエッセイを書いている。家庭というものをどう理解していたかが知れる興味深い内容だ。当時の種田家そのままではなかろうが、辛い体験が反映されていることは間違いない。

椅子の猪俣祐一と床に座す山頭火

「家庭は牢獄だ、とは思はないが、家庭は沙漠である、と思はざるをえない。
親は子の心を理解しない、子は親の心を理解しない。夫は妻を、妻は夫を理解しない。兄は弟を、弟は兄を、そして、姉は妹を、妹は姉を理解しない。――理解してゐない親と子と夫と妻と兄弟と姉妹とが、同じ釜の飯を食ひ、同じ屋根の下に睡つてゐるのだ。
彼等は理解しやうと努めずして、理解することを恐れてゐる。理解は多くの場合に於て、融合を生まずして離反を生むからだ。反き離れんとする心を骨肉によつて結んだ集団！　そこに邪推と不安と寂寥とがあるばかりだ。」

山頭火の家庭についての観念である。不幸にもその考えは終生変わることがなかったともいえるが、先ず第一の犠牲者は母フサであった。そのことについて当時の正一少年がどう感じていたかは分からない。後年の山頭火は引用文に続き、数句付け加えたアフォリズムの一つとして次のように書いている。

「自殺は一つの悲しき遊戯である。」

山頭火が母の自殺をどう考えていたか、それを窺える文章はほとんど書いていない。昭和十二年十一月二十七日の日記には「あゝ亡き母の追懐！　私が自叙伝を書くならば、その冒頭の語句として、――私一家の不幸は母の自殺から初まる、――と書かなければならない」と記している。けれど自叙伝は「書くならば」の仮定に終わり心情を吐露したものは見当らない。といって母の悲惨な自殺を思わない日はなかったほどで、その一つの断案が「悲しき遊戯」だったのか。

遊戯とはあそびたわむれること。日常生活ではとかく束縛され、糊口の資を稼がねばならない。それは実の世界というものだが、遊戯は虚の世界であり自由である。虚に遊ぶといえば超俗的だが、母フサの場合は俗のしがらみに耐えられなかったのだ。それが「悲しき遊戯」の実体であり、山頭火を悩ます亡霊のようなものになってゆく。

祖母の嘆息

母フサの自死したのちに、実の世界で苦労するのは祖母のツルであった。天保三年（一八三二）八月十五日、佐波郡西佐波令村の歳弘佐右衛門の三女として生まれている。長女チサは同郡華城村仁井令の有富家に嫁しており、その嫡男九郎治と後に結婚するのは種田家の長女イクである。父竹治郎の姉であり、山頭火にとっては伯母。有富九郎治・イク夫婦には子供がいなかったから弟の二郎が明治二十六年、六歳のとき養嗣子になっている。母が自死した一年後だ。

弟二郎は種田家が破産した大正五年に有富家から離縁されている。貸金などで多大な損害をこうむったのが因だろう。有富家は数町歩の田畑を所有する地主で、被害を阻止するための処置だったらしい。弟二郎は行き場を失いついに自殺するが、詳しくは後述する。

末弟の信一が生まれたのは明治二十二年十二月十四日。二歳二カ月余のときに母は自殺したから、以後は祖母の手で育てられる。病弱だったらしく、明治二十七年十月、五歳で死亡。また父竹治郎の不始末から家庭不和ともなった長姉フサは明治三十年十月二十九日に、同郡右田村の町田米四郎と結婚している。祖母のツルはようやく肩の荷をおろせたわけだ。

祖母については後年になって、山頭火が折本第六句集『孤寒』（昭和十四年一月）のあとがきに「私の祖母はずゐぶん長生したが、長生したがためにかへつて没落転々の憂目を見た。祖母はいつも『業《ごふ》やれ業やれ』と呟いてゐた」と記している。明治四十四年十二月の「青年」という雑誌では「夜長ノート」と題して次のように書く。

「けたゝましい百舌鳥の声にふつと四方の平静が破れる、うつくしい夢幻境が消えて、いかめしい現実境が来る、見ると、傍に老祖母がうと〱と睡つてゐる。青黒い顔色、白茶けた頭髪、窪んだ眼、少し開いた口、細堅い手足――枯木のやうな骨を石塊のやうな肉で包んだ、古びた、自然の断片――あゝ、それは私を最も愛してくれる、そして私の最も愛する老祖母ではないか。」

なかなかリアルな祖母の描写だ。このときは七十九歳だから老醜も無理からぬこと。長姉を町田家へ嫁がせたときは六十五歳だから、まだまだ元気だった。山頭火は祖母の愛情を満身に受けて、すくすく育っている。

母が自死した明治二十五年三月六日は日曜日だった。平日なら学校に行っているはずだが、日曜日だったから母の死に顔を見た可能性はあるといってよい。そのことはさて、正一は佐波村立松崎尋常小学校の三年生で、三月二十九日には三学年を終了。このときの成績は六十人中十五位だった。

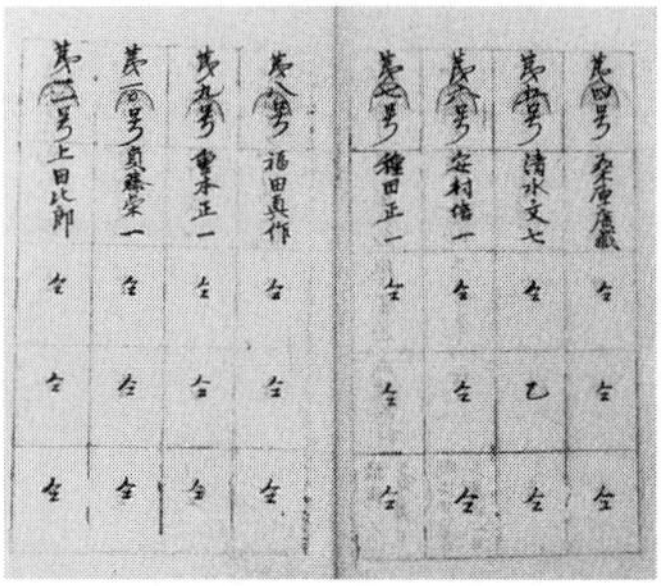
卒業台帳（「種田正一」の名がみえる）

学業成績

尋常小学校は明治十九年の小学校令で、尋常小学校四年、高等小学校四年と決められていた。当時の就学率は四十八パーセント、尋常小学校までが義務制の時代であった。彼が尋常小学校を卒業するのは明治二十六年三月二十九日。松崎小学校に現在も保管の学籍簿を見ると六十九人中十七位、総合品評は甲であった。通算四年間の出席日数は九七七日だが、同級生で出席日数の最多は一〇二四日。成績上位者はたいてい千日を越えているから、母の自殺が因で欠席する日が多かったのではないか。

正一が義務教育の尋常科を終え、高等科に進んだのは明治二十六年四月であった。クラスの人数は一学年の六十三名、二学年四十五人、三学年二十一名と急激に減少してゆく。その中にあって、いつも中位の成績で総合品評は尋常科の甲から高等科では乙に落ちている。ともあれ明治二十九年三月二十七日に松崎尋常高等小学校を卒業した。

高等科の一学年のとき六十三名もいた同級生が、三学年で二十一名に減ったというのはなぜだろうか。当時は優秀であれば年限を短縮して進学できた。正一と同級生の優秀組は半数以上が上級学校へと先に進んでいる。彼は落ち零れ二十一名中で七位の成績だから、いわゆるマイペースだったのだろう。

小学校は三月に卒業し、正一が私立の周陽学舎に入学したのは同年の明治二十九年九月であった。

この学校は明治十年三月、旧毛利藩右田の学館時観園の学風を継ぐ人々によって創設されている。公立学校に準じて山口県令の管理下におかれ、卒業生を山口尋常中学校第四学年に入学させるための修業年限三年の学校だった。現在の山口県立防府高等学校の前身で、東佐波令字南野崎に建てられていた。当時の写真を見ると、西洋造二階建ての瀟洒な校舎である。

周陽学舎への明治二十九年の入学生は一〇三名。その名簿を見ると二十九番目に種田正一の名がある。たいていは成績順に並べるのが普通だから、これが彼の入学試験の順位だったかもしれない。それ以後は驚きなのだが、明治三十一年七月の二年級修業のとき席次は五番へと上がっている。そして明治三十二年七月二十日の卒業時の成績は首席だった。周陽学舎は明治三十一年四月に郡立周陽学校と改称、彼はこの時期の卒業生である。

私立周陽学舎（現・防府高等学校）

どういう風の吹きまわしか、一念発起するものがあったのだろう。先にも少々触れたが、優秀組はさっさと飛び級して去った。残されたことで首席になったという類推を出来ようが、彼自身にも目覚めるところがあったのだろう。

周陽学舎に通っていたころは猪股祐一や坂田順作らと回覧雑誌をやっていたという。会員の原稿を綴じ合せて雑誌の形にし、順ぐりに回覧するものだ。雑誌は現存しないが、妹のシヅは当時を回想して語ったことがあった。「やっぱり俳句が好きだったんでしょう。周陽学舎へ行きよりましたころは、子供がみなで集まって判こみたいなもの作って、俳句の真似ごとをやっておりました。」（山口農高文芸誌「成蹊」十九号）

医者で俳人の柳星甫は、少年のころ三田尻の句会で、中学生の種田正一と同席したことがあったと語っている。彼が俳句などの文芸に目覚めたのは明治三十年前後、周陽学舎在学のころからだろう。

明治三十年といえば一月に伊予松山で俳句雑誌「ほとゝぎす」が創刊され、東京では正岡子規が唱導する新俳句が文壇で新しい勢力として認められはじめていたころだ。佐藤紅緑とともに仙台の河北新報の記者だった近藤泥牛は『新派俳家句集』（明治三十年十一月）を刊行。その前半部では新派俳句勃興の歴史を略述し、子規の存在を喧伝している。

「明治新派の俳論俳風を知らんと欲するものは少なくとも子規子に就て得るところなくんばあらず、彼が明治の新文壇に於て発見し、誘掖し、啓発したるところ数多にして一々挙げて数ふ可からずと雖も、彼が明治の新教育を受けたる有識の学士に向つて俳道を能く合点する様に解釈を下し、注入をなし、開発をなしたるこそ最も功労の多とすべきものとす。即ち俳諧の文学的地位は彼に依て定められ、高められ、俳諧に於ける諸種の帰納的解釈は彼に依て能く世人の同意を表するに至らしめたる如き、特に彼が俳諧廿四体を区別して斯道に補するところあたりたる如き、吾人は明治の俳諧を忘れざる限りは決して彼の偉効を思ふべし、永く彼を忘るべからざるなりし（下略）」

同時代評ながら正鵠を射たものだ。後年、軌を一にする自由律俳句の仲間たちはどうしていたか。荻原井泉水は山頭火より二つ年少だが、すでに其角堂機一の『発句作法指南』を読み、明治三十年四月には少年雑誌「少国民」に愛桜生の筆名で「雪戦の記」が掲載されている。尾崎放哉は三歳若いが、明治三十年には最年少で鳥取尋常中学に入学していた。明治三十三年には十五歳で「ホトトギス」に俳句が掲載されるようになっている。俳名は梅枝、梅史などでの投句だったが、鳥取中学の先輩である坂本四方太の手引によるものだった。

種田正一は才気煥発というのでなかったが、徐々に目覚めていったのだろう。そのころどんな俳号を使っていたかは分からない。しばらく後には田螺公の名で俳句を作っている。

4 東京寄留

文芸への目覚め

先にも断ったように山頭火というのは後年の筆名あるいは俳号である。当時はもちろん種田正一だが、便宜的に山頭火の呼称を使ってきた。改めて了解願い、彼の山口尋常中学四年級に編入したことから書いてゆく。

修業年限五年の尋常中学校は各府県に一校設置し、上級学校とりわけ大学予科的な高等学校に進学するための、準備教育の機関としての性格を帯びていた。山口尋常中学校は明治二十八年に、それまで防長教育会が経営していた山口学校を改めた県立中学校で、高等学校への進学率は全国一を長く続けていた名門校である。

所在地は山口県庁所在地の山口町、現在の山口市だ。市内の亀山公園に旧制山口中学校正門跡と記念碑が建っている。当時は校内に二棟の寄宿舎があって、「本校生徒ハ寄宿舎ニ入ルベキモノトス但学校ノ都合ニ依リ下宿通学ヲ命ズルコトアルベシ」の規則があった。山頭火は明治三十二年九月の入学と同時に入寮している。

中学教育も揺籃期でしばしば変動があったようだ。山頭火が入学した年の新学期は九月一日から始まっているが、修了は翌明治三十三年三月三十一日と県令によって改変されている。以後は四月に始まり三月に修了の現行どおりとなった。

県立山口尋常中学校（現・山口高等学校）

授業開始は振鈴を合図に生徒控所に整列し、伍長の指揮のもと隊伍を組んで教室に入る。遅れた生徒は入室を許されない。授業が終わると同じく隊伍を組んで生徒控所に帰ってから解散。休憩時間は務めて運動場に出るように指導されていた。
当時の教科規定は国語及漢文と英語は各七時間、地歴と数学、博学（物理、化学）は各四時間、体操三時間などと一週間の授業時数は三十時間であった。山頭火と同期で後に宇部市長となる伊藤勘助は「あまりのスパルタ教育に生徒たちが怒って、ストライキを実行したこともあった程だ。生徒全員が授業をボイコットして古熊のお寺にとじこもり、気勢をあげながら学校当局に抗議したこともあった」と語っている。「古熊のお寺」とはJR上山口駅から東南の山裾にある善生寺だろう。この話は川島惟彦氏の「新・種田山頭火研究」（「層雲」昭和五十三年一〜九月号）に記す伝聞である。そのほか興味ぶかい話題の記述があるので参考にしたい。しばらくこれを援用させてもらい叙述してゆく。

その一つは山頭火が中学の文化部弁論部で活躍していたことだ。「当時、山中の文芸的な活動の場は唯一の文化部弁論部で、正一はこれに関係し、仲間と原稿を回覧したり、謄写刷りで和紙綴じにしたものを拵えたりしていた。正一らにとってそれが文芸熱の捌け口だったのだ」と記す。

後に夏目漱石門下として小説を書き、法政大学教授などを歴任する青木健作も山頭火と同級生だった。私も何かと教示してもらった俳文学者として著名だった井本農一氏の実父である。青木には中学生のころを回想した文があるので引用しておこう。

「憶へば、僕が君と相識ったのは三十余年前、山口中学の四年の頃だった。君は周陽分校から、僕は徳山分校からそれぞれ本校たる山口中の四年に入学したのだ。併し君と僕とは別に深い交渉を持つ機会に恵まれなかった。唯一面の識がある程度で、ロクロク談し合ったこともなかったやうに思ふ。さうして五年を卒業すると、それぎり今日まで相見る機縁もなく、無論一度の便りを取換はすこともなく過ぎてしまったけれども、君の相貌は不思議にはっきりと僕の脳裡に印せられてゐる。度の強い近眼鏡をかけた、元気さうな赤い顔は今にまざまざと眼前に髣髴し得るのだ。見るからに多血質な君だった。」
（「層雲」昭和十年六月号）

山頭火が健在なときに書かれた友人の文章である。多血質とは楽観的・活動的で、気が移りやすい気質をいう。忌憚のない人物評としておもしろい。文化部弁論部で活躍していたなど外向的で、偏屈なところはなかった。いつも快活に笑い多弁だった、というのは私も山頭火を識る他の知人から聞いたことがある。

ここに「山口県山口中学校第七回卒業生成績一覧」という一枚のコピーがある。それを見ると、明治三十四年三月三十一日に卒業した一五一名の成績と席次が分る。第五年級の生徒は一八二名だったが、落第二二名、事故退学者九名。卒業者の名簿に種田正一も青木健作も記載されている。種田は教科の一〇〇点と操行の一〇点を足した一一〇点満点のうち八五点だった。同点の生徒がちょうど五名いて、二二位から二七位の同列席次に並んでいる。青木の方は七五点で、一一五位から一二五位の間という席次だった。

進学志望

進学を考えるとき、山頭火の成績は基準に達していたのだろうか。先にも紹介した川島惟彦氏の「新・種田山頭火研究」の中には注目すべき記述がある。それは同期生で東大に進学の伊藤勘助による証言というから信憑性は高いはずだ。引用で示しておこう。

「明治三十四年、正一は山中等七期生一五四名の一人として卒業した。そして、その卒業式は四月に入って盛大に挙行されている。

正一はそのまま修業年限一年の補習科へ籍を移した。補習科の生徒は上級学校への進学が九月であったため夏休みに入るまでにはそのほとんどが退学していくのが常で、七期生は一一五名収容された。正一は幾多の仲間と一緒に一応熊本の五高受験の準備に入った。しかし、並の生徒でしかなかった正一は学力たるや知れたもので、結局、五高の受験にはあえなく失敗してしまう。これ以上補習科の課程を続けていっても仕様のなくなった正一は、湯田の下宿先を引き払って一旦防府へ戻ることになる。その六月中旬のことだった。」

山頭火の卒業時の成績は悪くても二七位以内であった。後年の同窓会名簿を見ると、同期の卒業者数は「第七回卒業生一覧」の一五一名から、なぜか三名増えて一五四名になっている。最終の卒業校も記されており、東大は一四名、京大九名、海軍兵学校三名、陸軍士官学校一〇名、早大六名、慶大二名、医学専門学校七名など七〇名ほどが初志貫徹組だ。山頭火のような中途退学者を含めれば、上級学校に進んだ生徒はもっと多かった。山頭火の「学力は知れたもの」と言い切れるかどうか。成績不良のために五高受験に失敗した、と単純に決められない事情があったのではないか。

山頭火が上京して東京専門学校に入学するのは明治三十四年七月である。山口中学の卒業式は四月十日に行われ、そのまま高等学校の受験のために補習科に籍を置いていたという。五月二十日には山口町中河原の永楽座において、高田早苗の非政談演説会が催されている。彼は早稲田大学の初代学長になった人だが、このとき大学はまだ開設されていない。大学設立の基金募集のための遊説であった。演題は「国民教育論」で二時間ほどもしゃべっている。山頭火はその演説を聴いて、東京専門学校に入学することを決めたのだろう。

東京専門学校は大隈重信によって明治十五年に創立され、十月二十一日に開校式をあげている。山頭火が生まれた年だ。当初は政治経済学科、法律学科、理学科の三科で出発したが明治十六年八月には坪内逍遙が講師となり文学科創設の中核になっている。明治三十四年四月からは高等予科を開設し、東京専門学校の創立二十周年を期して明治三十五年には早稲田大学と改称するのだ。

高等予科は明治三十三年公布の「高等学校大学予科学校規程」に準じて創られた、早稲田大学に入学のための予備教育の学校である。旧制官立の高等学校は三年制だったが、年限が一年半と短いのを売り物とした。また草創期は変則も多く、高等予科の授業は四月から始まっていたが、一方では入学者を募集している。高田は山口町での講演で教育についての熱弁をふるうと同時に、新たに開学の早稲田大学の構想を喧伝。そこに入学するには先ず高等予科に入学しなければならないと説明し、七月には地方延着者のために特別試験を実施すると公告した。

山頭火にとっては耳寄りな話であった。熊本の五高受験に失敗したという確証はないが、五高以上に食指が動いたのは早稲田大学の方ではなかろうか。問題は家の経済だ。内実はどうだったか分らないけれど、父竹治郎は派手にふるまっている。米相場に手を出して、大金を動かしはじめていた時期でもあった。防府天満宮下の鈴虫坂界隈には料亭が多い。そこでの芸者遊びも頻繁で、妾も囲っていたという。

山頭火が山口中学を卒業する年の明治三十四年三月二十五日に、父竹治郎は磯部コウを妻として入籍している。コウは妻フサの自死したのち、後ぞいとして種田家に入った人で、明治四年六月九日の生まれ。三十歳であった。実家は同じ佐波村の近くにあって、父磯部治郎兵衛は種田家の小作を請けている一人だったという。彼女は山頭火はじめ、幼い妹や弟の面倒をよく見た人だ。自分にも一女マサコが生まれたのを機に、母子ともども入籍を果した。竹治郎も四十五歳とまだ若く、一旗揚げる意欲を失っていない。

三田尻駅（現・防府駅，大正11年頃），（山頭火はこの駅から上京した）

山頭火が上京して、やがて早稲田大学に入ることに、父が反対する理由はなかった。山口中学に進んだからには、それより上を目差すのは既定の方針だったともいえよう。経済的にも十分まかなえるだけの余力があった。

高等予科の特別試験は七月十日及び二十日に執行されている。それに間に合うように上京し倫理、国語漢文、歴史、英語、理化、博物、数学の七教科を受験して合格。八月五日には入学手続きを済ませている。

昭和三十九年に改称されて現在は防府駅だが、山頭火が上京したころは山陽鉄道の三田尻駅。落成したのは明治三十一年で、このとき徳山から三田尻まで開通している。三田尻と厚狭間が同三十三年、山陽本線が現在のように全通したのは明治三十四年五月のこと。それより先の東京までは明治二十二年までに全通していたから、鉄道一本で上京できた。

早稲田と神楽坂

戸塚の東京専門学校は井伊家の別邸のあった地で、周囲にはまだ田園風景が残っていた。そこより起伏に富んだ坂を上ってゆくと町屋として賑わう神楽坂がある。毘沙門天として親しまれている善国寺の周辺が繁華街で、西北にある学校からだと二キロほどの距離だ。南方にあたる現在のJR飯田橋駅からだと四百メートルほどで、その前身である甲武鉄道は立川から新宿を経て明治二十九年に飯田町まで延びていた。最寄りの高田馬場駅はまだなかった時代だ。

かつて山の手銀座といわれたのが神楽坂である。新宿が発展するのは、それから以後のことだ。特に夜の神楽坂通りは人の神楽坂といわれたほどで、東京でも屈指の盛り場だった。その中心地から数百メートルも離れないところに、山頭火は下宿している。そこは牛込区袋町十二番地。現在もある光照寺の脇にあった信陽館という下宿屋、本造瓦の二階建二棟の粗末な家だったという。

ところで山頭火が上京したのは二十世紀の初年である。福沢諭吉の慶応義塾では明治三十四年一月一日の午前零時から十九・二十世紀送迎会を催して、学生たちは大騒ぎした。こうした祝意とは反対に、幸徳秋水は同年四月に刊行の著書『廿世紀之怪物帝国主義』の中で、早くも近代帝国主義の危険を指摘している。日清戦争後のナショナリズムの高まりを偏狭な愛国心と野蛮な軍国主義が結託したものと糾弾。欧米や日本の侵略を実態に即して論断する、時代の動向を冷徹に見据えた内容だ。明治四十三年には明治天皇暗殺計画の発覚に伴う弾圧事件で連座して、明治四十四年一月に死刑となった人である。

当時は全国各地に住する有為の青年たちが青雲の志をいだき、笈を背負って東都に蝟集《いしゅう》した。山頭火が上京のころは、そういう表現がまだ生きていた時代である。わたしは当時の早稲田の雰囲気がどんなものだったか、服部嘉香氏に聞いたことがある。山頭火の三年後輩で土岐善麿や若山牧水と同級で、のちに母校の早稲田大学教授になった人だ。

「種田山頭火ですね、ちょっと先輩で直接は知らなかったけど、みんな新しい文学の動向に敏感でした。ゾラやモーパッサン、ツルゲーネフなど漁り読んでいたし、油断すると教室のグループで話の相手にされなくなるんです。だから安い英訳書を買っては読み、また回し読みもしました。それも間に合わないので、読書家の馬場孤蝶氏に頼んで新刊小説などの筋をきかせてもらう会も出来ていましたね。」

往時の学生たちが目差した文学嗜好を聞きながら、山頭火の読書傾向もまた軌を一にするものであった、という思いが強い。彼はトルストイのヒューマニズムに飽き足らず、ドストエフスキーに窮屈な思いをしたが、チェーホフには肩の荷をおろす気分を味ったのではなかろうか。

高等予科の同期生は二百余名、それが大学部の政治経済科、法学科、文学科への志望によって三クラスに分かれていた。彼は八十人余の文学科のクラスで坪内雄蔵（逍遙）から倫理学や英文学を学び、波多野精一からは哲学、阿部磯雄からは英語を教わった。同級生には童話作家となる小川未明や詩人の吉江喬松、思想史学の村岡典嗣らがいる。吉江は在学中に早くも『ツルゲエネフ短篇集』を上梓したほどで、大いに刺激を受ける友であった。

世相は三国干渉によって日清戦争の祝勝気分も破られ、臥薪嘗胆《がしんしょうたん》が叫ばれて対露戦のために国民統合が進められていた時期である。明治三十六年、ロシアは北清事変の第二次撤兵を履行せず、満州占領を強化して着々南北政策を推進し、さらに日本の朝鮮支配をも脅かした。ために日本は翌三十七年二月、ロシアに宣戦布告して日露戦争に突入したのだ。

そのころ巷で流行したのがロシア語の学習で、東京朝日新聞（明治三十六年十月三十一日）には「語学研究者中最も多数なるは英独の両者にして、露語研究者の如きは殆ど稀なりしに、去る九月頃より斯後研究者は頓に増加し、市内至る所の語学研究は、露語生のみを以て充され」云々と報道されている。こうしたロシア語ブームに山頭火はどう反応したか。影響を受けたことは明らかで、数年後にはロシア文学の翻訳を試みている。それは後に詳しく書くことにして、もう少々早稲田に在学のころについて触れておきたい。

興味ぶかいのは学校の運動会である。その第二十五回は明治三十五年四月十三日に、早稲田穴八幡社前の広場で大々的に行われ、数千人の観客を集めたという。大隈重信をはじめ、多くの紳士・淑女や新聞記者たちが招待されていた。そんな中で、山頭火は頭上にお手玉を載せて走る戴嚢競争に出場し三位に入賞している。きっとユーモラスな走りぶりでゴールに走りこんだに違いない。それはさて明治になってヨーロッパから流入してきたのが運動会だが、欧米のどこを捜しても日本のような運動会はないという。地域住民も巻きこんだお祭り騒ぎが運動会であった。

おもしろいのは運動会のための休暇が四月九日から十日間もあって、あちこちで交歓会が催されている。山頭火はその間に学校の東南に隣接していた。大隈邸も訪れ、庭園で大隈重信といっしょの記念写真を撮ったという。

山頭火が高等予科を終えたのは明治三十五年七月である。「早稲田学報」には「昨三十四年四月早稲田大学の予備科として新設したる本校高等予科生は当七月を以つていよいよ一ケ年半の学期を終へ七月十三日午後二時より甲乙教場に於て其の卒業証書授与式を挙行したり」とある。このとき大学部文学科志願の同期生は八十五名で、山頭火の席次は三十六番。三期に分けられた予科の課程を、はじめの一期をとばしての途中入学だから、けっして悪い席次ではなかった。

東京専門学校は創立二〇周年目の明治三十五年九月に早稲田大学と改称した。その第一期生として、種田正一は九月十五日に入学している。十月十九日には記念式典が行われ、学園敷地内には七千人収容のテントを張り、正門前には別に大緑門が設けられた。各界からは紳士淑女が来賓として出席し、夜に入ってからは延々四キロに及ぶ提灯行列が始まり、都の西北から目貫通りを縫って皇居前まで行進した。

運動会で無邪気に競走を楽しんだ山頭火は、胸躍らせて提灯行列に加ったのだろう。以後も遊学の生活を謳歌したのではあるまいか。大学部の文学科では哲学を専攻し、思惟にみがきをかけようとした。

大学在学の一年目の成績は約五十名のうち中位くらいだったという。けれど、わたしが大学に照会したところによると学籍簿には「明治三十六年一年級未済」の記載とのこと。履修科目のどれかの単位が取れなかったのかもしれないが、詳しいことは分らない。けれどこのあたりから雲行きが怪しくなる。父の竹治郎が山頭火の帰郷を促すようになるのだ。

山頭火が早稲田大学を退学して帰郷するのは明治三十七年二月である。彼が後に東京市に就職するとき提出した履歴書には、退学の理由は疾病であった。当時の消息は明らかでないが、家庭の事情が退学を左右したのではなかろうか。

退学せざるを得ない理由として先ず考えられるのは経済的問題だろう。山頭火が早稲田を退学した二月に、種田家の屋敷の一部を売却している。そして同年八月にもさらに追加して売却。これは何を意味するか。当時、父の竹治郎は米相場に手を出し相当な借財があった。現物の取引をせず、市場における相場の変動によって相互間にさやとりをする売買取引である。扱う金額は大きくて、損失がかさんだために田畑を売って穴埋めしたのだろう。それも間に合わなくて屋敷にまで手を付けるようになっては、金策に窮していたことが窺える。

父の竹治郎は明治二十二年の市町村制施行の合併によって西佐波令村が佐波村となったとき助役に就任。妻フサが自殺後の選挙では村会議員に立候補して落選。明治三十一年に再び村会議員に返り咲き、明治三十五年に防府町となったときも引き続き町会議員になっていた。けれど三十七年三月には任期を残したまま議員を辞職している。いずれにしても父竹治郎の身辺には慌しいものがあった。

山頭火が退学しないで早稲田大学に在学していたら、一カ月どのくらいの学費と生活費を要したのだろう。ちょっと後年のデータだが、大正初年の早大生の場合、授業料は四円五〇銭、下宿食事代九円、部屋代平均三円、制服諸雑費十五円、小使い四円で約三十五円くらいが平均だったという。これだけの金額を月々仕送りするのは定期的な現金収入がなければならない。それだけの余裕が当時の種田家にあったかどうかとなると疑問である。滞りがちな仕送りに音をあげて、山頭火は東京での寄留生活を諦めたのだろう。

5　家業と結婚

大学を退学して帰郷

山頭火が早稲田大学を中退した理由というのは不明である。退学届が明治三十七年二月に出されていることは明らかだが、彼の兵役はどうなっていたのだろう。退学と同年月の二月十日に、日本はロシアに宣戦布告。日露戦争がはじまっている。

ロシアに比べて国力が乏しい日本が勝つためには、総力をあげて短期に勝機をつかむほかなかった。そのためには徴兵制も強化され、明治三十七年一月九日には学生が徴兵猶予制を利用する徴兵忌避に厳重警告を発している。とにかく二十歳代の男子中、三・八名に一人は兵隊にとられているのだ。徴兵忌避の嫌疑調査もはじめられた。時を同じくして山頭火が疾病を理由に退学していることは、日露戦争の兵役と関係があったのではなかろうか。日本海海戦の勝利を経て戦争は終結したが、日本は十二万の戦死、廃疾者を出し、戦費十五億円を費やす消耗戦であった。

山頭火の帰郷を強く促した父竹治郎が、任期の途中で町会議員を辞職しているのも不可解である。何か個人的な不都合があったことは間違いなかろう。あるいはこのとき、長男の山頭火に家督を相続することで徴兵猶予をはかったとも考えられよう。その後、種田家が酒造業に転ずるとき、経営の名義は種田正一となっている。

とにかく種田家の屋台骨が揺るいでいたことは明らかである。父竹治郎ひとりでは挽回できないほどに信用は失墜していた。頼りは長男で、山頭火を前面に押し立て失地回復をはかろうとしたのではないか。もともとは父が招いた窮状であったが、山頭火の帰郷で家が立ち直れば申し分ない。そのうえ長男ゆえに徴兵も免除されれば、一石二鳥ということになる。

そのあたりについて確証となるものはない。興味ぶかいのは川島惟彦氏が伝える一つのエピソードである。これまでも参考にしてきた「層雲」(昭和五十三年一～九月)に掲載の論考で、山頭火は帰郷して間もなく選挙の運動員として駆り出されていたという。

「その春先、右田村佐野の姻戚町田家では村会議員の半数改選の年を迎えていた。毎日ぶらぶらしていた正一は、父に言われてその運動員に駆り立てられたという。正一は宣伝用の看板を取り付けたリヤカーを引く役目をあてがわれた。それればかりでなく、メガホン片手に宣伝合戦にも加わった。右田村はかなり広い。一日歩くと藁草履がぼろぼろになったという。正一は土台こんなことには不向きな男だったが、父や妹のためには仕方なかったのだろう。」

種田酒造場

事実ならおもしろい。この話を誰が語ったか明らかにしてないので、なお裏付けをとる必要があろう。しかし親子ともども他村の村会議員選挙の応援に熱中するというのは尋常一様ではない。種田家とも損得がからんでの応援であったと考えるべきだろう。一歩踏みこんで推測すれば、金を無心できる相手であった。町田家の長兄豊之進には竹治郎の姉トラが嫁いでいた。この夫婦には子がなかったので実弟の米四郎を養子にし、その妻として長女フサを嫁がせ、死後には次女シズを後ぞいの妻として結婚させている。竹治郎にとって町田米四郎は頼りになる娘婿であった。

父の竹治郎は相変らず相場から手を引けず、借金をふやしていた。これも川島惟彦氏の論考によるものだが、明治三十八年には債務額四百五十円、三十九年には二千六十円八十銭、四十一年は千六百二十円、四十四年は四百五十円。合計すると四千五百八十円八十銭が判明分の借財だという。たとえば明治四十年の小学校教員の給料は本科正教員の場合が、大都市では二十四円、中小都市で二十円、町村では十六円である。とにかく四千五百円以上もの大金は真面目に働いて返済できる金額ではない。次々と所有地を手放すほかなかった。

山頭火も手をこまねいてはいられなかった。土地が無くなれば年貢の米も入ってこない。そこではじめようとしたのが酒造りだった。種田家より南西九キロほど離れた吉敷郡大道村に手頃な古酒造場が売りに出ていたのだ。当時の大道村の村長は中村逸蔵という人で竹治郎とは旧知の間柄。中村の仲介によって、倒産した山野酒造場を種田正一が買い取ったことになっている。
この酒造場は明治初期に山県市右ヱ門が開いている。山野太郎が引き継いで経営していたが、別の保証人などになっていたことで被害をこうむり倒産。山野の妻の弟小林和市が借財整理で管理していたものを、山頭火が買収したわけだ。それが何時だか曖昧だが、山頭火が大正十年の東京市事務員になるとき提出した履歴書には明治三十七年七月から実業に従事したと記している。今はそれを信じるのが妥当だろう。それにしても、ずぶの素人が急に酒造場を経営するのだから、容易に見通しは立たない。山頭火は苦労し、一世一代の踏ん張りだったといえようか。
山頭火が酒造場経営にどう関わったかは明らかでない。後年、昭和七年十一月一日の「其中日記」には、めずらしく当時を回想する記述がある。

「今日は椹野川にそうて溯つた、この道にもいろ〳〵のおもひでがある。身にあまる大金をふところにして山口の税務署へいそいだこともあれば、費ひ果して二分も残らず、ぼう〳〵ばく〳〵としてさまようたこともある。そんな事を考へたり、あちこちの山や野や水を眺めて、とう〳〵大道駅まで来てしまつた。」

かつての種田酒造場は、大道駅からだと大海湾に向かって南一キロほどの大道村字旦浦に所在した。彼は若き経営者として「身にあまる大金をふところにして山口の税務署へいそいだ」というのは特筆すべきだろう。

当時の酒税徴収は酒を仕込んだ段階で県の検査を受け、その所得見込額で前以て課税されていた。種田酒造場での清酒の年間石高は明治年間はおよそ三、四十石と小規模だったようだ。年間所得は百六十円前後、それに対する税金を四期に分けて納入している。資料によれば大正二、三年から仕込み量は八十石ほどに増やしたようだが、これが仇して資金繰りが出来なくなって倒産した。

佐藤サキノとの結婚

種田酒造場の様子は、なお改めて書く。その前に山頭火が結婚する経緯について記しておきたい。これは彼と結婚した当の佐藤サキノが語った回想として、大山澄太氏が伝える一文である。

「両方の親が見合いをせよとしきりにすすめました。はじめは種田の家の前を人に連れられちょろっと通って見ました。そのころ、彼は口ぐせのように、わしは禅宗坊主になるのじゃから嫁は貰わぬと言うていたのです。それをまあ、種田の父が、嫁を持たせぬと行状が修まらぬというて、もう、ろくに見合いらしい見合もせず、両方の親できめて式を挙げてしまいましたよ。」

（「大耕」昭和四十四年一月）

佐藤サキノは明治二十二年（一八八九）五月七日、山口県佐波郡和田村第二百十七番地の生まれ。新南陽市となり、現在は周南市に合併されたが北部山間の僻地で、町家へ出るには佐波川沿いに防府に行くのが便利だった。佐波郡の中心は防府であり、郡役所もそこに置かれていた。

サキノの父佐藤光之輔は明治三十八年から和田村の村会議員であった。妻クニとの間に長男と次男、その間が長女のサキノで、主に蒟蒻玉を大々的に栽培する農家だったという。当時は米作りより蒟蒻玉栽培の方が高収入をあげられたから裕福であった。村の名士として村会議員にも選ばれ、同じ郡内で顔役であった種田竹治郎と知り合うのである。

山頭火の妻となるサキノについては、郷土史の研究で活躍の田村悌夫氏が『種田山頭火の妻「咲野」』（平成十年七月）と題する著書で、結婚の経緯を明らかにしている。それに負う所が多いことを断って叙述を進めていきたい。戸籍名はサキノだが、彼女は「さ起乃」とか「咲野」と当て字を使うこともあった。

サキノは和田尋常高等小学校の高等科を卒業すると、防府町宮市に創立間もない周南女紅学校に入学している。明治三十七年四月のことで、山頭火が早稲田を中退して帰郷のしばらく後である。実は女紅学校は種田家と目と鼻の先で、遊児川《ゆうに》という小川をはさんで東側に隣接していた。後には周南家庭科女学校と改称しているが、一種の花嫁修業学校である。

サキノが在学のころの女紅学校には生徒が百四十名ほどで、教員は六人。遠隔地からの生徒のためには校内に寄宿舎も設けられていた。サキノもそこの寮生であったという。

いずれは娘に良縁をと望むのは親の願いだ。サキノの父光之輔も機会があれば縁談を話題にしたのだろう。これに食指を動かしたのが種田竹治郎だ。結婚といっても当人同士が自由に決める時代ではない。政略結婚といえばおおげさだが、親としては互いに利点があったのだろう。

山頭火はすでに酒造場の経営者である。早稲田大学中退とはいえ輝かしい学歴で、佐藤家としては娘婿に選ぶのに申し分のない相手だ。大地主としての種田家は没落し、父竹治郎の評判は芳しくなかった。それを差し引いても、嫡子としての山頭火には大いに期待が持てたのではなかろうか。佐藤家にとってはまたとない慶事であったはずだ。

父の竹治郎にとっても、一家の浮沈にかかわる大事と考えていたようだ。山頭火の結婚話に積極的で、自邸の隣に建つ女紅学校の寄宿舎に居るサキノを一目見て気に入った。当時の女学生時代の古い写真を見ると、きりりとした美人である。竹治郎が気に入ったのも納得できるが、それ以上に期待したのは蒟蒻玉成金ともいうべき佐藤家の財産でなかったか。当の山頭火はさほど乗り気でなかったらしいが、両家の縁談は着々と進められた。

新婚のころ（少女は義妹マサコ）

佐藤サキノが周南女紅学校を卒業したのは明治三十九年三月であった。十七歳である。そのとき山頭火は二十四歳。いわゆる花嫁修業の学校を終えれば、社会慣習としてはいつ嫁に行ってもおかしくない。これまでの説では、二人の結婚は明治四十二年八月二十日とされてきた。

けれど確証はない。戸籍によればサキノの入籍は明治四十三年八月二日となっている。そして翌日の八月三日に長男健《けん》が誕生。すなわち嫡子が生まれるまでは、俗にいう足入れ婚だったわけだ。この仕来りは現在から見ると悲惨な嫁の印象を伴うが、戦前まして明治期においては当り前の地方が多かった。

サキノが種田家に嫁いで来たのは、女紅学校を卒業してさほど間を置かない時期ではなかったか。山頭火とサキノ、そして異母妹マサコと三人で撮った新婚のころの写真がある。マサコは明治三十四年三月二十五日生まれ。その姿形から推定して六、七歳とすれば、サキノは明治四十年前後に種田家へ嫁いで来ていたことになる。

そのころの種田家は父竹治郎と後ぞいの妻コウ、異母妹のマサコ、そして祖母ツル、山頭火とサキノの六人家族であった。継母であるコウと山頭火の相性が良かったかどうかは明らかでないが、それなり恩義を感じていたのではなかろうか。マサコの下に明治四十四年三月七日生まれのセツ子という妹がいた。わたしはずっと後年に、妹のセツ子さんに会ったことがある。義母のコウは父竹治郎と離婚するが、山頭火はその後も義母や妹と交渉があった、とセツ子さんは回想。義母は小料理の下働きなどして細々と暮らしていたという。山頭火は昭和十三年十二月四日の「其中日記」に、「宮市のK女の訃を聞かされて驚いた、人生無常といふ外ない。S子の悲嘆が思ひやられる、さつそく弔詞だけ送つた」と記している。K女は義母コウのイニシャル、S子とはセツ子のことだ。

話が脇道にそれたが、山頭火たちが移り住んだ大道村の家の本宅は建坪三十七坪の木造瓦葺の二階屋で、現在も遺っている。建坪三十四坪の酒造場のほか倉庫とか長屋などが四棟あり、四百七十坪ほどの敷地に建てられていた。防府の家屋敷は何度かに分け処分してゆき、明治四十二年にはすべてを売り尽くしている。

種田家は地主から酒造場経営に転換し、その間に代替りを果したといえなくもない。けれど内情は火の車で、父竹治郎のつくった借金はそのまま残っていた。信用がた落ちの父に代わって山頭火が登場したといえなくもないが、経営者としては厳しい環境にさらされていた。

日露戦争は勝つには勝ったが、そのために払った犠牲は膨大なものであった。戦費が嵩み戦後の財政はいよいよ逼迫し、国民は増税につぐ増税で悲鳴を上げている。新規参入の酒造場経営も重税に悩まされた。山頭火もあれこれ含むところはあったが、努力して困難を乗り切ろうとしたのも事実である。

もちろん偽装というのではなかったが、山頭火はもともと気乗りしない結婚であった。そのことは妻サキノの回想によっても明らかである。「禅坊主になるのじゃから嫁は貰わぬ」と言っていた伝聞は先に書いた。断わりの口実だったのだろう。けれど有耶無耶のうちに結婚してしまったのだ。そのことについてサキノはこうも語ったという。

「夫らしく家に納まっていたのはわずか一週間でした。それからは女房よりも酒と文学の方が好きなようでした」(同前)

新婚当時、山頭火は何を考え、どう行動していたのだろう。根拠の乏しい噂話は多く伝えられているが、珍しくも新婚のころの心境を詠んだ山頭火の短歌が遺っている。

美しき人を泣かして酒飲みて調子ばづれのステヽコ踊る
旅籠屋の二階にまろび一枚の新聞よみて一夜をあかす
酒飲めど酔ひえぬ人はたゞ一人、欄干つかみて遠き雲みる
酔覚の水飲む如く一人《いちにん》に足らひうる身は嬉しからまし

短歌四首は回覧雑誌「初凪」通巻十四号（大正二年一月）に掲載の「百弁せり夜」と題した雑信の中に旧作として記したものだ。〈美しき人〉とは新妻のことで、彼女を捨て置いて〈酒と文学〉に現《うつつ》を抜かしていたことが分る。

第二章　分散流離

1　挫折と文学

詩を作るより田を作れ、とは言い古された成句である。某《なにがし》よりも金貸し、とは類似の言い種だ。某などと自分のことを言っている気取り屋よりも、金貸しの方が実利があってよい。こうした対比でいえば、山頭火は明らかに実利にうとい人間である。

郷土文芸誌で活躍

彼が文学に興味を持ちはじめたのは何時ころだろうか。妹町田シヅさんの回想によれば、周陽学舎に学んでいる一四、五歳のとき、遊び仲間が集まって真似事で俳句を作っていたという。山口中学に在学のころは文化部弁論部で活躍していたという伝聞もある。後に「層雲」で共に活躍する久保白船《くぼはくせん》（本名周一）は山口中学の三年後輩。久保が中心となった「鴻城文学」を介して交流があったというが、山頭火の上京で早稲田大学に在学のとき創刊した雑誌だ。退学して帰郷した明治三十七年十月に四号を出して終刊している。二人の交友は少々後のことだろう。柳義雄（星甫《せいほ》）は四歳年少で岡山において医学生のころ、子規門下の赤木格堂に俳句を学んで、防府に帰郷して開業している。山頭火とは中学生のころ句座を共にする思い出があったという。山頭火が一人で写る中学生のころの写真を保存していたのは柳家で、俳句の初学は中学生のころからと考えてよかろう。

山頭火が活字の上で足跡を遺すのは、まだ後のことだ。最初のものは、明治四十四年六月創刊の「青年」に翻訳や随筆を載せはじめてからである。あるいは、それ以前に執筆したものもあったろうが現存しない。当時、文学仲間だった山本国蔵氏（俳号・紫萍《しへい》）を捜し当て、わたしが呉市まで出かけて所蔵の資料を見せてもらったとき発見したのが「青年」であった。

雑誌「青年」は毎号百頁をこえる活版刷の月刊誌。発行所は防府町三田尻村四四九番地、青年雑誌社と記す。意欲に燃える郷土在住の文学青年たちの活動の場であったが、七号で終わっている。内容は山頭火のペンネームで発表したモウパッサン作「愛（猟日記の三頁）」（七月号）、「ツルゲー子《ネ》フ墓前に於けるルナンの演説」（八月号）、ツルゲーネフの小説『烟』の一節を「烟」（十月号）と題して、翻訳三編を掲載しているのが目新しい。

山頭火はロシア語を解せなかったから英訳本を介しての翻訳であった。特に早稲田に在学のころからツルゲーネフに傾倒していたようで、これは自らの意中を代弁するものとして、自身の立場を明確にしておきたかったのだろう。山頭火抄訳の「烟」から一部を引用で示して置きたい。

「彼は『烟だ。烟だ』と幾度か繰り返した。そして不図《ふと》、ありとあらゆる物はすべて皆，烟で、彼自身の生活、露西亜の生活——人生一切の事物殊に露西亜の事々物々はすべて烟であるやうに思ふた。（中略）彼はグバルヨフの家で、貴賤、革口、複古《マヽ》、老若、色々様々な仲間の間に起つた激論や、喧嘩や、騒動を思ひ出した。……『烟、烟と湯気』と彼は繰り返した。彼は又、流行の野遊会《ピクニック》や、政客の演説や——ボツウギンの説法までも思ひ出した。……『烟、烟、あゝ烟の外には何もない』彼自身の苦悶も情熱も悲痛も夢想も畢竟《つまり》が何になる。彼は唯だ絶望の身悶《みもだえ》をするばかりであつた。」

（「青年」明治四十四年一〇月号）

青年
（明治44年防府で創刊された）

ロシアの小説家ツルゲーネフ（一八一八〜八三）は、二葉亭四迷によって明治二十年代にいち早く紹介されてよく知られており、馴染も深い作家だった。長編小説『烟』は一八六七年に発表の代表作の一つで、ロシア農奴解放後の反動貴族と急進主義者の双方を風刺している。五年前に刊行の長編小説『父と子』では農奴解放前後の新旧世代の思想的対立を描き、新世代を代表する主人公をニヒリスト（虚無主義者）という新語で呼んで激しい賛否の論議を巻き起こした。ツルゲーネフはニヒリストのうちに革命家を見、ロシア革命のためには若きニヒリストが必要と認めたが、『烟』においては改革の空騒ぎへの幻滅を書いているのだ。そして『処女地』（一八七七）では民衆への運動の悲劇を描いている。

山頭火はロシア文学を、特にツルゲーネフを熱心に読んでいた。そこには時代社会的にも個人的にも共鳴するところがあったからだろう。ロシアにおける農奴解放と日本の明治維新とは、もちろん同列に論じられない。けれど山頭火も大なり小なり地主階級の小せがれとして、時代の矛盾に生きる一人であった。彼がツルゲーネフの小説を通して、ロシアの社会運動でよく唱えられたニヒリズムに興味を持ったのも珍しくなかろう。若き日の思想的傾向の一端が窺えて興味ぶかい。ついでに彼の性格の一面を推測できる随筆の一部を、同じく雑誌「青年」（明治四十四年十二月号）から引用してみよう。

「いつまでもシムプルでありたい、ナイーブでありたい、少くとも、シムプルにナイーブに事物を味ひうるだけの心持を失ひたくない。

酒を飲むときはたゞ酒のみを味はひたい、女を恋するときはたゞ女のみを愛したい。アルコールとか恋愛とかいふことを考へたくない。飲酒の社会に及ぼす害毒とか、色情の人生に於ける意義とかいふことを考へたくない。何事も忘れ、何物をも捨てゝ――酒といふもの、女性といふものをも考へずして、たゞ味はひたい、たゞ愛したい。」

（夜長ノート）

純粋志向の表明だが、無分別、後先見ずの考えだともいえる。山頭火はことばの上の潤色でなく、書くことがそのまま事実であり、行動することを厭わなかった人だ。そうであれば招来するものは何か。これについては徐々に書いていきたいが、周囲の者は堪ったものでない。殊に困惑したのは妻のサキノであった。

山頭火がある時期から標榜していたのは、ニヒリズムでありデカダンであった。デカダンとは退廃、衰退の意で、十九世紀末のヨーロッパに生じた懐疑的、耽美的、悪魔的な傾向をさす。いずれにしろ西洋文学かぶれと言うべきだが、気負った一文を抜き出してみよう。

「幸か不幸か、怜悧な日本人は真のデカダンにさへなり得ない！」

（「層雲」大正三年五月）

「デカダンの価値は自己放擲にあらずして自他融合にある。デカダンをして真剣であらしめよ。」

（「層雲」大正三年十二月）

これらのエピグラムは少々後年のものだが、文学思潮としてのニヒリズムやデカダンな生き方を知ったのは早稲田の学生のころだろう。ようやく薬籠中のものにしたのは、大学を中退し帰郷して家庭を持ってからであった。先にも引用したが「家庭は牢獄だ、とは思はないが、家庭は沙漠である」（「層雲」大正三年九月）と書くように、そこに幸福を見出せないでいた。

山頭火が情熱を燃やせたのは文学だけではなかったか。酒を飲むときはただ酒を飲む。女を愛するときはただ女を愛する。他に余計なことを考えないのだ。帰郷して酒造りに従事していたころは、酒と女に興味をもった。けれど本当にシンプルでナイーブにこの一筋と邁進したのは文学であった。

俳句へと傾斜

文学にもいろんなジャンルがある。西洋文学に熱心だったことは書いたが、山頭火の興味は短歌などから俳句に向かっていった。特に地方にあっては俳句愛好者が圧倒的に多く、議論する機会も多々あったのだろう。雑誌「青年」でも俳句に関する紙面が占める率は高い。山頭火も一家言ある一人で、興味ぶかい見解を示している。

「俳壇の現状は薄明りである。それが果して曙光であるか、或は夕暮であるかは未だ判明しない。俳句の理想は俳句の滅亡である。物の目的は物そのもの丶絶滅にあるといふことを、此場合に於て、殊に痛切に感ずる。」

（「青年」明治四十四年十二月）

俳句の滅亡を説いたのは山頭火に限らない。近代俳句の提唱者である正岡子規は、十七字という限られた音数の組み合わせは有限で、数量的俳句の終焉を説く。いずれ明治年間に滅亡すると予測して死んだ。時代はくだって現代俳句でも桑原武夫に第二芸術と揶揄されたとき、石田波郷は俳句が滅ぶものなら最後の弔鐘は俺が撞くと自負していたという。それは短詩型ゆえの宿命かもしれない。諸行無常、一切のつくられたものは消滅変化し、常なることがないのは当り前という諦観もあった。それは日本人好みの一つの美学であり、伝統的文化として受容している。山頭火には進んで容認の傾向が強かったように思う。

もちろん手をこまねいて俳句の滅亡を待とうというのではない。滅びを意識すると、新たに再生することを願うのも人情だろう。山頭火が書く「俳壇の現状は薄明りである」と書くのは、滅亡とか再生かの見極のつきがたい情況をいったものだ。薄明りを曙光と見れば、それは子規の俳句終末論を承けて立ち上がろうとする河東碧梧桐《かわひがしへきごとう》の活動であった。

碧梧桐は高浜虚子と並んで子規の二大弟子の一方の旗頭であった。子規没後は新傾向の句風を鼓吹して、文字どおり全国を遍歴。その紀行は『三千里』『続三千里』の著書で読むことが出来る。この大旅行で俳句の活性化をもたらし、多くの若き俳人たちを鼓舞した。ある時期以後は虚子の率いる守旧の俳人たちの勢いが、盛りあがり、有季定型の伝統的俳句が大勢となってゆく。けれど明治末年から大正にかけては、いわゆる新傾向の句風が一世を風靡した。

新傾向俳句は五・七・五の形式を破り、季題趣味の脱却を企図したもの。地方在住の山頭火たちもそうした俳壇の動向に注目し、共鳴したようだ。雑誌「青年」の同人で、これを所蔵していた山本国蔵さんについては先に少々触れた。紫萍の俳号で出ている人だが、山頭火は三田尻駅員だった彼を明治四十四年秋に鉄道官舎に訪ねている。山頭火は二十九歳、紫萍は二十三歳。すぐ話題にしたのが碧梧桐の三千里全国行脚で、その日の対話を紫萍の日記には次のように書いているという。「短詩型に於ては革新をもつて陳腐脱出の要がある。それには季節の新感覚が必要だ。因襲的類型的趣味を脱して刹那的感激により独創的に個性を表現、暗示法（或は隠約法）により、複雑に突入することだ。と

層雲
（明治44年４月創刊）

いって徒らに晦渋難解の机上作に陥ってはならぬ。また偏狭な因襲的観念は脱却せねばならぬが、無中心主義に溺れることは戒むべきだ」云々。

明治四十四年四月には荻原《おぎわら》井泉水《せいせんすい》が東京で「層雲」を創刊している。碧梧桐を後ろ盾に新傾向俳句の研究と普及を目的とした俳句雑誌。同時にドイツ文学の翻訳や紹介を載せ文学雑誌のようでもあった。創刊当初は参加することなく、山頭火は郷土雑誌の「青年」に力を注いでいる。明治四十四年十二月号には、その消息を伝える通信を掲載。一部を引用で示してみよう。

「急に思ひたつて、急に当地へやつてまゐり候。天凡、山郎、指月、緑頻紅の諸兄に初めて対面。その句作に熱心なる、俳論の旺盛なる、温情の発露せる、唯々感服の外御座無候。小生も尻馬に乗つて弥次的俳戦を試み近来になき愉快なる一日二夜を過ごし候。論題は主として在来の季題趣味と新傾向との交渉如何に御座候。」

防府から岩国に銀行員として転勤したばかりの佐田真作（天凡）を訪ねたのだ。彼とは周陽学舎

（旧制中学）以来の俳句仲間だった。当地の松金指月堂や杉本緑頻紅らとも一緒に句会を楽しんだのだろう。この席上、山頭火は旧号の田螺公で俳句を作っている。

筆堅に栗飯とあり遠く来し　　田螺公
梨もいづ卓布に瓦斯の青映えて
吶辯の寒山詩話や梨むいで

俳句は季題を詠ずる文学だ、というのは守旧派の立場。対して趣味的に季題を詠みこむマンネリズムを排し、真の詩に近づけるべきだというのが新傾向の俳句であった。そんな論議をしながら作ったのが掲出の三句である。旧来の形式から逸脱するところはないけれど、座五の〈遠く来し〉〈青映えて〉〈梨むいで〉の用法はいわゆる新傾向を意識したものであろう。

田螺公から山頭火へ

俳号の田螺公は旧来のものだ。芭蕉は「春雨の柳は全体連歌也。田にし取烏は全く俳諧也」（『三冊子』）といった。おそらくこれを念頭においての命名であったと思うが、一方で翻訳や詩を発表するときは山頭火のペンネームを使っているのだ。彼が自身の雅号を〈山頭火〉一本に絞ったのは大正二年三月十二日のことであった。彼は回覧雑誌の中で、「感ずる所あり、自今、田螺公をやめて山頭火の号を用ひます。」と記している。

ところで、山頭火が旧号の田螺公で所属していたのは、防府を中心にした弥生吟社という結社であった。月並の句会のほか、各自の筆による和紙綴りの俳句を主とした回覧雑誌を出していた。現存するのは明治四十四年七月から八月に回覧した五句集第四号「夏の蝶」一冊のみ。回覧規定によると各自五句出しで二回回覧し、第一回回覧の際に短評を付し、佳句五句を選して天地人を付し、直に幹事に通知すること。二日以上留置すべからず、と決めている。同人は田螺公種田正一を含めて十名だった。その中には塩田銀行の斎藤可堂、関門日日新聞防府特派員の磐翠梅田良太らが数えられる。

五句集の第五号は「妓」、第六号は「桐一葉」だが未見なので詳しいことは分らない。それにしても弥生吟社とは、いかにも古い感じである。時代の動向として新しい文学を盛り込むためには、活版印刷の新雑誌を発行しようということになったのではないか。

山頭火はそのころ蛮勇をふるう男と自認し、また文学仲間も認めている。何に対して蛮勇をふるったか定かでないが、文学雑誌「青年」の創刊に踏み切ったことをさすのだろう。それほどに金を食う贅沢な雑誌で、いわば無謀な動きをした。山頭火が中心的存在で、周囲の俳句仲間が参加したのだろう。創刊は明治四十四年六月で、そこに弥生吟社の句会報も掲載している。雑誌「青年」は新しい文学を標榜するが、俳句結社の弥生吟社とは馴染まない感じだ。いっそこれも改称して新しく出直そうとしたのではなかったか。十二月号の「青年」には弥生吟社を椋鳥会に改名と明記して、回覧雑誌の椋鳥会五句集「夜永」から同人の句を「青年」に転載している。

椋鳥会の回覧雑誌第一号は当季課題の「夜永」を表紙の題名として明治四十四年十一月から開始。それ以後は毎月発行し、十二月は「爐開」(二号)、明治四十五年一月は「河豚」(三号)と出し、大正元年十一月は「野分」（十二号）、十二月「寒さ」（十三号）、大正二年一月「初凪」（十四号）、二月「梅」（十五号）、三月「蛙」（十六号）、四月「踏青」（十七号）、五月「菜の花」（十八号）、六月「梅雨」（十九号）、七月「蝉」（二十号）、八月「扇」（二十一号）、九月「コスモス」（二十二号）と続けている。

ここで断っておきたいのは、三号の「河豚」以後、十二号「野分」の間の明治四十五年二月から大正元年十月までの回覧雑誌が今のところ現存しない。そのため山頭火の動静は詳らかでないのだが、「河豚」の雑録欄にいわくありげな詫び文を書いている。興味ぶかいので全文を引用しておこう。

「新年句会には失敬しました、あれほど堅く約束してゐた事ですから、私自身も必ず出席するつもりでしたけれど、好事魔多しとやらで、飛んでもない邪魔が這つて、あゝいふぐうたらを仕出来しました、何とも彼ともお詫の申上様もありません、たゞ〳〵恐縮の外ありません、新年早々ぐうたらの発揮なんどは自分で自分に愛想が尽きます、といつたところで、ぐうたらは何処まで行つてもぐうたら、何時になつてもぐうたらで、それは私の皮膚の色が黒いのとおなじく、私の性でありま す、私自身さへ何うする事も出来ませんし、有体に白状しますれば私は我と我が身を持ち倦んでゐるのです、丁度、気の弱い母親が駄々ツ児の独り息子を持て余してゐますやうに

我に小《ち》さう籠るに耳は眼はなくも

泥田の田螺幸《さち》もあるらむ

突然ですが、少しく事情があつて当分の間、俳句、単に俳句のみならず一切の文芸に遠ざかりた

いと思ひます、随つて名残惜しくも、皆様と袖を分たねばなりません、今年は子の年ですから、仁木の鼠みたいに、また出直して来るつもりでありますが、一応お別れします、色々御厄介になりました、皆様、御機嫌よう。

毒ありて活く生命にや河豚汁

一月十八日午前十時

田螺公謹んで申す。」

2 烟霞の癖

旅への憧れ

山頭火は自身のことを顧みて、烟霞《えんか》の癖《へき》という不治の持病があるという。後年の放浪流転を鑑みれば納得のいくことは多いが、明治四十四年十二月の回覧雑誌「爐開」の中で自らの性状を明らかにしているのは興味ぶかい。一部を引用してみよう。

「僕に不治の宿痾あり、烟霞癖也、人はよく感冒にかゝる、この如く僕はよく飛びあるく、僕に一大野心あり、僕は世界を——少くとも日本を飛び歩きたし、風の吹く如く、水の流るゝ如く、雲のゆく如く飛び歩きたし、而して種々の境を眺め、種々の人に会ひ、種々の酒を飲みたし、不幸にして僕の境遇は僕をして僕の思ふ如く飛び歩かしめず」云々。

烟霞の痼疾などともいうが、靄《もや》や霞のかかった風景が烟霞。痼疾はやっかいな持病のこと。深く山水を愛して執着し、自然の美しさを求めてあちこちを旅する習癖である。同じ時期に発表のエッセイ「夜長ノート」（「青年」明治四十四年十二月）には、一度行った土地、一度読んだ本、一度遇った人を例にあげ、一度きりで二度は興味がないという。けれど、「一度でなくして二度となつたとき、それは私にとつて千万度繰り返すものである。終生離れ難い、離れ得ないものである」と書く。かなり偏執的傾向の性格だったといえるのではないか。

山頭火の烟霞の癖はどこで慣ったものだろうか。後年、世を捨てて放浪していた時期の日記には、よく世間師と特記しながら彼らのことを記している。後に改めて書きたいと思うが、民俗学者の宮本常一氏が『忘れられた日本人』の中で「世間師」について詳述。その冒頭部分は、山頭火の生き方を考える上でも参考になるので紹介しておきたい。

「日本の村々をあるいてみると、意外なほどその若い時代に、奔放な旅をした経験をもった者が多い。村人たちはあれは世間師だといっている。旧藩時代の後期にはもうそういう傾向がつよく出ていたようであるが、明治に入ってはさらにはなはだしくなったのではなかろうか。村里生活者は個性的でなかったというけれど、今日のように口では論理的に自我を云々しつつ、私生活や私行の上ではむしろ類型的なものがつよく見られるのに比して、行動的にはむしろ強烈なものをもった人が年寄りたちの中に多い。これを今日の人々は頑固《がんこ》だといって片付けている。」

宮本常一氏は明治四十年に山口県大島郡東和町生まれ。昭和八年には『口承文学』を刊行し、全国各地の故老を訪ね多くの聞き書きを遺した学者として有名である。エッセイ「世間師」の末尾には、無用の用ともいえる世間師たちが多く存在したことを哀惜をこめて書いているのが印象的だ。

「明治から大正、昭和の前半にいたる間、どの村にもこのような世間師が少なからずいた。それが、村をあたらしくしていくためのささやかな方向づけをしたことはみのがせない。いずれも自ら進んでそういう役を買って出る。政府や学校が指導したものではなかった。

しかしこうした人びとの存在によって村がおくればせながらもようやく世の動きについて行けたといえる。そういうことからすれば過去の村々におけるこうした世間師の姿はもうすこし掘りおこされてもよいように思う。」

当時の山頭火にとって、世間師は縁遠い人々であったかもしれない。けれど酒造場の経営者は、酒造りの職人である杜氏との関係が深い。杜氏たちは冬季の約三カ月だけ雇われる出稼ぎ職人団である。一種の世間師であり、種々の新風をもたらすこともあっただろう。

山頭火は酒造場の運営に熱を入れた時期もある。けれど父の作った巨額の借財のため起死回生はおぼつかない。常に鬱屈したものがあり、打ち払うためには外の世界にあこがれたともいえる。先に引用の烟霞癖を持病とするの文章では、家に留まりまだまだ算盤をはじく意欲は失せてはいない。けれどだんだん怪しくなる。世の中は日清・日露戦争の勝利によって、若者の間に海外進出の風潮が高まってゆく。彼も朝鮮へ出かけることがあったようで、烟霞の癖に因があったと考えるべきだろう。

回覧雑誌「河豚」(明治四十五年一月)の中で、彼は「少しく事情があつて当分の間、俳句、単に俳句のみならず一切の文芸に遠ざかりたい」と表明。その後の動静が気になるけれど、回覧雑誌もそれ以後の四号から十一号までが存在不明。詳しいことは分らないが、大正二年四月二日の記(回覧雑誌「蛙」三月号)として「去年頃の僕は近所の評判を馬鹿に気にして兢々と暮らして居ましたが此の節は無頓着で酒や女に耽溺して御蔭で首が廻らぬのに閉口します」と書いている。回覧雑誌「野分」(十二号)の中には、大正元年十一月二十日の記として「五句集の復活を賀す、希くは前途に光栄あれ」と書いているから主力の山頭火が抜けていた間は低迷していたのだろう。同じ「野分」誌の中で、彼は十二月七日の句会を無断で欠席した謝り文を載せている。連日の飲み過ぎのため出席できなかったのだ。「当分禁酒」と前書をつけ「酒も断ちて身は凩の吹くまゝに」と詠んでいる。

新時代の表現を模索

明治四十五年は明治天皇の死去により、七月三十日から大正元年となった。

乃木希典と妻は天皇の後を追って殉死。一つの時代が終わったというセンセーショナルなニュースであった。台風が日本全土を襲い、愛知や鳥取など十三府県で多くの死者を出している。米価は騰貴し下層の人々の生活は困窮し、焼芋屋が繁盛したという。大正二年も大不況の年だった。

山頭火は一月五日の椋鳥会新年句会に出席したが、ふるわなかったらしい。その月の回覧雑誌「初凪」（十四号）には出句していない。このことについては「私には今の處どうしても句が作れません、句作の余裕——句材があつてもそれを句として発表するだけの心のユトリがありません。私は此頃非常に心身が動揺してゐます。それがために殆ど家業をも省みないほどの慌しい押し詰つた生活を続けてゐます。どうぞ私を赦して下さい。そしてもう少し考へさせて下さい。」と変にへりくだった文を載せている。

もう少々、回覧雑誌の号を追ってみよう。三月十日記とある同人の一人は「田螺公の行衛不明は実にあてにならない、何時ひよつくりと出て来ないでもない」（「梅」大正二年二月号）と書く。しばらく交渉を絶っていたのだろうが、この文を読んで行方不明のはずの彼は同じ回覧雑誌に「病床より田螺公」と書き、「病みぬれば野獣の如き我もまた物恋ひしさに涙ぐむかな」の一首を載せている。「人間を廃業したい」とも述べ、俳句でも田螺公の旧号をやめ山頭火の号を用いるとした。

彼はいろんな方面で悩んでいた。俳句が作れないのは句作方法に疑問があったからだろう。やがて師として選ぶ荻原井泉水は明治四十四年四月に「層雲」を創刊し、新しい俳句の道を標榜していた。当時を回想して次のように語っている。

「私は季題がいけないというんじゃないですよ。季題という話をすると、人はすぐ誤解するけど、季題はいけないというんじゃなくて、季題のないものはいけないというのはいけない。こういうんだ。」

（「俳句研究」昭和三十六年六月）

たいへん柔軟な考え方である。井泉水は季題のない句がよい、などと主張したことはないという。山頭火はこの考えに共鳴したが、これまでは季題を中心として作ってきた。季題を念頭から外して句作するにはどうすればよいか。一つのことにこだわりはじめれば、なかなか転換のきかない性格だ。彼は「層雲」に投句して、旧号の田螺公の名で大正二年三月に「窓に迫る巨船あり河豚鍋の宿」の一句が入選している。あるいはこれを機に、古くさい田螺公の俳号を捨てようと決意したのであろう。

また新しい表現を模索して、短歌や詩作にも手を染めている。大正二年二月には短歌回覧雑誌第一号「四十女の戀」（白楊社）に参加。ここには自由詩一篇と短歌六首を載せている。当時の様子や心境を窺えるので、先ず短歌六首を挙げておこう。

日々の新聞読むとさまざまの女恋ふるといづれをかしき
わが心たゞ何となう物足らで愚痴になりゆくことのさびしさ
愛し得ねど離れえぬ世の二人なれば言葉すくなに酒あほりをり
病む我をかこめる暗黒《ヤミ》のかなたより焔吐くなり紅き唇

かたくなの心つめたき涙しぬ捨てたまはざる祖母のなさけに
暮るゝ待ちて人眼忍びて色街へ急ぎし頃よ安かりしかな

山頭火の詩も珍しいので挙げてみよう。「春の泣笑」と題して十節から成る詩の、最初の節と最後の節だけを引用で示す。

春が来た。——
煽動《おだて》上手の微風に
そよろと撫でゝ舐められて、
草も樹も、鳥も獣も人間も
ふわり〳〵と踊り出す
陽気浮気な足どりで。

（八節を省略）

春が来た。——
旋毛《つむじ》曲りの怠け者にも春が来た。——

『古い、冷たい穴の底から出てきた虫よ。
ごそ〳〵這うて何をする
何故、唄はない！　踊らない！
"Everyone sings his own song"——
春が来ても、花が咲いても、
お前は矢張《やっぱり》、寂しいか。
——"and follows to his lonely path"——

英文を挿入しての洒落た詩だ。けれど心は千々に乱れている。そんな思いの一端を、同じく回覧雑誌「四十女の戀」の中で次のように記す。

「私は以前から小っぽけな純文芸雑誌発刊の希望を胸ふかく抱いてゐます、機が熟したら、必ず実行します。そして、その一半を俳句の椋鳥会と短歌の白楊社とに捧げたいと思うてゐます。郷土芸術——新しい土に芽生えつゝある新しい草の匂ひが、春風のやうに私の心をそゝります。そして私の血は春の湖のように沸き立つて来ます。（併し、なんなしとはあまり高い声では申せません。地方雑誌の経営ではこれまで、度々失敗してゐますから。）」

柳田国男が月刊「郷土研究」を創刊したのは大正二年三月である。民俗学研究の嚆矢ともいうべきだが、山頭火が企画したのは郷土芸術であった。熱中して雑誌発刊のことを考えすぎたか、彼は発熱してしまった。椋鳥会の回覧雑誌「踏青」四月号（十七号）には山頭火の代筆で、「熱病にて筆を握りえず候に付比度はすべて失礼致し候」と書き記している。早速これに対するコメントとして「山頭火兄の代筆は山頭火兄の愛する人の筆跡につき鳥渡御知らせします」と冷やかしの一文を付しているのがおもしろい。

もう一つ話題といえば、河東碧梧桐が大正二年四月十五日、夜の九時の列車に乗って三田尻駅を通過する。停車時間は五分、その間に面会しようと椋鳥句会のメンバーは駅のホームに待ちかまえた。感動の一瞬である。けれど山頭火は病床にあって、碧梧桐に会えなかったのを残念がった。地方俳人にとって碧梧桐は憧れの的で、みんな上気して出迎えたようだ。

文芸雑誌「郷土」の創刊

山頭火の興味もそのころは新傾向俳句にあった。回覧雑誌「梅雨」六月号（十九号）の雑録欄には、七月二十一日記として次のように書いている。

「△予て計画中の文芸雑誌『郷土』弥々来月中旬初号を発刊することにしました。内容は主として新らしい短歌と新しい俳句をも載せるつもりです。原稿の〆切は七月末日限り——以後すべて発刊前月末限り——是非諸兄のご助力を願ひます。

△何といはれても私には新らしいものが一番うれしい。古い者は一切嫌である。流動は私の生命で

す。

△本号から私の幼稚な新傾向句論を書くつもりでしたが『郷土』誌上で発表することにしました、第弐号から出来るだけ詳細に続けて書くつもりです。その時はどうぞドシ〳〵批評して下さい。そして、新傾向論に代りて同人に就ての評論を書きます。人身攻撃にならざる限り極めて無遠慮に書きます。まづ末月号では不泣序論を書きます。」

文芸誌「青年」の仲間であった山本国蔵は大阪市梅田停車場車掌室に転勤していたが、「極めて薄つぺらで貧少な雑誌ながらも特色ある我儘な雑誌とする考であります」（大正二年七月十七日）とハガキを出して協力を要請している。その文芸雑誌「郷土」は八月に創刊。編輯兼発行人は種田正一である。編輯後記には「編輯から発送まで、殆ど一切の事務を私一人で処理するのですから、仲々思ふやうに手が届きません。殊に私は可なり多忙な職業を抱へてゐます。私は店番をしつゝ、本誌を編むのです」と書く。

山頭火の日常生活が透けて見えて興味ぶかい。妻サキノは結婚当初を回想する手紙を昭和二十二年二月二十一日に木村緑平へ書き送っている。緑平は世捨て後の山頭火を物心両面で親身になって支援した俳人だ。サキノの書く文面には「父親の身持のため（一カ月の内半月は門司の妾宅に半分は宮市の妾宅に）宅には余りゐません状態で家計収支其他に面白くなく酒でまぎらしてゐました様子。それで私達の結婚生活も廿日間位で其後は目茶目茶で御座いました」とある。父竹治郎と折り合いは悪く、山頭火も捨鉢だったようだ、けれど正気に戻る時期もあり、長男健に対しては普通の父親と変わらぬ溺愛ぶりであった。

雑誌を編集し発行するには根気がいる。酒屋も営んで可なり多忙だったというのは本当だろう。当時をよく知る明治三十九年生まれの杉山キクノさんから聞いたという話がある。田村悌夫氏が『種田山頭火の妻「咲野」』（前出）の中で伝える聞き書きだ。キクノさんは種田酒造場のななめ前の家に生まれ、長男の〈健坊〉ともよく遊んだという。山頭火はそのころも〈正さま〉と呼ばれていた。

「私の父はお酒が好きで、ななめ前ですからネ、私が買いに行きよりました。買って帰って来ますと父が、きょうは正さまだったかネ、お父さんだったかネ、と聞きよりました。正さまだったら量が多かったからです。正さまというのは人品のよい方で、金ぶちのメガネをあてて短い口ヒゲをはやしておられました。（中略）正さまはいつも行きますと、格子戸の前に座ってラシャの前掛けをあてられて無口でソロバンをはじいたり、本を読んだりしておられました。」

子供の眼に映った三十過ぎの山頭火の面影だ。自堕落な生活ではなかったようだ。殊に文芸雑誌「郷土」創刊に当っては意欲満々の態である。創刊の辞は「新しき郷土」と題して文学に寄せる熱い思いを披瀝。その一部を引用で示しておこう。

「新しさは発見であり、独創であり、生みの力である。然り我等が郷土はVirginsoilであらねばならぬ。……我等は解放されなければならぬ。我等は或る何物かを掴まなければならぬ。……ロマンチシズムは自我をして自由に飛躍せしめた。自然主義は厳かに現実の舗石を組み立てた。今や第一歩を踏み出さうとする。我等は、急がず躓かず、歩一歩Steadil fstekを続けてゆきたいと思ふ。（山頭火）」

実はこの文芸雑誌「郷土」は八方捜したが見つからない。当時の親友であった柳星甫氏が「この印刷物はタブロイド判二ツ折の四頁物で、第一頁上三分一には、波、白帆、夏雲を描いた木版の中に、白ヌキで『郷土』と書いてある。そして『新しき郷土へ』と題して、山頭火が創刊の辞を書いている」（初出不明・『山頭火全集』月報三号）という消息を伝えるのみである。

雑誌が現存しないのだから詳しい内容は分らない。月刊で一部三銭、半カ年十六銭、一カ年三十銭、郵税不要、郵便小為替若くは五厘切手用にて前金申受入、と広告を出し、会計の方も堅実ぶりを発揮しているのも山頭火の一面であろう。「郷土」が何号まで続いたかも不明だが、二号に取りかかっていたことは別の消息から明らかである。分っているのは「郷土」創刊から三年も経たぬうちに、心ならずも生まれ育った郷土から追われたことだ。

3　俳縁波紋

新しい文学への志向

山頭火は当時の新しい文芸動向に敏感であった。東京で発行される雑誌を定期購読していたという。郵便配達の人は数の多さと雑誌の目新しさに、いつも羨望していた、と証言している。明治四十四年十二月号の「青年」に掲載の随筆「夜長ノート」の中で、山頭火は次のように書く。

「片田舎の或る読者から観て——その読者の受ける気分とか感じとか心持とかいふものによって、日末《ママ》現代の文学雑誌及び文学者を二つのサークルに分つことが出来る。

スバル、白樺、三田文学、劇と詩、朱欒。永井荷風氏、吉井勇氏、北原白秋氏、秋田雨雀氏、上田敏氏、小山内薫氏、鈴木三重吉氏。……。

早稲田文学、文章世界、帝国文学、新小説。島村抱月氏、田山花袋氏、相馬御風氏、正宗白鳥氏、馬場孤蝶氏、森田草平氏。……」

この一文によっても、彼が当時の文壇に興味を持ち事情通であったことが分る。前者は浪漫主義、後者は自然主義だ。そして、そのころ注目されていたのが前者と傾向を同じくする「層雲」という雑誌であった。井泉水が新しい俳句を標榜して創刊した雑誌であったが、国文学者の吉田精一はその源泉にふれて「理論も句作も、白樺派と同じ立脚地に立たうとしたもので武者小路等の用語や考へ方はすべて彼によつて借用され、又『民衆芸術』をも唱へ、ホイットマンと芭蕉との比較なども試みた」（『明治・大正史』）と指摘。かなり大雑把な文学史家の裁断である。ちょうど一年前の明治四十三年四月に創刊した「白樺」が重視する人道主義、個人主義、理想主義と軌を一にするものであったという。

山頭火がいつから「層雲」を購読しはじめたかは分らない。創刊号はすぐ売り切れたから買えなかったはずだが、「朝日新聞」にも「読売新聞」にも広告を出していた。新しい情報は地方にも案外と速く伝わり、郵便は現在よりも迅速で確実だったそうだ。そんな調査報告もある。彼は貪欲に新知識を求めていたから、井泉水の主唱を逸速く察知した一人ではなかったか。

井泉水は俳句を通して人間の個性の尊重を主張し、そこに新文学の強力な突破口を開こうとした。その一端は「層雲」創刊の辞のなかでも窺える。

「文壇は世界の思潮と交渉を有して居る長き並木の道、広き若草の原である。俳句には其れに適したる地味があるとはいへ、時に之を沃えたる野に移し或は新しい土を以て培はなければ、遂に盆栽的弄物になつてしまひはしないだらうか。」

こうした主張のもとに、初期の「層雲」には小牧暮潮《こまきぼちょう》、青山郊汀《あおやまこうてい》、雪山暁村《ゆきむらぎょうそん》らがドイツ文学を紹介したり、久米三汀《くぼさんてい》（正雄）や瀧井孝作《たきいこうさく》の短編小説、山村暮鳥《やまむらぼちょう》、村野四郎《むらのしろう》らの詩、石川啄木の短歌なども掲載し文芸色が強かった。

当時は河東碧梧桐が提唱した新傾向俳句運動が全国的に広がりを見せていた時期で、いわば傘下の俳句雑誌として出発した。けれど碧梧桐と井泉水とは肌合が違っていて、井泉水は創刊号から「俳壇最近の傾向を論ず」というエッセイを連載し徐々に対立をあらわにしてゆく。碧梧桐の説く無中心論に飽き足らず、「型を破つて、自然に帰れ」とか「俳壇を払へ」と筆鋒は鋭気に満ちていた。題詠の是非をめぐり、大正三年ついに二人は袂を分かつ。これ以後、井泉水は題詠によらない自由律俳句を推進し、独自な道を歩むのである。その主張は何よりも「自己を深くする」こと、そして「内から起るリズム」を尊重することが必要であると。よい句を作るために大切なのは、第一に「生活が真実であるか、充実してゐるか」どうかであること、第二に「観照が真髄に徹してゐるか、妥協的であるか」どうかである。こうした言説を鮮明しながら、彼は精神主義的、理想主義的な傾向を深めてゆく。

「層雲」に拠り活躍

正岡子規の俳句革新は鮮烈であったが、より一層の俳句革命を起こそうとしたのは井泉水であった。俳句を手遊《てすさ》びくらいにしか思っていない人々には衝撃だったに違いない。俳句に対し文学としては飽き足りなく思っていた、特に若い人々の心を打った。その一人が山頭火であり、やがて椋鳥会の連中も同調し、そのまま「層雲」支部の役割を担い活動してゆく。

山頭火の俳句が旧号田螺公の名で「層雲」に初めて一句掲載されたのは、大正二年三月号であった。六月号には山頭火の俳号で二句選ばれている。そして八月号には各地の句会報として「椋鳥会（周防防府町）」の漣月、檳榔、山頭火（二句）、不泣子の俳句を掲載。同欄に「一夜会（周防熊毛郡麻郷村）」の句会報も掲載されている。

「層雲」地方支部で、山口県においては椋鳥会と一夜会が草分け的存在であった。あるいは支部となる以前から交流があり、文芸誌「青年」に同人として参加していた俳人もいる。もう一つ注目すべきことは大正二年十一月号で「関門俳句会（長門門司）」が新しく支部として加わっている。その中に「地橙孫」の句を三句掲載。後に詳しく書くつもりだが、やがて山頭火が熊本へ落ち延びるのは兼崎《かねざき》地橙孫《ちとうそん》を頼ってだといわれている。当時は下関に住む彼と、いわゆる俳縁ができていたのだろう。

俳縁といえば、山頭火は「層雲」に拠ることで志を同じくする俳句の友を多く得ている。その一人は久保白船（周二）で山口中学の三年後輩。白船は山頭火との出会いを「明治から大正にうつる頃新体詩も和歌も面白くなくなり私の創作欲も妙な方面に迷つて自分ながらもてあまして居た頃詩の友吉田花茗を介して山頭火君と相知り山頭火君の誘ひによつて新傾向俳句に入門いたしました」（「層雲」大正九年十月）と回想している。

白船は山口県南東部、瀬戸内海に浮かぶ佐合島という小島の生まれで、そこで醤油醸造業を営んでいた。山頭火は三田尻駅前で旅館をやっている浴永《えきなが》不泣子《ふきゅうし》（国助）と一緒に、大正二年七月に白船を訪ねている。不泣子は椋鳥会の仲間で九つ年少だったが、顔は広かった。彼の先導で、山頭火も各地の句会に出席するようになったようだ。句友の一人、山口県東部の勝間村に住む河村義介あてのハガキの一部を紹介しておこう。大正三年五月三日の差出しである。

「その後御変りはありませんか、僕は相変らずです、今日漸く椋鳥句集『自画像』を送つて置きました、しつかり書いて下さい、椋鳥会の中心防府が眠り込んで困ります、僕も編輯を造作なく引受けはしたもの丶かういふ風では編輯甲斐がないやうで弱つて居ります、大に君の来援を願ひます。

五月三日夜

子連れては草も摘むそこら水の音」

世話焼きの不泣子は大正二年末に入営していた。そのために椋鳥会は沈滞気味だったらしい。河村義介は山頭火より六歳年少。大地主で、大正三年六月から個人俳句誌「樹」を発刊、亡くなる昭和十一年までに通巻一二七号を出している。山頭火も俳句や俳論を寄せ協力した。

ついでに書けば、河村家には大正四年五月一日撮影の写真が一葉保存されている。新傾向俳句の中国連合句会のときのもので、広島市平塚町の長尾茶の門方で撮ったもの。山頭火も義介も参加し、写真には十二人が写っている。その中に神戸から来た川西和露もいる。山頭火が熊本へ落ち延びる縁を作ったのは和露であったかもしれない。鉄材商を手広く営み、碧梧桐門の高弟。関西以西の俳人たちの間ではよく知られ、人望を集める存在だった。熊本にもよく出かけ、句友たちとの親交は深い。

井泉水と初対面

山頭火が師の井泉水に初めて会うのは大正三年十月二十七日である。師とはいえ山頭火より二つ年下で三十歳になったばかり。けれど第一高等学校在学の十九歳のとき柴浅茅らと一高俳句会を興し、鳴雪や碧梧桐、虚子らを招いて指導を受けている。同校教師の夏目漱石とも共に句座を催すことがあった。言語学にも精通したエリートで、俳論における歯切れのよさは衆目の一致するところ。十月下旬より十一月にかけ中国、四国地方の俳人に会い、いわゆる自由律俳句を広めるために俳行脚の途上であった。

井泉水は山陽路に入り、先ず山口県南部の麻郷を中心とした一夜会のメンバーに迎えられた。江良碧松を筆頭にして、みんな農家の長男で独身ものばかりだったという。山陽線田布施駅前の平木屋旅館が会場だったが、そこにゲストとして山頭火と白船も参加し師弟の初対面であった。

翌二十八日は入江の二階屋に上がり、生簀船からすくいあげたばかりの魚料理を食べた。皆とは田布施駅で別れ、井泉水と山頭火の二人は三田尻駅まで同道。駅前の不泣子が営む浴永旅館で椋鳥会による歓迎会や句会が催された。井泉水はそのときの句会の様子を、「題を出して作るといふことは前から廃めてゐるといふ事だつた。多くの人々が句会の事だからまあ什麽《そも》な句でもよからうと云ふのを爰では、句会の中だから自信のある句を出さねばならぬ、と考へてゐる。その意味から自然、題で作る心持を離れたのであらう」（「層雲」大正三年十二月）と報じ注目している。新しい俳句が生まれる第一歩は地方から萌芽していたわけだ。

山頭火は「層雲」に参加する以前から新しい俳句を模索していた。それは井泉水の提唱するところでもあり、大いに意気投合したらしい。やがて山頭火が井泉水に書き送る綿々《めんめん》とした手紙のうちには、彼の新しい文学運動に荷担してゆく意欲が現れている。同時に、苦悩の心情が書かれていることに注目すべきだろう。

「すべて新しい運動は最初或《あ》る個人の自覚から起り、それが個々の人の自覚となつて初めて意義があり価値があると信じます、俳壇の個人主義！　そこから個性ある作品が生れます、そして個性ある作品でなければ力も光もありません。我等が進みつゝある道は進めば進むほど険しく且《か》つ狭くなります、而《しか》しそんな事は我等にとつては何でもありません、全力をぶちこんだ仕事に難易はありません、確信した道に広狭は有りません、全我的に進みつゝある人は荊棘の中に道を拓いて進みます。

（中略）

私は上手に作られた句よりも下手に生れた句を望みます、たとへ句は拙くても自己の生命さへ籠つて居れば、それだけで存在するに足ると信じて居ります、而しさういふ句はなか〳〵出来ません。私は昨日まで自分は真面目であると信じて居りました、其信念が今日はすつかり崩れてしまひました、私はまた根本から築かねばなりません、積んでは崩し、崩しては積むのが私の運命かもしれません、が、兎に角、私はまた積まねばなりません、根こそぎ倒れた塔の破片をぢつと見てゐる事は私には出来ません、私は賽の河原の小児のやうに赤鬼青鬼に責められてゐます、赤鬼青鬼は私の腹の底で地団駄を踏んで居るのです」

（大正四年三月十七日付）

あるいは、こうした心情の吐露は、彼の精神の赴《おもむ》く病的なものへの直感であったかもしれない。その煩悶を打ち明けるに足る人物に出合ったことがうれしいのだ。句には「自己の生命さへ籠つて居」りさえすればよいとする。けれどその生命の実体がなんであるか、彼はそれをつかみかねて自信を失っていた。

「恐ろしいものが来る、きつと来る、いつ来るか、どこから来るか、――それは解らない、解らないけれど私は待つてゐる、恐怖と希望とを以て待つてゐる！」
（「層雲」大正四年二月）

山頭火は狂気のなかにみずからすすんで身を据えている。それは単に句作することでなく、まさに苦行であった。

文学を語ろうとすると、まず前提として問題になることがある。一つは「芸術のための芸術」であり、対立するもう一つは「人生のための芸術」だ。山頭火は「層雲」に所属してより、大正三年から六年にかけ十六回もの警句ともいうべき評言を発表している。それは大旨こんな文章である。

「小鳥が歌ふのは小鳥自身のためであつて私のためではない、その歌に耳傾けるのは私自身のためであつて小鳥のためではない。」
（大正三年五月）

「優秀な作品の多くは苦痛から生まれる。私は未だ舞踏の芸術を解し得ない。私は所謂、法悦なるものを喋々する作家の心事を疑ふ。此意味に於て、現在の私は『凄く光る詩』のみを渇望してゐる。」

（大正五年二月）

それらを読んでいくと、芸術のためならどんな犠牲もいとわない、芸術のための芸術を志向していたといってよかろう。もちろん単純に言い切ることは難しいが、「家庭は牢獄だ、とは思はないが、家庭は沙漠である」「私達は別れなければならなくなつたことを悲しむ前に、理解なくして結んでゐるよりも、理解して離れることの幸福を考へなければならない」（大正三年九月）などと書くのは、偽らざる心情吐露であったと思う。

こんな具合であってみれば、家庭生活が幸せであったとはいえないはずだ。けれど山頭火には容易に抜け出せない柵《しがらみ》があった。すでに種田家の没落は明らかであったが、最後の砦ともいうべき酒造場の経営も窮地に陥っている。仕込みのために必要な米を買う金がなくて、大正三年秋には妻サキノの口添えで、彼女の実家である佐藤家から資金を引き出している。

山頭火は直接に佐藤家を訪れ金を借り受けると、そのまま引き返した。急に緊張がゆるみ、途中の堀というところで休憩したという。旅館は二軒しかなかったが、その一つ宇多田屋旅館で一杯飲んだ。それがついつい深酒となり、せっかく借りた金も一部を早速飲み代に支払わなければならなかった。

翌大正四年は妻サキノが実家へ行って、仕込みの資金を借りている。そのあたりの経緯は先にも紹介した田村悌夫氏の著書に詳しい。注目すべきはサキノが父光之輔あてに出した借金の礼状のハガキが掲載されている。十月二十一日、帰途に堀から出したものだ。

「皆々様へ宜敷御伝へ下さるべく候、本日は取急ぎ御暇も致さず帰宅致し候、島地より車を急がせやうやく間に合ひ一方だけ受取、後は本店にて受取べく致し候間、御安心下され度、先は右御礼旁御通知申上候、帰宅後ゆるゆる御礼差出べく候」

何とも礼儀正しい文面である。これを読むだけでも分別のある確り者と分る。サキノが人力車を急がせ堀に立ち寄ったのは、華浦銀行（現・山口銀行）堀支店で金を〈一方だけ受取〉るためだった。山頭火は前年、この地で酔い潰れたから、轍を踏まぬためサキノが実家へ出かけたのだ。〈後は本店にて受取〉というのは、三田尻にあった華浦銀行本店のこと。

種田酒造場も経営はサキノの力が大であったことが窺える。山頭火は生憎、脚気を病んで逼塞中であった。けれど家業を放擲しているわけにはいかない。大正三年に仕込んだ酒が腐ったのだ。そのため経営は危機に瀕していた。井泉水に書き送った手紙では「御大典が迫りましたので世の中が色めいてきました、私は忙しさに何も彼も忘れてしまひました、脚気が日にまし悪くなりまして此頃ではもう手足が動かなくなりました、その動かない手足を動かさなければならない境遇を却つて尊いやうにも思ひます」と記す。

御大典とは大正天皇の即位礼で大正四年十一月十日に京都御所紫宸殿でおこなわれている。山頭火の病状は文面からするとかなり重症である。脚気は夏季に多く、進行して運動麻痺、腱反射が消失していたらしい。原因はビタミンB_1の欠乏による疾患だが、酒の飲み過ぎで悪化する。軽視できない病気で、大正十二年には二万七千人もの死者を出し、結核と並ぶ二大国民病と恐れられた。

山頭火の心身はともに疲労困憊で、また家業も火の車。この窮境をどう忍ぶか。そんな心境をつづった「赤い壺」という文章がある。「層雲」の大正五年一月号から三月号に連載したもので、あるいは文学魂を発揮した注目すべき人生批評であったと思う。多くの短評を連ねる形式の文章だが、一部をここに引用してみよう。

「死を意識して、そして死に対して用意する時ほど、冷静に自己を観照することはない。死が落ちか〻れば自己の絶滅であるが、死の近づき来ることによつて自己の真実を摑むことが出来る。」

「空には星が瞬たいてゐる。前には海が波打つてゐる。曙を待つ私の心は暗い。この暗さの中で私の思想は芽吹きつ〻ある。私は悩ましい胸を抑へて吐息を洩らしてゐる。その吐息の一つ一つが私の作品である。」

「叱られて泣いた昨日があつた。殴られて腹も立たない今日である。——悔なき明日が来なければならない。」

山頭火の「層雲」における活躍はめざましく大いに注目され、大正五年三月には俳句選者の一人となっている。そのころの俳句も挙げておきたい。

思ひ果てなし日ねもす障子鳴る悲し
おびえ泣く児が泣寝入る戸外はしぐるゝよ
風がはた〳〵窓うつに覚めて酒恋し
闇の奥に火が燃えて凸凹《デコボコ》の道を来ぬ
一日物いはず海にむかへば潮満ちて来ぬ
あてもなく踏み歩く草はみな枯れたり

4　離郷・熊本

山頭火は妻子を連れて、熊本へと落ちていった。大正五年のことである。そのとき彼らを最後に見送ったのは、酒造場で働いていた若者一人であったという。

破産の顚末

浪の音聞きつゝ遠く別れ来し　山頭火
燕とびかふ空しみ〴〵と家出かな

種田酒造場が人手に渡ったのは登記簿を見ると、四月七日となっている。その買い主は町田米四郎、有富イクの両名。町田家との縁の深さはしばしば書いたとおりで、妹シヅの夫が米四郎である。有富家は祖母ツルの姉の嫁ぎ先で弟二郎の里親でもあった。もともと種田家とはそれ以前からの親類筋であったという。

竹治郎はあれこれ理由をつけて町田、有富の両家から多額の金を借りていた。それがいよいよ返済不能になったのである。貸金の形に仕方なく、その酒造場を引き取ったのだろう。だが農業を営む両家にとって、酒造場は無用のもので、その年の十月に売却している。そのとき、竹治郎のとった態度はよほど義理を欠いていたらしく、有富家では養子の二郎を離縁した。

竹治郎のつくった借金が、いよいよ払えなくなった原因はなんであったか。相場に手を出して多額の負債があったことは書いた。そのほか種田家の破産についてはいろいろいわれてきたが、種田酒造場を襲った決定的な打撃は、酒倉の酒が二年連続腐ったことではないか。この一件についての詮索は、あるいは父竹治郎の人格を損なう質のものかもしれない。あえていえば、苦労しらずの地主から転落し、それでも放埒がやめられず、なお女に貢ぐ金を必要とした。哀しいといえば哀しい人間性の発露である。そのことのために、彼の仕出かした失敗はこうである。

当時、大道で隣家に住んでいた山本スミオさんから、私は直接にこんな話を聞いた。

「酒倉の酒が腐った原因は醸造の際、竹治郎さんが水割して米の量を減らしたからです。キッパチ一杯のときは、よかったんですよ」

キツパチとは五合枡《ます》のこと。水との配合で、米一斗入れるところを、キツパチ一杯の米の分量を減らしている。すなわち九升五合しか入れなかったという。それでも、最初の年は腐らずうまくいった。その翌年は、米一斗のところをキツパチ二杯も減らしたというのだ。これで成功すれば、酒の原価はおよそ一割安くつく。まったくうまい勘定である。しかし、その甘い夢もつかの間で、酒倉の酒は腐ってしまった。竹治郎は元も子もなくしてしまった。翌々年も、同じ失敗をくり返している。

事の真偽は定かでない。けれどこうした噂が当時まことしやかに語られていたことは確かだろう。種田酒造場が倒産し、その後を買い取って引き続き酒造場を営むのは大林重義という人だ。私は大林さんからも話を聞いた。

「酒造りで重要なのは気温が一定していることですが、その点で、この大道は適地といえません。朝は海から南風が、夕になると海へ向けての北風が吹き、気温を一定に保ちにくいんです。それに酒造りに欠かせない水も、ここのは軟水で良質といえません」

大林さんは種田酒造場のころの井戸水は水質が悪いので使わず、元造り酒家だった家の井戸水を仕込み水としてもらっていた。郷土史家の田村悌夫氏は種田酒造場の北東約一・三キロのところ大海山

（標高三二五メートル）の麓に灌漑用水のための大きな池がつくられたのがいけなかった、という。完成したのが大正三年五月で、これと符合するかに酒造場の酒が腐りはじめた。大きな池ができたことで地下水が以前ほど動かなくて、水質が一層悪くなったのではないかと指摘。大いに有り得ることだが、いろんな不利な条件が重なって酒が腐ったのだろう。

山頭火は遣り繰りが二進も三進もいかなくなっていたが、その渦中にあっても書くことを忘れていない。「層雲」五月号には「微光」と題するエピグラムを連ねている。二、三の文を抜き出してみよう。

「忍ぶものは勝つ。光は闇の奥から来る。」
「わが胸の小鳥はわが胸の沙漠に巣くうてゐる。わが胸の小鳥よ、せめて沙漠の歌でもうたへ。」
「外光を待つ人は、徒らに窓を開いたり閉ぢたりする。静かに座して内部の醗酵を待て。」

妻子と共に熊本へ

現実は猶予なく切迫していたが、あくまでロマンチストの姿勢を崩していない。そしていよいよ離郷する段になって選んだのも文学志向によっている。心当ては熊本の文学仲間たちである。特に兼崎地橙孫や友枝寥平《ともえだりょうへい》らが頼りであった。すでに彼らとは「層雲」を介して知る仲であり、また河村蟻介が発行の「樹」には山頭火も地橙孫も寥平も共に寄稿している。地橙孫については、もうすこしみておく必要がある。彼は当時の「白川及新市街」という雑誌で、自分たちは「刹那を更改する」「調和融合を排して破壊建設に向ふ」「自分の句が絶対唯一のものであることを信ずる」と、若々しい俳論を展開している。俳壇でも新進気鋭の論客として注目されていた。その地橙孫は明治二十三年山口市に生まれ、十八歳の頃から俳句に親しんだらしい。明治四十三年、第二次全国遍歴の碧梧桐とはじめて下関で会っている。大正二年の『日本俳句鈔第二集』ではすでに三十九句が選《せん》せられ、二十二歳にして早くも碧門の十指に挙げられている。おそらく山頭火とはそのころからの交友で、句会の同席もあったものと考えられる。

その後、地橙孫は大正二年（二十三歳）京都に上り三高に入らんとしたが果たさず、その夏、熊本の五高（独法科）に入学。ここに三年在住するのである。その間、大正三年十二月に彼が中心となり、文芸誌「白川及新市街」を創刊する。ちなみにいえば、発行者は西喜痩脚《にしきそうちゃく》、同人は地橙孫のほか小《お》野水鳴子《のすいめいし》、駒田菓村《こまだかそん》、由川九里香《よしかわくりか》、友枝寥平、林葉平《はやしようへい》らであった。

地橙孫の人となりについては、後に小説家となる友人の滝井孝作がこう評している。句作によって「自分の生活をじつと見詰める方法を身につけて、どの句にもその裏づけがあり、深い奥行が見える」し、彼は「天分の豊富な、真摯な俳人だ」と。あるいは滝井のいう真摯な地橙孫の人柄に、山頭火は人間としての親しみを感じていたのかもしれない。つまり、彼は八つ年少の地橙孫を心頼みに、大道を出て熊本に移ったのである。

「寂しき春」と前書つきの、前出「燕とびかふ空しみ〴〵と家出かな」の句は、破産出郷のときのもの。大正五年六月号の「層雲」に、この一句は載っている。そして、同号の「編集雑記」に「山頭火氏は熊本に転居せられた　いまは同市下通《しもとおり》町一丁目百十七番に居られるが、近い中に別に家を求めて新しい店を初められる計画中ださうである」と、その消息が見える。七月号で「山頭火氏は店を初められた、店の名を雅楽多書房と云ふ」とある。誌上掲載までにかかる日数を差し引けば、熊本に赴いたのは四月で、店を開いたのは五月と推定できる。なお熊本定住ののち、彼みずから「層雲」に書き送った消息では、「転居後四旬、私の心はまだ落ちつきません」と、句作中断のことを仄めかしている。

とにかく生活の糧を得る地盤づくりに、彼は彼なりに努力している。当初は仮寓と思っていた下通の借家で、そのまま古本屋をはじめている。店頭には彼の愛蔵書や、井泉水、白船が送ってくれた端本などを並べて、まず細々と開店した。「雅楽多書房」はその屋号のとおり、寄せ集めの雑本が主であった。だが、みずから名づけた「雅楽多書房」の名を気にいっていた。あるいは学生のころ、影響をうけた硯友社の「我楽多文庫」を、なつかしむ気持があったのかもしれない。彼は屋号一つの命名にもつねに斬新さを求め、おろそかには考えなかった。かつて大道で造っていた日本酒に、「バッカス」と名づけようといいだしたこともあったという。

さゝやかな店をひらきぬ桐青し　　山頭火

額絵額縁売りの行商

古本屋から出発したその生活も、まもなく額絵額縁店「雅楽多」と屋号を変えて、再出発しなければならなくなっている。思うようには古書が集まらず、その商売だけで親子三人が食っていくのは困難だったらしい。店であつかう商品は古書にかわって、額縁、複製絵画、内外偉人の肖像、内外絵葉書、花札トランプ、ブロマイドとなっていった。そのことで、彼のはじめの意気ごみは徐々に薄れていったようだ。その経営も、おのずと妻のサキノに任せがちになる。

店の方は妻の仕事で、彼は額絵額縁売りの行商で出歩きはじめている。その得意先はたいてい学校だった。商売ぶりはからきしだめで、たとえばこんなこともあったという。彼は明治天皇の写真を額に入れて、市内のある小学校に売りにいく。気のりするわけはなく校門をくぐりかねて、そのあたりをうろうろしていた。そんなところに、悪友と出くわし、これさいわいと商売をやめて、いっしょに飲み屋に入ったという。それがまた、飲みはじめると潮時がない。彼は自らが吐露するように「はじめほろほろ、それからふらふら、そしてぐでぐで、ごろごろ、ぼろぼろ、どろどろ」になるまで飲むのであった。こんなことが何度もあった。

もとより彼は商売で食っていけるような人ではなかった。だからといって、まっとうな生活ははじめから諦めていたのだろうか。けっしてそうではない。たとえば彼は自分の「生活の断片」（「層雲」大正六年一月）をこう書いている。

「〈絵葉書、額縁、文学書の商売は〉米屋や日用品店なぞと違つて、いつも積極的に自動的に活動してゐなければならない。（『我々の商品は売れるものでなくて売るものである』から）始終中《しょっちゅう》、清新の気分を保つてゐなければならない。苦しい事も多い代りには、面白い事も多い。」

こんなふうに彼が商売上の工夫をいつも考えていたとは意外なこと。そんな心組みもあってか、妻サキノにも商売気を身につけさせようとつとめている。

「午後、妻子を玩具展覧会へ行かせる。久々で母子打連れて外出するので、いそ〳〵として嬉しさうに出て行く。その後姿を見送つてゐるうちに、覚えずほろりとした。」

玩具展覧会の開かれたのは大正五年十一月下旬。その日の店番は山頭火がひきうけている。あるいは、善良な夫として、慈愛ある父となっての思いやりであったかもしれない。だが、こうした平穏な日常の底にある、いいがたい空虚さには耐えがたいものがあった。

「夜は早く妻に店番を譲《ゆず》つて寝床へ這ひ込む。いつもの癖で、いろ〳〵の幻影がちらつく。私の前には一筋の白い路がある、果てしなく続く一筋の白い路が、……」

平々凡々の変哲もない、こうした日常にはやっぱり耐えられなかったようだ。彼の前には、「果てしなく続く一筋の白い路」しかなく、それはとりもなおさず険しい句作の道であった。かつて芭蕉がいったように、その道とは「風情終《つい》に菰をかぶらんとは」の、乞食の境涯となることでもあった。早晩、彼みずからも認識するところだが、そのころ彼が模索していたのは、なお踏み止まって句作と生活との両立の道であった。井泉水あてに、彼はこう書いている。

「我らの路はたゞ一筋であります、そしてより善き生活を求めつゝある我らは歩々に我らの句を生みつゝ進まなければなりません。

私は及ばずながら、私の生活をより強くより深くすることによつて――たゞさうすることのみによつてより強い、より深い句を生みたいと考へ且つ努力してをります。」

この手紙の日付は不明だが、大正六年四月ころのものとみてよい。その大正六年だが、この年にはロシア革命が起こっている。たとえば河上肇の『自叙伝』によると、「この大事件は、世界各国に偉大なる精神的影響を及ぼし、その余波は、東海の孤島日本国の思想界にも及んで来た。理論的には一応納得はしてゐても、そんなことが果して実際に実現できるものだらうかと、半信半疑の状態に彷徨してゐた人々も、急に前途の光明を認めるやうになつた」と、その影響を書いている。事実、この革命の刺激によって、労働争議は前年に比してその回数で三倍、人員数では七倍となっている。こうした世相を、山頭火も興味を持ち、他人事とは思っていない。それを作品に反映させようと努力しているのは見落せぬ事実である。

山頭火はロシア文学に強い関心を寄せた時期があった。ツルゲーネフなどの作品を翻訳し、その後も社会主義に興味をもっている。「層雲」ではやがてプロレタリア俳句運動の中心的俳人となる栗林一石路が注目されていた。「囚人はたらくその日なた鳥がなきすぎし」（大正六年五月）などの句があるが、山頭火は「層雲」九月号と十月号で一石路の句を意識するかの「電話地下線工事」と題する労働者をうたう句を発表。

炎天の街のまんなか鉛煮ゆ　　山頭火
街のまんなか掘り下ぐる土の黒さは
ふりあげたる鶴嘴ひかる大空ひかる
鶴嘴ひかるやぐざと大地に突き入りぬ
土堀る人の汗はつきずよ掘らるゝ土に

一石路も山頭火の存在には一目置いて、〈誌友通信〉欄では「山頭火さんと一翁さんの句にはいつでも他の人と違つた光がある」と評している。

熊本での文学仲間

山頭火は熊本における地方俳壇とどのように接触していたであろうか。井泉水あての手紙によると、その現況には少々失望している。

「当地俳壇は――月並老人を除いて――二派に分れてをります。一つは銀杏会が代表してゐるホトギス派で、此派の方々には社会的地歩をシツカリために《（ママ）》中年の人が多く、他は新傾向派の反逆児と目せらるゝ白川及新市街社の人々で、少壮気鋭の方が多いやうであります。私は当地へ来てもあまり句会へ出ませんが一度づゝ両派の会合へ顔をのぞけました。俳人に思想を持たないものが多いには驚きます。作を通して見たよりもいつも会つた方が詰りません。俳壇にはハムレットもをらずドンキホーテもをらず、モツブばかりであります」（大正五年八月頃）

熊本俳壇へおおいに新風を吹きこんだ兼崎地橙孫は、すでに京都に去っていた。熊本での山頭火と地橙孫との交渉は、わずか二カ月たらずである。また二人にとってもっとも慌しい時期であった。山頭火は異郷にあって、生活基盤をつくるために奔走。地橙孫は在学していた五高の卒業の年で、また来るべき京都帝大入学の準備に余念がなかった。こんな事情で、二人は思うような意志の疎通のないままに別れたのであろう。山頭火にとっては俳句上でも、よきライバルを失ったわけである。

地橙孫の抜けた後の「白川及新市街」は停滞している。かつて熊本高踏派と目されたその高尚さもやがて失せている。山頭火は八月号に随筆「梧桐の蔭にて」を寄せ後援した。だがついに十月、雑誌は終刊となっている。彼をして故郷から他郷へと赴かせたのはこの雑誌の存在だった。彼にとっては「白川及新市街」あっての熊本である。その希望が半年にして潰えてしまったのだ。同時に、彼の詩心をふるいたたせる火の国熊本のイメージも消失している。その後には、凪《なぎ》の朝夕はまったくしのぎにくい熊本の夏がつづいていた。

桐はま青な葉と葉を鳴らす人恋し
暑さきはまる土に喰ひいるわが影ぞ

山頭火

後に京都大学、青山学院大学の教授など歴任し英文学者として著名な工藤好美氏は、このころ五高の学生であった。彼は高木市之助教授ら五高中心の歌誌「極光」の編集にたずさわり、ようやく短歌で頭角を現わしている。ある日、下通を歩いていると、見慣れない古本屋があるのに気づき立寄ってみた。この店は簡素だが上品で、いわゆる垢抜けしていたという。これは私が工藤氏から聞いた印象である。片隅に古本が置いてあり、それは少量だが熊本では手に入らないような本もあった。そんなことで、ぽつねんと番台にすわっている近眼鏡の店主に好奇心を持ったという。二、三度立ち寄るうちに、その店主とことばも交わすようになり、山頭火と工藤との親交がはじまっている。

山頭火が歌誌「極光」の短歌会に出席したのは、工藤の誘いからである。月に一度の短歌会であったが、熱心にかならず出席したという。茂森唯士とはその短歌会の席において出会っている。後にソ連研究の権威となった茂森氏は「種田山頭火の横顔」という随想に、その出会いのことを書いている。

「私が山頭火を始めて知ったのは大正六年の夏、彼が熊本に転住してきて間もなくで、熊本の歌人仲間や五高の同好者たちと短歌会をやった時であった。たしか草葉町の料亭『海月』であったと記憶するが、席上会で見なれない中年の、歌つくりというより、商店の番頭さんといった恰好の風采のあまりあがらない男が出席していたが、それが山頭火であった。強度の眼鏡をかけた特徴のある、大きな目が、人なつこい中にどこか鋭い光をおびており、屈託のない大きな笑声を立てるのが印象的であった。」

（「日本談義」昭和二十七年十二月）

このとき短歌会の出席者は三十数名いた。熊本の地方歌壇は活気があったという。「極光」同人のほかに、歌誌「山上火」の森園天涙《もりぞのてんるい》、後藤是山《ごとうしざん》、上田沙丹《うえださたん》、歌誌「草味」による堤寒三《つつみかんぞう》、大眉一末《おおまゆいちまつ》、茂森唯士《しげもりただし》、有田侠花《ありたきょうか》らが活躍していた。「こうしたふんいきの中で工藤好美、種田山頭火、安永信一郎、高群逸枝、波田愛子らが出てくる」と、荒木精之はその著『熊本文学界の百年瞥見』で指摘している。

これらの短歌会に出席していた一人に、古賀騶虞《こがすうぐ》もいた。彼は木村緑平《きむらりょくへい》の従弟で、当時五高の三部（医科）に在学している。古賀もまた工藤らと同じく「雅楽多書房」の顧客となっていたらしい。そんな親しみもあって或る日、大牟田から訪ねてきた緑平を、古賀は山頭火に引き会わせている。これが二人のはじめての出会いであった。

もっともこの二人は「層雲」同人のなかでもすでに有力作家で、存在だけはすでに相知っていた。大正五年夏に出した井泉水あての手紙のなかで、山頭火は「大牟田には木村兎糞子」（後に緑平と改める。著者）がをられるさうでありますが、まだお目にかかりません。二三人同人があれば、小さい会を時々開いてお互の研究に資したいと考へてをります」と、まだ見ぬ緑平に期待をよせている。

それが妙な縁で、年下の古賀駒虞を介して二人は出会ったのである。古賀は大正五年にこんな歌を作っている。

君が踏む足駄のあとのほのぼのと月は光りぬ雪の夜路を　　駒虞

君とは緑平のことだろう。そのころ、緑平は大牟田の病院に勤める医者だったが、熊本にはよくきたらしい。たいてい夕方、古賀の下宿を訪ね、歌や文学について論議し、翌朝の一番列車で帰るのが常だった。古賀の短歌は、まだ明けぬ暗い雪路に去っていった緑平を詠んだものである。こうした熊本での何度目かに、緑平と山頭火は出会うのである。

初対面で、二人の仲が急速に近づいたのではなかったらしい。とりかわされた書簡の類はおびただしいが、その大部分は晩年のものである。公表されている緑平あてのハガキ、手紙の総数は四百三十余通。現存でいちばん古いのは、大正七年十一月二十日のハガキである。

「　　十一月二十日夜　熊本市下通町　種田生

度々おたよりありがたう存じます、おかはりもなく何より喜ばしう存じます、私の一家もとうとう感冒にやられて二三日休業しました、此節ではもうだいぶよくなりました、近来たいへん怠けていて恥入ります。

朱鱗洞氏が流行感冒で逝去されたさうです、惜しい人を亡くしたと思ひます、憐惜に堪へません。」

文面にある朱鱗洞の逝去は、大正七年十月三十一日。文面に「度々おたより」とあることから、これ以前にも緑平との間に書簡の往復があったようだが、詳らかでない。

翌大正八年三月三十日のハガキは、

「いつも失礼ばかりで申訳がありません、（中略）此春は御地方へも商売旁々参りたいと思つてゐますが、どうなりませうか、何しろ御想像以上の生活ですから……」

山頭火はなにか生活苦をにおわせるようなハガキを緑平に出している。そんな状態にあった彼が大牟田の緑平を訪ねたのは、それからまもなくのことであった。はじめての緑平居訪問で、そのときのことを緑平はこう書いている。

「鳥打帽子に霜降りの厚司と云ふ商人風のいでたちであつた。絵葉書の行商の帰り途だと云つて風呂敷包みを持つて、夕方突然たづねて来た。丁度その晩、私は病院の当直にあたつてゐたので、すこし早目に飯をたべに戻つてゐた処だつた。兎に角上つて貰つて晩飯を一所にたべ再会を約束して、君は停車場へ私は病院に途中で別れた。

ところで、翌朝早く警察から電話がかかつて来たので何事が出来たのかと思つて出てみると、種田正一と云ふ者を知つてゐるかと尋ねたのである。でどぎまぎしながら知つてゐると答へると、実は昨夜これこれであつたとの事に驚いて警察に出向ひて、身柄を引受け熊本に帰したのであつた。」

山頭火は汽車を待つ間のつい一杯が、売上金はおろか行商の品をはたいても飲み代に足りない、前後不覚に陥るまで飲んでしまったのだ。そのはては無銭飲食の廉で、警察へ連行された。まったく常軌を逸した愚行であったが、それが最初の緑平居訪問の直後にひきおこされているのは、なにか意味深い。

木村緑平については瓜生敏一氏が身近に接し精密な研究を発表している。それによると、人となりは「平常心是道」を地でゆくような人柄であったらしい。緑平はわざわざたずねてきた山頭火を丁重に遇しながらも、そのときは一杯のふるまい酒も出さぬまま帰している。緑平は実直な性格ゆえに、病院の宿直勤務をないがしろにできなかったのだろう。情感にかられれば身を滅ぼすことも辞さない山頭火とは、おのずと性格を異にしていた。一人になった山頭火は、いま別れた八歳も年少の緑平には具わっていながら、自分に欠けている、たとえば平常心のようなものの存在に気づいたのかもしれない。彼は急に不安の淵に立たされた。その欠落感を紛らすために、彼は酒を飲まずにはおれなかった。こんなとき、酒の酔いは速く、彼はきまって前後不覚になってゆく。

山頭火が出したその後の緑平宛の詫状はこうである。

「何と詫びを申上たらいいか解らなくなりました、あの日帰りましてから悪寒と慚愧とのためにズツト寝てゐました、私の愚劣な生活も此度の愚劣な行動で一段落ちつきました、破れるものはみんな破れてしまつた、落ちるところまでは落ちてきた、といつたやうな気分です、兎に角これからは新らしく識らなければなりません、浮ばなければなりません　近々何とかしますが、とりあへず此のハガキを差上げて置きます、奥様によろしく」
（四月二十四日付）

これをはじめとして、彼の緑平に書き送った書簡の大部分は、自己反省のそれである。彼のうちに潜む欠落感が、緑平に会ったあとではしばしば頭をもたげている。緑平はいつも寛容な態度で、これらすべてを許し咎めだてをすることはなかった。

実弟の自殺

山頭火の場合、こうした欠落感の原因となっているものは、いろいろあげられよう。母の自殺、破産のことはすでに書いた。それ以後、熊本での新生活には立直りのきざしもあった。しかし、大正七年七月、もう一つの衝撃が彼を襲っている。それは弟の自殺であった。弟二郎は縊死した。約一カ月後の七月十五日、その死体は愛宕山中（現在の岩国市）で発見されている。その場所にあった二郎の遺書はこうである。

「内容に愚かなる不倖児は玖珂郡愛宕村の山中に於て自殺す。
天は最早吾を助けず人亦吾輩を憐れまず。此れ皆身の足らざる所至らざる罪ならむ。喜ばしき現世の楽むべき世を心残れ共致し方なし。生んとして生き能はざる身は只自滅する外道なきを。

大正七年七月十八日

最後に臨みて

かきのこす筆の荒びの此跡も苦しき胸の雫こそ知れ

帰らんと心は矢竹にはやれども故郷は遠し肥後の山里

肥後国熊本市下通町一丁目一一七の佳人

醜体御発見の方は後日何卒左記の実兄の所へ御報知下され候はゞ忝なく奉り候

敬白

熊本市下通町一丁目一一七　種田正一方へ」

遺書の日付は七月とあるのだが、死体発見の月日と、そのときの状態からして、二郎の自殺は六月十八日が正しかろう。別に、姉シヅにあてた遺書があり、そのなかの辞世の歌は、

故郷をはなれはなれて玖珂の山一人の姉や今やいかにも　二郎

大道の酒造場経営の失敗以来、弟の二郎は養子先の有富家から離縁されている。一時は、熊本の山頭火のもとに身を寄せていたらしい。だが、その同居生活はうまくゆかなかった。二郎は兄弟であり

ながら、幼くして家族と一緒に住むことを許されなかった薄幸の弟である。再び父の不義理のために養家を追われたのをみて、山頭火の心が痛まぬではなかった。といってあのころ、彼は窮境にある弟に何もしてやろうとしない兄であった。その弟に先立たれたいま、悔いは増殖してゆくばかりだ。弟自殺の訃に接しての歌は、

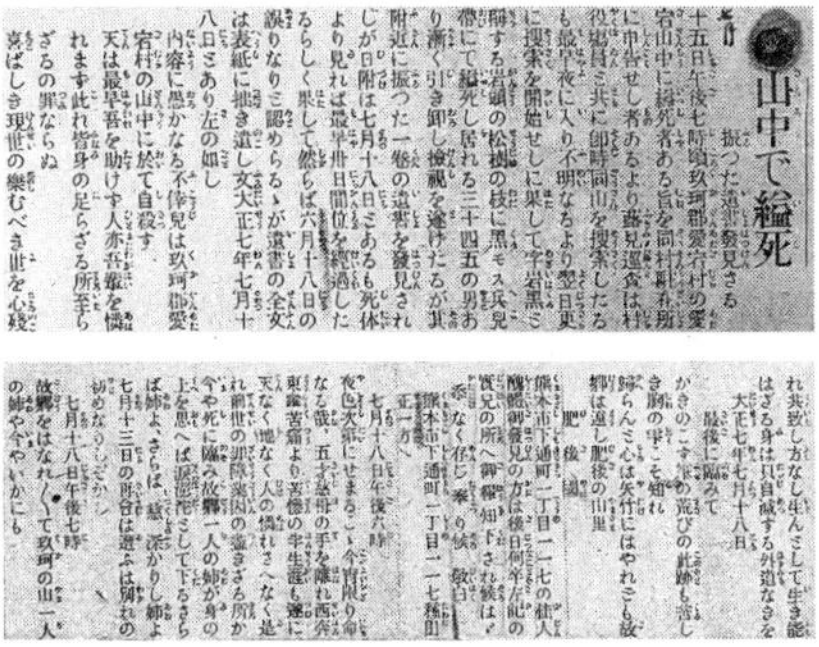
山中で縊死
振つた遺書發見さる
十五日午後七時頃玖珂郡愛宕村の愛宕山中に縊死者ある旨を同村駐在所に申告せし者あるより部見巡査は村役場員と共に即時同山を捜索したるも最早夜に入り不明なるより翌日更に捜索を開始せしに果して字岩黒ミ稱する岩頭の松樹の枝に黒モス兵兒帶にて縊死し居れる三十四五の男あり漸く引き卸し檢視を遂げたるが其附近に振つた一卷の遺書を發見されしが日附は七月十八日ミあるも死体より見れば最早卅日間位を經過したるらしく果して然らば六月十八日の誤りなりご認めらるゝが遺書の全文は表紙に拙き遺し文大正七年七月十八日ミあり左の如し
内容に愚かなる不倖兒は玖珂郡愛宕村の山中に於て自殺す
天は最早吾を助けず人亦吾輩を憐れます此れ皆身の足らざる所至らざるの罪ならぬ
哀ばしき現世の樂むべき世を心殘れ共致しかなし生んさして生き能はざる身は只自滅する外道なきを
大正七年七月十八日
最後に臨みて
かきのこす筆の荒びの此跡も淺しき胸の中こそ知れ
歸らんミ心は矢竹にはやれども故郷は遠し肥後の山里
肥後國
熊本市下通町一丁目一一七の桂人
醜態御發見の方は後日何卒左記の實兒の所へ御報知下され候はゞ忝なく存じ奉り候　敬白
熊本市下通町一丁目一一七種田正一方へ
七月十八日午後六時
夜色次第にせまるこゝ今宵限り命なる哉、五才慈母の手を離れ西奔東竄苦痛より苦惱の半生涯も遂に天なく地なく人の憐れさへなく逝れ前世の罪障業因の盡きざる所か今や死に臨み故郷一人の姉が身の上を思へば涙滂沱として下るさらば姉よ、さらば、慈深かりし姉よ七月十三日の面合は逢ふは別れの初めなりしぞかし
七月十八日午後七時
故郷をはなれ〳〵て玖珂の山一人の姉や今やいかにも

弟二郎の縊死を伝える新聞記事

噫　亡き弟よ

今はただ死ぬるばかりと手を合せ山のみどりに見入りたりけむ

突然の弟の自殺は、父として夫として日々の煩雑に紛れて暮らしていた山頭火を、また再び不安のどん底につき落としたのだ。彼の内奥に巣くっていた欠落感を、より明確に浮き彫りにしていった。その欠落感が時として頭をもたげ、山頭火は強烈に酔っぱらうのだ。緑平居訪問のときの愚行は、弟の死後において現われた、彼の一つの狂態であった。これ以後の熊本での生活も、酔っている日が多かったという。

師範の学生時代から「雅楽多」を訪ねて、俳句の指導を受け

ていたという緒方晨也氏は、その著『余燼』のなかでこう書いている。

「氏の人生に対する悶々の情は、酒の匿場なくてはどうにもならぬものらしかった。一度アルコールが体内にはいると、いつものしょぼしょぼした眼付ではなく、底光りのする凄味をおびた小さな眼を度の高い近眼鏡の底に据えながら能弁にもなった。」

そして、年少者に対する気のゆるみもあってか、あるとき彼はこうつぶやくように言ったという。

「私もつまりは自殺するでせうよ。母が未だ若くして父の不行跡に対して、家の井戸に身を投げて抵抗し、たつた一人の弟がこれまた人生苦に堪へ切れず、山で人知れぬ自殺を遂げてゐるから……」

弟二郎の突然の死は、胸の奥にしまっていた母の自殺を、あらためておもいおこさせている。あるいは、自分の体内に流れる血のなかに、我身の悲惨な運命を見てとったかもしれない。彼はたしかに、死の誘惑にとらわれてゆく。といって、容易に自殺もできなくて、その苦しさに堪えかねて酒を飲んだ。「苦い、にがい」といいながら、飲んでいたこともあるという。

当時、彼と飲むことの多かった茂森氏は、その飲みっぷりをこう書いている。

「現実の酔後の彼の虚無感は、まさに自殺すれすれの境地であったようだ。この境地に熊本のサキノ夫人はどれほど悩まされ苦しまれたことか。又当時の友人寥平や私など、すて鉢で悪魔的なこうした時の山頭火と幾度直面させられたことか。」

山頭火の泥酔の数々は、あげればきりがない。なお、友枝寥平は薬屋の若旦那で、山頭火のよき理解者でもあった。

山の青さをまともにみんな黙りたり　　山頭火

山頭火の憂愁はつづいていた。折も折、心をなぐさめてくれる二人の親友が、熊本から去っていった。一人は早稲田大学に入るために上京した工藤好美であり、もう一人は茂森唯士であった。そのときもよおされた送別の宴を回想して、茂森氏はこう書いている。

「大正八年の三月、私は五高の下級職員から文部省へ転任の辞令を貰い、上京することになり、山頭火と寥平とで送別会を開いてくれた。まず寥平の勤め先の熊本県立病院の宿直室で三人で飲み出し、二本木の石塘口のナジミの料理屋に行った。気分満点の中で、山頭火はカン高い明るい笑声をヒッキリなしにひびかせ、十八番の『桑名の殿さん』を年増女中の三味線でうたった。その時、山頭火が書いてくれた歌が未だ私の記憶にのこっている。

酔ひしれて路上に眠るひとときは安くもあらん起したまふな」

二人の友を送った後、熊本での山頭火の生活はその乱れも度をましていった。だが、覚めているときはそれ以上に悲惨であった。彼はみずからの愚行を詫び自責の念から、かつてエピグラムとして「層雲」（大正五年六月）に書いた「寧ろ、汝自身に向つて復讐せよ」の語句を反芻していたのかもしれない。

5　旅宿の東京

再起を期しての上京

山頭火が熊本から引き続き、東京においても交友を深めてゆくのは茂森唯士である。わたしが取材をはじめた早い段階で、東京の高円寺に住む茂森さんを訪ね当て、以後は何かと支援してもらったのは有り難かった。当時はロシア大使秘書、産経新聞論説委員、世界動態研究所所長などを歴任し評論家として活躍中。山頭火の東京での消息は雲をつかむような状態であったが、茂森さんの協力で明らかになったことが多い。そんな経緯を踏まえて叙述を進めたい。

山頭火が上京するのは大正八年十月である。まず心頼みとした茂森唯士を、その下宿に訪ねている。

好都合にも茂森の居る隣室の四畳半が空室で、彼はそのまま住みついたのだ。青春の一時期を過ごした早稲田大学にほど近い戸塚五一三にある駄菓子屋、小川兼子《おがわかねこ》宅の二階であった。

山頭火は三十八歳、茂森は十三も年少の青年である。そのころ、茂森は赤坂にあった露英字新聞の記者をしながら、夜は東京外語の露語専修科に学んでいた。昼夜兼行でロシア語の勉強にいそしんでいる。ところで東京に来るには来たが、山頭火の日常はどうであったか。もちろん貯えがあったはずはなく、妻のサキノや知友を当てにする生活であった。その一端がうかがえるハガキを山口県勝間村の河村義介あてに出している。「先月は苦しまぎれに妙な手紙をさしあげてすみませんでした、あつくお詫を申上ます、あの手紙は改めて取消しますゆえ、あしからず、――東京へ出てきてからの私はすてきな勤勉になりました、私の過去を知つてゐる友は驚いて呆れてをります」云々。差し出しは大正八年十二月五日、先月というのは十一月。妙な手紙とは金の無心だろう。あちこちの親友にも妙な手紙を出したのではないか。

先に熊本から上京して早稲田大学に在学していた工藤好美は、山頭火の職さがしに奔走している。その間、山頭火は急場しのぎに、熊本での経験を生かして額絵額縁の行商をはじめていたがうまくいかない。河村には上京直前に「樹」に掲載するための原稿を書き送っている。ために甘えて「苦しまぎれ」に金を貸してくれと頼んだのだろう。そののち間もなく、東京市水道局が管轄する東京市セメント試験場での、現場作業のアルバイトを工藤が見つけてきてくれた。河村への改めてのハガキは、やっと窮状を脱した後のものだろう。

山頭火が毎日弁当をもって丸の内の現場に通っていたのを、茂森さんは懐かしく思うという。仕事は底の目を銅線で粗く編んだ大型の櫛を使って、砂ふるいをする肉体労働であった。工藤の友人で山口県小郡出身の伊藤敬治は農業普及員として全国各地を歩いていた。熊本のころからの知友で、上京の折、そんな山頭火の仕事姿を訪ねていって見たという。伊藤さんは後に山口県農業共済組合連合会長などを歴任。故郷の小郡に帰住した後には、小郡の其中庵を世話することになる因縁浅くない人だ。私も直接、あれこれ話を聞く機会があった。

山頭火には、こうした重労働を経験したことはなかったはずだ。彼自身は腰弁情調となげいているが、肉体は疲れはて句作する余裕などなかったらしい。俳誌「層雲」への投句もとだえている。大正九年一月号の「紅塵」十四首を最後に、彼の名は「層雲」誌上から消えていく。その十四句のなかから数句をひろうと、

労れて戻る夜の角のいつものポストよ
霧ぼうぼうとうごめくは皆人なりし
　　横浜場末
電車路の草もやうやく枯れんとし
塵船がゆつたりと海へ下るなり
悲しみ澄みて煙まつすぐに昇る

赤きポストに都会の埃風吹けり

疲れていたのは肉体ばかりではなかった。彼の繊細な感覚に、都会の雑踏は精神の荒行であったかもしれない。都会とは生臭い権力志向と、射倖心と、むきだしの出稼ぎ根性との、みにくい争いの場であった。誰もお互いを信用しない。確かなものの第一は金である。なにほどかの現金をつねに身につけていなければ、毎日の暮らしは立ちにくい。だが、放埒な彼の生活はそのことでも、想像以上の苦労があった。熊本では店の売り上げ金を持ち出して飲むこともできた。東京では、そんなあてはなかったのである。

彼は俳句を作るかわりに、懸賞金めあての標語募集に応じている。もっともそれが当選して、金が入ることはなかったらしい。それを口実に、友達から借金したのは事実である。たとえば薬の仁丹本舗が、新製品の体温計を売り出すとき、その名称を募集した。このとき、山頭火の応募したのは「仁丹の体温計」。当選作は「仁丹体温計」であったという。彼は惜しくも外れて、かえって自信をつけている。ある繊維会社が新発売のモスリンに標語を募集したとき、彼はいちはやく「天に羽衣われにモスリン」を応募した。彼はその自信作を友人宅に持参し、やがてもらえるであろう懸賞金を抵当に、金を借りたのだ。結果は「君、日の丸の旗にまでモスリン」が一席となり、彼はあてにした賞金を入手することができなかった。そんな彼について、工藤好美氏の見解はこうである。

「無軌道な生活だが、自分を守ろうとするところがない。まったく心が清らかで、あるいは自分がなかったほどだった」と。さらに、山頭火の俳句観について工藤氏はいう。「たとえば、芭蕉の句は象徴主義である。『古池や』の句には沈黙の深さがあり、その一点に集中。その意味では凝った句である。山頭火はそうした潤色を排して、口におのずとのぼる句、生活全般のなかの詩を作ろうとした。つまり、文学になる部分と文学にならない部分との境界を否定してみたい、と彼はしばしば語っていた」と。おそらく標語応募は、文学的潤色を唯一としない彼にとって、文学の冒瀆などというほどの重みはなかったであろう。なにはともあれ、彼は生活費をかせぐのに汲々としていた。

あるいは原稿料かせぎにだが、彼は茂森の口ききで「日露実業新報」という雑誌に、「芭蕉とチェーホフ」という評論を書いたという。原稿用紙で約二十枚。内容も見るべきものがあったというのだが、惜しいことに伝わっていない。後に俳人の中村草田男もチェーホフについて書いているのは興味ぶかい。そのなかで、草田男は「チェーホフは『個』の生活を常に『全』との関連に於てのみ生きつづけた。ここに我々自身の笑と涙をさそう或真実の姿が潜んでいる」と論及している。これはすでに山頭火も指摘したところであったろう。別のところで、山頭火は「全と個――永遠を刹那に於て把握する。そして全と個に於て表現する。個を通して全を表現する」と、くり返し書いている。山頭火の句作態度も、その根底はチェーホフに通じるものがあった。

もっともロシア文学は早くから、山頭火の得意とするところであった。彼がチェーホフに言及したのは、当時、日本に亡命していたウラジミール・ブラウデの影響もあったのだろう。

そのブラウデはレニングラード（当時はペトログラード）からきたユダヤ系のロシア人。いうなれば反革命分子の学生であった。すでに一九一七年（大正六年）十一月七日、レニングラードでボルシェビキ（過激派）の武装蜂起があり、ケレンスキー政府は転覆。いわゆる十月革命でレーニンは革命の旗揚げに成功していた。ブラウデはそのレニングラードを逃れ、ようやく日本にたどりついていた。彼は露英字新聞記者の茂森と知り合いになっている。

大正九年二月末、茂森は語学修錬を目的としてブラウデと共同生活をするために、戸塚の下宿を引き払っている。転居先は皇居の半蔵門に近い麹町区隼町のアパート、双葉館であった。山頭火も彼らを追うように、同じアパートに引越している。こんどは、三人の奇妙な同宿生活がはじまるのだ。茂森は当時を回想して「山頭火とブラウデとはどちらもあまりうまくない英語で用談をしたり、戦争や革命などの問題で議論を闘わしていた」と書く。

強いられた離婚

ところで熊本に置き去りにしている妻子の方はどうなっていたか。妻サキノは放蕩者の夫に愛想を尽かしていたから、家に居なくてもさほどの不満はなかった。けれど彼女の実家の佐藤家は山頭火に対して憤懣やる方なかったようだ。娘かわいさに婿である山頭火の面倒を見、金銭面でも援助してきた。けれど家庭を打棄ったまま、ひとり当てのない東京暮らしをしていることが許せない。また佐藤家としては面子にかかわる重大事であった。

実家の父や兄からサキノに、離婚するように勧めはじめたのはいつごろからだろう。ちょっと気になる俳句がある。大正九年三月一日、木村緑平あてに出したハガキの中にある一句だ。

雪ふる中をかへりきて妻へ手紙かく　　山頭火

ハガキの内容は明らかでないが、離婚話と関係があったかもしれない。ぐずぐずしているうちに月日は過ぎる。同宿のブラウデとは折り合いがうまくいかず、七月になると単独で本郷区湯島の吉沢という八百屋の裏二階四畳半に転宿した。あるいは妻の実家からも離婚を急かされて、苦しまぎれに行方をくらまそうとしたのかもしれない。

その当時の借りていた部屋の様子を伊東敬治さんは知っていて、私に話してくれたのを思い出す。その概略は薄暗い屋根裏部屋のようなところであったという。机ひとつなく、なにほどかの食器類だけが、広げた新聞紙の上に、整然とかたづけられていた。部屋を飾る唯一の調度品として、セメント製の花瓶があった。それはおそらくアルバイト先で手遊びに作ったものである。通勤の行き帰りに持ち帰った道の辺の草花をそれに投げこみ、一人寂しく眺めていたのだろう。また余裕があるときは、若竹の寄席にも行くようになっている。

そんなある日、居所を突き止められて、山口県和田村の妻サキノの実家からきつい一通の手紙が届けられた。それはサキノの実兄からの、彼の不行跡をとがめる文面であった。手紙に同封されていたのは、用意周到に準備された離婚届の用紙であった。その一件について、妻のサキノは後になって大山澄太氏にこう語っている。

「それです。離婚のことはつい私がわるいことをしたのです。里の兄が早うから、種田はぐうたらで、らちがあかぬ。あんな奴といっしょにいると、ろくなことはない。縁を切って戻れ戻れとやかましくいうていました。熊本へきて四年ばかり経ったとき、山頭火は東京から兄の書いた離婚届を郵便で送ってきました。見ると印を捺しちょるでしょう。そうすると山頭火も兄と同じ考えだなと思って、私は印を捺して実家の里へ返しました。あとで山頭火が戻ってきたときにきいてみました。やっぱり縁を切る気だったのですかと。なあに兄さんがやかましく捺せというてくるので、わしは捺しちょいたが、お前さえ捺さねば、届にならぬからのんた、というではありませんか。私は、どきっとしましてね。」

（「大耕」昭和四十四年一月）

こんな具合に、二人の離婚は履行された。届出の日付は大正九年十一月十一日となっている。けれど二人の間に意思の疎通はなくて、サキノの実家の思わくだけで遂行されたわけだ。離婚が成立した以後も、山頭火には実感がなかったようだ。それは世間知らずの甘さといえば甘さだが、熊本のサキノの許へは都合によっていつでも帰れると高を括っていたらしい。

図書館に勤務

離婚した同じ月の十一月十八日、彼は砂ふるいのアルバイトから、東京市役所臨時雇員に昇格した。それによって勤め先も、一ツ橋図書館にかわっている。翌十年六月三十日、彼はいよいよ本採用となり、日給一円三十五銭の日雇いから、月給四十二円のサラリーマンとなっている。彼を推薦したのは職場の上司・竹内善作である。彼は山頭火の几帳面な性格をいたく買い、仕事上では彼を全面的に信用していた。時にひきおこす飲酒上の愚行にも、それなりの理解を示していたという。こんなふうであるから、図書館勤めで神経をすりへらすことはあまりなかった。彼はこれまで、もうどこにも行き場のない窮境の心持にさいなまれていた。しかし、図書館には心の糧となる書物はいくらでもあった。彼は勤務のかたわら、いろいろの哀しいことを忘れるために読書にいそしんだ。それは彼がやっと獲得した、比較的平穏な日々でもあった。

当時の山頭火の心境を直に知れる資料は少ないが、大正十年発行の「市立図書館と其事業」第一号とある冊子に「独居雑詠」と題する俳句を十四句掲載している。数句を抜き出しておこう。

とんぼ捕ろ〳〵その児のむれにわが子なし

夜勤の帰途

秋 風 の 街 角 の 一 人 と な り し

月夜の水を猫が来て飲む私も飲まう

噛 み し め る 飯 の う ま さ よ 秋 の 風

山頭火は二年と一カ月、一ツ橋図書館に勤務している。一カ所におちつけない彼にとって、それは長いといえば長い期間であった。その間、はじめてもらったボーナス二十五円を手にして、どう使ったものかと思案している。結局、いつも迷惑をかけ、また世話になっている茂森に返礼することにしたらしい。彼はさっそく茂森に電話をかけて、どこかで飲もうと誘ったのだ。そのときの模様を茂森はこう回想する。

「今度は二人でどこか静かな郊外に呑みにゆこうということになり、七月満月の夜、新宿から京王電車に乗って武蔵野を突っ走り、府中の町に遠征した。蛙の声の聞こえる田舎料亭に芸妓をあげて痛飲し、府中の遊郭に登楼して翌日夕方まで流連の気分を満喫して帰った。」

その料亭というのは欅並木で通じる大国魂神社の参道、鳥居のもとの横町にあり、いまもそれらしい店が繁盛している。遊郭はすでにその跡ものこしていないが。

山頭火と茂森は久しぶりの遊興のあと遊郭を出た。その足で午後の三時頃、渋谷区羽沢の益永孤影の家におしかけている。益永は大分県にある宇佐八幡宮の宮司の家に生まれた人。彼は読売新聞の記者のかたわら、短歌をよくしていたという。おのずと益永宅に集まる文学の同好は多かった。かつて函館で芸者をしたこともあるという妻トメは邦楽の素養ふかく、つまびく三味線は本格的である。ここでも二人は気分よく飲み、益永夫妻のあたたかいもてなしで、気勢はいっそうあがったらしい。

その後、山頭火は益永の家によく出入りした。あるときは招かれ、あるときは金の無心にも行っている。だが、彼はいつ会っても、他人の感情を害するようなことはけっしてなかった人だったと、そのころを回想してトメさんは語る。

益永が早世した後、妻のトメはもとの番姓をなのるようになっている。後年、彼女は東京派遣看護婦共和会を設立して活躍した。山頭火を理解している数少ない一人でもある。その彼女が日頃、気がかりに思っていたことは、山頭火が置き去りにしている妻サキノの人柄についてだったという。傷つきやすい心をいだいて、一人の孤独に耐えている彼をみると、あるいは女心に哀れをさそったのかもしれない。

あるとき、トメは所用があって九州へ行った。その機会に、熊本にまわって「雅楽多」店に寄り、サキノと会ったというのだ。そのときトメは二人のよりが戻るように仲介しようとしたのかもしれない。ただトメさんに与えたサキノの印象とは、一言でいえば良妻賢母型の怜悧な感じの女性だったという。これでは山頭火が家にじっと納まっておれないのも無理はない、と直感的に感じたそうだ。

かつていわれてきたサキノの印象はすべて男たちからのものである。それらはどれもいちように「きれいな、下通でも人の目に立つような奥さん」なのに、「山頭火はなぜ」その奥さんと別れたのかということだった。トメさんの見方はそれと異なっている。美しいが取り付く島がないようなサキノの人柄が、山頭火の不安な気分をかえって苛だたせたとみる。あるいは欠けたところのない彼女の前で、彼の欠落感はきわだって鮮明になっていったのかもしれない。

熊本のあの当時をよく知る句友の蔵田稀也氏の回想も興味ぶかい。日本銀行員として熊本支店に赴任していたころだ。

「山頭火はずいぶん奥さんを困らせたものだ。いつか夏のむし暑い日、午前十時頃だったと思う。何かの用があって下通の雅楽多へ行った。奥さんが悪い顔をして山頭火はいま起きたところですよ。あれですからねえという。店の次の間にはまだ蚊帳が吊ってあり、なんとまあ敷布団の上に、大糞がしてあって、湯気がたっていたよ。起こされて腹を立てたのであろうが、あれではね。」

（「大耕」昭和四十三年十二月号）

こうした退行の行為こそ、彼の欠落をうめる一つの方法であったかもしれない。それを妻のサキノがどう受けとめたか。彼女には夫の内部に増殖していた空洞を疎ましいものに思い、いつしか夫婦は反目していた。二人の間に生じはじめた心の溝はどうにもならない深い裂け目となっていったのだろう。

彼の上京はそんなところにも原因がある。その後、遠くに離れているときは、お互いに相手を思い遣ることも出来た。しかし、サキノの実家は世間体から、そんな別居の状態をそのまま放置しておかない。ついに離婚を成立させたのだが、事情は前述のとおりである。サキノに山頭火をうらむ心はなかった。健を育み、熊本の「雅楽多」店を営みながら、その場所から離れることはなかったのである。山頭火はみずから遠く離れていながら、いつしか別れた妻を恋しがるようになっていた。

当時の動静がうかがえる俳句がある。大正十一年に発表した雑誌「市立図書館と其事業」第四号から、ここに数句を抜き出しておきたい。

けふもよく働いて人のなつかしや
私ひとりでうらゝかに木の葉ちるかな
ま夜なかひとり飯あたゝめつ涙をこぼす
あかり消すやこゝろにひたと雨の音
一葉落つればまた一葉落つ地のしづか
思ひつかれて帰る夜の大地震あり（十二月八日夜強震あり）

掲出句の末尾に地震の但し書を付けているのは、長崎県島原半島南部に起きたマグニチュード六・五の激震とも関連があろう。死者二十六人、家屋全壊一九五戸。昔から「島原大変肥後迷惑」のことわざがあり、島原の対岸の肥後熊本は津波などの災害を受けてきた。掲出句は置き去りにしている妻子を心配しての俳句だったかもしれない。

先にも触れた伊東敬治さんは図書館勤めの山頭火も訪ねている。そのときの模様は次のように書いている。

「図書館へ時々訪ねていったが、彼は羽織なしのあわせ一枚を着ていた。時々小使から二、三円ばかり借りていたようである。小使から金を借りるのは僕位のものだといって笑っていた。私は約一ケ月位滞在していたが、いろんな所へ飲みにつれて行った。館長から使者が来て、早く出勤してくれる様頼まれたが遂に出勤しないばかりか、やめてしまった。」

（『山頭火全集』月報）

一見、おちついたかにみえた彼の図書館勤めも、だんだん迷いが生じてくる。気心が知れた館長の竹内善作が転勤し、その後に来た島田邦平との仲がうまくいかなかったようである。そんなことで、彼の神経衰弱はぶりかえしていった。彼には眠れぬ夜がつづいたらしい。仕事もろくろく手につかないようになっていった。そんな折に酒好きの伊東敬治が訪ねていったから、仕事を打っちゃらかして飲みに行く。あとは止めどない酒となり、泥酔していった。

ちょっと後先になるが、山頭火は島原地震が起こる前に、一時熊本に帰っている。大正十一年十月九日、熊本の「雅楽多」から伊東敬治に「伊東さん、急に思ひ立つて四年振に帰つて来ました、そして長い間の不自然な生活から来る『つかれ』をしみ〴〵感じました　――最後の一線は最初の一線です、私は更に、また、足場を組み直さなければなりません。〈中略〉私は今月中にまた上京します、東京の生活を整理するために。――」とハガキを書き送っている。

山頭火は再び上京して東京での生活を清算した。東京市事務員の職を辞している。そのときの退職願があるので、引用しておこう。

「自分儀病気ノ為メ退職致度候間御許可被成下度　診断書相添へ此段相願候也

大正十一年十二月廿日　　右　種田正一

東京市長　子爵　後藤新平殿」

これに添付して、提出した診断書がある。それによると、病名は神経衰弱症。彼が医者から問診されるままに答えた、これまでの経過はこうである。夏ごろから頭が重く、ときに頭痛、不眠に陥ったと。十二月十日の病状は、「頭重頭痛不眠眩暈食欲不振等ヲ訴ヘ思考力減弱セルモノノ如ク精神時ニ朦朧トシテ稍健忘症状ヲ呈ス健度時ニ亢進シ一般ニ頗ル重態ヲ呈ス」。医者の山田国一はその診断書にこう書いている。要するに、職を辞め、絶対に安静休養をしなければ、健康は回復しないというのである。

彼が神経衰弱に陥った原因は、しかとはわからない。あるいは彼自身にもなにかわからぬ、ぼんやりした不安にとりつかれていたのかもしれない。あれこれ考え、寝つかれぬ夜がつづいたのだろう。彼は後年の日記に書いている。「私のうちには人の知らない矛盾があり、その苦悩がある。それだから私は生き残つてゐるのかもしれない。／そして句が出来るのだらう。また、不眠で徹夜乱読」と。

大正十一年時はこれほどまでに自分を認識してはいなかった。伊東に「最後一線は最初の一線」と書くように、見通しは甘い。東京市に退職願を提出したあと、熊本に帰っている。その消息は山口県徳山に住んでいた久保白船が「層雲」大正十三年三月号の「通信欄」に次のように書いているので明らかだ。「前年（大正十一年）の九月頃から来る〳〵といつて居た山頭火君が（大正十二年）五月の末に来て一夜泊つて呉れた」と書く。括弧内は筆者の注記、大正十二年五月末日に山陽線徳山駅に途中下車したことは分かるが、これが熊本へ帰るときか、長く熊本に滞在できず再々上京のときだったかは明らかでない。

6　天災人災

関東大震災で罹災

山頭火は伊東敬治に、四年振りで熊本へ帰ってきた、とハガキしている。正確にいえば大正八年九月末か十月初旬から、大正十一年十月までだから三年余だ。その間に、一家離散した種田家のその後にもいろんなことが起こっている。

祖母ツルは孫の二郎が有富家から離縁させられた後に、肩身の狭い思いで同家に身を寄せていた。実家だったから止むを得なかったのだろうが哀れな境遇だ。そのことはよく分っていて、山頭火は後年になって祖母のことを「長生したがためにかへつて没落転々の憂目を見た」と書き「不幸だつた——といふより不幸そのものだつた彼女の高恩に対して、私は何を報ひたか、何も報ひなかつた、たゞ彼女を苦しめ悩ましたゞけではなかつたか」（「行乞記」昭和五年九月十六日）と記す。祖母は大正八年十一月二十三日、華城村仁井令の有富家で死去。享年八十八歳であった。

父の竹治郎も悲惨であった。夜逃げして姿を晦ませていたが、かつて入れ揚げた芸妓の貞政チヨの家に転がり込んでいる。彼女との間には私生児が一人おり、何かと複雑な間柄だ。ここにも落ち着く場所はなく、最後は生家に近い元小作人の金子という農家の弊屋片隅に隠れ住んでいた。種田家の傍系の一つであった種田文四郎が消息を知り、幼友達だったよしみで、少々のものは援助している。子息の種田豊一さんは私も何度か会っているが、彼は父の言い付けで自家でとれた野菜などを届けたという。

大正十年五月八日、父の竹治郎は世話する人もいないまま死んでいる。享年六十七歳。妹町田シズほか身内数人でひっそり葬った。山頭火は父の葬式に帰っていない。後年、「私はほんとに不孝者であることを痛感した」と感慨にふけることもあった。

熊本に帰れば帰るで、収拾のつかないことが多々あった。山頭火がどうしていたか、そのころの消息は知られていない。いずれにしろ熊本でもやっぱり落ち着けず、東京に引き返さざるをえなかったようだ。

大正十二年六、七、八月と、彼は湯島の屋根裏部屋で暗い不遇の日を送っている。気の向くときは、額縁売りの行商に出る。それでなんとか、その日その日の身過ぎはした。しかし、孤立無援の東京での一人暮らしは、思いのほか惨めであった。それをさらに無惨に打ち砕いたのは、九月一日に起きた関東大震災である。

最大震度七、規模はマグニチュード七・九の大地震が起こったのは、午前十一時五十八分。時刻がちょうど昼食の準備中であったため、東京では地震と同時に百三十四カ所から出火した。折から、風速二十一メートルの強風がこれをあおった。つぎつぎに延焼して、三日間も燃えつづけ、東京の大半は焼き払われてしまった。被災家屋四十万戸を越え、被災人口はおよそ百五十万人。それは東京市の人口の実に六十五パーセントに達したのである。そのなかの一人に、山頭火も含まれていた。

彼が住んでいた湯島六丁目が焼けたのは、『帝都大震火災系統地図』によれば、その日の午後三時過ぎである。大火によって焼かれた所持品はほとんどなかったが、彼は恐怖におののいた。絶えずくりかえす激震に家屋は倒壊。いたるところ火焔につつまれ、とくに日暮れになって、猛火はいっそう激しく燃え広がった。水道管は破裂し役にたたない。避難者の混乱には言語を絶するものがあったという。山頭火もいつしか、その渦のなかにまきこまれていた。そして、彼がほうほうのていで早稲田の茂森の家にたどりついたのは、もう夜もかなりふけてからであった。

一昨日の八月三十日、茂森唯士は山頭火らに見送られて東京駅を発っていた。彼は郷里で結婚式を挙げるため熊本に帰ったのである。このとき彼は日本評論社の編集長。それにふさわしい新居を構え、まもなく新妻との新婚生活を送ることにしていた。その留守宅は被害をまぬがれていたのである。

すでにその家には、焼け出された茂森の友人たちが数人きていた。そのなかには顔なじみの番トメもいた。彼女の顔を見るなり、山頭火は「ああ、焼けた！」と言い呆然と立ち尽くしていたという。その後も難を逃れてくる者が数人いた。こうして、集まってきた者たちは総勢九人。そのなかには徳永直と親しかった読売新聞社勤務の木部子青《きべしせい》や京都大学を卒業後、そのまま就職活動にために上京していた芥川という青年もいた。

その夜はこの混乱に乗じて、朝鮮人が暴動を起こしたという流言蜚語で混乱していた。社会主義者が策謀しているというデマもとんだ。朝鮮人に対して、おおくの残虐非道が行なわれている。憲兵や特高による社会主義者の弾圧がなかば公然と行なわれた。

社会主義者の大杉栄とその妻野枝、および大杉の甥の橘宗一（当時十一歳）の三人は、路上から東京憲兵隊本部に連行され、麹町憲兵隊長甘粕正彦によって絞殺された。そのうえ死体は井戸に投げ捨てられたという。南葛労働組合の幹部ら八名は、亀戸署に拘引され、そのまま銃剣で刺殺された。そんな無法が数かぎりなく行なわれていたのである。

不気味な空気が充満していた。茂森の家に集まっていた人たちも、その夜はみな眠れない。郷里のある者はひとまずそちらへ帰ろうと、話はもっぱら東京から脱出することだった。そうと決まれば早いほうがいい、そんな調子で直情型の木部は知人の家に預けておいた荷物をとりに出かけたのである。それを手助けするため、山頭火と芥川が付き添った。

三人は早稲田から遠くない戸塚源兵衛にあった高津正道の家まで行ったのである。高津は大杉栄らと同じく、憲兵隊のブラック・リストに載せられた社会主義者であった。この機に彼を拉致するため、その家は憲兵隊によって張り込まれていたのである。高津は身の危険を察知して、とっくに逃亡をはかっていた。山頭火は高津が何者かを知っていない。木部について行き、釘づけされた高津の家を不審に思いのぞいたり戸を叩いたりした。たちまち憲兵隊に包囲され、訳が分からぬうちに事もなくその場で捕らえられたのである。一言の尋問もされないまま、三人はそこより坂道を登った台地上に臨時に設営されていた憲兵隊本部に連行された。社会主義者と疑える人物を片っぱしから捕えて来るから数は増してゆく。翌朝未明にはまとめてトラック一台に乗せ、両側から銃剣をつきつけられて巣鴨の刑務所に送りこまれたのだ。

茂森の家で三人の帰りを待っていた人たちは、そんな災難に遭遇したことはつゆ知らない。ただ非常の時で、身に危険のあることは承知していた。それほど緊迫した空気が、東京じゅうにみなぎっていた。不吉な予感がしないでもない。あるいは事故があったかと、三人の身をただ案じながら寄留の者たちは不安な夜を過ごしたという。

留置された三人は事の真相をようやく察知し、恐怖におののいていた。彼らは別々の房に分けられたという。鉄格子の向こうでは、どなり声と人を打つ竹刀の音が鳴りやまない。山頭火はうずくまり、言うことばを失っていた。先刻までは炎のなかで、生命の危機にさらされながらも、まだ逃げる自由だけはあった。だが鉄格子のなかではすべての自由は奪われ、彼は救いようのない地獄を見ることしか許されていなかったのだ。後年、木部は「かえすがえすも山頭火さんに気の毒なことをした」と悔やむ思い出を語っている。

彼が遺した昭和五年以後の日記には、時として、「関東大震災当時を思ひ出した、そして、諸行無常を痛感した」と書いている。彼の心の奥深くに、その衝撃は癒えることのない古傷となって長く遺っていた。

さいわい内務省に勤めていた茂森広次氏（唯士の実弟）のはからいで、山頭火への嫌疑ははれた。山頭火と芥川はまもなく刑務所から釈放されている。なお木部ひとりは留め置かれ約一カ月後、東京からの退去命令とともに放逐された。私は木部さんに一度だけあったことがある。当時の山頭火は憔悴しきって、見るのも気の毒なほどだったという。

巣鴨の刑務所から釈放された二人は、その門前で数人の友人に迎えられた。無地の茶色い着物に兵児帯すがたで、山頭火はいまにも消え入らんばかりの様子だったという。なにはともあれよかったということで、彼らは巣鴨の駅前食堂で腹ごしらえをした。そうして再び茂森の家に帰っていった。九月なかばまでは、焼け出された者たちの奇妙な共同生活がつづいている。

そのころ、早稲田大学時代の級友であった吉江《よしえ》喬松《たかまつ》はシュヴァリエ・ドゥ・ラ・レジオン勲章（フランス）を授与され、日の出の勢いの評論家になっていた。吉江は「首都の印象」という論説で、大震災のことに触れてこう書いている。

「九段坂の上と、上野の山とから眺めやつた大震災後の東京の光景は、到底それをもつて震災一瞬間前の姿を想ひ起こすことは困難である。……広漠たる焼土の中に、上野の森、九段の森、湯島天神の森の樹々の葉は赤くこげながらも雄々しく残つてゐる。特に不忍の池には、周囲と対照して、蓮の葉の緑が一面に生色を漂はせてゐる。自然は大災害の中にも、その一部の自然をば傷つけないものと見える。今後の大都市の建設は、この自然をもつて自然を防ぐことに意を用ひなければなるまい。」

あるいは山頭火も、吉江と同じようなことを考えていたかもしれない。ただ彼にとって気楽なのは、都市建設など考える必要がなかったことである。といって彼に疑問がないわけではない。彼は明治維新この方、西洋を手本に営々と築きあげた近代文明というものが、目前で灰燼に帰してゆくのを見たのである。このとき、彼の内部にあった進歩のイメージは、どこかに消散してしまった。ああ、この四十余年、自分はなにをするために生きてきたのかと、すべてに疑問を感じたのではないか。とにかく都市生活に見切りをつけようとした。彼がゆくところはどこなのか。取り敢えずは熊本しかなかったのである。

山頭火は同居している者たちと図って、近くの大邸宅の庭木の陰で、共同自炊をはじめている。自然の中が安全地帯ということを、彼ら一人ひとりは身をもって体験していた。もちろん邸宅の主はうさんくさい彼らを追い払おうとした。彼らは非常の時だと、しばらくは強引に自炊をつづけたという。

失意の彷徨

九月半ばになって、山頭火は九州出身の数人の仲間と相談して東京を脱出した。そのころ東海道線は不通だったから、一行は中央線で塩尻を経て、名古屋、京都へと出たらしい。ちなみにいえばすべての運賃は無料であった。

一行が京都に着くころ、例の京大出の芥川青年が発熱で苦しみはじめた。それがただごとの苦痛でなさそうなので、みんなは京都で途中下車、急いで入院させた。しかし、青年はあえなく死んでしまったのである。病因は腸チフスであったという。

郷里の九州に住む母は子息の死亡の知らせをうけて駆けつけて来た。それまでの間、山頭火たち一行は死者を囲んで、再び世の無常を嘆いている。親ひとり子ひとりの親子の対面は見るもあわれな情景だった。山頭火の神経はもうこれ以上たえられなかったらしい。それをみかねた仲間たちは、彼ひとり先に帰すことにしたという。彼は胸に悲哀をいだきながら熊本へ帰っていった。しかし、彼を迎えてくれる暖かい家があるというのではなかった。

山頭火が熊本にたどりついたのは、大正十二年九月も末のころである。京都でひとり別れるとき、友人から五円ばかりもらっていた。その金でなんとか熊本までたどりついたのだ。

すでにふところには一文もなく、彼の足どりは重かった。離婚していたはずのサキノのところへ、足はおのずと向いていた。彼女は細々ながら、以前のまま下通の一隅で、額絵額縁などを商う「雅楽多」を営んでいる。道すがら彼の脳裏に、かつて作った「泣いて戻りし子には明るきわが家の灯」の句が思い出されていたかもしれない。彼はいま泣きながら帰ってきたのだ。ことに彼の神経は一刻も早く休息を必要としていた。もし望めるなら、この古巣に身をおちつけたいと、彼は「雅楽多」の店頭に立ったのだ。それはあまりにも彼の身勝手な考えであった。そんな彼に、サキノが冷淡だったのは無理もない。ひょっこり帰ってきた彼を、そのまま受けいれるほど彼女にも精神的な余裕はなかった。

その夜は泊めてくれる家がなかった。山頭火は深夜の熊本をとぼとぼ歩いたのだろう。翌朝、彼は自分ひとりのねぐらを捜して、熊本市南西部の高橋町まで出かけている。結婚のため帰省していた茂森を頼るためでもあった。まもなく茂森の世話で、彼は坪井川ほとりのかつて熊本城の外港として栄えた川湊の海産物問屋「浜屋」の蔵二階を借りて住みついた。その二階の窓からは、広々とした田園風景が見わたせた。彼はその穏やかな環境のなかで、すこしずつだが気をなごませていった。茂森がそこを訪ねたとき、彼は即座にこういった。

「山は今日も丸い」と。

あるいは山が丸いのではなく、彼の神経がようやくおちつきはじめていたのだろう。

妻を迎えた茂森は十月なかば、再び東京に帰っていった。山頭火にはそれを引き留める理由はない。彼はただ淋しかった。友人の去ったあとの田舎町で、彼は真実おちつけなかった。仕方なく、しばらくは額絵額縁の行商をしていたらしい。その後、彼はかすかな希望をいだいてもう一度上京している。

山頭火は熊本を出発し、途中、下関で吉田常夏《よしだとこなつ》を訪ねている。彼は東京の中外商業新報（現・日本経済新聞）の記者として勤めていたが、関東大震災に遭い帰郷して下関の関門日々新聞の社会部長兼文芸部長になっていた。経済紙だったが、就任以後は文芸欄をつくり、日曜日には文芸特集ページも設けて羽振りを利かせている。

常夏は山口中学の後輩だったが、早熟な文才で早くからよく知られていた。山頭火は常夏が昭和十三年十月、四十九歳で亡くなったとき、「詩園」（昭和十四年二月）という雑誌に短い追悼文を寄せている。冒頭部を引用してみよう。

「常夏君に逢つたころのことはよく覚えてゐないが、明治もをはりに近い春、青葉君といつしよに富海で静養中の君を訪ね、三人同道して島の白船居を襲うたと思ふ。

それから何年か経つて、秋の或る日ひよつこり君が訪ねて来た。その時、短かい洋袴と短靴との間から見えた赤い靴下を印象強く感じた。常夏君のことに触れると、いつも私はその赤さを思ひ出すのである。」

山頭火が常夏を訪ね、何を話したかは知らない。けれど東京での目あては、原稿を書いて収入を得ること。それは背水の陣を敷くにも等しかった。

山頭火はとにかく東京に踏み止まろうとした。彼はどっぷり浸った近代思想という害毒のため、住めるところは東京より外にないという思いが強い。これを代弁するかの論考を伊藤整が「逃亡奴隷と仮面紳士」の中で書いている。

「巨大な虚無思想の列伝だ。現世はどうでもいい連中ばかりだ。自分の思想のために、妻子家庭は滅茶苦茶にさせるのが当然だし、肉親など早く棄てたほうがいいと本当に意識している連中ばかりだ。風狂的・絶望的思想家ばかりが日本の近代文学を埋めている。これが『近代』だろうか。真の近代だろうか。私には分らない。しかしそれが今までの日本文学なのだ。」

山頭火もまさに虚無思想家の列伝中の末流にいて、溺死寸前のところで喘いでいた。そして、いよいよ方向転換を余儀せざるを得なくなる。足はまたまた自然と熊本へ向いていた。

第三章　世捨て逡巡

1　機縁

上京後の折合い

山頭火が居所の「雅楽多」を出て上京した後、店はどうなっていたのだろうか。

サキノは甲斐がいしく働くから繁盛した。所在地は熊本市内でも最もにぎやかな通りにあり、客がいるから夜の十一時前に閉めることはなかったという。店の包装紙は垢抜けしたもので、太字で雅楽多と印刷した両側に商品名が小さい字で品よく記されている。右側には石膏像人形、額繪額椽、内外繪葉書とあり、左側には寫眞帖葉書帖、洋式封筒書簡箋、花札トランプ。住所は屋号の下に横書きで熊本市下通町一丁目、もう一段下に括弧でくくり（三年坂交番ヨリ上へ五軒目）と印刷してある。

こうした趣味的な商品を扱う店は、市内に珍しかったから商売は楽だったようだ。山頭火が家を出たとき、サキノはちょうど三十歳。美人の誉れ高かったし、商売も熱心だったから店の人気も上々で、亭主がいない方がかえって繁盛した。

離婚後、息子健の戸籍の方はどうなっていたか。大正九年十一月十一日に離婚は成立。サキノは旧籍の佐藤姓となったが、旧民法では法定家督相続人は動かせない。すなわち健はそのまま種田家の戸籍に残ったわけだ。といって生活はそのままで、母のサキノと一緒に暮らしている。

山頭火デザインの「雅楽多」の包装紙

健は十歳になっており、手取尋常小学校に通っていた。そして大正十二年三月には小学校を卒業。このとき上級学校への進学を諦め、小学校で給仕として働くことになっていた。山頭火はそのことを知り、帰って来て中学へ進学させるようにサキノを説得。伝統のある旧制中学としてよく知られた済済黌中学に入学させている。

サキノも我が子の将来を考え、山頭火の希望を受け容れている。そのときの彼の意気込みは大正十一年十月九日、伊東敬治あてのハガキに「最後の一線は最初の一線です」と書き送った。そのことは先にも少々触れたが、山頭火はサキノにも息子のために改心して真人間になることを誓ったに違いない。けれど約束を守ることなく、息子健の面倒だけは見させている。サキノにとって裏切られたのは再三再四であり、許しがたいものがあった。

関東大震災で被災して熊本に帰ってきたときは、サキノにも山頭火を堪忍する精神的余裕はなかったらしい。取り付く島がないままに、山頭火は瓦礫と化した東京に戻っていった。彼女も後で考えれば、仕打ちがむごすぎた、と反省するところもあったのではないか。そんな心の間隙をつくかのように、熊本に戻って来た山頭火は大正十三年六月には「雅楽多」に復帰していたようだ。そのころの消息はほとんど明らかでないが、一枚のハガキが遺っている。大正十三年六月二十八日、熊本市下通町から伊東敬治に出したものだ。

「御転勤後の御動静を承はりたいと思ひます。長府の方へ手紙を出して置きましたが届きましたか。私は春から引続いて店の方にをります。此夏は法要のためにちよいと帰郷します。すみませんが此のハガキは御廻送を願ひます」

春からは離婚していたサキノと一緒に住んでいるという。そして法要のために帰郷の予定を書いている。種田家の代々の宗旨は浄土真宗であった。菩提寺の明覚寺とはいつしか縁が切れたままになっており、このとき果して然る可き法要を営んだかどうかは明らかでない。

立往生で電車を止める

熊本での日常は鬱々たるものであったろう。けれどしばらくおとなしくしていたか、人の口の端にのぼる愚行はなかったらしい。大正十三年の末日には、山頭火の生涯にとって重大となる事件を引き起こしている。サキノは回想して、

山頭火が泥酔のすえ，電車を止めた
熊本市公会堂付近

「あのとき、もう年末で店は忙しくなるころでした。彼はどこへ行ったかいっこうに帰りません。呑みつぶれたにしてはあまり日が経ちすぎるので心配していました」（「大耕」昭和四十四年一月号）

そのころ、山頭火が引き起こしていた事件とはこうである。彼は熊本市公会堂の前を走る路面電車を、仁王立ちとなってさえぎったというのである。瞬間、運転手は急ブレーキを掛け、危ういところで大事故にはならなかった。けれどそのあとの醜態は救いようがなかったようだ。彼には電車がなぜ急停車したのか不可解なほど、ひどく酔っていた。とにかく肝を冷やした運転手と、急停車で薙ぎ倒された乗客たちは、不届な彼の態度に怒りをつのらせる。この酔っぱらいをどうしてくれようと、群集心理も手伝って、彼を囲んだ人々は激しく罵倒しはじめた。放置すれば、正体なく酔っぱらった山頭火はどんな危害を加えられるかわからぬ情勢だったらしい。

ちょっと脇道にそれるが、伊東敬治は山頭火が上京する前の熊本のころから顔なじみだった。農業普及員だったから熊本にも一時住み、短歌会で同席したり、お互い酒好きだったから仲よくなったのだろう。伊東さんの回想によれば、「ある晩、十時頃であったが、街道の電柱の囲りに二十数名の人々が群がってわいわいいっているので、のぞいて見た所、電柱のもとにうずくまるようにしゃがんでいる男がいた、よく見ると山頭火である。人群をわけいって私の宿舎につれ帰って二人でねた、翌朝、快晴であった夏の暑い頃であったが、いつでも持ちあるいていた私の扇子に次の句を書いてくれた。『雀一羽二羽三羽地上安らけく』――」云々。

山頭火の路上での愚行はめずらしいことではなかったのだろう。公会堂前で路面電車を止めたときは、木庭徳治という人が時の氏神になっている。これまでは九州日日の新聞記者である木庭某が泥酔の山頭火を叱り、禅寺まで連れて行ったということになっていた。それ以外のことは不明であったが、人吉市在住で山頭火研究に熱心な坂本福治氏（画家）が、当時の真相を究明している。そのあとは坂本氏の見解を参考に叙述しておきたい。

木庭徳治は明治六年、熊本市の内坪井町の生まれ。山頭火より九つ年上で、当時は仙台鉄道局教習所で数学を教える教官であった。年末休暇で郷里の熊本市に帰っていたときで、山頭火を見知っていたかどうかは定かでない。仙台移住前は明治四十三年から大正七年三月まで旧制鎮西中学校で教鞭を執っている。この学校は明治二十一年、熊本市内に浄土宗学鎮西支校として創立、明治三十八年から鎮西中学校となっている。山頭火は大正五年から熊本市に住んでいるから、そのころ顔見知りになっていたとしてもおかしくない。確かなことは木庭が禅にも興味を持ち、生家近くの禅寺の住職と知友であった。

群集に囲まれて、あるいは制裁を加えられそうになったとき、木庭は騒ぎをまるくおさめるために機転をきかせた。彼は山頭火の腕をとり、「貴様、こっちへこい！」と荒々しくひきたてたのだ。

木庭が山頭火をひっぱっていったところは、禅寺の報恩寺である。行幸橋のたもとの公会堂前からその寺のある東坪井まで、普通に歩いて三十分。山頭火は酔っていたから、木庭がそこまで連れていくにはかなりの骨折りだったにちがいない。

禅寺に入門

報恩寺は曹洞宗の寺で、俗に千体仏の名で親しまれている。当時の住職は後に大慈禅寺九十三世法主となる望月義庵。明治三年生まれで五十五歳、曹洞宗鎮西中学校から曹洞宗大学（のちの駒沢大学）に学んだ俊英であった。

ところで熊本市野田の大慈禅寺といえば、名刹中の名刹である。弘安年中（一二七八〜八八）後鳥羽天皇（あるいは順徳天皇）の第三皇子たる寒巌が古保里越前守の娘素妙尼の帰依をうけ開いたという寺だ。すなわち皇寺としての独特の禅風を樹立し、肥後はもとより播磨、大坂、大和方面にも教線をのばしている。報恩寺はその末寺で、素妙尼が創建した寺であった。大慈寺ともども由緒ある寺だったから、住職には優秀な人材があてられていたわけだ。

山頭火はいやおうなく木庭という人物によって禅寺へと投げこまれた、とでも言えばよいのか。といってそれは全くの偶然ではなく、彼が禅へ傾倒していたことを知っていたからであろう。報恩寺は参禅道場であり、一般向けに仏教講座なども開いていた。上京前の山頭火はそこへも顔を出したりして、木庭と多少の面識があったのだろう。彼は報恩寺において、すでに禅への入門は果たしていたのかもしれない。

禅というのは書物を読んで得られる知識とは違う。言語という概念を排し、実在そのものを直接に洞察することだ。〈悟り〉という体験がそれにあたり、心理学的にいうならば〈無意識〉を意識することだろう。禅とは現実を離脱し、実在を正しくみつめ、それによって自己の安静を得ようとする。ことに道元禅は自己に執する心を捨て去り、身心脱落、万法に証せられる境地の開示を説く。けれど望月義庵は泥酔の状態で投げ込まれた山頭火に、なぜか公案禅のテキスト『無門関』を与えている。

この書は公案四十八則を評論した入門書だ。それを読んで公案を考究工夫せよ、と課題を投げかけたかったのだろうか。これは臨済禅的な導き方で、看話禅ともいわれるものだ。曹洞宗ではそれと対照的な黙照禅といわれ方法をとる。ひたすら坐禅によって、じかに絶対の自己心性を悟らすのが、そのやり方だ。けれど義庵は山頭火の知的な部分を刺激して、再生をはかるように導こうとしたのかもしれない。

ところで山頭火が禅門に入るか浄土真宗を信じるか、この時はまだ可能性はどちらにもあったと思う。要は人生の捉え方だ。禅においては直指人心見性成仏を標榜し、生死脱得を第一とする。すなわち念仏、看経などによらないで、坐禅によって自分の心性を徹見し、その心の外に仏なく、仏以外に心なし、この一心を指して直ちに仏の境界に悟入せよというのである。対して浄土真宗では、ひたすら南無阿弥陀仏と念仏し、弥陀のたすけを信じるだけだ。山頭火が育った家の宗旨は浄土真宗である。けれど個人的には禅門を望み、義庵に師事しようとした。そのためには答えなければならない課題が与えられたのだ。

義庵和尚から与えられた『無門関』は、その第一則から自己の心性とは、本来の面目とはなにかと問いかける。たとえば、ある僧が趙州に問う。

「犬にも仏性（仏としての本性）がありますか」

「無い。それは犬に業職性（惜しい、欲しい、憎い、可愛いという煩悩妄想）があるからだ」

『無門関』の著者は、趙州が答えた犬に仏性は「無い」ということばの意味を深く考える。すなわち、ここでいわれているのは、犬そのものの仏性ではなく、犬の語を借りた、おのれ自身の醜さなのである。人間は果たして、「惜しい、欲しい、憎い、可愛い」という煩悩妄想を払いきれるか。このとき、山頭火はこのことが自分自身に課された問題なのだと気づくのである。

「さあ、どう工夫するか。平生の気力を尽して、この無の字に参ぜよ。きれめなく相続工夫すれば、灯明に火を点ずればぱっと明るくなるように、それまでの暗さが一ぺんに光明世界となるように悟れる。」

こうした意味のことが第一則評唱には書いてある。彼は正気にかえって、自分の周囲がまだ深い無明の闇につつまれていることを知るのである。このままの状態で、義庵和尚のもとから離れていくことはできなかった。彼は一条の光を求めて、この報恩寺に住みつくのである。
サキノはそんなこととは知らず、心配な数日を過ごしている。

「ある人の話では公会堂の前で電車を止めたとか、今は千体仏へ行っちょるとかでしたので、寒かろうと思って綿入れやそでなしを持って行ってみますと、びっくりしましたよ。今まで自分の寝床をさえ一度もあげたことのない人が、なんとまあ、足に大きなあかぎれを切らして、尻を立てて雲水のように雑巾がけをしているではありませんか。望月和尚さんにきくと禅寺が好きになって、わしが朝の勤行をするとうしろに坐っていっしょにお経を読み、坐禅も朝晩くんでいるらしい。学問のできる人だから、禅書もむずかしいものもよく読んでいます。まあ、あの人のことはこのわしに任せておくがよかろう。と言って下さるのでした。」
（「大耕」昭和四十四年一月号）

サキノは当時の山頭火のことを、こう語っている。

出家得度

その後も、彼は家に帰らず、寺にいて読経、坐禅、作務に励んでいる。三カ月後の大正十四年二月には、望月義庵を導師として友枝寥平を立会人に出家得度したのである。つまり三帰・三聚浄戒・十重禁戒の十六条戒を受け、種田耕畝《こうほ》という法名が授けられたのだ。

ここに一人の俳僧が誕生したわけだが、その法名の由来についてここに少々書いておこう。もうかなり以前のことだが、山頭火の墓のある護国寺の前住職橋本隆哉老師から、私は次のように聞いている。

「法名については中国南宋時代の天童山の宏智禅師正覚和尚の著『宏智頌古』の第十二則にある地蔵種田の話から取ったものでしょう。地蔵和尚が田を植え自ら作った米でむすびにして食べる方が、仏教議論をして居るよりも優れていると喝破したことに因み、号を種田とし、耕畝は諱したものだと考えられます。種田とは田に直播のもみを播いて育てる法、耕畝は畝を耕せ、自分の心田を耕せの意味の法名だと思います。」

かなり高尚な解釈である。こうした命名の意味を山頭火自身がどこまで理解していたか。もちろん出家は自ら期するものがあってのことだが、といってひたすら取り澄ました坊主になろうとはしていない。そのあたりが曖昧さの残るところで、彼の生き方は多くの場合に誤解されてきた。けれど汚泥の中からぽっと抜き出て咲く睡蓮の花のように、実に清新な俳句を作るようになっている。俳句については後に書きたい。

山頭火はいよいよ出家得度するわけだが、このとき受ける戒律はどう認識していたのだろうか。不殺生、不偸盗、不邪婬、不妄語、不飲酒の五戒のうちでも、果して酒を飲まないことが守れるか。日本では得度すれば僧といわれるが、中国では数百の戒を保つ具足戒を受けなければ僧になれない。単に得度しただけの者は沙弥という。山頭火もいわば沙弥という段階で、正式の僧にはなっていない。

中途半端な身分のまま、迷いの世界を超えて悟りの世界へ渡ろうとした。それが山頭火の当面における得度ではなかったか。

2 堂守

味取観音の堂守

出家得度を果した山頭火（以後は法名耕畝で呼ぶべきかもしれないが、俳号で統一する）は、間もなく報恩寺を出て山林独住の堂守になっている。僧侶として生きることを望むなら、本山のある福井の永平寺へ登っての正式修行があったはずだが、年齢や何やかやで早々に諦めたらしい。望月義庵が世話したのは報恩寺の管理下にあった末寺の番人。そこは瑞泉寺といい、通称は味取観音の名で知られている。

私もそこに取材に行ったことがあるが、熊本市から山鹿行のバスで三十分程のところ。味取観音堂のバス停で降りると、すぐのところから登り口の石段へと続いている。彼がそこに住みついたのは大正十四年三月五日。まもなく木村緑平に出した案内状には「ここへお出でになるには省線植木駅乗換、鹿本線山本橋駅下車、十丁ばかり、又植木駅から山鹿通ひの自動車で一里ばかり」とあるから、さほど不便なところではない。往時のおもかげは現在ほとんど残っていないが、大きな赤松が参道の石段をおおうように並び立っていた。山頭火のことを知る人は数名いて、昔の思い出を聞いたことがある。それによると速成の禅僧もここではずいぶん人気が高く、一年余りの短期間ではあったが檀家の人々に好印象を与えて去っている。

小田千代子さんに私は逢っていないけれど、彼女は十二、三歳の少女のころに日曜学校で山頭火から教えを受けた人だそうだ。その思い出を「耕畝和尚さまを偲びて」と題し、『定本山頭火全集』の月報に載せている。その一節に、

「ある時は、本堂の十六羅漢の後の空地をかやの根を抜き耕してとり〴〵の花を植え、下から水を運んでは花畑を作りましたことも思い出の一つです。よく和尚さんは麻のすみぞめの衣にけさをかけ、衣の裾を短くしめて味取から植木の町へと托鉢なさる身軽な足どりの後姿が、ありありと浮んで参ります。和尚さんが鉄鉢をささげてお唱えになる〈消災妙吉祥陀羅尼〉と〈延命十句観音経〉とは、当時教わりました有難い経文として、今もなお読誦いたしております。眼鏡の奥からホホホと笑われるお顔も、目前に見えるようです。」

山頭火は観音堂の堂守をしていたのだから、そこの本尊はもちろん観音さまだ。そして一代句集『草木塔』の第一句は「松はみな枝垂れて南無観世音」にはじまっており、観世音菩薩への帰依は深かったように思う。日曜学校でも子供らに平仮名で綴った経本を与え、それを読誦させていたというからおもしろい。「消災妙吉祥陀羅尼」は古今にわたり禅林で誦まれてきたもの。そこには仏徳の比類なく如来の境界の不思議を讃嘆し、衆生を教化して仏境界に入らしめんことを説いている。「十句

観音経」は文字どおり十句から成る短い経文で、朝夕に観音を念ずるなら、その功徳によって自ずから唯仏与仏の世界が現出するという内容だ。そのほか彼が常に読誦していたのは「般若心経」や「観音経」であった。

観音堂の檀家は五十一軒と少ない。その布施による収入だけでは生きてゆけないわけで、生活費の大部分は托鉢によってまかなっている。堂守として課された仕事は、ただ朝と晩に鐘をつくことだった。それ以外は気ままな生活であったらしい。雨の日はおちついて読書もできた。夜は近辺の青年を集めて、読み書きを教えたり、当時の社会情勢などを話して聞かせたという。

先に引用の小田さんの話は少女から見た山頭火像だ。私は星子五郎氏から話を聞いたが、青年時代に山頭火から教えをうけた一人である。彼は山頭火のことを学問のある人と末長く尊敬していた。こんなふうであったから、手紙、ハガキの代筆を頼みにくる人は多かった。しかし困ったことの一つは、子供が病気だから祈禱してくれなどと頼まれることだった。断わりきれず観音経などを読誦して、その場をなんとかごまかしたという。老人たちはそんなことでもありがたがるから、彼はいっそう困惑したらしい。

山頭火の評判は大旨よかったが、色恋の噂に悩まされることはあった。一方の当事者である女性が健在ということで詳しい話は聞けなかったが、その人も死去されたと聞いてから二十年ほども経つ。

「枕もちて月のよい寺に泊りに来る」はそのころの山頭火の俳句だ。

彼がもう一つ困ったのは水である。檀家の五十一軒が順回しに、一日に手桶二杯の水を運んでくれることになっていた。もっともあの急な石段を運び上げるのだから、水桶に六分目くらいがせいぜいである。それだけの水では十分でない。水が不自由なのも、彼の悩みの種だった。そんなこともあってか、後に発行した個人誌「三八九」に、彼は当時を回想して「水」という随筆を書いている。

「禅門――洞家には『永平半杓の水』といふ遺訓がある。それは道元禅師が、使ひ残しの半杓の水を桶にかへして、水の尊いこと、物を粗末にしてはならないことを戒められたのである。さういふ話は現代にもある、建長寺の龍淵和尚（?）は、手水をそのまま捨ててこまつた侍者を叱りつけられたといふことである。使つた水を捨てるにしても、それをなをざりに捨てないで、そこらあたりの草木にかけてやる、――水を使へるだけ使ふ、いひかへれば、水を活かせるだけ活かすといふのが禅門の心づかひである。」

これは彼の体験から出たことばである。「物に不自由してから初めてその物の尊さを知る」というのは、彼の信条でもあった。

句友たちとの交流復活

山頭火は飛び込んだ脱俗の世界に戸惑いながらも、徐々に落ち着きを取りもどしていた。疎遠になっていた親友にも、観音堂の堂守となったことを知らせたらしい。知らせの音信を受け取った久保白船は、折から別府の亀の井ホテルで開催されていた「層雲」の俳句大会に出席し、師の井泉水に山頭火の消息を伝えている。それを聞いた井泉水は大正十四年三月九日の記として「層雲」（大正十四年五月）の消息欄に次のように書いている。

「夕食を終つて戻る頃、此頃はいつも白船が私の所へ訪ねて来る。『今夜は私が茶菓子を買つて来ました』など丶云つて、香ばしい番茶を入れながら、俳句の話や同人の話などをする。山頭火が近頃、熊本に於て出家得度したといふ話も私には初耳であつた。彼程にはげしい性格をもち、彼程に人生に悩みぬいたものが、斯うして漸く安全を得たかと思ふと、涙ぐましくさへ覚える。然し、行きつく所へ着いてよかつたのだといふ気もする。『層雲はいつも私から送つてやりますから、作らないまゝに見てゐてくれます』と白船は云ふ。七八年間も黙つて、じつと層雲を見てゐてくれた山頭火のギロリとした大きな眼玉が浮んで来る。此の白船や山頭火と初めて逢つたのは今から丁度十二年前である。それから今度まで逢はずにゐた。」

井泉水は有季定型でない新しい俳句の道を拓いてより、多くの共鳴者たちから支持されてきた。そのうち有力な仲間の一人が山頭火である。伝統的な形式に拘束されず自由な音律で、現代の生活感情や詩的感動を表現しようとした。が、今やその枠からも超脱しようとしているのが山頭火であった。井泉水は山頭火の出家を瞠目しながら、さっそく声援を送ったらしい。それに対して山頭火は次のような返信の手紙を書いている。

「おはがきありがたく拝見いたしました、お噂は雑誌なり友人なりから承つてをりました、私もおちついてから、詳しい手紙をさしあげるつもりでをりました、いづれ、熊本時代、東京時代、また、今の山房生活について何もかもさらけ出して御示教を仰ぎたいと考へてをります、私は今月の五日にこの草庵をあづかることになりまして急に入山いたしました、片山里の独りずまゐは、さびしいといへばさびしく、しづかといへばしづかであります、日々の糧は文字通りの托鉢に出て頂戴いたします、村の人々がたいへん深切にして下さいますので、それに酬ゆべくいろ〳〵の仕事を考へてをります、私も二十年間彷徨して、やつと、常乞食の道、私自身の道、そして最初で最後の道に入ったやうに思ひます、お大切に。」

大正十四年三月二十日に差し出した内容だが、注目すべきは末尾の〈私も二十年間彷徨して〉以下の文である。二十年前といえば代々続いた防府の家屋敷を売却し、大道村で酒造場をはじめた時期だ。以来、彷徨、心身ともにさまよいはじめていたというのだ。そして、〈やつと、常乞食の道〉に入ったという。

常乞食の実践

常乞食とは、常に乞によってのみ食を得て生活することである。これは釈尊の直説である『中阿含経』の中にあることばだ。「非法によつて自ら存命することなかれ。常に身行《しんぎょう》を浄《きよ》め、口意行《くいぎょう》を浄めて無事の中に住して、糞掃衣《ふんぞうえ》を着し、常に乞食《こつじき》を行ずべし、次第に乞食して、少欲知足に、遠離に楽住し、習つて精勤せよ」という教えである。

これは仏道修行者にとって根本的な生き方だろう。常乞食は十二頭陀行の一つで、頭陀とはサンスクリット語 dhūta の音写で、ふるい落とす、はらい除くの意。これを修するために十二種の実践項目を示したのが十二頭陀行である。山頭火のその後の生活と大いに関係するので十二頭陀行の要点を箇条書きで示しておこう。

①空閑処《くうげんしょ》――人家を離れて閑静な所に住む。
②常乞食《じょうこつじき》――常に乞食を行ずる。
③不作余食《ふさよじき》――余分の食物をたくわえない。
④一坐食《いちざじき》――一日に一食する。
⑤一揣食《いちしじき》――食べすぎない。
⑥糞掃衣《ふんぞうえ》――ボロで作った衣を着る。
⑦但三衣《たんさんね》――ただ三衣（三種の衣）だけ適当量所有する。
⑧塚間坐《ちゅうげんざ》――墓場・死体捨て場に住む。
⑨樹下坐《じゅげざ》――大樹の下で修行する。
⑩露地坐《ろじざ》――屋外で坐して修行する。
⑪随坐《ずいざ》――随所に夜具をのべて臥する。
⑫常坐不臥《じょうざふが》――常に坐し横臥しない。

木村緑平

山頭火はこれらの修行を念頭におきながらも、井泉水には〈常乞食の道〉に言及したのだろう。といって実践するとなれば容易でない。家々を回り、各戸で布施する米銭を鉄鉢で受けるのが托鉢だ。どの家でも気分よく托鉢に応じてくれるわけではない。托鉢の様子を詠んだ山頭火の俳句を挙げてみよう。

けふも托鉢ここもかしこも花ざかり
お経あげてお米もらうて百舌鳥ないて
風の中声はりあげて南無観世音菩薩
山へ空へ摩訶般若波羅密多心経

さきに案内状を出しておいた、句友の緑平が味取を訪れたのは、五月一日である。そのときの緑平の句に、「夕べの鐘を撞き忘れ二人酔うてゐた」というのがある。緑平の訪問を受けて、時間の過ぎるのも忘れるほど、楽しかったのだろう。

「松風に明け暮れの鐘撞いて」——これが堂守としての日課で、日常は淋しいものだったにちがいない。緑平の来訪はうれしかった。その後、山頭火も大牟田の緑平を訪ねたらしい。緑平宛七月三十日のハガキでは、

「だしぬけにお伺ひしてたいへん御厄介になりました、高瀬まで托鉢しながら歩いてここから汽車、植木から歩いて入相の鐘の間にあふやうに帰山いたしました、帰山早々留守中の始末をして、植木までまた歩いて十一時の汽車で出熊、或る事件が生じましたので帰郷も延期しなければなりますまい、奥様によろしく。」

礼状のハガキは、ある事件のため熊本まで出むき、そのついでに投函されたものである。そのときのある事件とはなんであったか。とにかく、彼は予定どおり八月五日から十六日まで、三年ぶりで故郷の防府に帰っている。このとき、気がかりだった父母や先祖の墓にぬかずき、悔恨の涙を流したか。十日余りの旅だったが、句友の久保白船たちとも再会できて、楽しい一時を過している。

遠路の托鉢

彼が堂守のころは、味取の近辺だけを托鉢して歩いたと考えられていた。しかし、十月には大分県の佐伯まで、托鉢しながら歩いている。友人である工藤好美の妹千代が死んだのは十月四日。工藤が東京からその葬式で帰郷している数日間に、彼は托鉢僧姿の山頭火と会っている。千代の霊前で彼はお経をあげたという。その大きく様変わりした托鉢姿にも驚いたが、虚無的な文学に傾倒していた山頭火が親友の亡き妹の追善供養のために、今は般若心経を読誦し回向文を唱えているのだ。工藤でなくとも、この変化には驚愕するものがあっただろう。

この落差はどう説明すればよいのだろうか。それに応える一つの指針となるのは道元禅師の生き方で、「我れ初めてまさに無常によりて聊か道心を発し」という『正法眼蔵随聞記』の一節がある。山頭火も関東大震災を契機に如何ともしがたい諸行無常を痛感するが、後半の日記には「観無常心が発菩提心となる。人々に幸福あれ、災害なかれ、しかし無常流転はどうすることも出来ないのだ」と興味ぶかい一文を書きつけている。果して無常流転がどうすることも出来なかったものかどうか、これは注目すべき大問題だと思う。

道元は無常によりて道心を発し、あまねく諸方をとぶらったという。けれど終には学道を修した、と『随聞記』には書いている。山頭火の場合はどうなのか。人生の一過程としての無常流転は仕方がなかったとしても、ついには何を修したのだろう。彼は出家得度を果したが、ますます解くすべない惑いに打ちひしがれていった。

もう少々托鉢について書いておこう。おそらく近くの町や村へは托鉢に行くのが日課の一つであったようだ。その時々には名刹大慈寺のある川尻のあたりにも出かけたのではなかろうか。大慈寺についてはすでに書いたが、近くにもう一つ興味のひかれる寺がある。そこは道元が中国で修行を終えて初めて日本に帰り着いたところだ。南溟山観音寺（真言宗）といい、境内には「道元禅師帰朝上陸霊地」の碑も建てられてある。そして興味ぶかいのは寺の由来と関連する一葉観音が、本尊として安置されていることだ。

道元は貞応二年（一二二三）、二十四歳のとき中国大陸に渡り、身心脱落の大悟を果し二十八歳のとき帰国の途につくが、その渡海の船が暴風雨で転覆しかかった。このときも道元はじっと端坐していると、眼前に観音菩薩が蓮華に乗って現われ、間もなく風雨は止んだという。これに因んで船板に観音像を刻み開眼供養を行なった。そんな縁起を伝える一葉観音を本尊とする寺なのだが、道元と観音信仰に山頭火は深い感銘を受けたのではなかろうか。

山頭火が観音信仰へと傾倒していったのは、母の無惨な死と深く関わっていたように思う。もともと観音信仰の基本的性格は招福除災的現世利益への希求であろう。けれど実信仰としては亡者への追善供養が主であった。この観音信仰をめぐっては、軌を一にする人物がいたのである。

尾崎放哉

尾崎放哉に親近感

先の井泉水あての手紙で、山頭火は〈二十年間彷徨〉してと心情を吐露している。これに触れ、私なりの見解も記しておいた。世には似たような境涯をたどる人がいるもので、尾崎放哉《おざきほうさい》もそのうちの一人でなかったか。たとえば彼は明治三十九年、運命の恋人ともいうべき沢芳衛に結婚を申し込むが、血族なるがゆえにと切望を断念させられる。以来、失意のまま鎌倉の円覚寺で参禅したり、酒を知り酒に溺れるようになってゆく。そして、伝統の定型から外れた自由律俳句にのめりこみ、ついには世捨てを敢行する。それもいわゆる〈二十年間彷徨〉の末の結論であり、山頭火と放哉はどこかで肝胆相照らすものがあったというべきだろう。

俳誌の「層雲」を通して、互いの作品に心酔するところはあったが、出会ったことはない。放哉は大正十四年八月二十日に終焉となる小豆島の南郷庵に入っている。そのころすでに山頭火は味取観音堂の堂守になっていた。消息を知り八月三十日に、山頭火に直接でなく、木村緑平あてに興味ぶかい手紙を出している。その一部を引用してみよう。

「ムヅカシイ御挨拶はぬきにして……山頭火氏ハ耕畝と改命したのですか、観音堂に居られるのですネ、……『山頭火』ときく方が私には、なつかしい気がする、色々御事情がおありの事らしい、私ハよく知りませんが、自分の今日に引キ比べて見て、御察しせざるを得ませんですよ　全く、人間といふ『奴』はイロ〳〵云ふに云はれん、コンガラガツタ、事情がくつ付いて来ましてネ、……イヤダ〳〵呵々。御面会の時ハ、よろしく申して下さい　手紙差し上げてもよいと思ひますけれ共思ふに氏ハ『音信不通』の下ニ生活されてゐるのではないかと云ふ懸念がありますから　ソレデハかへつて困る事勿論故、ヤメて御きます。」

配慮のゆき届いた親愛の情のこもった手紙である。緑平はこれを受け取ると、もちろん山頭火に放哉の意向を伝えたはずだ。その後、二人の間に交信があったかどうかは明らかでない。山頭火は木村緑平あてに「いつもすみませんが層雲新年号貸していただけませんか、十一月号及び十二月号は熊本の寥平さんに貸しました。同君からお返しするやうに頼んであります」（大正十五年三月六日）とハガキを出している。

要望の「層雲」新年号はハガキと行き違いに届き、山頭火は早速読みはじめた。先ず瞠目したのは、そこに載っている尾崎放哉の「入庵雑記」という連載第一回目の文章だった。「島に来るまで」のサブタイトルがつけられて、「この度、仏恩によりまして、此庵の留守番に坐らせてもらふ事になりました。庵は南郷庵と申します。も少し委しく申せば、王子山連華院西光寺奥の院南郷庵であります。西光寺は小豆島八十八ケ所の内、第五十八番札所でありまして、此庵は奥の院となつて居りますから、番外であります。已に奥の院と云ひ、番外と申す以上、所謂、庵らしい庵であります」という書き出しではじまっている。

放哉は大正五年に「層雲」に参加し、約一年の間に六十句ほどの俳句が掲載されたが、やがて投句を中断している。だからこれまでには、たいして印象に残る俳人ではなかった。けれど山頭火が久しぶりに「層雲」を読むと、最も注目すべき俳人として登場しているのが放哉だ。引きつづき「島に来るまで」の一説を引用で示してみよう。

「さて、入庵雑記と表題を書きましたけれども、入庵を機会として、私の是迄の思ひ出話も少々聞いて頂きたいと思つて居るのであります。私の流転放浪の生活が始まりましてから、早いもので已に三年となります。此間には全く云ふに云はれぬ色々なことがありました、比頃の夜長に一人寝てゐてつくづく考へて見ると、全く別世界にゐるやうな感が致します、然るに只今はどうでせう、私の多年の希望であつた処の独居生活、そして比較的無言の生活を、いと安らかな心持で営ませていたゞいて居るのであります、私にとりましては極楽であります。処が、之が皆わが井師の賜であるのだから私には全く感謝の言葉が無いのであります。井師の恩に思ひ到る時に私は、キット、妙法蓮華経観世音菩薩普門品の第二十五を朗読して居るでありませう、何故ならば、どう云ふものか、私は井師の恩を思ふ時、必普門品を思ひ、そして此の経文を読まざるを得ぬやうになるのであります、理屈ではありません。観音経は実に絶唱す可き雄大なる一大詩篇であると思ひ信じて居ります」

こうした叙述の「入庵雑記」は秀逸である。この随筆は五月号まで、前後五回に分けて連載され、「島に来るまで」「海」「念仏」「鉦たたき」「石」「風」「灯」の七章から成っている。文中終始、「ます」「ました」という優雅な会話口調で叙述しているところが特色である。

山頭火も欠かさず明け暮れに誦む観音経を、放哉も読誦しているのだという。井師は師の井泉水のことだが、第一高等学校のとき放哉より一年先輩で、東大に進んでからも共に俳句を作る仲間であった。その井泉水と観音経を結びつけて書くのは放哉一流のレトリックかもしれないが、ここにも観音経を信じる人がいたのである。山頭火はそれを嬉しく思い、また観音経を声をはりあげて誦したことだろう。

漂泊の思い

こうした随筆を読みながら、山頭火は感涙したにちがいない。自分のおかれた境遇と、なんと似かよっていることか。ああ、放哉坊、真にわたしを理解できるのはあなただけだと、彼はひそかに考えている。放哉の須磨での名吟「こんなによい月を一人で見て寝る」を思いながら、山頭火はさっそく放哉思慕の句を作っている。

　　放哉居士の作に和して

　鴉啼いてわたしも一人　　　　山頭火

山頭火の心酔のしかたは、ただごとでなかったらしい。おそらく書信は交わされただろうが、いま伝わっているものはない。

その後、多くの放哉研究が出た。しかし二人の交友について詳しいことはわかっていない。ところで、吉屋信子は放哉をモデルに小説を書いている。その『底の抜けた柄杓』の終章でこう書いている。

「しずかにただ細い雨に濡れそぼる道を過ぎる車の窓を見詰めて、私はふと放哉の一句を思い出した。

　　底の抜けた柄杓で水を呑もうとした

そうなのだ！　放哉は底のない柄杓を持って世に生れて、一生その底なし柄杓を離さずにいた生涯だった。私は私なりにやっとその人が理解できそうな気がした。」

あるいは山頭火とても、同類の「底の抜けた柄杓」といえるかもしれない。その類似さゆえに、彼は放哉に逢いたいと念じはじめた。逢って心ゆくまで、この友と語りあかしたい。そう考えると、彼は居ても立っても居られない心持ちになった。思いついたら情感を抑えることができない性格である。彼はいっそう放哉思慕をつのらせている。

山頭火は心が動じやすい、美に魅いられた人間であったともいえる。そういう美的人間をキルケゴールふうに定義づけるなら、瞬間から瞬間へ全身全霊で生きる人間、換言すれば瞬間を享楽する人間といえよう。しかし、その瞬間と瞬間の間には空隙が介在し、瞬間からつぎの瞬間へ渡るためには、そこを越さねばならない。無限につづく非連続な瞬間をさきへつなぐためには、持続する信念を要する。が味取観音堂守としての約一年間で、はじめの決意はそろそろ鈍っていた。なんといっても、一人ぼっちの孤独な冬は長くて耐えがたい。

彼は迷いから、放浪の誘惑にさそわれた。あるいは、放浪の誘惑とはことばで説明できない、衝動のようなものであるかもしれない。とにかく誰も訪れてこない山林独住の生活は気を紛らすものとて何ひとつない。彼は冬のしじまのなかでしばしば倦怠の地獄に陥り、悟脱できるどころか内省の深さを思い知ったにちがいない。まもなく、彼はたんにその場所から逃れるために、一見ロマンチックで無謀な旅を思いつくのである。それは確たる目当てのない放浪であった。

山頭火の旅を考えるとき、思いだされるのが芭蕉の旅である。たとえば、昭和五年の日記で、彼は「暗いうちに起きる、そして『旅人芭蕉』を読む、井師の見識に感じ苦味生さんの温情に感じる、ありがたい本だ（これで三度読む六年前そして今日）」と記している。彼は芭蕉に傾倒していた。それはたんなる傾倒にとどまらず、芭蕉を倣うことによって、自己の人格まで変貌させたといってよい。彼は芭蕉における旅の意味を考えた。それは不知不識の間の停滞を恐れて、それを打開するための修行としての旅であった。それが山頭火にも必要であったのだ。だが芭蕉の場合、旅そのものを生活の実践的な形態として選びとり、その結果、旅を栖にしている。このとき山頭火に、それほど深いものがあったかどうか。かく遁世はしたものの、一笠一杖の姿で諸国を行脚する決心に至るまでには、なお曲折があった。そして、迷いは彼の内部で収拾のつかぬまま、あるいはその苦痛に耐えかねて、彼は味取を捨てるのである。

大正十五年四月十四日。山頭火は緑平に、突然こんなハガキを書き送っている。

「あはたゞしい春、それよりもあはたゞしく私は味取をひきあげました、本山で本式の修行をするつもりであります。

出発はいづれ五月の末頃になりませう、それまでは熊本近在に居ります、本日から天草を行乞します、そして此末に帰熊、本寺の手伝をします。」

かれは曹洞宗大本山の永平寺で、本式修行を望んでいた。しかし、福井行きは果されなかった。すでに四十五歳にもなっての本山修行は過酷すぎる。そういって義庵和尚は彼の希望を思いとどまらせたのかもしれない。あるいは、本山修行のつらさをつぶさに聞き尻込みしたのだろうか。

ところで、小豆島の南郷庵にいた尾崎放哉が死亡したのは四月七日。それは山頭火が味取観音堂を捨てる数日前なのだが、おそらく放哉の死は知らなかったにちがいない。放哉については、後年の日記でこう書いている。

「放哉書簡集を読む、放哉坊が死生を無視（敢て超越とはいはない、彼はむしろ死を急ぎすぎてゐた）してゐたのは羡ましい、私はこれまで二度も三度も自殺をはかつたけれど、その場合でも生の執着がなかつたとはいひきれない（未遂におはつたのがその証拠の一つだ）」

ここにはおのずと、二人の死生観のちがいがあらわれている。たとえば放哉の井泉水あて書簡に見える死生観は、「ハカラズモ当地デ、妙ナ因縁カラ、ヂットシテ、安定シテ死ナレサウナ処ヲ得、大イニ喜ンダ次第デアリマス……『之デモウ外ニ動カナイデモ死ナレル』私ノ句ノ中ニモアリマスガ（昨日、東京ニ百句送リマシタ中）、只今私ノ考ノ中ニ残ツテ居ルモノハ只、『死』……之丈デアリマス。積極的ニ死ヲ求メルカ、消極的ニ、ヂットシテ、安定シテ居テ死ノ到来ヲマツテ居ルカ……外ニハナンニモ無イ……」と徹底していた。これにくらべて、山頭火はみずからも認めるように、生の執着があったというのだ。

山頭火は放哉のように、ただ消極的に死を待ちがながら、一元の世界にすわりつづけていることはできなかった。解くすべもない惑いを背負うて旅に出たのだ。自己肯定、自己否定の両極を揺れ動きつつ、彼は歩きつづけるのである。

3 捨身懸命

惑いを背負う旅

山頭火は観音堂の堂守の生活を諦めてからどうしたのか。ほとんど消息らしいものは残していない。あるとすれば当時の俳句くらいで、彼の捨身ともいえる行乞を髣髴させるのは次の前書付きの一句だろう。

大正十五年四月、解くすべもない惑ひを背負うて、行乞流転の旅に出た。

分け入つても分け入つても青い山

山頭火の代表句の一つである。行乞というのは「乞食《こつじき》を行《ぎょう》ずる」こと。注目したいのは前書の「解くすべもない惑ひ」である。対象に迷い、まどわされ事理を正しく認識することが出来ない迷妄の心だ。煩悩ともいう。実体は不明だが、不善あるいは不浄な精神状態を表す語で、居ても立っても居られなかったのだろう。

俗世間にあっては煩悩を断つことが出来ないから出家したはずだ。けれど出家の世界にも安住の居場所はない。そんな心境が「分け入つても分け入つても」とリフレーンの表現となっているが、九州山地に踏み入っての実景を詠んだ一句でもあろう。

山頭火は大正十五年六月十七日、しばらく復帰していた熊本市の報恩寺をあとにして、先ず九州における脊梁山脈の鞍部を越えて日向路へ向かう旅にでた。熊本平野の南東部、緑川の支流である御船川を遡り上益城郡馬見原に入っている。そして県境を越えて宮崎県の高千穂へとわけ入った。二十二日には五ケ瀬川にそって下り、東臼杵郡北方町滝下というところまで下っている。その間、ものにした句が、「分け入つても分け入つても青い山」であった。この句に寄せる感慨は深かったらしく、後年になって求められれば短冊や半折類によく揮毫している。

その後、彼はどう歩いたか、高岡町を経て宮崎市に出ている。後年、彼が高岡町の梅屋という宿に泊ったとき、その夜の日記にこう書いている。

「この宿は大正十五年の行脚の時、泊つたことがあるが、しづかで、きれいで、おちついて読み書きができる」と。（昭和五年十月六日）

宮崎市での滞在後、日向灘の海岸線を北上している。大分へ向かう行乞は炎天のもとだ。早稲田大学の後輩である若山牧水の「白鳥は哀しからずや空の青海のあをにも染まずただよふ」の歌や「幾山河越えさりゆかば寂しさのはてなむ国ぞけふも旅ゆく」などを追想しながら、宮崎県に生まれた牧水の故郷を過ぎていった。山頭火は牧水の歌をよく愛唱してもいたという。右手に開ける瑠璃色の海、

その遙か向こうには四国の島々が浮かぶ。思いはいつしか放哉の小豆島へと飛翔していたかもしれない。その途上の吟は

しとどに濡れてこれは道しるべの石
炎天をいただいて乞ひ歩く　　山頭火

八月十一日、彼は飄然と木村緑平を訪ねている。そのころ、緑平は大牟田の病院をやめ、郷里の浜武（現・柳川市）で開業医となっていた。その訪問の模様を、緑平は『山頭火全集』第十一巻の書簡の注でこう回想する。

「色のあせた法衣に菅笠、地下足袋と托鉢僧らしい姿であった。その晩はよく晴れていて星が美しかった。風呂上りの裸を青田を渡って来る風に吹かせながら、二階の手摺に椅子を引寄せ、味取以来の話を、これからのことなど、ふたり一つの蚊帳にねてからも話しつづけた。翌朝早く彼は出立した。佐賀の方へ足を向けて行ったのだが、風のふくまま、気の向くままの彼のことであるから、どこをどう歩いて、どこへ向ったのか解らない。」

八月二十八日。彼は緑平に、長門峡湯カ瀬から絵葉書を出している。

「岩国まで行つてひきかへして山口で中学時代のおもひでにふけり、今日ここまで来てこの家に泊りました。今夜ばかりは貴族的ですよ、明日萩に出て北海岸つたひに下関まで、そこから汽車で一応帰熊しやうかと考へてゐます。――」

浜武の緑平居を去ってから、十六日ぶりのハガキである。おそらく佐賀に出て、唐津まで行乞。海岸づたいに虹ノ松原を福岡にぬけ、北九州の句友たちを訪ね、関門海峡を渡って岩国までいったのではあるまいか。岩国は弟の二郎が自殺したところ。彼は弟の供養のために、現場までいったらしい。途中、徳山では句友の久保白船に会っている。白船の「山頭火来訪二句」は、このときの句であろう。

法衣かる〲と来てふかれて去るか　　白船
友のうしろ姿の風を見送る

戸籍を耕畝と改名

十月から十一月にかけて、山頭火は故郷近くにいたはずである。その間、彼は戸籍上の名前を正一から耕畝に変更すべく、防府の町役場に申請した。それが許可されたのが十月二十八日。その許可通知を受け、彼が役場に出頭したのが十一月二日である。この日より、かれの本名は正式に耕畝となる。こうした複雑な手続きをすます間、その日の糧を得るために故郷の町を乞い歩かねばならなかった。大正十五年（一九二六）十二月二十五日、大正天皇の死去によって昭和と改元。まさに数え日だけの昭和元年であった。明けて昭和二年の正月、山頭火は広島県南東部の横島か田島のどちらかの島にいたという。句の前書による消息によれば「昭和二年三年、或は山陽道、或は山陰道、或は四国九州をあてもなくさまよふ」とある。

昭和六年三月になって、鳥取県東伯郡社村福光に住む河本緑石に出したハガキは注目すべき内容だ。「私も先年御地方を行乞して歩きまはりました、その頃は一切の有縁無縁を離れ去る気持ちで、どなたにもお目にかゝりませんでした」と書く。修行一途で各地の句友を頼って飲み食いする俳行脚的気分はなかったらしい。ために当時の山頭火は何を考え、どう歩いたか、明らかでない部分が多いのである。

山頭火が山陰路をどう歩いたか。研究家にとっては大いなる関心事で、鳥取市在住の村尾草樹氏がその足跡を探索し二十三ページの小冊子「点と空白」（昭和五十年七月）を発行。それによると昭和二年の秋口、鳥取県八頭郡大村字馬橋（現・用瀬町）に在住の森田千水の家に立ち寄っている。というより托鉢途上にたまたま言葉を交わし、禅と俳句の話で意気投合。半紙三枚に「行乞　秋風けふも乞ひありく　山頭火」「分け入つても分け入つても青い山　山頭火」「行乞　東漂西泊／花開草枯／自性本然／歩々仏土　耕畝」の墨蹟を三点遺して立ち去っている。

足摺岬にも足跡

この時期自らが伝える消息は木村緑平と荻原井泉水宛に数枚のハガキを出しているだけだ。その中でも高知県土佐清水町から緑平に出した昭和三年二月二十七日のハガキは注目すべき内容である。

「たいへん御無沙汰いたしました、おかはりないことゝ存じます、私は昨年末から、四国巡拝の旅をつゞけてをります、此冬はあたゝかい土佐で、雪らしい雪も見ないで□うつて来ました、室戸岬、蹉跎岬、ほんたうにいゝところです、近々伊予路へ入ります、四月中には小豆島へ渡りますつもり。

踏み入れば人の声ある冬の山

旅ごろも吹きまくる風にまかす

お大切に、奥様よろしく、二月廿七日夕」

足摺岬にある札所の第三十八番、蹉跎山金剛福寺を巡拝して後に出したハガキである。これによって明らかなのは、山頭火が四国八十八カ所の霊場札所を第一番から順打ちで巡ったということだ。それも昭和二年末から翌年の七月まで、たっぷり時間をかけて巡拝しているから本格的な修業遍路と考えてよかろう。遍路の原始形態を伝えるかの『梁塵秘抄』の一節は「我等が修行せし様は、忍辱袈裟をば肩に掛け、又笈を負ひ、衣は何時となく潮垂れて、四国の辺道をぞ常に踏む」というのであった。もちろんそれとは隔世のものだろうが、山頭火は乞食を行じながら霊場を巡り、亡き母などへの追善供養を果そうとした。その心境を伝える当時の資料は遺していないが、後年になって書いた随筆「遍路の正月」に、その一端を垣間見ることができる。引用で示しておこう。

「私もどうやら思ひ出を反芻する老いぼれになつたらしい。思ひ出は果てもなく続く。昔の旅のお正月の話の一つ。

それは確か昭和三年（正しくは二年・筆者）であつたと思ふ。私はとぼ〳〵伊予路を歩いてゐた。予定らしい予定のない旅のやすけさで、師走の街を通りぬけて場末の安宿に頭陀袋をおろした。同宿は老遍路さん、可なりの年配だけれどがつちりした体軀の持主だつた。かれは滞在客らしく宿の人々とも親しみ深く振舞うてゐた。そしてすつかりお正月の仕度――いかにも遍路らしい飾りつけ――が出来てゐた。正面には弘法大師の掛軸、その前にお納経の帳面、御燈明、線香、念珠、すべてが型の通りであつたが、驚いたことには、右に大形の五十銭銀貨が十枚ばかり並べてあり、左に護摩水の一升罎が置いてあつた！

私は一隅に陣取つたが（安宿では一隅の自由しか許されない）、さて、飾るべき何物も持つてゐない。たゞ破れ法衣を掛け網代笠をさげ拄杖を立て頭陀袋を置いて、その前に坐つてぼんやりしてゐるより外はなかつた。

そこで私は旅の三回目の新年を迎へた。ありがたくも私の孤寒はその老遍路さんの酒と餅と温情とによつて慰められ寛ろげられた。

生々死々去々来々、南無大師遍照金剛々々々々々々々々。」

遍路のこころ

四国遍路は弘法大師ゆかりの霊場をめぐる聖地巡礼である。八十八の霊場札所としてコード化されたのは、おそらく室町時代になってだろう。けれど起源のところまで遡れば、弘法大師空海の思想が核となっていたのではなかろうか。

弘法大師が最も重んじた密教の根本経典は『大日経』と『金剛頂経』であった。それら二経典を念頭に、大師は最晩年の著作『吽字義《うんじぎ》』の中で、次のように書いている。

「且《しばら》く『大日経』及び『金剛頂経』に明かすところ、皆この菩提を因とし、大悲を根とし、方便を究竟となすの三句に過ぎず。もし広を摂して略に就き、末を摂して本に帰すれば、すなわち一切の教義この三句に過ぎず。」

これは簡潔明解な思想である。『大日経』や『金剛頂経』を読むには難渋するが、そこに説かれていることすべては、大日如来の言葉「菩提を因とし、大悲を根とし、方便を究竟となす」の三句に含まれてしまうという。もし広大なものを要略し、派生的なことがらを切り捨てて根本的立場に立ちかえれば、すべての教義はこの三句に含まれる、と大師は『吽字義』の中に書いているのだ。

四国遍路は弘法大師との同行二人の旅だとされる。そこで目指すものも、おのずと「菩提を因とし、大悲を根とし、方便を究竟となす」ことだろう。そこで一句目の菩提の語だが、悟りを求めようとする心といってよかろう。この心を原因として、二句目は大悲すなわち仏の絶対の慈悲を根本にするというのである。そして三句目は、そこからほとばしり出る行為すなわち方便を究竟（目的）にするというのだ。

そこで方便の中味だが、菩薩が悟りを開くためには六つの方便、手だてがあるという。その一つは布施、施しをすること。二つは持戒、生活の規律を正しくすること。三つは忍辱、恥をしのぶこと。四つに精進、努力すること。五つは禅定、心を静かに真理を考えること。六つは智慧、事理を照見して正邪を分別すること。あるいはこれら六つの方便は、菩薩の悟りのためだけでなく、遍路にとっても究竟とすべきことに違いない。

もっとも山頭火にどこまでの正しい認識があったか、詳しいことは不明である。いずれにしても修行遍路として、およそ八カ月をかけて順打ちで四国の霊場札所を巡ったことは間違いない。その間には種々の人間に出会っただろうし、あるいは霊験を感じることもあったに違いない。私も三回だけ遍路みちを巡拝したが、それはなだらかに次ぐ八十八の札所ではなく、一種ドラマ仕立ての霊場である。

山頭火が念願だった放哉の墓に参ったのは、昭和三年七月になってである。小豆島での放哉を世話した層雲派の俳人、井上一二は、「翁のことども」と題した追悼文のなかでこう書いている。

「山頭火翁がはじめて小豆島へ見えたのはいつの頃か——たしか昭和のはじめ放哉没後あまり間のない時分、暑い夏の日の午前であつたやうに思ふ。あの禅坊主のかつぐ黒い網代笠に草鞋をはいてぬつと店先に見えた。

『わたし種田です』

『あゝ山頭火さんですか』

翁は言下に返事をした私の言葉が嬉しいと云はれた。(中略)土庄の酒店で一升瓶を買つて放哉の墓に供へた。托鉢の話を聞いた。近頃雑誌を見ないといふので層雲を四、五冊袋に入れて又旅をつゞけられた。旅先から読み了へた雑誌が一冊づゝ帰つて来、ハガキに句も見えた。」

(「層雲」昭和十五年十二月)

井上家所蔵の「層雲」は創刊号から全巻そろっていて、井上一二氏没後は高松の図書館に寄贈された。彼があのとき借り出した数冊も、無事返却されて、そのなかに納まっている。

当分、彼は頭陀袋にそれらの雑誌を入れて持ち歩き、夜はそれを熟読吟味した。彼は再び句作にうちこもうと、経てきた道をふりかえっている。

山頭火は七月二十八日、岡山県西大寺町から東京の井泉水にハガキを出している。その全文を引用してみよう。

「暑中御見舞申上ます、久々で層雲を拝見して、いよ〳〵御清栄御精進の御近況を喜びました、私は漸く四国巡拝を終つて小豆島に渡り昨日当地まで参りました、今年中には御地まで参れませう、(御大礼がありますので、それがすみますまでは放浪者は遠慮しなければなりますまい)。小豆島では何も彼も嬉しう御座いました。

お墓したしさの雨となつた(放哉墓前)

近々私の現在の心持を申し上げたいと思つています、どうぞお大切に。」

久しぶりに「層雲」を読み、句作意欲が出てたのだろう。ちょうど二年ぶりに投句し、それは「層雲」(昭和三年十一月)に九句掲載されている。数句を引用しておこう。

踏みわける萩よ薄よ
果てもない旅のつくつく法師
投げ出した脚をいたはる
ひとりで蚊にくはれてゐる
へうへうとして水を味わふ

掲出の井泉水あてハガキと同じ日に、福岡県の木村緑平にもハガキを出している。文面は同じような叙述だが、注目すべきは「昨日当地まで参りました、こ、れ、か、ら、西、国、巡、礼、で、あ、り、ま、す、」の一文だ。井泉水あてにはこの個所がない。山頭火の予定としては、西国三十三観音を巡拝して後に上京するつもりだった。

観音巡礼

古来より四国遍路と西国巡礼は一対として考えられてきた。たとえば修験者は吉野(金剛界曼荼羅)と熊野(胎蔵曼荼羅)の両山に登り、四国遍路と西国巡礼の一切の行を修めて一廉と認められる。江戸期にはこれが大衆化して、遍路と巡礼の修行だけでもて映やされるようになった。

山頭火も八十八か所の霊場札所を打ち終えたからには、西国巡礼を目指すのが順当であった。けれども井泉水には「御大礼がありますので、それがすみますまでは放浪者は遠慮しなければなりますまい」と予定どおりに動けそうにないことを伝えている。御大礼とは昭和天皇の即位大礼で、昭和三年十一月十日に京都御所で挙行された。それまでの数カ月間、警備取締りは厳重をきわめている。

西国巡礼は観世音菩薩をめぐる本尊巡礼である。観世音菩薩によってもたらされる救済は、きわめて現実世界と密着していて親しみ深い。そのことは『観音経』の中にあますところなく語られていて、多くの人の知るところだ。また観世音菩薩は種々の姿を取って変幻自在に現われるが、これにもとづいて制定されたのが三十三か所観音霊場であった。その最初のものとして有名なのが西国巡礼で、多くの伝説を遺している。

たとえば奈良県桜井市初瀬にある長谷寺の開祖徳道が頓死して、地獄の閻魔大王の前に出たとき、閻王は娑婆世界で罪を犯し地獄へ堕ちてくる凡夫が多くて困ると語ったという。そこで徳道には、もう一度生き返って凡夫たちが地獄へ堕ちてこないように指導してくれと頼んだ。すなわちその方法は、娑婆世界には三十三か所に観音がいらっしゃるから、これを巡拝すれば地獄でなく極楽浄土へ迎えられる、というのである。

これは罪障消滅の教えである。現世で観音巡礼をしておけば地獄に堕ちなくてすむという。いや、すでに地獄に堕ちている肉親を救うためには、自らが出家して罪障を清め、そののち観音巡礼をすればよい。これは追善供養である。出家し三十三か所の観音を巡拝する功徳で、堕地獄の苦しみから逃れさせることが出来るというのだ。

山頭火の母は自殺し、また彼を頼って熊本までやって来た弟にも何の手助けもしてやれないまま死なれてしまった。これでは二人が成仏しているはずはない。肉親の誰かが追善供養しなければ、堕地獄の苦しみから救い出すことは出来ない。彼はこうした観念に因われはじめると、もうどこまでも袋小路で、ついには自分が破れてしまうわけだ。その破れ目から山頭火の俳句が飛び出したというのは不遜な言い方かもしれないが、いわゆる地獄極楽の揺れの中で句作がなされたといえるのである。

笠にとんぼをとまらせてあるく
歩きつづける彼岸花咲きつづける
まつすぐな道でさみしい
だまつて今日の草鞋穿く
しぐるるや死なないでゐる

幾度もくりかえすようだが、西国巡礼を思いついたころの消息が分る山頭火の日記はない。みずからの手できれいさっぱり焼き捨てているから、かえつて探索の仕様もないのである。だからこの先は推測だが、彼は西国巡礼を取り止めた足で吉井川ぞいに遡り、吉備高原から津山盆地へと歩を進めた。そしてまず目指したのは、岡山県久米郡柵原町にある本山寺ではなかったか。そこは美作西国三十三か所観音霊場の第一番札所である。

この地方は古くから中央諸寺の荘園があった地域で、宗教的には独特な伝統を持っている。浄土宗の開祖法然（一一三三〜一二一二）もここの出身で、その誕生寺は第二十四番札所。そのほか名寺古刹も多い。

山頭火は西大寺で滞在の間に、美作巡礼のことを知ったのではなかろうか。この観音霊場は吉井川水系に沿う津山盆地と旭川沿岸の勝山、久世、落合の三町にわたる盆地に成立したコースである。これをどう巡ったか知らないが、二週間ほどかけて一帯を行乞し、次はその西方にあるもう一つの霊場札所も巡ったらしい。それは高梁川の流域ぞいに形成された備中西国三十三か所観音霊場である。

あるいは美作巡礼から備中巡礼へと移行する途中の有漢町あたりから、山頭火は井泉水に手紙を書いている。昭和三年九月十七日のことで、その前半部を引用しておこう。

「たいへん御無沙汰いたしました、おかはりもない事と存じます、すつかり秋になりました、殊に此地は高原で、旅のあはれが身にしみます、私は相かはらず徒歩禅――或は徒労禅をつづけてをりますが、一先づ帰熊するつもりで、西へ〳〵と向かつてをります（といつて、実のところ帰るところはありませんが）。私は本山僧堂にも入らず、西国三十三所の巡拝せず、たゞ茫々として歩きつゞけて来ました、山は青く水は流れる、花が咲いて木の葉が散り、私もいつとなく多少のおちつきを得ました。」

文中、高原とあるのは吉備高原のこと。そこより高梁市川乱にある深耕寺などを参拝し、北に向って北房町、新見市と新見盆地を歩き、引き返して成羽町、備中町、芳井町、井原市、矢掛町、笠岡市、倉敷市、総社市、岡山市と行乞したのではないか。これが備中西国三十三か所のおおまかなコースである。そして山頭火は十月六日、福山市から木村緑平あてに次のようなハガキを出している。

「三備山間をヒヨロゲまはりました。

旅に病んでトタンに雨をきく夜哉（戯作一句）

これから西しようか、東しようかと迷つてゐます（迷はなくていいのに）、若し西するようならばお目にかゝれます、こゝでまた一句

尾花ゆれて月は東に日は西に

芭蕉翁、蕪村翁、併せて兄に厚くお詫び申上ます。――」

芭蕉、蕪村の俳句をパロディ化しながら、それだけ気持ちは飄逸でありえたのだろう。西国巡礼は広範囲だし、都会地が多く含まれている。その点、三備山間における観音巡礼は心やすらぐものであっ

た。彼は七十日間ほどもかけてゆったりその地を巡ったわけで、一つの念願を果したという安堵感に浸っている。そして日も月もいずれは西に傾くように、彼の足はおのずと西をめざして歩みはじめた。

4 捨て難き情

無賃宿泊で留置き

山頭火の〈世捨て〉の旅はなお定まらない。昭和三年十月六日、福山市から緑平あてに「三備山間をヒヨロゲまはりました」とハガキしているが、その後の消息はつかめない。一所不住、放浪の山頭火に緑平の方から問い合せる方法はない。明けて昭和四年正月、彼の身を案じてこんな俳句を作っている。

雪ふる今日も鳥のやうな旅をしてゐるか　　緑平

福岡も二十五年ぶりの寒さで、三が日は霰と雪が降り、気温は日中でも二度以下の冷えこみようだった。

山頭火は大正十五年八月十一日に、飄然と緑平居を訪問。そのときの場所は緑平の郷里である浜武村（現・柳川市）で、大牟田の病院を辞職し、新しく医院を開業して間もない新築の家であった。山頭火は一泊し、翌日の早朝には出立している。

その後、山頭火は緑平宛に消息を伝えても一方通行、緑平からは旅の山頭火に手紙を出す方法がない。緑平の方にも一身上の都合があって、医院開業は九カ月しか続かなかった。再び郷里を去り、福岡県田川郡糸田村の豊国鉱業所の勤務医として就職している。

山頭火は緑平が転居したことを知らないから、ハガキは旧住所に出している。その内容は急を要するもので、宿代に支払う金がなく広島の木賃宿に留置きを食っていた。「新年早々不吉な事を申上げてすみませんが、ゲルト五円貸して戴けますまいか、宿銭がたまつて立つにも立たれないで困つてゐるのです、天候はシケルし、身体の具合はよくないし、ゲルトはなし、品物もなし」云々と記している。このハガキは転送され、緑平のところに届けられたのは数日後だろう。いつもの例で、送金先は「広島市広島郵便局留置の事」と指定。緑平は後ればせながら金の無心に応じている。

山頭火は緑平からの送金をようやく受け取ると、事も無げにまた歩きはじめている。けれど捨身懸命、一途な旅は困難をきわめたらしい。心の隙を埋めるものといえば俳句である。そのころの心境が窺える句を挙げてみよう。

水に影ある旅人である
雪がふるふる雪見てをれば
食べるだけはいただいた雨となり
しぐるるやしぐるる山へ歩み入る

年とつた顔と顔とで黙つてる
鉄鉢ささげて今日も暮れた

果してこの先はどうなるのか。自分自身も判明のつかない道であった。こうした迷いが再び文芸熱を呼び覚したともいえようが、もう一つは長男健のことが気掛りになっていた。彼は昭和四年三月には中学校を卒業する。一度は中学校への進学を諦めていたが、父である山頭火は強引といえるほどに上級学校へ進むことを勧めている。

息子の将来

身勝手な山頭火の生き方からはちょっと想像できにくいが、彼も人の子である。家族に対しては捨て難い情を持っていた。その一つが長男健の将来のために、善かれと考えるところであった。中学を卒業させただけでは満足していない。といってさらに勉強させるためには金がかかる。どうすればよいかと模索した。

これまでの所行を勘案すれば滑稽にも思えるのだが、山頭火の思い込みは純そのものだ。あるいは幼稚ともいえるのだが、息子をさらに上級学校へ進ませるため、自らも更正しようと考えた。そこで思いついたのが雑誌を発行して自活すること。先ず支援してくれそうなのが久保白船だと徳山に向っている。

当時の「層雲」を見ると、白船の活躍が目立つ。昭和三年五月から毎月自宅で句会を催し、初心者を集めて指導している。その模様は「層雲」の通信欄に掲載されており、地元では徳山文芸協会の設立に尽力。昭和四年五月には文芸誌「津々美」(徳山文芸協会発行)を創刊し、「創刊の辞」を次のように書いている。

「『徳山には文芸が無い』といふ人がある、が徳山に文芸がないのではない、徳山の文芸を紹介する機関が無いのである。そしてまた『徳山は思想の砂漠だ』と言ふ人も居るが、徳山に思想が涸れているのではない。徳山の思想の花を陳列して見せる場所が無いためにそんな事を言うのである。

雑誌『津々美』は当らない批評を覆すために生まれ出たもので、吾が徳山の底に流れている徳山独特の思想の花を紹介し、徳山の空にひらめいている徳山文芸の光りを広く世に知らしめんとするものである。(後略)」

白船の書く文章は意欲に満ちている。山頭火も大正五年には文芸誌「郷土」を発行し、仲間を糾合し啓発に努めたこともあった。彼は白船居を訪ね旧交を温めるうち、話題はおのずと文芸方面に及び青春が蘇ったのではないか。自身の腹案も語り相談した。

文芸を媒介としての二人の交友は長い。山口中学校では山頭火が三年先輩だが、東京で発行の雑誌「文庫」などでは短歌の投稿欄で互に見る名前であった。同県人として少年時代から気になる存在であったらしい。下関に住む吉田常夏もまたその一人で、早熟の文学少年であった。やがて共に知り合い、ライバルとして三人三様にそれぞれの地元で活躍し交流を持った時期もあった。

山頭火のこれまでは、一切の有縁無縁を離れての行乞であった。白船と再会したあたりから、どうも文学熱に侵されてゆく。山頭火は白船居を辞したあと二月十五日に下関までやって来た。ここでは旧友の吉田常夏が文芸誌「燭台」を主宰している。山頭火は白船から下関中田町の住所を聞いていたから、突然訪ねて一泊した。

常夏は「関門日日新聞」の社会部長をしていたが、昭和二年四月に脳溢血で倒れている。そののち小康を得て九月には「燭台」を創刊。書斎に置いた常夏のベッドをとりまいて詩話会、歌話会の会場となっていた。それを称して燭台詩寮とよんだ。山頭火が泊った夜は常夏のベッドの横に寝床をとり、酒を飲み夜更けまで話した。辞するとき、山頭火は宿代にと十銭置いて去ろうとしたが、常夏はそれを受け取らず瓢簞に酒をいっぱいにつめて持たせたという。

その翌日には、かつて熊本の「白川及び新市街」で活躍していた兼崎地橙孫を訪ね旧交を復活させている。彼は門司で弁護士事務所を開いていた。地橙孫居に招かれて清談半日、木村緑平あてのハガキによれば二月二十一日のことだ。地橙孫は俳句にも熱心で、昭和五年には句集『触目皆花』を刊行しているから、山頭火との俳句論議も花が咲いたに違いない。山頭火は次の句を作っている。

十何年過ぎ去った風の音（地橙孫居即興）

俳句の話となれば十何年の疎遠も、一気に溝は埋まってしまう。同時にむらむら湧きあがるのは文芸への思いであった。それは里心にも似て、またもや燃え上がったのは文筆立身の夢ではなかったか。

零落した現在の境涯からすれば、何を語っても気恥かしいことであった。が、どんな相談にも嫌がらず乗ってくれるのが緑平であった。地橙孫居を辞すと、炭鉱町として開けた田川郡糸田の明治豊国鉱業所を目差している。そこの診療所に緑平は医者として勤めていた。二月二十八日に投函のハガキには「此度はたいへん御世話になりました　いつも御厄介をかけてすみません（中略）お宅ではあまり飲んだり饒舌つたり、あまり我儘をしましたので、何だかボンヤリしてゐます」と礼状を書いている。投函したのは筑豊炭鉱の中心都市として知られる飯塚であった。

長男健との再会

飯塚には三菱鯰田、日鉄二瀬など百を越す炭鉱がある。息子の健は旧制の済済黌中学を卒業すると、日鉄二瀬炭鉱に就職。十九歳になっていた。育てたのは離婚して佐藤姓になっている母のサキノであったが、健は種田家の継嗣として戸籍上に記されている。山頭火は紛れもなく健のおやじなのであった。自身は世捨て人として浪々の身であったが、息子に対しての親の情は失っていない。墨染の衣に一笠一鉢、そんな風姿でおよそ三年ぶりに息子の前に現われたのである。

二人は会ってどうしたか。息子は職場に満足していない。それと察して、山頭火が健に勧めたのは職を辞してさらに上級学校に進むことだった。当時としては旧制中学を卒業するだけで十分満足すべき学歴である。ましてや放浪流転の宿なしのおやじから、職を辞して進学しろと唆《そそのか》されるとは青天の霹靂というに等しかった。

健にとって父親の提案はうれしかった。けれど難関は母サキノの意向である。中学進学のときも同じような情況だったが、中学と専門学校とでは見解にもっと開きがあろう。ぐうたらな連合いにさんざん苦労させられ、女手一つで育てあげた子がやっと就職して社会人となったのである。ほっと一息というところだ。山頭火ひとりならまだしも、健までまた波瀾に巻きこむのかと不安はあったはずだ。山頭火が健に勧めた学校というのは秋田鉱山専門学校。明治四十三年創立の当時はその分野で唯一の官立学校で、採鉱と冶金の二学科で発足している。現在の秋田大学資源学部の前身だ。

健には秋田鉱専に進学するように勧誘し、山頭火は離別の妻を説得するため熊本の雅楽多店に急いでいる。こう書きながら解せないのは彼の本心が那辺にあったかだ。健のことが心懸りである一方、自分自身の身の振り方で迷っていた。そんな心持ちを伝えるものとして、井泉水宛のハガキが遺っている。その中で「私はぶら〳〵歩いてこゝまで来ましたが、憂鬱なるばかりです、とにかく、もう一度談合して、今生の最後の道に入りたいと念じてをります、山の中を歩いてさへをれば、そして水を味うてさへをれば、私は幸福であります（そして同時に周囲も幸福でありませう、さう考へてゐなければ、こんな我儘な生き方が出来るものではありません）」と書く。

このハガキは「旅中より」とあり、日付も不明。「層雲」昭和四年四月号に掲載されており、周辺の情況から推定して二月二十三日ごろ。いずれにしても息子の健に会う前である。それまでは健やサキノとも「もう一度談合して、今生の最後の道」に入るつもりだった。けれど捨てがたきは親子の情で、健の将来のためには「今生の最後の道」は先へ延ばしてもよいと考えたのだ。

一路、熊本へ

山頭火が昭和四年三月九日、福岡県甘木町より出した緑平宛のハガキには、心境の変化がいちじるしい。

「すつかり春景色ですね、飯塚ではシケて困りました、八丁越は気持のいい道でした、古処山へ登りたかつたのですが、またの機会にゆづりました、今から歩いて久留米へ出ます、ヤット汽車賃だけ出来ましたから、明後日は熊本に着けませう、碧巌録有難う御座いました、同便で御返しいたします、層雲三月号貸していただけませんでせうか、直ぐお返しいたします、奥様によろしく、

(熊本市下通町一丁目雅楽多気附)」

息子の健に会うまでは、緑平から借りて読んでいた禅の書『碧巌録』などの影響で「此一関を透過すれば」と自身の進路に迷っていた。就職していた健が、さらに専門を身につけるため進学したい、と希望したことで事情は一変。山頭火は自身のことはさておいて、父親らしく振る舞おうとする。

当面しなければならないことは何か。いずれにしても、健を育ててきたのは別れた妻のサキノである。まず彼女に相談しなければ始まらない。健に会うまでは急ぐ旅でなかった。その数日前の緑平にハガキで示した作は、

迷うた道でそのまま泊る　　山頭火

どこにも行く当てはなかったから、急ぐ必要もない。けれど掲出の文面はがらっと変わって、行き先は「熊本市下通町一丁目雅楽多気附」と明記。山頭火が味取観音堂を出て、放浪行乞をはじめてから丸々四年近く経っていた。いずれにしても雅楽多の敷居は高かったはずだが、そんな事情は何も書いていない。

飯塚で健と別れ、甘木町までは最短の道をとったようだ。八丁越とは古処山の西側にある八丁峠で、現在は国道三二二号が通じている。ツゲの原始林が美しい標高八百六十メートルの古処山にも寄り道せず、先を急いでいる。甘木から久留米まで行けば、熊本行の汽車があった。「明後日は熊本に着けませう」と予告したとおり、三月十一日付の緑平宛ハガキでは次のように書いている。

「やうやく辿りつきました、四年ぶりに熊本の土地をふみましたが、あまり変つてをりません、変つてゐるのは自分だけです。

　鉄鉢ささげて今日も暮れた

　　熊本市下通一ノ一一七雅楽多ヱハガキ店内

かういふ生活にも暫く離れなければなりますまい、お大切に、奥様によろしく。」

サキノとはどう話し合ったか。相談は健の進学のことが中心である。秋田鉱山専門学校に行かせるとすれば、その費用はどうするか。山頭火は援助しようにも手立ては皆無。すべてはサキノの判断にかかったが、資金の準備もあって入学は一年先に延ばしている。そのとき山頭火は健の進学のために、自分も真面目に働くと約束したのだろう。早速鉄鉢をはたきに持ち替えて、雅楽多の店番をするようになっている。その消息は三月二十四日の緑平宛のハガキで窺うと、

「春、春、花、花、人、人――店番十日で、もう神経衰弱になりました、蛙の子はやっぱり蛙になりますね、可憐々々、お忙しいところをすみませんが、層雲社の振換《ママ》口座番号、当地の火山会の所在名、お知らせ下さいませんでせうか、先日、東京での旧友に逢ひ、飲んで話しました、寥平兄ともあなたの噂をしてゐます、奥様によろしく、お大切に。」

雅楽多店はなかなか繁盛し、夜の十一時ころまで営業していた。商品の内外絵はがきや、額絵額縁、写真帖などには雅楽多店のマーク入りシートを貼るなど、当時としては垢抜けている。それらの意匠は山頭火の考案だったようだが、軌道に乗ると店はサキノに任せてしまった。けれど息子のために働こうとしている。緑平宛のハガキでは「おかはりないでせう、私も此生活にだんだん慣れて来て、人間の臭さが鼻につかなくなりました」（四月二十一日）などと書いている。

5 父と子

覚束無い家庭生活

山頭火はとにかく雅楽多に戻って来た。離婚していたとはいえ、いわゆる偽装の様相が強い。サキノは愛想をつかせてとっくに山頭火への期待を失っているから、居ようが居まいがさほど問題でなかったようだ。けれど息子健の将来を考えると、山頭火が居てくれる方が世間体はよかった。あるいはその一点で同居に応じていたのだろう。おかしな夫婦といえるかもしれないが、在り来たりといえば在り来たりだ。彼女の方は醒めていたけれど、山頭火は失地回復に余念がない。本来、几帳面な性格だから店番をやっても神経をすり減らす。交友も旧にもどしたいと、あちこちに連絡をとる。一度は捨てた世間なのだから、ほどほどの距離で付き合えばよいのに、それが出来ない。先ず復活したのは主に熊本市を拠点とする「層雲」支部の火山会の俳人たちであった。その句会報が「層雲」(昭和四年七月)に掲載されているので、一部を引用しておこう。

「私たちが三四年以前から、行方をお尋ね致してゐた山頭火氏を、緑平氏がお世話でお迎へする事が出来た。

三月三十日初めて馬酔木兄と氏の謦咳に接し、ツルゲネエフの流行した時代の話、層雲第一期時代、鳳車氏白船氏のこと、氏の托鉢の体験、などなどおきゝしたのであつた。
四月七日、句会打合の為一寸お訪ねし、各地御先輩の玉句を乞ふたが皆んな御恵送下さつたので、より実のある句会を催すことが出来た。句会は十三日夜、拙宅のあばら屋で催した。」

この句会報を書いた人の名は霊芝とある。熊本逓信局に勤めていた石原元寛、プロレタリア俳句に興味をもっていた若い俳人だ。二人が急速に親密になり行動を共にすることを、周囲では杞憂する俳人もいた。プロレタリア俳句運動を起こすのではと心配したわけだ。引用文中に出てくる馬酔木は木藪勇、石原と同じ熊本逓信局に勤めていた。

石原元寛は積極的に動く人だったようで、山頭火を迎え入れた火山会の名で九州各地の層雲俳人を糾合しようとしている。山頭火を中心に置いて句会もよく催した。そのときの様子の一端は次の句会報（「層雲」昭和四年十一月）から窺うことが出来る。

「醍醐の妙味を嘗めて言詮の外に冷暖を自知すると云つた様な宗匠方ならどうかわかりませぬが兎角人間は会つたり集つたりすれば寡言の人でも多弁になりたがるのであります。まして能弁の山頭火翁——米の汁が一杯注入してあります（これは内密です）——を繞《めぐ》る私達です……」

山頭火は酔うと饒舌になった。そんな彼を取り巻いて、後輩の俳人たちは追従したというのだ。好い気なものである。息子を進学させるために社会復帰を果そうとしていたはずだ。けれど受験は翌年だからと油断した。一時は「私もドウヤラカウヤラ家庭生活がつゞけられさうです、改めて知人へそれぐたよりするつもりです」（七月十三日）と緑平にハガキを出している。けれど一カ月余り後の緑平宛ハガキでは、「私はまだまだおちつけないので困つてをります、どうせ死ぬるまではへうへうでせう」と情緒の不安定さをそのまま伝えている。これは山頭火の生まれついての性情だといえなくもない。そんなときには決まって非業の死をとげた母への妄念に因われている。そして彼は追善供養を思いつくらしいのだが、これまでの巡礼は精神のバランスをとるための現実逃避である場合もあった。

九州三十三か所観音

山頭火の生い立ちをつぶさに見てゆけば、第三者の介入しようのない秘密の深奥があるように思う。母への追慕もその一つだが、放浪流転をくりかえすことで、認識はより明確になっていったのではあるまいか。そうしてもう一つには年齢のせいで、追善供養はより親近なものに感じられるようになったらしい。これを山頭火の内奥まで踏みこんで推定するのは覚束無いが、彼はいつしか九州三十三か所観音巡礼も思いついていたようだ。それを知る手懸りは親友に書いたハガキがあるのみだが、この時期は博多の三宅酒壺洞としきりに交信している。九月十九日付の酒壺洞宛のハガキは山鹿温泉からで、熊本を発して旅中で出したものだ。

「『どなたもはだかでごきげんよう』こんな言句が口をついて出るほど心身がのんびりしてきました。

その勢ひで明日は福島まで強行しませう（久里近くありますが）、そして明後廿一日の午後にはお訪ねしませう、御地から二日市に引返し、日田、彦山、中津へ出ませう。」

これを私はこれまで何気なく読み過していた。三宅酒壺洞氏にも会ったことがあるから、山頭火の九州における観音巡礼についても質問できたのに、ついに聞くことを失してしまった。けれど山頭火がハガキで示した日田、彦山、中津という旅の経路は九州三十三か所観音巡礼の順拝コースなのである。

九月二十二日には、山頭火は酒壺洞と都府楼趾に遊び、清水山観世音寺も詣でている。そこは九州三十三か所観音巡礼結願の札所で、本尊として聖輪、不空羂索、十一面、馬頭、十一面の五体観音が安置されており、心新たに何かを誓ったのではあるまいか。

十月二十七日、緑平に出したハガキでは熊本での市井生活に失敗したことが分る。「おかはりございませんか、私は熊本を出たり入つたり、そして今はまた歩きまはつてをります、熊本に於ける半年の生活ほどみじめなものはありませんでした」と書き、末尾に「内牧でお目にかゝる事が出来れば」と記す。師の井泉水が九州層雲大会に福岡市までやって来ることになっていた。その機会に熊本にまで足を延ばしてもらい、いっしょに阿蘇に登ろうという計画だ。それは山頭火の強い要望によって押し進められ実現した。そのときの模様は井泉水が書いている。

「私は仕事に無理な繰合せをして、此旅を決行したのだつた。彼は、それから又行乞の旅をつゞけてゐた。十一月三日、内の牧の駅で逢はうといふ事を、熊本の同人は山頭火へも私にも堅く打合はしておいて――。此日、私達が内の牧駅に着いたのは午後の明るい三時頃だつた。改札口に近づくと、其内のベンチから立上つた雲水姿をした山頭火が果してそこに居た。網代笠と鉄鉢と念珠とを手にして、彼は一時間先きまで此町を行乞しつゝ、此駅に来たのだつた」　（「層雲」昭和五年五月）

熊本駅から汽車で、豊肥本線の内牧駅まで乗車。ここに集合したのは井泉水をはじめ山頭火、三宅《みやけ》酒壺洞《しゅこどう》、高松征二、原農平、石原元寛、木藪馬酔木《きやぶあしび》、中村苦味生《くみお》の八人であった。彼らは一台の車にぎゅうぎゅう詰めで乗り、阿蘇外輪山の一角、大観峰へと登り、その夜は麓の塘下《ともした》というところの温泉宿に泊っている。翌四日は阿蘇山の噴火口まで登り記念の写真も撮った。そして下山すると、先を急ぐ井泉水を内牧駅で見送っている。

井泉水が去ったあとの一行は内牧の駅前で別れの杯を交している。一番年長の山頭火を囲んで、農平、酒壺洞、征二、馬酔木、苦味生、元寛の七人。これに緑平が加われば、九州における主だった当時の俳句仲間が勢ぞろいすることになる。勤務の都合で来れなかった緑平のことを、みんなで残念がった。また再会を約し、山頭火は一人別れて阿蘇の外輪山を越えて、六日には杖立温泉に泊っている。杖立からは井泉水に「久々にお目にかゝることが出来て、ほんとうにうれしうございました、宿願のかなつたよろこびにたへません」と礼状を書いている。うれしさが大きかっただけ別後のやるせなさも一層募ったようだ。井泉水宛には十一月六日、七日、十日、十四日は二通、十五日、十六日、十七日、二十日、二十六日、十二月三日、六日、九日、十四日、十六日は二通、二十三日、二十九日と立て続けにハガキを出している。

この執拗な熱心さは何だろうか。緑平宛のハガキでは「私も井師にお目にかかつたのを一転機として、いよいよ句作三昧に入ります」と心境の変化を伝えている。それはさておき「明日は降つても照つても彦山拝登しますつもり」と、福岡県と大分県にまたがる標高一二〇〇メートルの彦山の名を挙げて妙に意気込んで書いているのが気になるところ。

第一番札所の彦山

彦山は修験の道場として知られた山である。盛時には山伏たちの住む三千八百坊が建つ門前集落があったという。そして英彦山神仏習合で建てられた霊泉寺は、九州三十三か所観音巡礼の第一番札所であった。

彦山を起点に、この霊場は主に北九州を右繞するコース。第二番札所は大分県下毛郡三光村にある長谷寺である。第三番は宇佐市四日市町の清水寺、第四番は宇佐神宮にある大楽寺、第五番は国東半島にある天然寺、それに第六番の両子寺と続く。

山頭火の旅は、一つには九州三十三か所の観音巡礼であった。巡礼の途上で立ち寄った中津の俳人松垣昧々には、その旨を語ったという。昧々はこのことを次のように伝えている。

「山頭火は頭陀から経本のような筑紫三十三霊場の案内本を出して私に見せた。こんどの旅は彼の亡母の回向を兼ねた札所の巡礼にあったことを知って、その殊勝な心情に心をうたれた。『歩々到着』というような仏教上の言葉など説明してくれたが、どんな意味であったか私は忘れてしまった。井師と阿蘇に登岳した山頭火は師と別れて日田に出た。十三日は難路を歩んで彦山に暮に辿り着いた。そこは筑紫第一番の霊場であったので、そこを基点にしたことがうなずかれた。」

山頭火は井泉水と別れてより、二カ月足らずの間に十八通のハガキを出している。普通に考えれば異常に思えるが、山頭火にしてみれば巡礼記のようなものでなかったか。井泉水もそのことは承知していて、山頭火のたよりを「層雲」(昭和五年一月~四月)に順次掲載している。十一月十五日に出したハガキには彦山拝登のことが記されているので一部だけ引用で示しておこう。

「けさ早くからお山めぐりをしました、鬼神社梵字ケ岩、鬼杉、材木岩、そして本社に参拝しました、頂上のながめはすばらしいもので大山小山層々と重なり合ひ、遙かに由布岳、久住山、阿蘇まで望めます、半里ばかり岩石の間を下れば高住神社(元の豊前坊)ここから守実まで四里でありますが、一里ばかり下に山国川の源流、平鶴官林の谷があります、私の最も好きな景勝でありました、途中また溝部村からふりかへつて見る旧耶馬の山々も美観でありました。」

彦山拝登の目的の一つは巡礼となって、母たちの追善供養をすることにあった。それに触れた記述はないが、彼の足跡は観音霊場を巡る旅である。十一月二十日の井泉水宛ハガキでは「今朝、中津を立つて途中九州西国第二番長谷密寺、第三番清水寺参拝、しみ〴〵閑寂の気分にひたることが出来ました」と書いているのに注目すべきだろう。

また中津の句友松垣昧々には「神宮参拝、おのづから頭のさがるを覚えました、つゞいて大楽寺拝登、銀杏がうつくしく立つてゐたのが眼に残つてゐます、今日は高田へ出ます、第五番、第六番をうたなければなりませんから」とハガキに書いている。神宮というのは宇佐神宮、同所にあるのが第四番札所の大泉寺であった。そして国東半島にあるのが第五番天然寺、第六番両子寺。昧々には札所を「うたなければなりません」と決意のほどを示している。また別便では「つかれたあしへとんぼとまつた」の自作を書いたハガキに「こんな安易な心境だからこそ歩きつゞけられるのであります、お笑い下さいまし」など心境をもらすこともあった。

第七番は別府の温泉街近くにある宝満寺。別府では三日滞在し、十二月九日は雨だったが合羽を着て第八番霊山寺拝登。井泉水宛のハガキには「二十丁の山路はしづかで、さみしくて、木の葉をうつ雨が笠をうち砂をうち、そして身心にしみ入るやうでありました、これから第九番第十番とうつて臼杵へ出ます、歩くにはやつぱり山の中がよいやうです、海岸や市街に出るとどうも気持悪くなります」とたよりしている。

九州は暖いところだが、雨の降る日が続くと気温も下がる。十二月八日以後は雨続きで、行乞の旅はつらい。考えもおのずと暗くなってしまう。十二月十四日の井泉水宛ハガキには、「毎日しぐれます、今日も濡れて小路《マヽ》七里を歩いて来ました、第十番札所九位山《クロクキサン》は好きなところでありました、天台宗の古刹でありますけれども、見る影もなく荒廃してをります（中略）年内には一応熊本へ入るつもりでありますが、それを考へると、頭が鉛のやうになります、老人の我儘として許していただきませう」と書いている。

正月が近づけば、いつも囚われる不安である。独身の一人者が自殺するのは正月に多い、というデータもあるらしいが、孤独に耐えられないのだろう。山頭火も例外でなく、正月が近づくとどこで過ごすか悩んでいる。

それにしても自身を「老人の我儘」と書いているのは意外だと思う。誕生日には別府温泉の近くにある宿に泊り、井泉水には「今日——十二月三日は第四十七回の誕生日なので自祝休養いたしました、宿の待遇はよし、町営無料温泉は直ぐ前にあり、お天気は小春のうらゝかさであります、観音経読誦、般若湯頂戴、形影共楽のおめでたさでありました」と調子のよいたよりをしている。けれど暮れの十日も過ぎれば、取り巻く世間の形成は悪化してゆく。札所は三十三番のうち十番まで打ったところで逡巡するものがあった。それを年齢のせいにするのはおかしいが、天候の方は確かに悪い。作る句もそれを反映してしぐれの句ばかり。

あんなに降つてまだ降つてやがる
しぐるるや石を刻んで仏となす　　山頭火

石仏しぐれ仏を撫でる

巡礼というのは、決った霊地を経巡るのである。個人的な計らいがあってはならぬ世界だ。儀軌どおりが正しくて、それを外れるのはよろしくない。けれど山頭火には疑問がわく。「こうして歩きつゞけて、どうなるのか、どうしようといふのか、どうすればよいのか」という懐疑である。

これに対する答えが出せない。もちろん容易に出せる答えではなく、人間が生きることの根源的テーマと結びついている。としても当面の目標だけでもほしい。それがなければ耐えられないのが人情だろう。だんだん寒くなれば、それに打ち克つ確かな名分が必要である。それが見つからず、だんだん阿呆らしくなったのではなかろうか。

山頭火は井泉水と再会して、巡礼記を書くことを思いたった。それが別れてから立て続けのハガキとなったわけだが、時が熟していないことを知るのである。

井泉水には昭和四年一月、春陽堂より発行した『観音巡礼』と題した著書がある。これは亡母亡妻の菩提を弔うために巡った西国三十三観音の旅の紀行文であった。口絵には坊主頭に袈裟をかけ、網代笠を手に持った凛々しい壮年僧姿の井泉水の写真が載っている。本文冒頭の部分では、妻が亡くなり母が亡くなりその前に子供も亡くなっていたので仏門に入りたくて京都に移住してきたことを書き、また巡礼に出た動機を次のように書く。

「此一生涯が其まゝに、旅の心であるには違ひないが、日常身辺に繋がるものから離れ、ひとり、未知不識の世界に漂泊する『旅』といふものにあつてこそ、自然の美しさも、あはれさも、人間の情けも、親しさもしみぐ\と味はれる気がする。殊に、日を定めず、宿を定めず、山野の間に仏を尋ね、仏を礼する巡礼といふものになりきつてこそ、自然法爾そのまゝの辱さに仏の慈悲の広いことが身にしみて感じられよう――と、さう思ふ所から、私は西国三十三所の巡礼を志して出たのである。亡き母、亡き妻の菩提を弔ふといふ気持もある。けれども、彼の霊に対して供養したいといふ事をつきつめて云へば、自分の心そのものを懺悔したいといふ事に外ならない。勿論、仏を尋ね仏を礼するといふ気持も、自分の心のぼうばくとした山野の如き境界に、光を求め、信を得たいといふ事に外ならないが……。かくて、私が今、紀州通ひの船の上に居るのは、西国第一番の霊場、那智山に向ふ途なのである。」

仏心を呼び覚す感銘深い文である。出版された時期からして、山頭火が井泉水著『観音巡礼』に影響されていることは間違いない。彼もまた目下思い立った九州三十三か所観音巡礼の記録を遺そうとしたのは、容易に納得がいく。その一つの方法が井泉水宛に次々ハガキを書くことだったが、中途で挫折している。昭和四年十二月二十三日の井泉水へは「かうして歩きつゞけて、どうなるのか、どうしようといふのか、どうすればよいのか――たゞ歩くのであります　歩く外はないのであります――歩くこと、それだけで沢山でありませうか」と疑問を投げかけて中断しているのが興味ぶかい。

山頭火は十二月三十日に熊本へ帰ってきた。その夜はかねての打合せどおり石原元寛と木藪馬酔木の三人で、忘年会を催している。

正月は熊本で

正月二日にはこの三人で新年会。このとき緑平に寄せ書きのハガキを出しているが、山頭火は「お小遣いただいいて空が青い」と満悦の様子。元寛は「山頭火に翁は本年から廃止だそうです」と書き添えているから、山頭火は飲んで元気に振る舞っていたようだ。

正月五日は元寛居で午後一時より句会。山頭火は「ぬかるみのゆううつを来て逢へない」の句を出している。またこのときも山頭火と元寛、馬酔木の三人で緑平宛に寄せ書きを送っているが、「お正月まづ物を盗まれた」というのが山頭火の俳句。盗まれる物があったらしいが、何を盗まれたのだろうか。

一月十三日の緑平宛ハガキでは「私も当面の或る事件が片附かなければ出られません」と書きながら、山頭火は元寛と馬酔木の三人でよく出歩いている。「物を盗まれた」とか「或る事件」などと思わせぶりな書き方だが、その実体は不明である。そしてハガキの末尾には、「近来めつきり白髪がふえて老い込んでしまいました、でもまだ〱若返るだけの気力は失ひません、久しぶりにお目にかかつて呵々大笑の日を待つてをります」と書く。

満でいえば四十七歳と一月余の年齢である。まだ老けこむ年ではないが、どうしたのだろうか。

熊本市下通町の雅楽多店を居場所にしていたが、うまくサキノと折り合いがついたわけではない。二月十七日には中津の松垣昧々へ「私はまた旅へ出ました、福岡では征二居三泊、それから緑平居二泊、それからまた次良居一泊、歩いて乞食して、こゝまで来ました、どうも急しくていけません」など書き送っている。はがきにある「乞食」にはどうも精神的な高さが感じられなくて、外道としての物貰いに近い。一カ月間ほど福岡県下の句友たちを訪ね歩き厄介になり、三月七日に熊本の雅楽多店に帰着している。

長男健は秋田鉱専へ

長男健は一年延期していた秋田鉱山専門学校を受験する。その準備のために家に帰っていた。頼りない父ではあったが、「逢えば父として話してくれる」と句に詠むように、あれこれ相談を受けたらしい。

山頭火が息子にどんなアドバイスをしたか。とにかく健は修業年限三年の秋田鉱専に入学した。そのために父親らしい義務を果さなければならない。息子健への思い込には強いものがあった。その熱い胸中の一端を緑平に書き送っている。先ず四月六日には「子供が今度秋田の鉱山専門学校へ入学しましたので、よい父とはなりえないまでも、悪い父でありたくないと念じております」と書き、緑平からの返信に対して四月九日に早速返事を出している。

「おはがきありがたく拝見、ほんとうに我儘が出来なくなりました、少なくとも三年間は。――緑平さん、よい父となりえないものが、どうしてよい俳人となることが出来ませう――大いに世間並の句を作りませう、然しまだ〳〵出来ないので困ります、今度始めた廻覧雑誌『句評と感想』へはしつかり書いて下さい、私もうんと書きますから。」

放浪の俳人の意想外なる一面である。いかにも捨て難き肉親への情だ。「少なくとも三年間」というのは長男健の在学期間。その間は世間並の句を模索するつもりでか、回覧雑誌を発行したという。回覧雑誌は出家前の酒造場経営時代にも編集したことがあり、山頭火の得手としたところ。福岡の三宅酒壺洞と諮り、第一輯は「句評と感想」の題ではじめている。福岡や熊本の「層雲」同人のほか中津の松垣味々らにも句友を誘って出句してくれ、と頼んでいるから意欲満々だったらしい。実は回覧雑誌「句評と感想」がどうなったか、その後の消息を伝えるものはない。ために「私もうんと書きますから」とはりきっている山頭火の動静も不明である。

ところで、よい父になろうとして当時どんな俳句を作ったのだろう。四月十三日には熊本市内の若い句友たちと、江津湖上で移動句会を催している。その趣向はよかったが、結果はさんざんだったようだ。そのときの模様は「層雲」(昭和五年五月)の通信欄に、寄せ書きとして掲載されている。

「移動が流動になりました、今度は妄動になるか、いや暴動になるかも知れません　山頭火
強く、水中に棹をぶつたてますが、身はぐる〳〵廻るばかりです、意気壮なれども漁夫に及ばずであります　元寛
酔ひどれ舟を橋脚に着けて雲雀の声を聞いてゐます　馬酔木」

井泉水が荒れ模様の湖上句会に対して、次のような感想をつけているのがおもしろい。

「成程、これは如何にも移動句会らしい。『どうも近頃の俳壇の傾向はめまぐるしいやうに廻転する』などと、其のぐる〳〵廻る舟から認識して、一議論あつたのではありませんかね。意気壮なれども漁夫に及ばず……プロ運動はやつぱり其道の闘士にに及ばぬことに御気がつかれましたか、いかゞ。」

当然、「層雲」内部でもプロレタリア俳句が盛んで、元寛と馬酔木はシンパであった。山頭火を巻きこんでプロ俳句を議論したのだろう、と推測しての井泉水の付言である。

これとの関連では、そのころ山頭火と福岡の若い句友たちは緑平居を訪い句会を催した。三宅酒壺洞はそのときの様子を「層雲」（昭和五年六月）に「常識として層雲の同人は一度はマルクスを通らねばならぬこと。それだから自分（山頭火・筆者）はマルクスの勉強をする為に征二から貰つて来たと云ふ色々の社会科学の本が振分から出される。それなら緑平氏も勉強してみやうと云つて幸ひ酒壺洞が持つて来てゐたリーフレットに読みふける等々」と興味ぶかく書いている。

ついでに書けば湖上句会の翌五月は、「層雲」を離脱した横山吉太郎（林二）らが「俳句前衛」を創刊。七月には栗林一石路や橋本夢道らが「旗」を創刊して「層雲」から分裂した。

山頭火はそれらの動向に関心を寄せ、五月二十二日の緑平宛ハガキには「句はもとより出来ませんが、ハガキを書くのも退屈を感じます、俳句前衛、旗、等々、層雲にもだいぶ生々した風が吹き出しましたが――」と書き送っている。この時点で「旗」はまだ創刊されていないから情報はずいぶん早い。あるいは彼にもプロ俳句運動への誘いがあったか。そのあたりは詳らかでないが、五カ月余り後には旅に出て、その旅先から緑平宛に出したハガキは印象に残るものだ。

「　霧島は雲にかくれて赤とんぼ
ずゐぶん古めかしい句ですね、私はだんだんかういふ古典的な伝統的な世界に沈潜してゆきます、マルキスト連中とは対蹠的になつてゆきます、これでいい、それがホントウだ、それより外ないと思ひます（後略）」

借金難から生存難

山頭火にとってプロレタリア俳句は麻疹にかかったようなもので、やがて熱は冷めてゆく。けれど変わらないのは突発的に起こる酒癖の悪さである。息子のために真面目に働こうとするが、坦々とした日々を送るのに慣れていないのだ。六月二十三日、緑平あての手紙には深刻な情況をにおわして借金を申し込んでいる。「ゲルト二〇ご都合出来ませんでせうか（七月末までには必ず御返しいたします）　実は四月、五月自棄酒を飲んだために、身分不相応なマイナスが出来て、まだ六〇位残つてをります。その内二〇位早く払はないと面倒な事が起こる立場に居るのです。」という内容だ。

封筒の表に鉛筆で「御直披」と書いている。そう書かなくても、封書の場合は他の人には読まれたくない内容だろう。それ以外のとき、山頭火は決まってハガキを使用している。ゲルトはドイツ語の

Geld、金銭のこと。行商に出かけ晩酌代には困らなかったようだが、火急に二十円を用立ててもらいたい、というのだ。

当時は大不況で、新聞には「職を失い、東海道を徒歩で帰郷する者、日に三十〜六十人に及ぶ」などと報じ、全国の失業者は三十二万二千人。紡績工場で働く女工は十時間以上働いて、平均賃金一日諸手当込みで八十二・三銭だったという資料もある。

約六十円のうち早急に支払わねばならない分が二十円、残りの四十円はどうするつもりだったのか。とにかく切羽詰っていたようで、緑平にはその日のうちに続けて二通も救済を懇願する私信を出している。そこには熊本まで来てもらいたいと記し、「余生いくばくのところが全人生の画竜点睛かもしれません」と訳の分らないことを書いている。

緑平はどんな思いで、山頭火の手紙を読んだろうか。要は金を貸してもらいたい、と言うこと。貸してもらえなかったらどうなるか。たちまち全人生の画竜点睛を欠き、死ぬるほかないという予告。そんな難問を突き付けるかの私信だとも取れる。

こうした身勝手な要望にも、一切非難がましいことを言わないのが緑平の一貫した態度だった。俳人としての山頭火の才能に惚れ、ひたすら援助をおしまない。このときも早速、金を送り窮地を救った。山頭火はこれに対して、六月三十日に「お礼の申上様もありません、おかげで当面の難関を打開することが出来ます、私も過去一切を精算して新生活の第一歩を踏み出さなければならないのでありますと礼状を出している。当面の難関は打開できたとしても、借金はまだ四十円も残っている。それをどうしたか。詳しいことは分らない。九月になって「六月このかた生ける屍だつた」「六月このかた、ほとんどたよりというものは書きませんでした」というハガキの文面があり、逼塞していたのだろう。いや自殺しようとしたらしい。幸い未遂に終わり、「祝ふべき句を三つ四つ」と記しているのは珍しい。

蜱しぐれ死に場所をさがしてゐるのか
青草に寝ころぶや死をかんじつゝ
毒薬をふところにして天の川
しづけさは死ぬるばかりの水が流れて

自身の自殺未遂の顚末は後の「行乞記」に回想して書いている。

「アルコールの仮面を離れては存在しえないやうな私ならさつそくカルモチンを二百瓦飲め（先日はゲルトがなくて百瓦しか飲めなくて死にそこなつた、とんだ生恥を晒したことだ！）」

第四章　自照の過客

1　行乞記

自照文学としての行乞記

秋田鉱山専門学校に入学した息子の健のために、卒業するまでの三年間は我が儘ができないと観念。そのことは多くの句友に告げての社会復帰であった。けれど長くは続かなくて、挙げ句は自殺未遂をしでかし、じっとしておれないで旅に出たのだ。過去を清算するという逸る気持ちもあってか、これまでの日記を焼き捨てている。そして新たな旅として「行乞記」と題するノートに、克明な行乞の記録を残してゆく。

焼き捨て丶日記の灰のこれだけか　　山頭火

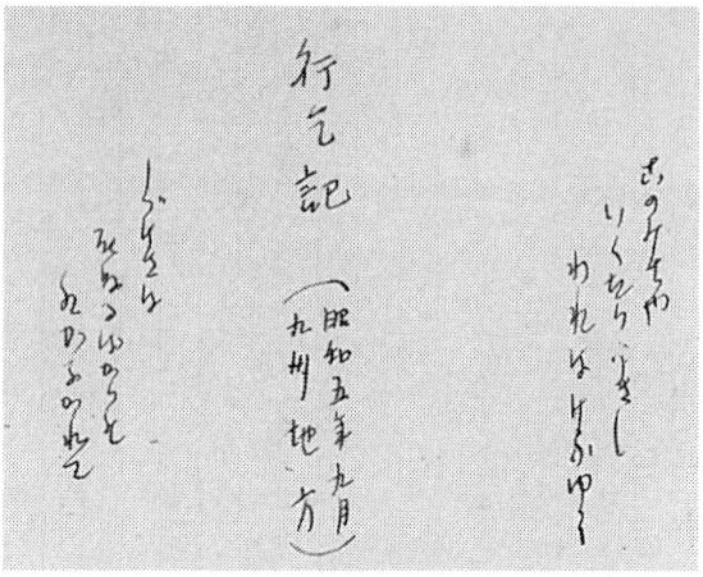

行乞記（現存日記で最初のもの）

現存する「行乞記」は昭和五年九月九日からのものだ。以後は死去する三日前の昭和十五年十月八日まで、たゆみなく実に丹念に書いている。その間に昭和六年二月六日から十二月二十一日までは日記をつけていないが、後は多少の空白があるのみだ。いわば底辺の社会世相を伝える裏面史として貴重な資料ともなっている。

　山頭火はせっかく書いた初期の日記を、なぜ焼き捨てたのか。一言でいえば、他人に見られることを拒否したのだろう。だからそれ以降は読者を予想しての記述とみていい。

　以下は現存する記録によって、山頭火の足跡をたどってみたい。が、昭和五年九月十四日の人吉の宿において山頭火は、「熊本を出発するとき、これまでの日記や手記はすべて焼き捨てゝしまつたが、記憶に残つた句を整理した」と書く。これにあやかり、その日に記した俳句でなく、ここでは観音堂を捨てて以後の主なものを年月順に抜き出してみよう。

炎天をいただいて乞ひ歩く

放哉居士の作に和して

鴉啼いてわたしも一人

生を明らめ死を明らむるは仏家一大事の因縁なり（修証義）

生死の中の雪ふりしきる

昭和二年三年、或は山陽道、或は山陰道、或は四国九州をあてもなくさまよふ。

踏みわける萩よすすきよ

この旅、果もない旅のつくつくぼうし

ほろほろ酔うて木の葉ふる

生き残つたからだ掻いてゐる

昭和四年も五年もまた歩きつづけるより外なかつた。あなたこなたと九州地方を流浪したことである。

わかれてきてつくつくぼうし

こほろぎに鳴かれてばかり

どうしようもないわたしが歩いてゐる

再び日記の記述にもどる。彼は思い出す句を記したところで、続けて次のように書く。

「単に句を整理するばかりぢやない、私は今、私の過去一切を清算しなければならなくなつてゐるのである、たゞ捨てゝもく〳〵捨てきれないものに涙が流れるのである。

私もやうやく『行乞記』を書きだすことが出来るやうになつた。――」

こう記しておいて、日記の記述から段落を下げ、いわば山頭火の「行乞記」における序ともなる、次の文を書いている。それは兼好法師の『徒然草』における「つれづれなるままに」ではじまる序段にも匹敵するほどのもので、注目すべき一文だと思う。

「私はまた旅に出た。――

所詮、乞食坊主以外の何物でもない私だつた、愚かな旅人として一生流転せずにはゐられない私だつた、浮草のやうに、あの岸からこの岸へ、みじめなやすらかさを享楽してゐる私をあはれみ且つよろこぶ。

水は流れる、雲は動いて止まない。風が吹けば木の葉が散る、魚ゆいて魚の如く、鳥とんで鳥に似たり、それでは、二本の足よ、歩けるだけ歩け、行けるところまで行け。

旅にあけくれ、かれに触れこれに触れて、うつりゆく心の影をありのまゝに写さう。

私の生涯の記憶としてこの行乞記を作る。

…………」

ここは心して読んでもらいたい。傍点は私がつけた。文中にある〈乞食坊主〉の語をどう読むか。彼が観音堂に居たときは、〈常乞食の道〉を模索した。それから四年余の歳月が流れている。そして認識したことは、どうあがいてみても自分は乞食坊主以外の何ものでもなかった、という現実だ。彼はこれを戯れ歌にして、うたっているのが愉快である。ちなみに、ホイトウとは西日本地方の方言で乞食のことを指す。

メイ僧のメンかぶらうとあせるよりも
　ホイトウ坊主がホントウなるらん
ホイトウとよばれる村のしぐれかな

東洋的諦観に生きる

山頭火は初期の行乞では、必死の形相をした求道僧であったかもしれない。当時のことは杳《よう》として不明だが、後には鳥取のある友人にハガキを出し、「私も先年御地方を行乞して歩きまはりました。その頃は一切の有縁無縁を離れ去る気持で、どなたにもお目にかゝりませんでした」と明かしている。が、山頭火のいわゆる「行乞記」序においては、たとえば「メイ僧のメン」を捨て、自分の本性をありのままに写す意向を書いている。

山頭火の、この時点における際立つ変化といえば、人生の観照者として行乞記を作ろうという態度だろう。観照者というのは、対象に主観的な要素を加えず、冷静な心でみつめるということだ。改めて旅に出て八日目の、九月十六日の「行乞記」には、人吉町の宮川屋に泊ったとあり、「都会のゴシップに囚はれてはゐなかつたか、私はやつぱり東洋的諦観の世界に生きる外ないのではないか、私は人生の観照者だ（傍観者であらざれ）、個から全へ掘り抜けるべきではあるまいか」と書いている。

旅の三十五日目、十月十三日には宮崎県の都城にて一頓挫、その心境をこう書いている。

「とても行乞なんか出来さうもないので、寝ころんで読書する、うれしい一日だつた、のんきな一日だつた。
一日の憂は一日にて足れり——キリストの此言葉はありがたい、今日泊つて食べるだけのゲルトさへあれば（慾《よく》には少し飲むだけのゲルトを加へていたゞいて）、それでよいではないか、それで安んじてゐるやうでなければ行乞流浪の旅がつゞけられるものぢやない。」

あるいは悠然と内省する態度も、変化の一つかもしれない。前々日は鹿児島県の志布志町にいたが、行乞者に対しては巡査が高圧的で厳しかった。

「托鉢なら托鉢のやうに正々堂々とやりたまへ」

若い巡査は山頭火にこう注意したという。そこで山頭火は「だいたい鹿児島県は行乞、押売、すべての見師の行動について法令通りの取締をするさうだ」とも書く。だから鹿児島県内での行乞は早々に切り上げ、宮崎県の都城に移動していた。土地柄によって、行乞者への対し方も様々だったようだ。

木賃宿にも格差

行乞者にとって気掛りなのは、どんな宿に泊れるかということだった。彼は「行乞記」の日付につづけ、天候、行乞地、宿の屋号と宿代何銭と記し、さらに宿を上中下のいずれかにランクづけすることを忘れていない。その記述の部分を、熊本市をあとにしてから一カ月にかぎり、「行乞記」から抜き出してみよう。

九月九日　晴、八代町、萩原塘、吾妻屋（三五・中）
九月十日　晴、二百廿日、行程三里、日奈久温泉、織屋（四〇・上）
九月十一日　晴、滞在。
九月十二日　晴、休養。
九月十三日　曇、時雨、佐敷町、川端屋（四〇・上）
九月十四日　晴、朝夕の涼しさ、日中の暑さ、人吉町、宮川屋（三五・上）
九月十五日　曇后晴、当地行乞、宿は同前。
九月十六日　曇、時雨、人吉行乞、宮川屋（三五・上）
九月十七日　曇、少雨、京町宮崎県、福田屋（三〇・上）
九月十八日　雨、飯野村、中島屋（三五・中）

九月十九日　晴、小林町、川辺屋（四〇・中）
九月廿日　晴、同前。
九月廿一日　曇、雨、彼岸入、高崎新田、陳屋（四〇・上）
九月廿二日　晴、曇、都城市、江夏屋（四〇・中）
九月廿三日　雨、曇、同前。
九月廿四日　晴、宿は同前。
九月廿五日　雨、宮崎市、京屋（三五・上）
九月廿六日　晴、宿は同前。
九月廿七日　晴、宿は同前、宮崎神宮へ。
九月廿八日　曇后晴、生目社へ。
九月廿九日　晴、宿は同前、上印をつけてあげる。
九月三十日　秋晴申分なし、折生迫、角屋（旅館・中）
十月一日　曇、午后は雨、伊比井、田浦といふ家（七〇・中）
十月二日　雨、午后は晴、鵜戸、浜田屋（三五・中）
十月三日　晴、飫肥町、橋本屋（三五・中）
十月四日　曇、飫肥町行乞、宿は同前。
十月五日　晴、行程二里、油津町、肥後屋（三五・下）

十月六日　晴、油津町行乞、宿は同前。
十月七日　晴、行程二里、目井津、末広屋（三五・下）
十月八日　晴、后曇、行程三里、榎原、栄屋（七〇・上）
十月九日　曇、晴雨、行程三里、上ノ町、古松町（三五・上上）
十月十日　曇、福島町行乞、行程四里、志布志町、鹿児島屋（四〇・上）

この約一カ月間の行程を見ると、山頭火の泊る宿賃は三十銭が一回、あとは三十五銭か四十銭、ランクづけでいえば上が十六泊、中が十一泊、下が三泊である。途中七十銭の宿代が二度あるが、これは木賃宿でない。田浦という家のときは「安宿、満員、教へられてこの家に泊めて貰ふ、この家も近く宿屋を初めるらしい、投込だから木賃よりだいぶ高い」と記述。もう一軒の栄屋についても「安宿はないから、此宿に頼んで安く泊めて貰ふ、一室一人が何よりである」と書く。

さて、木賃宿というのは旅人が米を持ちこみ、それを炊く薪代を払って泊る宿のことである。山頭火はこれをボクチンといっていたが、当時は粗末な安宿の通称だった。昭和十四年秋には、四国の遍路みちを旅して、土佐の佐喜浜の木賃に宿泊。このとき「宿銭はどこでも木賃三十銭米五合代二十銭、米を持つてゐないと五十銭払はなければならない」と書いている。

昭和五年秋の九州における宿銭は、平均でおよそ三十七銭である。九年後の四国では五十銭と、二十六パーセントの値上りだ。これによっても物価の変動を推測できよう。いや一年余り後の昭和七年一月二十五日には、「見師の誰もがいふ、ほんたうに儲け難くなつた！　私自身について話さう——二三年前までは、十五六軒も行乞すれば鉄鉢が一杯になつたが（米で七合入）今日では三十軒も歩かなければ満たされない」と書く。

昭和四年（一九二九）秋に起こったニューヨーク株式市場の大暴落を〈暗黒の木曜日〉とよんだ。世界恐慌のはじまりである。これが昭和五年には日本に波及し、不況の状態は昭和七年頃まで続く。いわゆる昭和恐慌である。ために物価は二十パーセント以上も下落し、宿銭の方も二十五銭か三十銭が通り相場になっていく。

これは下層の木賃利用者たちのこと。上層の泊る東京の帝国ホテルは一泊十円。現在の価格でツインの部屋を約二万八千円に換算すると、木賃における一人の宿銭は七百円以下となる。

投宿の習俗　木賃というのは死語となり、そこを利用していたいわゆる世間師たちも現在は姿を消してしまった。が、「行乞記」の冒頭、九月十日から三日間泊る日奈久温泉の織屋は往事のままだ。「此宿は夫婦揃つて好人物で、一泊四十銭では勿躰ない」と書かれた夫婦（故人）に、私も会って話を聞いたことがある。高齢のため看板はおろしたが、泊めてくれと訪ねて来る人には、近年まで利用してもらったという。

山頭火のような行乞者は、泊れる宿が決まると宿銭は前払いだ。さっそく頭陀袋から上がり口の板間に新聞紙を広げて、その日の布施でもらった米を移し出す。その中には銅貨の銭も混じっているから選び取り、米五合は炊いてもらうため宿に預け、後の分は一升二十五銭前後で引き取ってもらう。

その代金で木賃料を払い、残った分が自分のものとなる。

宿で炊いてもらった五合の米は、夕食と朝食、それに昼の弁当として三度に分けて食べる。副食物は木賃料に含まれていて、夕食には魚とか煮物、朝は味噌汁に菜漬くらい。菜漬の方は弁当に入れ、昼のおかずにすることが多かった。

しみじみ食べる飯ばかりの飯である　　山頭火

こんな俳句も作っているが、食べものについて愚痴をこぼすことはなかった。そちらの方にはあまり興味がなくて、酒の方へと嗜好は傾く。宿代の三銭四銭は上中下と評価をつけて細心に書くが、酒代となると実にずさん。十月十二日、都城の江夏屋に四十銭を払って泊った夜の行状は次のとおり。

「夕方また気分が憂鬱になり、感傷的にさへなつた、そこで飛び出して飲み歩いたのだが、コーヒー一杯、ビール一本、鮨一皿、蕎麦一椀、朝日一袋、一切合財で一円四十銭、これで懐はまた秋風落寞、さつぱりしすぎたかな（追記）。」

いや一円四十銭の中には諸焼酎も入っており、しこたま酔っぱらったようだ。このときは宿まで送り届けてくれる人があってまだよかった。六日前の宮崎県目井津の宿では、外で飲み歩いてついに宿

まで帰れなかった。十月七日の「行乞記」は、

「雨かと心配してゐたのに、すばらしいお天気である、そこゝ行乞して目井津へ、途中、焼酎屋で諸焼酎の生一本をひつかけて、すつかりいゝ気持になる、宿ではまた先日末のお遍路さんといつしよに飲む、今夜は飲みすぎだ、たう〳〵野宿してしまつた、その時の句を、嫌々ながら書いておく。

酔中野宿

・酔うてこほろぎといつしよに寝てゐたよ

大地に寝て鶏の声したしや

草の中に寝てゐたのか波の音

・酔ひざめの星がまたゝいてゐる

・どなたかかけてくださつた莚あたゝかし」

句の頭につけた〈・〉印は自選の意。こんな野宿もめずらしくなかった。が、山頭火が好んだのは清酒の方で、たくさん飲みながらも焼酎を嫌っているのがおもしろい。

「清酒が飲みたいけれど罎詰しかない、此地方では酒といへば焼酎だ、なるほど、焼酎は銭に於い

ても、また酔ふことに於ても経済だ、同時に何といふうまくないことだらう、焼酎が好きなど丶いふのは——彼がほんたうにさう感じてゐるならば——彼は間違なく変質者だ、私は呼吸せずにしか焼酎は飲めない、清酒は味へるけれど、焼酎は呷《あお》る外ない（焼酎は無味無臭なのがい丶、たゞ酔を買ふだけのものだ、諸焼酎でも米焼酎でも、焼酎の臭気なるものを私は好かない）。」（十月十五日）

これによっても、山頭火における妥協のない性格の一端が窺えよう。まあ嗜好の問題だから、彼の焼酎ぎらいをとやかく言う必要はないかもしれない。彼自身も贅沢をいえる境遇でもなかった。そのことは本人も自覚していて、「行乞記」では「私はあまり我がま丶に育つた、そしてあまり我がま丶に生きて来た、しかし幸にして私は破産した、そして禅門に入つた、おかげて私はより我がま丶になることから免がれた、少しづ丶我がま丶がとれた、現在の私は一枚の蒲団をしみ〴〵温かく感じ、一片の沢庵切をもおいしくいたゞくのである」（昭和五年十二月十四日）と書く。

2　同宿の世間師たち

入れ込みの部屋

当時、木賃に泊り世間を渡り歩いていた人々は多かった。いわば社会の底辺に生きる世間師たちである。山頭火もその群れの中の一員として、親しく交わる場合も多かった。「行乞記」には、それら世情に通じ巧みに世渡りする人々の生き方についても記す部分は多い。

木賃では一室一人ということは先ずなかった。部屋数も少なく、せいぜい二室か三室のところへ、泊り客は入れ込みとなる。一室数人のときもあれば、それ以上の多人数のときもあった。昭和五年の後半約二カ月間に同宿となった特色ある世間師たちを、「行乞記」の記述から拾い出してみよう。

宇部の乞食爺さん、虚無僧、ブラ〳〵さん、行商人、修行遍路、エビス爺さん、尺八老人、絵具屋、世間師坊主の四人組（真言、神道、男、女）、箒屋、馬具屋、松葉エツキス売り、按摩兼遍路、研屋、薬屋、鋳掛屋、お札くばりの爺さん、飴売り、テキヤ、子連れの大道軽業芸人、ナフタリン売り、土方のワタリ、へぼ画家など。

これら同宿の、世間師たちの多くは語る。「どうせみんな一癖ある人間だから世間師になつているのだ」と。

これに対して「世間師は落伍者だ。強気の弱者」というのが山頭火の感想。もちろん彼自身にも落伍者という意識はあって、昭和五年九月三十日に折生迫（宮崎県）の宿で国勢調査をうけたとき、落魄の思いは改めて深まっていく。

「夜おそくなつて、国勢調査員がやつてきて、いろ〳〵訊ねた、先回の国勢調査は味取でうけた。次回の時には何処で受けるか、或は墓の下か、いや、墓なんぞ建てゝくれる人もあるまいし、建てゝ貰ひたい望みもないから、野末の土くれの一片となつてしまつてゐるだらうか、いや〳〵まだ

〳〵業が尽きないらしいから、どこかでやつぱり思ひ悩んでゐるだらう。」

国勢調査は十年ごとに本調査、中間に臨時調査が行われる。このときは第二回の本調査で、内地人口六千四百四十五万人、外地人口二千五百九十五万人。同時に失業者の調査もあって、その数三十二万人だったという。調査内容は職業、年齢、性別、配偶者関係などだが、山頭火がどう答えたか興味がある。

宮崎県では、旅人の届出書に旅行目的を書かせた。これに「行脚」と書き、山頭火はそれについて巡査から質問されたことがあるという。鹿児島県では「行脚」そのものを取締りの対象としていたから職業としては成り立たない。昭和七年四月一日、長崎県平戸ではこんなこともあった。

「今日、途中で巡査に何をしているかと問はれて、行乞をしてると答へたが、無能無産なる禅坊主の私は、死なゝいかぎり、かうして余生をむさぼる外ないではないか、あゝ。」

巡査が威張る春風が吹く　　山頭火

巡査から見ればうさん臭くて、油断のならないのが世間師たちであった。山頭火もその群れの一人だったが、少々異色の存在だったかもしれない。木賃宿では同宿人から頼まれればハガキの代筆を何枚でも引き受ける。多い時には十枚以上もあった。そのうえ「行乞記」も部屋の片隅で書くわけで、いわば木賃宿の右筆だ。彼は特色ある世間師たちについても、次のように書いている。

「昨日から道連れになつて同宿したお遍路さんは面白い人だ、酒が好きで魚が好きで、無論女好きだ、夜流し専門、口先きがうまくて手足がかろい、誰にも好かれる、女には無論好かれる。」

「昨夜の『山芋掘り』も亦異彩ある人物だつた、彼は女房に捨てられたり、女房を捨てたり、女に誑《たぶらか》されたり、女を誑したりして、それが彼の存在の全部らしかつた、いはゞ彼は愚人で、そして喰へない男なのだ、多少の変質性と色情狂質とを持つてゐた。」

こういう一癖も二癖もある連中と、毎日身近に接していかなければならない。山頭火もまた酒におぼれ、脱線して醜態を演じることもあった。ときには彼が槍さびを唄い、同室の鋳掛屋さんが踊るといった余興で楽しむこともあったという。彼は旅の観照者だが、けっして傍観者ではなかった。そんな立場から見た世間師とは何者だったか。

「世間師には明日はない（昨日はあっても）、今日があるばかりである、今日一日の飯と今夜一夜の寝床とがあるばかりだ、腹いつぱい飲んで食つて、そして寝たとこ我が家、これが彼等の道徳であり、哲学であり、宗教でもある。」

体験の宗教コロリ往生

明日があるかないか、そこに一般社会人との際立った違いがある。日常というのは昨日のような今日があり、今日のような明日を想定できること。これを支える最も重要な基盤は安住の生活だが、世間師は固定の基盤がないから流れ歩かねばならない。すなわち安定はないわけで、大方は心の平穏も望めない。そういった世間師を、山頭火はこういうふうにも書いている。

「隣室に行商の支那人五人組が来たので、相客二人増しとなる、どれもこれもアル中毒者だ（私もその一人であることは間違ひない）、朝から飲んでゐる（飲むといへばこの地方では藷焼酎の外の何物でもない）、彼等は彼等にふさはしい人生観を持つてゐる、体験の宗教とでもいはうか。コロリ往生——脳溢血乃至心臓麻痺でくたばる事だ——のありがたさ、望ましさを語つたり語られたりする。」

これは鹿児島県志布志の宿でのこと。山頭火をいたく感心させたのは、体験の宗教ともいうべきコロリ往生の考えであった。それが禅思想と結びつき、ついにはコロリ往生が終生の願望となっていったことに注目すべきだろう。

世間師たちは一見強気だが、山頭火もいうように社会からの落伍者であり、弱者であることは間違いない。そんな中にあって、山頭火の行脚スタイルは比較的有利な立場に置かれていたようだ。折からの大不景気で、修行遍路などではやっていけなかった。

「私があまり困らないですむのは、袈裟の功徳と、そして若し附け加へることを許されるならば、行乞の技巧とのためである。」

「世間師にもいろ〳〵ある、殊に僧形を装うていろ〳〵の事をやつてゐるが、私は行乞を尊重する、ガラ（行乞の隠語）が一等よろしい、かへりみてやましいところがない（いや、すくない）。」

これは「行乞記」に散見できる山頭火の、行乞についての考えである。批判的に読めば、行乞を何と心得ているか、と非難をあびる態度とも受け止められよう。食べる手段で行乞を選んでいるようで、すべて欺瞞だと批判する人もいる。

彼が〈常乞食の道〉を目指して、捨身懸命の旅に出たのは大正十五年だった。それからの五年間でどう変節していったか、理想と現実の狭間で大いに悩んだ時期もある。いや墨染めの衣を着て、袈裟をかけ、一笠一鉢の行脚姿でいるかぎり、彼には偽善の影から解放されることはなかったようだ。

行乞の危うさ

行乞というのは仏教の基本思想に根ざした最も大切な行為であろう。釈尊の直説である『中阿含経』の中には、「悲法によつて自ら存命することなかれ。常に身行を浄め、口意行を浄めて無事の中に住し、糞掃衣を着し、常に乞食を行ずべし。次第に乞食して、少欲知足に、遠離に楽住し、習つて精勤せよ」という一節がある。

釈尊のころの古代インドでは、制度としても乞食修行が定められていたという。一生涯を学生、遊行、家住、林住の四期に分け、各々年期の義務が定められていた。師について勉学する学生期にある者は行乞のみで生活をする。これに対して家庭生活を営む家住期にある者は、行乞者に食を施し保護しなければならなかった。いわゆる相互扶助の制度である。

その制度下にあるかぎり、与える者と与えられる者もお互いさまということだろう。与える者には与える喜び、もらう者にはもらう喜び、その喜びが対等であるというのが仏教本来の考え方であった。が、中国を経て日本へと渡米した仏教は、制度を伴わない行乞の精神だけが伝わるわけだ。ために観念的で、かえって理想化されやすかったが、現実での行乞は大変に困難なものであった。

山頭火は行乞における理想と現実を、どう理解していたか。「行乞記」の一節には「与へる人のよろこびは与へられる人のさびしさとなる、もしほんたうに与へるならば、そしてほんたうに与へられるならば、能所共によろこびでなければならない」と書く。だが、そんな対等の理想的関係は、そう簡単に成り立たない。それでも行乞を止めれば干上がるから、妥協策を考えている。昭和五年十月三十日、宮崎県の門川の宿での記述はこうだ。

「今日一日、腹を立てない事

今日一日、嘘をいはない事
今日一日、物を無駄にしない事

これが私の三誓願である、腹を立てない事は或る程度まで実践してゐるが、嘘をいはない事はなかなか出来ない、口で嘘をいはないばかりでなく、心でも嘘をいはないやうにならなければならない、口で嘘をいはない事は出来ないこともあるまいが、体《カラダ》でも嘘をいはないやうにしなければならない、行持が水の流れるやうに、また風の吹くやうにならなければならないのである。

行乞しつゝ腹を立てるやうなことがあつては所詮救はれない、断られた時は、或は黙過された時は自分自身を省みよ、自分は大体供養を受ける資格を持つてゐないではないか、応供は羅漢果を得てゐるものにして初めてその資格を与へられるのである、私は近来しみ〴〵物貰ひとも托鉢とも何とも要領を得ない現在の境涯を恥ぢ且つ悲しんでゐる。」

日本の場合も四国遍路とか西国巡礼など、いわば信仰が習慣的に制度化されている地域にあっては、与える者と与えられる者とが対等の関係として成り立っている場合もある。けれど山頭火が歩いているのは熊本から鹿児島、宮崎各県の南九州で、巡礼を受け入れる習俗は希薄だった。そんな地方での行乞者は、社会一般では物もらいの存在と映っても仕方あるまい。

あるときはカフェーの前に立ち、観音経を読誦。女給二三人ふざけていて取り合わない。ここは根くらべとユーモラスな気分で観音経を読誦し続けると、彼女らの一人が出て来て一銭銅貨を鉄鉢に入れようとする。

「ありがとう。もういただいたも同然ですから、それは君にチップとしてあげましょう。」

お布施は受けないで、山頭火はこう言った。そのことを彼女は笑い、彼も共に笑ったという。そんなエピソードを、ナンセンスの一シーンと「行乞記」に書きとどめている。ある時は小料理屋の前で観音経を読誦し続けたが、見えるところの鏡台を前に化粧している「あまりシャンでもない酌婦」は時々横目で見るが、面から御免とも言わず無視した様子。これに対して山頭火は腹を立てず、「彼女の布施は横眼でちよい〳〵見たこと、いひかへれば色眼ではなかつたらうか知ら！」などと悪ふざけな書きぶりだ。

またあるときは、今にも嚙みつくかと思えるほどの大きな犬に吠えられた。それでも読経の態度や音声の変わらなかったのが、自分ながらうれしかったという。その家の人々もそれに感心していた様子、などと書く。これはまったく日本的な精神主義だ。こんな深刻な状況に追いこんでの行乞では、なんとも危険がいっぱいというほかなかった。

わが日本の歴史的風土の中で、真に乞食として生きていくことには無理があったように思う。山頭火は一応出家得度しているが、曹洞宗での決められた修行をしていないから、禅僧としての資格はない。すなわち宗門組織に乗っかって生きてゆく手立は元よりなかった。

一般社会の側には、巷の行乞者との間に相互扶助の意識をいだく人は少ないのではないか。行乞によってもらう日々の糧は、やっぱり一方的な恵みと解するべきだろう。けれど山頭火は、恵みだけにすがるコジキというのでは、プライドが許さない。現実はコジキであったとしても、あんまり直視したくなかった。そこからの逃避が、行乞とは何ぞや、と常に自分に問いかけることになる。それはいかにも観念的だが、彼にあっては自問自答が手応えのある生き方だったようだ。

「行乞は雲のゆく如く、水の流れるやうでなければならない、ちよつとでも滞つたら、すぐ紊《みだ》れてしまふ、与へられるまゝで生きる、木の葉の散るやうに、風の吹くやうに、縁があればとゞまり縁がなければ去る、そこまで到達しなければ何の行乞ぞやである、やつぱり歩々到着だ。」

なんとも見上げた行乞精神である。こうした観念的理想を、山頭火はしばしば「行乞記」に書くわけだ。といって実際は行乞の報謝だけで生きていけたのか。元々生きていける基盤がないところで、生きてゆこうとするのだから苦しいに決まっている。そういう意味で山頭火の認識に甘さはあるが、けなげに振る舞う純粋さに支援しようという友も多かった。これがまた彼の甘えを助長する結果をもたらしたことも否めない。そうした構造に無頓着で、「行乞記」には次のような記述が散見できる。

「行乞流転に始終なく前後なし、ちゞめれば一歩となり、のばせば八万四千歩となる、万里一条鉄。方々へハガキをとばせる、とんでゆけ、そしてとんでこい、そのカへシが、なつかしい友の言葉が、温情かよ。」

ここで注目すべきは、行乞を彼みずからが流転と考えていることである。本来的には流転であってはならないはず。ここでは流転の破綻を修復するために、方々の友へ助けを求めて飛ばしたのがハガキであった。その末尾には予め行乞地を決め、そこにある郵便局に留置の通信を頼むわけだ。親友たちはこまめに書いてくる山頭火からのハガキに応答して、金品を送る人も少なくなかった。

あるときは会ったこともない人を、俳句を伝手に訪れることもあった。彼は自由律俳句の「層雲」において、大正年間に課題選者などしたことがあるから、結社内では知られた存在だった。行乞の途上、「層雲」の俳人たちを訪問し、句会など催している。宮崎市では昭和五年九月二十五日から五日間滞在。そのときは京屋に泊っていたが、「行乞記」には次のように書く。

「夜になつて、紅足馬、闘牛児の二氏来訪、いつしよに笑楽といふ、何だか固くるしい料理屋へゆく、私ひとりで飲んでしやべる、初対面からこんなに打ち解けることが出来るのも層雲のおかげだ、いや俳句のおかげだ、いや〳〵お互の人間性のおかげだ！」

宮崎市では気分を一新し、日南海岸をひと回わりして、彼が再び宮崎市を訪れるのが十月二十日。句友たちとの第二回目の会合である。このときは闘牛児居と紅足馬居に泊めてもらい、家庭的雰囲気の中でくつろいだ様子。「闘牛児居はしづかだけれど、市井の間といふ感じがある、こゝ（紅足馬居）は田園気分でおちつける、そして両友の家人みんな気のおけない、あたゝかい方々ばかりだつた」と書いている。

南九州で「層雲」関係の俳人は、宮崎市内に数人いるだけだった。けれど北九州に行けば句友は多い。そこへ行くのが目下の楽しみだった。宮崎から延岡までは海岸沿いを歩き、そこからは海岸をそれ県境を越えて大分県の三重へ。そして十一月六日には竹田町を行乞。このときも宮崎市でもてなされたアットホームな感じが尾を引いていたか、里心にわずらわされている。

大分と熊本を結ぶ鉄道は、豊後竹田の駅でも停車する。「行乞記」では「汽車の響はよくない、それを見るのは尚ほいけない、こゝからK市へは近いから、一円五十銭の三時間で帰れば帰られる。感情が多少動揺しても無理はなからうぢやないか」と述懐。K市は、山頭火がこの「行乞記」の旅で二カ月前に飛び出してきた熊本市のこと。行乞を止めて熊本に帰りたい、という思いはやっぱり本音であったようだ。

そうした彼の淋しさを、しばし晴らしたは山の温泉だった。竹田から久住高原を経て湯ノ平温泉へ。

「此温泉はほんたうに気に入つた、山もよく水もよい、湯は勿論よい、宿もよい、といふ訳で、よく飲んでよく食べてよく寝た、ほんたうによい一夜だつた。」

湯ノ平温泉の大分屋に二泊後、十一月十二日は由布院湯坪の筑後屋泊。

「此地方は驚くほど湯が湧いてゐる、至るところ湯だ、湯で水車のまはつてゐるところもあるさうな。由布院といふところは——南由布院、北由布院と分かれてゐるが、それは九州としては気持のよい高原であるが、こゝは由布院中の由布院ともいふべく、湯はあふれてゐるし、由布岳は親しく見おろしてゐる、村だから、そこゝにちらほら家があつて、それがかなり大きな旅館であり料理屋である、——とにかく清遊地としては好適であることを疑はない。」

温泉につかっているときは快適だが、それは束の間のこと。十一月も半ばとなれば、山国の朝晩は寒い。気分が重く、ぼんやりしていて、自動車にひかれそうになった。「危いことだつた、もつともそのまゝ死んでしまへば却つてよかつたのだが、半死半生では全く以て困り入る」と感想を述べる。十一月十五日には渓谷の美しい深耶馬をくだり、俳句が縁で知り合っていた松垣昧々を中津に訪ねている。料亭でおいしい酒やフグ料理の供応を受け、行乞の緊張もゆるんでしまった。

これを引き締める暇もないまま、山頭火は行乞を中断して汽車で福岡県の門司へ。そこには「層雲」支部「早鞆会」を率いる久保源三郎がおり、下関には旧友で弁護士の兼崎地橙孫、八幡には尾崎放哉とも知友だった飯尾青城子がいた。山頭火は彼らを次々訪問し世話になっている。そして最後は糸田の木村緑平居に、身を預けるのであった。

3　三八九居

草庵安居の願望

一所に落ち着けず、身持ちが悪く「雅楽多」を飛び出したが、だんだん秋が深まれば旅の哀れが一しお身にしみる。昭和五年十二月二日の行乞記では、「或る友に与へて、――」と特記した次の文の中で、草庵を結ぶことの決意を書いている。

「私はいつまでも、また、どこまでも歩きつゞけるつもりで旅に出たが、思ひかへして、熊本の近在に文字通りの草庵を結ぶことに心を定めた、私は今、痛切に生存の矛盾、行乞の矛盾、句作の矛盾を感じてゐる、……私は今度といふ今度は、過去一切――精神的にも、物質的にも――を清算したい、いや、清算せずにはおかない、すべては過去を清算してからである、そこまでいつて、歩々到着が実現させられるのである、……自分自身で結んだ草庵ならば、あまり世間的交渉に煩はされないで、本来の愚を守ることが出来ると思ふ、……私は歩くに労《ママ》れたといふよりも、生きるに労れたのではあるまいか、一歩は強く、そして一歩は弱く、前歩後歩のみだれるのをどうすることも出来ない。……」

そのころの山頭火の心境がうかがえる俳句を抜き出しておこう。

家を持たない秋が深うなつてくる
別れて来た道がまつすぐ
風の中声はりあげて南無観世音菩薩
ひとすぢに水ながれてゐる
あるひは乞ふことをやめて山を観てゐる

述懐

笠も漏りだしたか

草庵というのは草葺きの粗末な家である。人里からは適度に離れ、といって世間と没交渉になってしまっては生活の糧が得られなくて干上がってしまう。いきなり草庵を結ぶというのも、いざ考えてみると難しい。次善の策として、句友の多い熊本市内に間借りして一時をしのごうとした。それさえも実際には苦労したようで、十二月十四日の手紙には緑平にこう訴えている。

「一切合切あんたにおまかせしますが、さて当面の私はどうしたらよいか、夜具と机と仏具とは少々ありますけれど、外には何もありません、元坊に間借の事をたのんではおきましたが、そして

熊本市内春竹琴平町付近

寥平兄も心配してくれますが、さしあたり家賃も米代も持ちません、すみませんけれどあんたから拾円ばかり借《ママ》していたゞけますまいか（先日いただいた分だけでも残しておきたいと考へてはゐましたけれど、友から友へと逢うては、とても行乞なんか出来るものぢやありません、今夜は八銭しかありません）、それだけのもの借《ママ》していたゞけますまいか、元坊には勿論、寥平さんにもいへない切なさがあります、その金は、あの事（句集『鉢の子』の出版・筆者）がまとまれば、此夏の分といつしよにさしひいていたゞきます、もしあのことがまとまらなければ、伯母から香典——生き香典として送つて貰ひませう、実はあれから考へ考へて、このまゝ佐賀、長崎の方へひきかへした方がよくはないかとも考へたのですが、もう労れましたよ、殊に此頃、此身此境の行乞の矛盾を痛切に感じてゐます」

三八九居を営む

文中の〈元坊〉は石原元寛、〈寥平兄〉は友枝寥平、薬剤師で薬局経営。彼らの支援によって十二月二十五日には、市内春竹琴平町一丁目六一の森永梅方の二階の貸し室を見つけて住みはじめている。雅楽多店は熊本城の本丸が北西の目の当たりに眺められる、市内一番の目抜き通りにあった。三八九居は城を隔てた北側の場末、上熊本駅から歩いてそう遠くないところ。現在もそのままある琴平宮の、西裏のあたりに所在していた。

雅楽多店から三八九居までは二キロ余りの距離か。庵を結ぶにはもう少々郊外の、春竹琴平町から出外れた先、清水村の森の家を交渉したが、不調に終った。諦めて帰ってくる途中で、貸二階の貼札を見つけて決めたのである。隣室には袋貼りの若者たち、階下には家主のほか夫婦者が住んでいた。山頭火は落ち着きどころを見つけて、ようやく正月を迎えることが出来た。といって、のんびりしているわけにはいかない。旅に出て托鉢をしないなら生活の糧は何で得るか。会員を募り小冊子を発行して、その誌代の一部を生活費に充てようとした。

小冊子の誌名は「三八九」、会の名は三八九会として発足。間借りの部屋は三八九居と名づけた。ところで三八九とはどんな意味があるのだろうか。山頭火本人の説明によれば、「三八九はサンパクと読んでいただきたい。さて三八九とは何ぞ。孝子教の四葛藤に禅門の六機縁を合して、三八九の十橛といふさうであるが、さういふ難問題は私のやうなものには解けない。一口でいへば、三八九とは絶対を意味する。私は極めて軽い意味で——私の真実といふ程度で借用した。三八九は三八九でも山頭火的三八九である」と控え目である。

個人誌「三八九」発刊準備 「三八九」を発刊するにあたっては、何かと手順を踏まなければならない。山頭火にとっては雑誌発行の経験があるから、そのあたりは安心だった。先ず出来あがった趣意書は次のとおりだ。

「——新春のおよろこびを申し上げます。

さて、山頭火翁は長らく旅から旅へと行乞流転してゐられましたが、このたびいよいよ熊本に旅の草鞋を脱がれることになりました。つきましては、翁の日々の米と塩とを備へる意味に於て、『三八九』会を組織し、会誌三八九を発行してもらうことを発起しました。いひかへますれば、翁をして三八九を編輯発行せしめることは、翁に最もふさはしい読書と思索と執筆とを与へて安住長養せしめることであります。私たちは諸兄の厚情に信頼して会の成立発展を期待し、切に諸兄の御賛同を冀うてやまない次第であります。

追つて『三八九』は特殊の限定版（非売品）で諸兄を十分に満足せしめることは出来ますまいけれど、ひどく失望せしめるものでもなからうことを申し添へて置きます

昭和六年一月

白船、元寛、緑平」

山頭火にとって、自作自演の扶助組織を結成しようとする企画であった。「三八九」は毎月一回発行、謄写版刷菊判二十頁内外、ほかに付録として古俳書の謄写版刷十頁内外を添えるというもの。会友は会費毎月金三十銭、特別に好意を寄せられる特別会友は毎月五十銭と決めている。果してこれで、どれほどの収入が望めようか。会友五十人ほどの目処はつき、特別会友も当て込めば月二十円くらいの収入は確保できる。取らぬ狸の皮算用的ではあるが、自活の希望がなくはなかった。そんな期待もこめ、趣意書に添えて山頭火本人の挨拶の言葉も忘れていない。

「私もやうやく熊本に落ちつくことが出来るやうになつて喜びに堪へません。いづれ草庵を結ばなければなりませんが、その前に当面の生活問題として、私のための会を組織していたゞいて月刊パンフレット――それは私自身のやうに貧弱なものでありませうが――を発刊することになりました。私を解し私を愛して下さる方々の御援助をひたすら願ひます。

種田山頭火　」

企画の方は着々と進んだが、「三八九」発刊の実行となると先立つのが金である。謄写版の器具などを揃える費用をどうするか。緑平に援助を求めている。そのときの手紙の主なる目的は金の無心だが、相手を安心させるために「アルコールだけは揚棄しましたから」と、またも空手形を発行している。いや、本人はいつも大真面目なのだが緊張の糸が緩むと、抑制がきかなくなる。

山頭火の行乞記は、昭和五年十二月二十七日でひとまず終了。翌二十八日からは行乞記の名を改め「三八九日記」と題して書きはじめている。その冒頭には「もう三八九日記としてもよいだらうと思ふ、水が一すぢに流れるやうに、私の生活もしづかにしめやかになつたから。――」と記す。

知命の年齢

明けて昭和六年は、山頭火も数え年で五十歳になる。いわゆる知命の年齢で、天命を知るかどうかと自省するところはあったようだ。そのころ書き、「三八九」第一集に掲載した「私を語る」の一文には、彼自身の時代認識が端的に表明されていて興味ぶかい。一部を引用しておこう。

「或る時は死ねない人生、そして在る時は死なない人生。生死去来真実人であることに間違はない。しかしその生死去来は仏の御命でなければならない。

征服の世界であり、闘争の時代である。人間が自然を征服しようとする。人と人とが血みどろになつて摑み合うてゐる。

敵か味方か、勝つか敗けるか、殺すか殺されるか、――白雲は峯頭に起るも、或は庵中閑打坐は許されないであらう。しかも私は、無能無力の私は、時代錯誤的性情の持主である私は、巷に立つてラッパを吹くほどの意力も持つていない。私は私に籠もる、時代錯誤的生活に沈潜する。『空』の世界、『遊化』の寂光土に精進するより外ないのである。

本来の愚に帰れ、そしてその愚を守れ。」


山頭火は自らがよく語るところだが、精神的な面において澄んだ時と濁った時の落差は極端であった。ある意味では、常人にはない振幅の大きさともいえようか。引用の文は澄んだ時に書いたものであろう。そして濁った時には常軌を逸する、性格破産ともいえるほどの行動に走る。そのどちらが本当かといえばどちらも山頭火で、容易に正否の判断はくだせない。

親しく付き合い、当時をよく知る三宅酒壺洞が後に書く一文（「宗教文化」第十六号、昭和五十年九月）がある。見解は厳しいものだが、正鵠を射た面があると思うので紹介しておこう。

「山頭火のようにどろどろとした人間生活は、ついに孤であり、個の文学としての彼自身のみの俳境でしかなかった。彼は、行乞の旅をつづけながらも、つねに心底にうごめいていたのは、別れた妻へ、安住できそうな家庭への執着であった。それができなかつたところに彼の悲劇があったので、真の世捨人では実はけっしてなかったと思う。わたしは、そのような特殊の境涯というか境遇のなかで苦吟していった彼の俳句に、心をうたれるもののあることを認め、かつ相当の評価を与えてよいと思うのである。」

酒壺洞に言わせれば、山頭火の「――『空』の世界、『遊化』の寂光土に精進するより外ない」の言は一種の欺瞞と喝破している。親友ならそのことを知るはずなのに、敢て目をつぶって山頭火を偶像化することだけに熱心なのは何なのかと疑問を投げかけるのだ。私も酒壺洞さんの家を訪ねて会ったことがあるが、外連味のない人柄で貴重な批判だと思う。

別れた妻への未練、息子にはもっと捨て難い情がある。けれどどうにもうまく折れ合えないのは山頭火の性情によるもので、不幸の因はそこにあった。

自嘲一句

詫手紙かいてさうして風呂へゆく

昭和六年一月三日の日記にある一句だ。これには説明もついていて、興味ぶかいので引用しておこう。

「――昨夜の事を考へると憂鬱になる、彼女の事、そして彼の事、彼等に絡まる私の事、――何となく気になるのでハガキをだす、そして風呂へゆく、垢も煩らひも洗ひ流してしまへ（ハガキの文句は、……昨夜はすまなかつた、酔中の放言許して下さい、お互にあんまりムキにならないで、もつとほがらかに、なごやかに、……といふ意味だつたが）。」

山頭火は元旦に雅楽多店に出かけ、サキノから年始状を受け取って帰っている。三八九居では五十枚ばかり年始状を書き疲れた様子。二日は句友数人に会い、酒を飲んで夜遅くに雅楽多店に寄り、サキノと喧嘩してしまったというのだ。

その後も雅楽多店へはちょくちょく寄った。サキノに会いたいのである。一月五日の日記によると三八九居で四人の句会、その後は「だいぶ酔うて街へ出た。そしてまた彼女の店へ行つた、逢つたところでどうなるのでもないが、やつぱり逢ひたくなる、男と女、私と彼女との交渉ほど妙なものはない」と記述。また一月十六日の日記には、次のような注目すべきくだりもある。

「……へんてこな一夜だつた、……酔うて彼女を訪ねた、……そして、とう〳〵花園、ぢやない、野菜畑の墻を踰えてしまつた、今まで踰えないですんだのに、しかし早晩、踰える墻、踰えずにはすまされない墻だつたが、……もう仕方がない、踰えた責任を持つより外はない……それにしても女はやつぱり弱かつた。……」

いつも苦し紛れの「雅楽多」訪問であったが、思いつけばすぐにでも行ける距離なのが良くなかった。つい甘えてしまうのだ。と書きながら、徒手空拳の山頭火にとって小冊子の発行は難事業であった。苦境は身体にまで悪影響を及ぼしたか、頭部から顔面にできた湿疹に悩まされている。

安か安か寒か寒か雪雪　　山頭火
一杯やりたい夕焼空
酔うほどは買へない酒をすゝるか

戸外には「安か安か」というふれ売りの声。部屋では「寒か寒か」と縮こまっている山頭火。そんな日には特に一杯やりたいが、金がない。一月二十七日は酒どころでなく、湯銭さえなかったようだ。寒い雪の日など、その日の食を得るために行乞で歩くのはつらい。だから一所の寝床を求めて、やっと三八九居の生活を手に入れたわけだ。けれどこれを営むためには、何程かの定期収入が必要となる。個人誌の発行がうまくいけば見通しはつくが、当面はやっぱり誰かの援助が不可欠であった。

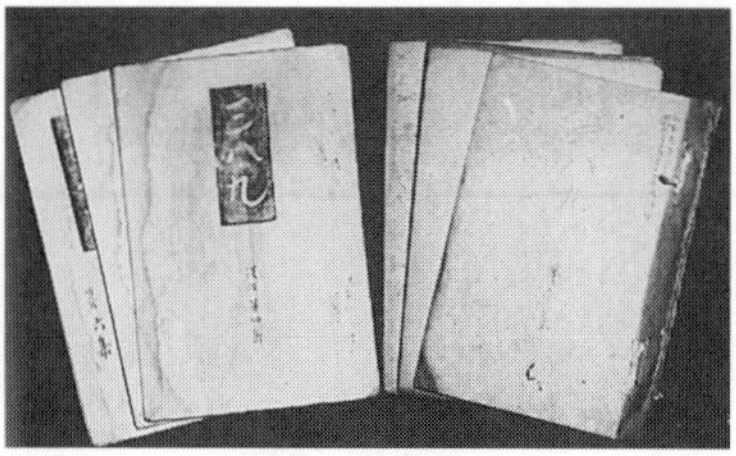

個人誌「三八九」

「三八九」第一集の発行

山頭火が急いだのは「三八九」第一集の発行であった。半紙を二つ折りにした十六頁のガリ版刷りで、すべて山頭火が自刻したもの。印刷の方は道具がないので謄写版屋へ持ちこんで刷ってもらい、一月二十八日に謄写刷りが出来あがった。空腹の限界であったが、「三八九」第一集発刊の喜びの日に、緑平からは報謝としての援助金も届いた。うれしさは二重奏三重奏。緑平には早速「三八九」を二部送り、入浴して煙草を買って、一杯ひっかけた。

少々風邪気味だったようだが、この冬の大寒は暖かで、「寒の春」という造語が必要じゃないかなどといい、風邪の神を追っ払ってやったと元気を取りもどす。句友には早々「三八九」を送付したから、次々に会費も送ってくる。二月六日の緑平宛ハガキでは、「三八九会はおかげでうまくゆきさうです、今日までの会友三十五六人、まだ十人ばかりの、入会の可能性があります、あまり多くなつても困ります、手数がうるさいし、またそんなにお金もいりませんから」と余裕を見せている。

ついでに書けば、「三八九」第二集は二月二十七日に印刷が出来あがり会友に送付。三月七日の緑平宛ハガキでは「——ここでちょつと三八九会の報告をします、——会友準会友五十余名発送部数九十余、勿論、これがみんな銭になるのではありません、間接には大に役立ちますけれど——」と伝えている。

詳しい会計内容は知らないが、当初の予定は会員五十名、その会費から印刷実費を差し引き、残る十一円五十銭で生活を維持するつもりだった。実際は予定より会員数が増え、発送部数九十余冊を金銭で計算すれば二十七円となる。そのころ日記には「三銭で入浴、一銭でヒトモジ一把」「米を買つた、一升拾六銭だ」「ひつかけること濁酒一杯、焼酎一杯（それは二十銭だけれど、現今の財政では大支出だ！）」「鰯三百目十銭、十四尾あつたから一尾が十厘、何と安い、そして何と肥えた鰯だらう」などの記述。山頭火の生活なら月十五円もあれば十分やっていける金額だろう。それに会費を月々三十銭は面倒と一円、三円、五円とまとめて送る句友が多かったらしい。

山頭火は急に持ち慣れない大金を手にしてどうしたか。気になるのは二月五日を最後に日記を中断していることだ。その一行に「毎日、うれしい手紙がくる」と書いている。「三八九」第三集は昭和六年三月三十日に印刷発行。懐には金があって、安易に酒を飲んでいたようだが大脱線はしていない。日記はないが、「三八九」には近況を報告する一文を書いている。その中で自らの心情を吐露する部分もあり、おもしろいので引用しておこう。

「本集もまたおくれてすみません。それは無論、私のぐうたらのためでありますが、何やかや、私をヨリぐうたらしめたものがあるからでもあります。まあ、ボツリボツリとやりませう。正確は美徳の一つであることに間違はありませんが、多少のぐうたら味があるのも悪くないと思ひます。否、それがむしろ山頭火的三八九式であるかも知れません。如何なるか是れ、山頭火的三八九式、旅ごろも吹きまくる風にまかす！
そんな訳で、今月は去来抄を休みました。いづれ次集で埋め合せます。何しろ気分が悪くて、とても鉄筆を持ち続けることが出来ません。どうぞあしからず、——」

引用文中の「去来抄」というのは、小冊子「三八九」の付録として発行したもの。第二集の報告で、山頭火は「今更いふまでもなく、連句が解らなければ古人の俳諧は其半分は解らない。そして連句は自分で作らないと解らない。私たちが連句を習作しようとするのは、連句を作ることよりも連句を味ふことに、最初の意義を認めたからで、ここから古人の俳諧を再鑑賞したいと思ひます。本集から、別冊付録として去来抄の抄を添へました」とある。俳句を俳諧にまで遡り勉強しようという真摯な態度だ。けれど結果的には気まぐれで一回きりの発奮に終わっている。

精神の停滞と衝動

居所を定めての三カ月余りの生活で、山頭火の精神はどうも停滞しはじめている。それでも三月中旬からは、長男の健が春休みで秋田から帰っていたので気が紛れていた。

たまたま逢へた顔が泣き笑うてゐる　　山頭火

四月七日には学校へゆく長男を見送り、山頭火も旅ごころを起こしている。緑平宛のハガキでは、四月七日に「今月は三八九を早く発行して御地方を行脚しますつもり、だいぶ停滞してゐたので垢がたまりましたよ、捨てるつもりで拾ふのが私の生活か、お大切に」。四月十二日には「やつぱり垢がたまりましたよ、とにかく出かけなければなりません、今から三八九にとりかゝります」、四月十六日は「私も早く出かけたくて心せかるゝ毎日です、三八九、三八九、三八九、ですね！」とだんだん切迫してゆく様子だ。そして緑平が四月二十七日に受け取ったハガキでは「私もとう〳〵突き当るべきものに突き当り、落ちるところまで落ちました」とあるが、事の真相は明らかにしていない。そのため詳しいことは分らないが、警察署の留置所に収容されている。おそらく無銭飲食で訴えられたのだろうが、払うものを払えば解放されるのだ。

石原元寛は一番身近にいた句友だったから、彼が中心になって山頭火のもらい下げに奔走した。ようやく事を果した五月七日には、元寛から緑平宛に山頭火の近況を次のように報告している。

「――余り御心痛下さいません様お願します。法に抵触したからとて法そのものが問題とすべきものでないだけ、小さい一つの悲喜劇に過ぎないと信じます。こうした事によつて山頭火さんは苦しまれるかも知れませんが、事実は苦悩の結果がこうしたドラマでありは致しませんでせうか、畳のない生活であつたので痔が悪くなつて困つてをられるそうで、従つて三八九も十日過ぎになる由でありります。この事からしても翁らしい円熟期に入られねばならない時だと思ひます。行脚されるにしたつて現代に於ては行脚それ自身が問題であり、頭翁にもその気持があるか疑はれます。――三八九の扉の言葉の様に――プチブルの苦悩、インテリの悲哀、それを頭翁の生活に句に私ははつきりと見ます。――（元寛）」

元寛のハガキの末尾で「三八九の扉の言葉」とあるのは第一集のそれだ。特に「仏教では樹下石上といひ一所不住ともいふ。ルンペンは『寝たとこ我が家』といふ。しかしそこまで徹するには悟脱するか、または捨鉢にならなければならない。とうてい私たちのやうな平々凡々の徒の堪へ得るところでない」の一くだりを指す。山頭火は平々凡々の徒として、三八九居の生活を望んでいたわけだ。山頭火の急務は「三八九」第四集の発行であった。遅くとも四月末日までの期限だったが、五月になっても進捗しない。すでに誌代を前払いしていた句友も多かったから、遅延は人間関係のまずさだけでなく、社会的にも問題であった。当時の心境をうかがえる俳句を数句あげておこう。

腹立たしい火をふく　　山頭火
心おさへて爪をきる
なやまし空の飛行機だ
水もさみしい顔を洗ふ

この時期、山頭火はほとんど俳句を遺していない。あったとしても半端で、精神は相当に病んでいたことが窺える。六月十三日、隣船寺住職の田代宗俊宛ハガキには、「私の生活はメチヤクチヤになりました、それが破家散宅なら申分ありませんが、三一式の――です」と書く。相手が禅僧だから少々の面目を保とうとする文面だ。

先ず気になる字句は、宗俊和尚宛に「破家散宅」と「三一式」を対で示して見せたことだ。出家者にとって破家散宅は、ある意味で仏道修行の励みになるから悪くない。けれど江戸期に三一侍と蔑まれたような貧乏で、生活上行き詰まる体たらくは恥かしいのである。同じ出家者に対して最後の面目を保とうとしたのが宗俊和尚宛のハガキだった。

緑平宛には離別の妻サキノのところに転がり込んだことを示し、「御返事を待つております」と哀願している。そして六月二十一日の緑平宛ハガキでは「おハガキほんたうにありがたく拝見いたしました、もうおたよりもいただけないだらうと嘆いてゐました」と臆面もなく甘えた態度だ。緑平は当時を回想する文を遺しているので引用しておこう。

「三八九も結局は三号で終止符を打ってしまった。これは三カ月分か半年分の会費が這入って来たのが毒になったものぢゃないか。翁は無ければ無いで済むのだが、あればそうはゆかない。計画的な生活は出来ないのである。あればあるだけ出て行ってしまうのだから。そのあとに行詰まりが生じるのは当然である。こゝに安定した生活が続けられなかった原因があった。即ち淀んで濁った水はなかなか澄まないのである。それを澄ますには流れる外ない。『濁れる水の流れつゝ澄む』である。こうした事から考えると翁は歩くことが本然の姿ではなかったろうか。」

4　再びの行乞記

山頭火はまた旅に出た。三八九居にあって自立を目指していた時期は「行乞記」を「三八九日記」に切替えて書いていたが、昭和六年二月五日で中断。

以後は日記をつける余裕がなかったのだろう。一所に住みつけば時間はあるはずだが、そのせいで心は千々に乱れるらしい。再び「行乞記」を書きはじめるのは十二月二十二日からである。

「行乞記」の冒頭部では「私はまた草鞋を穿かなければならなくなりました、旅から旅へ旅しつゞける外ない私でありました」と親しい人々にハガキを出したという。

いわばお決まりの文面である。行乞がつらくて市井にまぎれる生活を模索したが、失敗したわけだ。社会には社会の厳しい慣習がある。そこからはみ出した人間を、はみ出したままに受け入れる寛容さはない。ならば再び埒外へというのが、山頭火の流転の旅であった。

熊本市を後にして、その第一日目は味取の星子五郎宅に泊めてもらった。ここの観音堂守のころ理解を示した知友である。二日目は山鹿の木賃宿柳川屋（三〇・中）、「一杯ひつかけて入浴、同宿の女テキヤさんはなか〳〵面白い人柄だつた。いろ〳〵話し合つてゐるうちに、私もいよ〳〵世間師になつたわいと痛感した」と記述。三日目は徒歩八里で福島の中尾屋（二〇・上）、四日目は氷雨が降る中を三里歩いて久留米の三池屋（二五・中）、五日目は晴れて徒歩で六里離れた二日市の和多屋（二五・中）、六日目の十二月二十七日は太宰府へ。

宿のことをいえば、同年六月二十三日に警察は「木賃宿」の名称を「簡易旅館」と改称することを決定。木賃宿とは米を炊く燃料代、すなわち木賃ほどの安い料金で宿泊させる意でつけられた。これではイメージが悪いと木賃宿組合連合が申し入れて改称されたのだという。

木賃宿が簡易旅館に変更されたからといって、急に中味が変わったわけではない。山頭火はその後も木賃をボクチンと親しみをこめて読み、この呼び名でとおしている。先の「行乞記」（昭和五年十月二十五日）では、「世間師がいふ晩の極楽飯、朝の地獄飯は面白い、晩はゆつくり食べたり飲んだり話したりして寝る楽しみに恵まれてるが、朝はいそがしく食べて嫌がられる労働をくりかへさなければならないのである、いね〳〵と人にいはれつ年の暮（路通）のみじめさを毎日味ははなければならないのである」と記す。

山頭火はいわゆる朝の地獄飯を食い、太宰府の市街へ向かった。当時は二日市と太宰府間を結ぶ太宰府軌道の蒸気機関車が走っていたが、彼はもちろん徒歩。前夜の「行乞記」には「毎日赤字が続いた、もう明日一日の生命だ、乞食して存らへるか、舌を噛んで地獄へ行くか。……」と書いたように、二十五銭の木賃代にも汲々としていた。ためにその日は九時から三時まで六時間も行乞、赤字解消のためだったという。

午前中は晴れ間もあったが午後になって時雨。気温も六度ほどで寒い日だった。時雨の中をしょぼくれて軒先に立つ托鉢はつらい。けれど仕方なく続け、ついでに太宰府天満宮にも参拝している。日も暮れて、同前の宿和多屋にはさんざん濡れて帰ってきた。

ところで、山頭火の境涯を象徴するかの「うしろ姿のしぐれてゆくか」の句は人口に膾炙する一句だ。これまでは太宰府あたりで詠まれた句といわれていたが、昭和六年十二月二十五日、福岡県福島（現・八女市）での作。これは地元在住の画家である杉山洋氏が山頭火の自筆ノートから考証し誤りを指摘している。

小倉市内を行乞中の山頭火

掲出の句に続けて「水音もなつかしく里へ出る」「宿が見つからない夕百舌鳥ないて」の句があるが、山頭火自身が抹消の印をつけたため全集でも省略。ために錯誤の因となったが、山頭火は十二月二十四日にはかつての城下町であった福島の中尾屋に泊った。翌二十五日は町内を行乞。次の記述が掲出句の背景である。

「昨夜は雪だつた、山の雪がきらきら光つて旅人を寂しがらせる、思ひ出したやうに霙が降る。気はすゝまないけれど十一時から一時まで行乞、それから、泥濘の中を久留米へ。」

後に句集『草木塔』に収めた決定稿は、

自嘲

うしろすがたのしぐれてゆくか

人口に膾炙する一句

これは山頭火俳句の代表句として、世評が高い。流離の頽落をよんだものだが、みずからの境涯を、短律のなかによく生かしている。普通に考えれば、自分のうしろ姿は見えないはずだが、それを見ている、もうひとりの自分がいる。そこには確かに矛盾があるが、とりもなおさず彼の内部矛盾に直結していることに、より注目しなければならない。

ところで、山頭火に批判的な人々は、この句もやはり評価しない。彼の知識のなかに、漂泊のイデーみたいなものがあって、彼はその影を見ていたに過ぎないのではないか。その意味で、彼はある観念に惑溺していた俳人だった、といとも簡単にかたづける。

私はそう思わない。これまでに、この句については二、三の句評を書いてきた。そこでは、見るということと、見られるという対立概念を、他人の目を導入することで、結びつけた。つまり、他人から見られる自分のうしろ姿を、彼は自分の目のなかに、冷やかに映していたと考えたのだ。

見る自分と見られる自分、この二つの自分が、彼の意識にあったことは事実である。前出の手紙によれば、それは二つに分断され、分裂し、内部矛盾をおこしたというのであった。それらのことは、彼にとって苦悶の種であったのだが、それをも隠さず、句作によって客観化したところに、わたしは彼の懺悔の一端をみる。

「うしろすがた………」の句については、彼自身に語りかけた悲嘆の声だという人もいる。その評もおそらく間違っている。他人の目に映る、うらぶれた自分のうしろ姿というものを、彼は全面的に自分自身として、引き受けている。彼は乞食の態の自分の姿を、客観化することで、あらためて自己を責めた。それが心を浄める、一つの仏道修行であると、彼にはたしかな自覚があった。そのことこそ注目すべき一面であろう。

また、「うしろすがた………」の句につけた「自嘲」という前書きにも、なにか仏教的なものを感じる。その前書きのつけ方には、彼独自の考えがある。

「すぐれた俳句は——そのなかの僅かばかりをのぞいて——その作者の境涯を知らないでは十分に味はへないと思ふ。前書なしの句といふものはないともいへる、その前書とはその作者の生活である、生活といふ前書のない俳句はあり得ない、その生活の一部を文字として書き添へたのが、所謂前書である。」

(昭和五年十二月七日)

山頭火としては、かなり自信をもった書きぶりである。だが、ここで前書きの是非論にふれるつもりはない。彼が前書きにも細心の注意を払っていたことを知ればよい。はたして、彼は「自嘲」ということばを、どういう意味で使っていたのか、わたしはそのことを次のように考える。

辞書でみると、「自嘲」とは自分の欠点を厭うあまり、自己を自分であざけるとある。こうした自嘲の意識は誰にでもあるが、山頭火はそれを、みずからの境涯のなかに、ひとつの構造として組みこんでいる。

ふたつに切断された自分というものに、彼の心はいつも悩まされた。そういう自覚が彼にはあって、その内部矛盾を、どうにもならぬことと自嘲的にとらえていたのだ。

だが、その自嘲の意識は、彼にはじめからあったわけではない。それがいつごろ備わったか知らないが、彼の出家が大きく作用していることはまちがいなかろう。たとえば、大正四年三月十七日の井泉水宛書簡には、そういう意識はまだめばえていない。

「私は昨日まで自分は真面目であると信じて居りました、其信念が今日すつかり崩れてしまひました、私はまた根本から築かねばなりません、積んでは崩し、崩しては積むのが私の運命かも知れません、が、兎に角、私はまた積まねばなりません、根こそぎ倒れた塔の破片をぢつと見てゐる事は私には出来ません、私は賽の河原の小児のやうに赤鬼青鬼に責められてゐます、赤鬼青鬼は私の腹の底で地団太を踏んで居るのです、実人生は真面目でありたいとか、真面目でなければならないとかいふ事を許さないほど余裕のないものであります、真面目な人は真面目になるもならぬもない、真面目な生活しか生きえないではありませんか」

すでに、「赤鬼青鬼は私の腹の底で地団太を踏んで居る」と書いているように、彼に内部矛盾の自覚はあった。だが、それがどうにもならぬものという気持ではなくて、なお一途な真面目さを押し通そうとする気概があった。そうすれば、なんとか道は開けると、なお社会生活というものに希望を持っていた。

現実社会は、そういった真面目に生きようとする人たちに、なぜか苛酷な仕打ちを与える。よく、正直者は馬鹿を見るといわれるが、彼もまたその正直者の馬鹿だった。生活に妥協がないから、社会という枠のなかでは、あらゆる面で破綻した。それで、山頭火はどうにもならず出家したのだ。

山頭火の境涯は、身を養える観音堂の堂守の職をも捨て、ひとり流離行脚にさまよったところに特色がある。それは出家者の修行の旅であったはずだが、とくに酒におぼれての失敗が多い。修行の身なるがゆえに、その非はきびしく自らが引き受けねばならない。そこに自責自省の気持ちはうまれ、それがいつの間にか、山頭火の境涯を象徴することばとなっていたことに私は注目する。

自嘲の一句「うしろすがた……」は、出家後の流離行脚のなかで至り得た、ひとつの心境であったと思う。としても、こんな姿は誰からもまともに見られたくない。だからいつだって逃げ腰で、見られるのはいつだってうしろすがただけ。いろんな思いがあっての揚句であろうが、昭和六年も〈自嘲〉で暮れて、大晦日に記した「行乞記」の最後の文は、懺悔文と四弘誓願だった。

我昔所造諸惑《マヽ》業　皆由無始貧瞋痴

従身□意之所生　一切我今皆懺悔

たとえばこれは懺悔文だが、巡礼が霊場札所において必ず唱える偈にはこれらのほかに十善戒がある。山頭火はそれらに習って、昭和七年正月には、腹を立てない、嘘をいわない、物を無駄にしないの自戒三則を、改めて誓いの言葉としている。だが当時の世相には騒然としたものがあり、彼の身内にもなお騒ぐものがあった。一月九日の「行乞記」には次のような一節がある。

「昨夜はちゞこまつて寝たが、今夜はのび〳〵と手足を伸ばすことが出来た、『蒲団短かく夜は長し』。此頃また朝魔羅が立つやうになつた、『朝、チンポの立たないやうなものに金を貸すな』、これも名言だ。

人生五十年、その五十年の回顧、長いやうで短かく、短かいやうで長かつた、死にたくても死ねなかつた、アルコールの奴隷でもあり、悔恨の連続であつた、そして今は！」

自戒三則と緊張の時代

山頭火はいわば世捨て人、あまり世相に興味がなかったかといえば、そうではない。行乞途上でも「今日は酒屋で福日と大朝とを読ませて貰つた、新聞も読まないやうになると安楽だけど、まだそこまではゆけない、新聞によつて現代社会相と接触を保つてゐる訳だ」と書く。福日は福岡日日、大朝は大阪朝日、それらの新聞で報じられるニュースとして、そのころ最大のものは満州事変など戦争に関する記事だった。

この前後の政情は不安で、浜口首相の狙撃とか井上蔵相の暗殺記事などがニュースとなった。山頭火はそれらの報道に対し、一家言ある態度を見せている。戦争を報じる記事には高揚し、爆弾三勇士の美談などに感激する一面があった。というのも当時の新聞論調は、おおかた戦争熱をあおるもの。たとえば大阪朝日新聞社の重役会議では、「国家重大時ニ処シ日本国民トシテ軍部ヲ支持シ国論ノ統一ヲ図ルハ当然ノ事」と決めていたという。戦争が起こって真っ先に困るのは山頭火のような存在だが、それゆえに苦しいと言わないのが美徳と考えていたようだ。彼はおそろしく観念的に国家を信じ、個人的には純粋に行乞の信条を通そうとした。

客観視すればいろんな意味で、山頭火の行乞には破綻があった。その綻びをつくろい旅を続け、佐賀県の唐津市、呼子に立ち寄り、引き返して唐津から莇原、武雄、嬉野温泉を行乞。嬉野温泉を気に入って、ここに草庵を結びたいと思うが、ままならないのが現実である。

嬉野から一つ峠を越えれば、大村湾が一望できる長崎県だ。彼杵より大村湾ぞいに歩き、二月三日は長崎市着。ここには「層雲」の俳人たちがいて、山頭火を歓迎した。気がゆるみ、調子に乗ったか法衣を脱ぎ、上から下まで友人から借り着して遊覧客のスタイル。ために若い売笑婦に呼びかけられた、と「行乞記」に書いている。

「長崎の銀座、いちばん賑やかな場所はどこですか、どうゆきますか、と行人に訊ねたら、浜ノ町でしょうね、こゝから下つて上つてそして行きなさいと教へられた、石をしきつめた街を上つて下つて、そして下つて上つて、そしてまた上つて下つて、――そこに長崎情緒がある、山につきあたつても、或は海べりへ出ても。」

(昭和七年二月六日)

長崎市では遊興気分の五日間だった。そんな後には決まって反動がある。一週間後の島原では酒を飲み前後不覚に陥った。そのあたりの出来事はいっさい行乞記に書いていないが、後始末を頼むための手紙を緑平に出している。注目すべき資料なので、全文を引用してみよう。

「緑平老へ物申す――
どうでもかうでも――あなたの感情を△△して、こんな恥づかしい事を申上げなければなりません、ゲルト三円五十銭送つていたゞけますまいか、少し飲みすぎてインバイを買つたのであります、白船老には内々で――誰にも内々で。――

　水を渡つて女買ひに行く

お返事を待つてはゐますが、実のところ、あまりよいお返事は期待してをりません、といつて。――

　たゞ食べてゐる親豚仔豚　(豚小屋即事)

島原局留置で。――」(二月十八日)

体内にくすぶっていたものが、一気に噴出したわけだ。観念的な自戒三則の信条もむなしく吹っ飛び、ここで現実を直視する。いや直視せざるを得なかったが、「行乞記」ではそれに触れていない。これはロマンチスト山頭火の端的な一面であったように思う。その問題は少々先送りして、さらに「行乞記」を読んでいきたい。

山頭火のいわば破戒の行為は、数えあげればきりがない。それを言揚げして非難するのは簡単だろう。たいていは酒に溺れての不始末だが、その後の反省というか懺悔の仕方も、また極端であった。そして事後は、より一層強く持戒の生き方をしようとする。

循環としての持戒・破戒・懺悔

「行乞記」を読んで気づくのは、持戒・破戒・懺悔がサイクルとなっていることだ。それも数カ月周期で持戒・破戒・懺悔を繰り返している。これは山頭火の性格によるものであろう。加えて、彼には生活の基盤がなかったから、掲げた観念的理想も現実では端から破綻していくのも仕方のないことだった。

これらの悪弊をどこで断ち切るか。いや断ち切れないとしても、草庵を結んで世間的交渉にあまり煩わされないなら、本来の愚を守ることが出来るようになると考える。

島原での大醜態の後は、まるで憑き物が落ちたように清新な気分となり托鉢の日々である。二月二十八日は雪が降り風の強い日だったが五里も歩く行乞ながら、「毎日シケる、けふも雪中行乞、つらいことはつらいけれど張合があつて、かへつてよろしい」と書く。

雪中行乞

雪の法衣の重うなる　　山頭火

破戒の後の懺悔、懺悔だ。二月二十九日も雪と風。佐賀県鹿島町の木賃宿からは、こんな便りも出したと行乞記に書いている。

「心の友に、――我昔所造諸悪業、皆由無始貪瞋痴、従身□意之生、一切我今皆懺悔、こゝにまた私は懺悔文を書きつけます、雪が――雪のつめたさよりもそのあたゝかさが我を眼醒ましてくれました、私は今、身心を新たにして自他を省察してをります。……」

なんともけなげな心意気だ。そして心から願うことは、早くどこかに落ち着きたいということだった。こんな気弱さが体調を崩したか。

笠へぽつとり椿だつた　　山頭火

〈ぽつとり〉の擬態語がよく利いた一句である。あるいは句の背後に、死の予兆を感じさせる作ではあるまいか。山頭火は三月二十七日、佐世保の宿で終日寝こんでしまった。そんなことは珍しいが、前々日に飲んだ焼酎が悪く、前日に食べた豆腐があたったという。三月二十七日の行乞記には、

「あまり健康だつたから、健康といふことを忘れてしまつてゐた、疾病は反省と精進とを齎らす。旅で一人で病むのは罰と思ふ外ない。

・よろこびの旗をふる背なの児もふる（旗行列）

病めば必ず死を考へる、かういふ風にしてかういふ所で死んでは困ると思ふ、自他共に迷惑するばかりだから。

死！　冷たいものがスーツと身体を貫いた、寂しいやうな、恐ろしいやうな、何ともいへない冷たいものだ。」

ふと、このまま死んでしまったら、後はどうなるかと思ったはずだ。死後のことはどうなろうと知ったことか、と無責任な考えもあろう。しかし、それほど傲慢単純な性格なら出家などしていなかった。まして乞食を行ずる境涯に、身を落とすようなことはなかったはずだ。

また四月六日の「行乞記」にも、死についての一くだり。「死！　死を考へると、どきりとせずにはゐられない、生をあきらめ死をあきらめてゐないからだ、ほんたうの安心が出来てゐないからだ、何のための出離ぞ、何のための行脚ぞ、あゝ！」と書いている。

山頭火は執着心が強い。拘りだせば自分をとことんまで追いつめ、ついにはノイローゼになってしまうこともしばしばあった。そんな性情をよく知っていたから、意識してつねに出離、行脚を唱えなければならなかったか。しかし行脚をするだけでは落ち着けない。

「行乞記」では木賃宿の同宿人たちについて触れることが多い。相手がそっと一人にして置いてくれないから、どうしても気にせざるを得なかったのだろう。そこから脱却するには草庵を結ぶほかない。そう心に決めているが、ここで着手の第一歩は自句集を出版して生活の基盤固めをすることだった。

熊本に落ち着くべく個人雑誌「三八九」を発行したが、あっけなく失敗している。新規蒔きなおしが句集出版ということだった。としても徒手空拳、放浪流転のさなかで句集を出版するというのも難事業のはずだ。山頭火の身勝手な要望に「層雲」の句友たちが協力しているのが珍らしい。句集出版の経緯を少々書いておこう。

折本第一句集『鉢の子』

山頭火が当初に考えていた題名は『破草鞋』だったが、井泉水の助言をいれて『鉢の子』と決定した。鉢の子は鉄鉢の同物異名、行乞のとき食を受ける鉄の入れ物である。これは単なる容器ではなく、行乞生活を象徴するものとして、句集の題目に選んだらしい。

ついでに山頭火の第一句集となる『鉢の子』の成立過程について触れておこう。幸い富山の高橋良太郎氏が所蔵した自筆稿本が遺っている。法政大学教授など歴任し芭蕉研究でも著名だった高藤武馬氏がこれを調査して、「稿本『鉢の子』について」と題する論考を『定本山頭火全集』の月報に発表している。これを参考に、句集の概要を書いておきたい。

山頭火は主に「層雲」に発表した句から、半ペラ三十二枚に清記した草稿を井泉水に送っている。

それは戸畑市に住む句友の滝口入雲洞（別号多々桜）居に泊ったときまとめたものだという。四月二十一日の「行乞記」には、「徹夜して句集草稿をまとめた、といふよりも句集草稿をまとめるうちに夜が明けたのだ、とにかくこれで一段落ついた、ほつと安心の溜息を洩らした、すぐ井師へ送つた」とある。そのとき清記して送った句数は百三十四句であった。

山頭火が後日に新作として送った追加の句は、井泉水が半ペラ二枚に九句を清記して計三十四枚の草稿とした。これを元にして、井泉水は選と添削を施している。

山頭火が送った句は総数で百四十三句。井泉水はそこより八十八句を選び、五十五句は捨てている。相当に厳しい選句であった。俳句そのものの添削は案外少なくて二句のみである。この分量で果して一冊の句集になるか。心配して、「行乞記」の文章を加えようとしたが、間に合うように書けなかったようだ。

出来あがった句集は八十八句をおさめた俳句だけのもので、他に文章は一切ない。造本は天地十八・五センチ、左右六・五センチの折本仕立て。藍色表紙に題簽、本文は黄色の紙に五号活字で一頁に三句印刷。発行所は三宅酒壺洞、発行者は木村緑平、印刷者は芝金聲堂となっている。印刷所は京都にあって、装丁その他は京都在住の陶芸家でもあった「層雲」同人の内島北朗が関わった。「井師及北朗兄へはハガキで御挨拶を申上げておきました」というのが経緯の一端を示す。

井泉水がこのとき捨てた句で、後年の一代句集『草木塔』において復活させた句が次の三句である。

しぐる土をふみしめてゆく
秋風の石を拾ふ
今日の道のたんぽぽ咲いた

山頭火の第一句集『鉢の子』の出版は「層雲」の主宰井泉水をはじめ多くの句友が協力した。「層雲」誌では山頭火が草庵を結ぶ費用にと一口二円の会費を募っている。応募者には句集一冊と短冊二枚または半切一枚を贈呈と広告。井泉水は追言として「発起の友人のみに任しておくべきでない、諸君もどうぞ、進んで、我も亦山頭火の友人であると名乗り出ていたゞきたい」と記す。まさに有り難い支援であったが、句集の出来具合には不満だったようだ。昭和七年七月五日の「行乞記」には次のように書く。

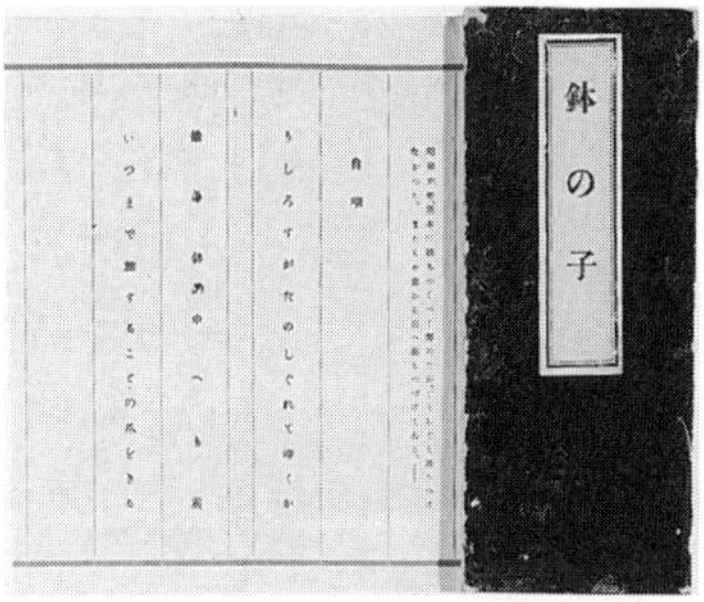

句集「鉢の子」

「句集『鉢の子』がやつときた、うれしかつたが、うれしさといつしよに失望を感ぜずにはゐられなかつた、北朗兄にはすまないけれど、期待が大きかつたゞけそれだけ失望も大きかつた、装幀も組方も洗練が足りない、都会染みた田舎者！　といつたやうな臭気を発散してゐる（誤植があるのは不快である）、第二句集はあざやかなものにしたい！」

まったく妥協のない人である。おんぶにだっこの句集出版であったが、出来上ったものに対しての評価は厳しい。そんなふうだから、孤高を持し矜持を保っていられたともいえようが、草庵を結ぶ方も苦戦を続けていた。

いつまで旅することの爪をきる
いただいて足りて一人の箸をおく
けふもいちにち風をあるいてきた　　　山頭火

5　奮闘の結庵計画

望むは文人趣味の草庵暮らし

一所不住の旅を続けることは、心身ともに苦難の行であった。味取観音堂を捨て行乞流転の旅に出たときは、解くすべもない惑いがあった。少くとも山頭火はそう意識して、強い決断によるものだったろう。

あれからおよそ七年が過ぎている。行乞すなわち乞食を行ずるには純で揺るがぬ精神力がなければならないが、彼には持続するための一途な根気は薄れていた。ならば僧侶となって寺院の組織に組み込まれるのも生きる術《すべ》だったが、そんな窮屈にも耐えられない。彼のほんとうに願うところは気儘な自由人、それを望んだがために紆余曲折に迷い込んだというのも一つの見方だろう。
山頭火は昭和七年で満の五十歳。別れた妻や子とよりをもどして、市井の平穏な暮らしも考えてみたが、これは見事に失敗した。いつまでも一所不住の生活を続けられないとなると、どうすればよいか。文人趣味の人々がたいてい望むことは草庵暮らし。珍らしくはないが、彼も自由気儘に生きられるだろう草庵を結ぼうとした。
山頭火が望む草庵を結ぶための立地条件は、その一つが山村であること。もう一つは水のよいところか、または温泉地であることだった。最初は熊本県北部、玉名市の市街地北方にある玉名温泉、当時は立願寺温泉とよばれていた近くに庵を結ぼうとした。昭和七年一月二十二日の「行乞記」には、甘い見通しを立て草庵の造作を考えている。

「緑平老の肝入、井師の深切、俳友諸君の厚情によつて、山頭火第一句集が出来上るらしい、それによつて山頭火も立願寺あたりに草庵を結ぶことが出来るだらう、そして行乞によつて米代を、三八九によつて酒代を与へられるだらう、山頭火よ、お前は句に生きるより外ない男だ、句と離れてお前は存在しないのだ！」

山頭火が草庵を結びたい場所はいろいろあったが、彼を容易に受け入れてくれる土地はなかった。

「層雲」の俳人仲間では知られていても、近くに住み着くのを歓迎する人はいなかったと思う。まして見ず知らずの人からすれば単なる浮浪者である。少なくとも好ましい人物ではなく、先ず排斥の対象とされたはずだ。立願寺温泉でも草庵を結びたい希望は取り付く島がないままに諦めざるを得なかった。

次いで意中の候補地としたのが佐賀県南西部にある嬉野温泉だった。東に東泉の山々、西に虚空蔵岳をひかえた盆地で、その中央を嬉野川が流れている。周囲の丘陵にはお茶の段々畑が広がり、田園風景として好ましい。三月十五日、緑平には長文の手紙で嬉野温泉に落ち着きたい気持ちを長々と書き援助を求めている。その一部を引用してみよう。

「私はいよいよ当地に落ちつくつもりです、それについて御遠慮のない御意見を聞かせて下さい、当地はいろ〳〵の点で、私にふさはしいやうです、湯が熱く豊富、生活が安易で人間が親切、行乞に便利（佐賀へも長崎へも福岡へも）、熊本から離れてゐる、友を待つにも便利、等、等。とりあへず間借又は小さい家を借りたいと思ひます。（中略）それについて、また御相談がありま す、――当面の費用、即ち、敷金、世帯道具代、フトン代、米塩等として拾五円位御立換願へますまいか、いつもあなたにばかり我儘を申上げてはすまないと思つてあなたの御存じない或る方面の人に願つたのですがうまくゆきません。」

すべては緑平頼み

山頭火は落ち着きどころを望んでいたが、あまりに性急すぎる要求であった。緑平もすぐさま金の無心に応じなかったらしい。そのことは電報で知らせたようで、「行乞記」には「緑平老の返事は私を失望せしめたが、快くその意見に従ふ」とことば少なに記している。

緑平にしてみれば、山頭火の結庵計画には時期尚早という思いもあった。いずれどこかに草庵を結ぶことには賛成だが、およそ一年前には三八九居を営むために後援会を組織し「層雲」の俳人仲間たちから金を集めている。それを踏み倒し清算もせず、まだほとぼりもさめぬうちから、新たに金のかかる計画は自粛すべきだろう。緑平はそう考えるが、山頭火にはその自覚は薄い。

一度は「快くその意見に従ふ」と諦めたはずだが、やっぱり嬉野温泉に庵を結びたかった。山頭火は土地の顔役とおぼしき人と相識り、便宜をはかってもらえるかもしれない感触を得ていたという。それで意を強くしたか、三月二十三日の緑平あての手紙では「草庵は嬉野温泉に結びたいと思ひます、あそこは行乞、生活、養老、修養等々あらゆる点に於てすぐれてをります、五十円でも百円でも出来ただけの金で庵を健てませう、ただ雨露さへ凌げれば、自分の寝床がありさへすれば結構でありますから」と書く。

文中、「五十円でも百円でも出来ただけの金」というのは、改めて後援会を組織して集める金である。時期尚早と断ったはずだが、駄々っ児のような山頭火だ。これに対して緑平が再度承知しなかったのは、やっぱり俳人仲間の手前があったからだ。緑平が動かなければ、何も実行できないのが山頭火であった。彼は後に「『鉢の子』から『其中庵』まで」と題した随筆の中で、嬉野で結庵できなかった不首尾を「しかし何分にも手がかりがない。見知らぬ乞食坊主を歓迎するほどの物好きな人を見つけることが出来なかつた」と書く。

山頭火は嬉野で草庵を結ぶ話がまとまるのを、じっとして待っておれなかった。何事も因縁時節、機が熟して来るまで待たなければならないが、経済的にも精神的にも一所に留まってはおられないのだ。

長崎県の平戸から松浦海岸を歩き、福岡へと引き返した。海を渡って五島めぐりもしたかったが、昭和の島流しになっても困ると諦めている。

北九州地方には句友が多く、訪ね歩いて草庵を結ぶための支援を頼んだようだ。また下関海峡を渡れば故郷の山口県である。青年時代から親しい久保白船を徳山に訪ね、ここでも援助を依頼。その他、知人や旧友を訪問して、後援会の会員を十人近く集めたという。

小郡に住む国森樹明とは、このときが初対面。昭和六年に結成した「三八九」後援会名簿には名があるから、「層雲」を通じての知り合いだった。奇妙に馬が合って、有力な支援者を一人得た喜びに浸っている。樹明の近所には熊本時代からの親友伊東敬治も住んでいた。樹明と山頭火は連れだって伊東宅に行き、悪友三人は五月十一日、十二日、十三日、十四日と飲み続けた。

この酒がいけなかった。友と別れて再び行乞をはじめたが、歩けない。痔がいたくて、明後日から三日間休養。といって悠長に構えているわけにもいかない。脱肛の出血をおさえつけての行乞、いわゆる行乞相は落第だったという。けれど声はよく出て、「音吐朗々ではないけれど、私自身の声としてはこのぐらゐのものだらうか」と書いている。

ふるさとでの行乞を、当時の句稿から拾ってみよう。

うつむいて石ころばかり　　山頭火
降り吹く国界の石
ふるさとの夜がふかいふるさとの夢
ふるさとの夢から覚めてふるさとの雨
ふるさとの言葉のなかにすわる

嬉野温泉を諦めてから、次に食指が動いたのは川棚温泉であった。下関からだと山陰本線で八つ目の駅である。山口県豊浦郡川棚村湯町、古くから知られた温泉であった。

結庵希望の地・川棚温泉

山頭火は大の温泉好き。だけど当初からここが気にいったというわけではなかった。五月二十四日の「行乞記」では「川棚温泉——土地はよろしいが温泉はよろしくない（嬉野に比較して）、人間もよろしくないらしい、湯銭の三銭は正当だけれど、剃髪料の三十五銭はダンゼン高い」と書く。また泊った木賃宿の桜屋は四十銭で中ランク。けれど嬉野温泉での結庵がいよいよ駄目なときは、温泉のあ

川棚温泉

るこの地でと、心の片隅には川棚温泉を候補に入れることを考えたかもしれない。

川棚温泉での宿から出立しようとしたが急な発熱で動けなかった。これが縁で気が変わったことを「行乞記」には次のように書く。

「病んで三日間動けなかつたといふことが、私をして此地に安住の決心を固めさせた、世の中の事は、人生の事は何がどうなるか解るものぢやない、これもいはゆる因縁時節か。

嬉野と川棚とを比べて、前者は温泉に於て優り、後者は地形に於て申分がない。嬉野は視野が広すぎる、川棚は山裾に丘陵をめぐらして、私の最も好きな風景である。

とにかく、私は死場所をこゝにこしらへよう。」

（昭和七年五月二十五日・二十六日）

山頭火は気が早くて筆まめである。痔には悩まされていたが、草庵を川棚温泉に結ぼうと思い立ってからの行動はすばやかった。頼れそうな友にはハガキを書き、五月二十七日には歩いて下関へ。古い句友で、弁護士事務所を開いている兼崎地橙孫を訪ねて相談している。翌二十八日は船で海峡を渡り、八幡市の飯尾星城子、翌々日の二十九日は緑平を訪ねて、いよいよと川棚温泉での結庵を懇願したらしい。

緑平からは川棚温泉に庵を結ぶことを諒解してもらった。山頭火は嬉しくなって、帰途の「行乞記」には「一日も早く土地を借りてバラックを建てなければならない、フレイ、フレイ、サントウカ、バンザアイ！」などと記し、また「伊東君に手紙をだして、私の衷情を吐露しつゝ、お互に真実をつかまうと誓約した」とも書く。

五月三十一日は木賃三十銭、防長特有の石風呂のある宿に泊っている。この時期は関門通有のシケで、風雨の中を小倉まで三里、下関から四里を吉見まで歩き全身びしょぬれになって、屋号も石風呂屋というのに投宿。明け方には期待したとおり山ほとゝぎすを聴いた、と嬉しがっている。山ほとゝぎすの声に鼓舞されてか、書く文も少々興奮気味だ。


「長かつた夜が白みかゝつてきた、あかつきの声が心の中から響く、生活一新の風が吹きだした。とにもかくにも、昨日までの自分を捨てゝしまへ、たゞ放下着！」

（五月三十一日）

ほつかり眼ざめて山ほとゝぎす
ほとゝぎすしきりに啼くやほとゝぎす
あかときの火の然えさかる
山頭火

こうした興奮を持続させて、六月三日の緑平宛のハガキには次のように書いている。

「おもしろい土地が見つかりました、何事も因縁時節ですね、宿をかへました。
大工さんと交渉がまとまれば直ぐゲルトがいります、どうぞよろしく。」

川棚温泉で最初に泊ったのは桜屋。これは屋号で、木下旅館とも呼んだ。ここの息子の結婚式でふさがった六日間は同じ通りにある中村屋に宿泊。その後は木下旅館を定宿として都合八十八日間、草庵造立のために奮闘する。

土地借り入れ交渉で難航

師の井泉水宛のハガキ（昭和七年六月三日）では川棚温泉に庵を結ぶことを伝えている。それはあたかも、すぐに決定したかの書きぶりだったが、本人はそのつもりでも相手があることだ。山頭火が草庵を建てる場所として希望したのは、妙青寺領の三十坪ばかりの畑だった。

龍福山妙青寺は雪舟による名庭もある古刹である。幸い熊本の報恩寺とは同じ曹洞宗であった。望月義庵師からも寺の方へは、よしなにと予め頼んでおいてもらっていたという。

手の打てる範囲では力の限り努力している。「行乞記」には「妙青寺拝登、長老さんにお目にかゝつて土地の事、草庵の事を相談する（義庵老慈師の恩寵を感じる）、K館主人にも頼む、すぐ俳句の話になる、彼氏も一風かはつた男だ、N館主人も頼《ママ》む、彼は何だか虫の好かない男だ、とにかく成行に任せる、さうする外ない私の現在である」と書く。六月九日夜に開かれた第一回の惣代会では、山頭火の要望は拒否された。

拒否の理由としては、川棚温泉として将来見込みのある土地を浮浪者のような人に貸すと、いろいろ困ることが起こるというのだ。惣代会としては、とても認めるわけにいかない、という主旨のことを十日の朝に寺惣代でもある木下旅館の主人から知らされている。

山頭火もここで易々引き下がるわけにいかなかった。いざとなると世間の人々は、彼のような風来坊には拒絶反応を起こす。そこを乗り切らなければ、いつまでたっても土地の借入れなど出来ない。どうすればよいか。別の候補地を見つけて、第二回の惣代会を開いてもらうように頼んでいる。そのためには万事が金だ。地元の有力者には付け届けもしたという。といって手元に運動資金があるわけはない。頼りは緑平で、結庵運動費として二十円を送ってもらうように速達の手紙を出して頼んでいる。

川棚温泉に草庵を結ぶことを、あちこちの句友へ知らせ協力を求めている。昨年末に熊本を飛び出してから、サキノとの関係はどうなっていたか。いずれにしても、もう熊本へは近づかないと手紙を書き送ったのだろう。サキノからは、蒲団や薬缶、着物、本、茶碗、位牌、酒杯などを送ってきた。そして荷物の中には二通の手紙が入れられていたという。

「一つは彼に送金した為替の受取、他の一つはS子からのたより、前者はともかくも、後者はちよんびり私を動かした、悪い意味に於て、――なるほど、私は彼女が書いてゐるやうに、心の腐つた人であらうけれど、――これは故意か偶然か、故意にしては下手すぎる、私には向かない、偶然にしてはあまりに偶然だ。」

（昭和七年六月十日）

これは「行乞記」の一節だが、山頭火は息子の健に仕送りをしたらしい。そうとう無理して父親としての義務を果そうと努めていたことが分る。もう一通はサキノからの、何かあっての抗議の手紙だろうか。裏の事情は分らない。けれどこの時、位牌まで送りつけているのはどういうことか。すでに二人は離婚しているのだから、サキノにとって、種田家ゆかりの位牌とは無縁のはず。おそらく山頭火の母の位牌だろうが、これをめぐっては二人の間にも複雑な感情が交錯していたのだろう。

結庵運動資金を要請した緑平宛の手紙にも、サキノとの感情のもつれが反映していたにちがいない。「行乞記」に「私の因縁時節到来！緑平老へ手紙を書きつゝ、そんな感じにうたれた」と書く。

山頭火は川棚温泉での結庵に執着しはじめた。嬉野温泉での時とは真剣味が違って来たのだ。「私も此度は一生懸命ですから」と書くのは本心だろう。実現するためにはどうすればよいか。要は金、最後は金である。そして最後に頼れる友は緑平しかいなかった。

さみしうて夜のハガキかく　　山頭火
どうでもこゝにおちつきたい夕月

これだけ残つてゐるお位牌ををがむ

死後の遺体処理という難題

山頭火にとって気掛かりだったのは、彼が申し込んだ再度の惣代会の成行きだった。借りる土地は了承されやすい別の土地にしたから問題はない。一年間の借地料は五円と安く、寺領なので変動がないのも好条件だった。けれどそこに庵を結んで住み着くとなると、住人としての組入りが必要だ。そこで浮上したのが、彼が死亡した場合にはどうするか。これには嫌な気持ちがしたというが、地元に住む人にとっては疎かにできないことであった。

独り身の浮浪者が何のつてもなく、見知らぬ土地に落ち着こうとするのは大変である。事は容易に進捗しない。大正五年の酒造場破産の時のようだった、というから混乱の仕様も想像がつく。寺の惣代からは、

「病気になって動けなくなったり、あるいは死後の始末はどうつけるのか」

そんなきつい質問もされたらしい。否応なく自らのぎりぎりの存在について考えさせられる。

「ふりかへらない私であつたが、いつとなくふりかへるやうになつた、私の過去はたゞ過失の堆積、随つて、悔の連続だつた、同一の過失、同一の悔をくりかへし、くりかへしたに過ぎないではない

か、あゝ。」

（六月二十三日）

「行乞記」に書く感慨をこめた一文である。ここで悔い改めてというのは当らないが、六月二十四日には妹の町田シヅ、熊本のサキノ、秋田にいる息子健に手紙を書かざるを得なかった。死病にかかったとき、また死体の処理、後始末についてなどだ。

山頭火は草庵を建てる土地を借りるに当り、当村在住の保証人二名も要求されていた。保証人になってもらうためには、彼の身柄について懸念がないことを保証してくれる人が心要なのだ。その旨の内容を頼む手紙であった。

依頼された方も、容易に返事は書けなかったろう。死病と死体処理を全面的に引き受けなければならない。これは難題である。サキノからは色よい返事をもらえなかった。妹シヅからは返事がない。健からは一週間後に返信が来た。「行乞記」には「彼――彼は彼女の子であつて私の子ではない――から、うれしくもさみしい返事がきた、子でなくて子である子、父であつて父でない父、あゝ。」と書く。

まさかの時の息子の存在

健からの手紙が効果を発揮したか。七月四日の「行乞記」には、次のような記述が見える。

「身許保証（土地借入、草庵建立について）には悩まされた、独身の風来坊には誰もが警戒の眼を離さない、死病にかゝつた場合、死亡した後始末の事まで心配してくれるのだ！　当家（木下旅館・筆者）の老主人がやつてきて、ぼつり〳〵話しだした、やうやく私といふ人間が解つてきたので保証人にならう、土地借入、草案建立、すべてを引受けて斡旋するといふのだ、晴、晴、晴れきつた。

豁然として天地玲瓏、——この語句が午後の私の気分をあらはしてゐる。それにしても、私はこゝで改めて『彼』に感謝しないではゐられない、彼とは誰か、子であつて子でない彼、きつてもきれない血縁のつながりを持つ彼の事だ！」

保証人ができて、草庵を結べる見通しは立ったわけだ。うれしくなり、夜ふけから知友宛に何通も造庵着手を頼む手紙を書き、徹夜してしまったという。

一応、草庵を結ぶための下ごしらえはできた。いよいよ庵を建てるとなると金が要る。最大の支援者である緑平には必要経費を細かく手紙（七月二十日）に書いている。その一部は引用で示してみよう。

「設計図は別紙の通りです、粗末な家でも建てるとなればなか〳〵大変ですね、小さい家でもやつぱり家としてのものを備へなければなりませんからね、どんなにしても百五十円あまりはかゝります（現金を渡す時、多少は負けさすつもりですけれど、無理に値切れば却つて損になりませう）、そしてその外に地揚げに拾円位かゝります、そしてまた組合加入に拾円位いります（組合基金三円、組合費弐円四十銭、酒券一円、そして世話人総代大工さんに一杯あげるのに三円や四円はかゝりませう）、それから電灯引込費が五円位、世帯道具等が拾円あまり（バケツとか釜とか鍋とか七輪とか炭とか何とかかとか、但し米は行乞所得米をためてをります）、その他、……と計算すると弐百円近くなります、それで私も困るのですが、後援会の方がどのくらゐまとまるのでせうか（社から弐拾円、あなたから弐拾円の送金を差引いて）。

私も此場合恥を忍んで、或る方面に平身低頭して懇願しませう（その成果は解りませんけれど、やれるだけやります）、私としては、もう仕方がないから背水の陣を布きます、そして血戦をやります、庵居しようなど、は、私があんまり安易だつたかも知れませんね。」

緑平宛に手紙を書いた同日の「行乞記」には、次のように書いている。

「私は今、庵居しようなどゝいふ安易な気分に堕した自分を省みて恥ぢてゐる、悔いてもゐる、しかし庵居する外ない自分を見直して嘆いてゐる、私はやむなく背水の陣を布いた、もう血戦（自分自身に対して）する外ない。

緑平老へ、そしてS子へ、S女へ手紙を書いた、書きたくない手紙だつた、こんな手紙を書かなければならない不徳を憤つた。」

頼れそうなところは、このさい躊躇していられない。血戦という語が切迫感をよく現している。これは「自分自身に対して」と注釈はつけているが、国を挙げて血戦へと突入する非常時の時期でもあった。

結庵という血戦

そのころしきりに喧伝されていたのは、肉弾三勇士の軍国美談であった。上海事変の作戦で爆死した三人を英雄に祭り上げ、戦争への士気を高めようというものだ。山頭火は活動写真でそれを見て頭が痛くなり、床に就いても気分が悪かったという。行乞記には「戦争——死——自然、私は戦争の原因よりも先づその悲劇にうたれる、私は私自身をかへりみて、私の生存を喜ぶよりも悲しむ念に堪へない」などの記述。「或る店頭で、井上前蔵相が暗殺された新聞記事を読んだ、日本人は激し易くて困る。……」などとも書いている。

山頭火は行乞途上で刑事から職務質問されたり、見知らぬ酔漢から行乞即時停止と怒鳴られもした。巡査には何をしているのかと誰何もされる。だんだん行乞者には生きていきにくい社会風潮になっていった。

そんな世の中だから、かえって静かにしていなければならない。昭和七年六月十五日の「行乞記」には、「だん〳〵心境が澄みわたることを感じる、あんまり澄んでもいけないが、近来あんまり濁つてゐた。清澄、寂静、枯淡、さういふ世界が、東洋人乃至日本人の、つゐの棲家ではあるまいか（私のやうな人間には殊に）」とも書く。

彼が結庵を望んだ理由は、清澄、寂静、枯淡を求めてであった。しかし実現の過程は惨めなものだ。

そんな逆境でこそ句は出来たようで、緑平宛の手紙では「句だけは出来ます、句でも出来るのが、せめてものよろこびです」と書いている。そのころの句作をあげておこう。

花いばら、ここの土とならうよ　　山頭火
いそいでもどるかなかなかなかな
雲がいそいでよい月にする
朝は涼しい茗荷の子
いつも一人で赤とんぼ

一難去ってまた一難だ。社会から一度はみ出してしまうと、復帰がいかに難しいかを思い知らされた。川棚温泉に落ち着くべく山裾の畑地の一部を借り入れる約束をしたが、条件として当村居住の確実な保証人が二人いる。これが最後まで出来なくて造庵計画は頓挫した。一人が出来たと喜べば、二人目が破れて失望。二人目が承諾すると、一人目が拒絶するといった具合だ。

土地の人から見れば、山頭火は油断の出来ない人物である。ふらりとやって来て、唐突にここを死場所に選んだ、といわれても迷惑な話だ。長期に滞在し、事がうまく運ぶように土地の有力者に付け届けなどもしたようだが、決定的な効果は望めない。いずれは厄介者と敬遠したいのが本心だった。そんな土地の人物を説得するにはどうすればよいか。ついに手立てなく、八十余日間の奮闘努力も水泡に帰しかけていた。

あるいは仮に保証人二名を立てられたなら、たちまち庵の建築費用が必要となる。ざっと見積もって二百円くらいかかる。かなりの大金だ。句集を出版したが、その収益でまかなえる額ではない。改めて後援会も細々組織されていたが、当面集金できるのは少額だった。

頼れそうな親類といえば、妹シズの嫁ぎ先、右田村の町田家だけだ。八月二日には金の無心にそこを訪れている。「行乞記」によれば、

「七年ぶりにS家の門をくゞる、東京からのお客さんも賑やかだつた、久しぶりに家庭的雰囲気につゝまれる。

伯母、妹、甥、嫁さん、老主人、姪の子ら。……

夕食では少し飲みすぎた、おしゃべりにならないやうにと妹が心配してゐる、どうせ私は下らない人間だから、下らなさを発揮するのがよいと思ふけれど。」

もちろん恥を忍んでの訪問であった。けれど「平生業成」で金策はうまくいかなかったという。八方ふさがりだ。そんな心境を、八月十五日の「行乞記」では次のように書く。

「何といふ苦しい立場だらう、仏に対して、友に対して、私自身に対して。

やつぱりムリがあるのだ、そのムリをとりのぞけば壊滅だ、あゝ、ムリか、ムリか、そのムリは私のすべてをつらぬいてながれてゐるのだ、造庵がムリなのぢやない、生存そのものがムリなのだ。」

川棚温泉に留まり、ここに結庵を思い立ってから八十三日目であった。内心は嫌気が差し、諦め気味。けれど緑平には、この時期にも造庵の手付金として三十円送ってくれ、と頼んでいる。手付金はこれが初めてではない。緑平は催促されるたびに、後援会で集まった金を山頭火に送り、この時期には金は尽きていたという。つまり、いよいよ庵を建てることになっても、それに回す金はどこにもなかった。

緑平はそんな内情を詳しく伝えたらしい。山頭火もついには観念し、足元から鳥が立つように川棚を去って行った。八月二十七日の「行乞記」の記述は、

「百日の滞在が倦怠となつたゞけだ、生きることのむつかしさを今更のやうに教へられたゞけだ、世間といふものがどんなに意地悪いかを如実に見せつけられたゞけだつた、とにかく、事こゝに到つては万事休す、去る外ない。

けふはおわかれのへちまがぶらり（留別）」

第五章　草庵と旅

1　其中庵

其中一人

捨てる神あれば拾う神ありだ。草庵を結ぶまでの経緯については、山頭火が「『鉢の子』から『其中庵』まで」と題した随筆に簡潔に書いているので引用しておこう。

「『もし川棚の方がいけないやうでしたら、ここにも庵居するに似合な家がないでもありませんよ。』此夏二度目に樹明兄を訪ねてきた時、兄が洩らした会話の一節だつた。私はその時はまだ川棚に執着していゐたので、その深切だけを頂戴した。それが今はその深切の実を頂戴すべく、へうぜんとしてやつてきたのである。

或る家の裏座敷に取り敢へず落ちついた。鍋、釜、俎板、庖丁、米、炭、等々と自炊の道具が備へられた。

二人でその家を見分に出かけた。山手の里を辿つて、その奥の森の傍、夏草が茂りたいだけ茂つた中に、草葺の小家があつた。久しく風雨に任せてあつたので、屋根は漏り壁は落ちてゐても、そこには私をひきつける何物かがあつた。」

（「二八九」復活第四集）


山頭火は廃屋を手入れして其中庵ができるまで、国森樹明の友人である武波憲治居裏の離れ座敷を借りて住んだ。その仮寓には二十三日間滞在し、予定どおり九月二十日に待望の其中庵に入居を果たしている。

山頭火の住むことになる其中庵は鉄道の駅から遠くない閑静な山裾に所在した。生まれ故郷の防府はここより山陽線なら上りで三つ目の駅である。距離は二十キロほどだから、彼の足なら歩いても往復できた。

緑平宛のハガキでは「やっぱり友達のある土地でないと駄目でした、当地には樹明さんその他五六の知人がありますので万事好都合です」と書いているのは納得がいく。同時に故郷ゆえに人目を憚ることも多かった。零落の身には自尊心も傷ついたろう。自分との折り合いをどうつけたか。彼自身は故郷に容れられずとも、爪弾きされようとも、とうてい故郷は捨てきれないという。それが人間性のいたましい発露だ、という認識を持っていた。

ところで結んだ草庵の名、其中庵とはどんな意味があるのか。彼は朝夕に声をあげてよむ妙法蓮華経普門品第二十五の中にある其中一人の語が気にいっていた。この経は観音経の別称でも知られるが、観音が衆生の諸難を救い、願いをかなえ、あまねく教化することを説く。其中庵に入庵し、一年余の後に出版した折本第二句集『草木塔』の扉頁には山頭火の気に入った観音経の一節を漢字だけの白文で掲載している。それだけでは分かりづらいので仮名交りの書き下しで示してみよう。

「若し三千大千国土の中に満てる怨賊《おんぞく》あらんに、一商主有りて諸の商人を将《ひき》い、重宝を斎《さい》持して、険路を経過せんに、其の中の一人、是の唱言を作さん」

すなわち多くの人が危難に遭遇している時、その中の一人の機転によって全員が救われる。その機転は「観世音菩薩」と唱言をなすことだと説く。

其中雪ふる一人として火を焚く　　山頭火

心に火をともす

入庵後に作った一句だが、漂泊の途上に危難に遭遇したときの作だろう。雪で凍え死にそうになった場合、最後の気力をしぼって火を焚けば凍死しないで助かる。其中一人とはまさに状況判断にたけた人のことをいう。『荘子』の中に「無用の用」ということばがあるけれど、人の心に火をともすのは山頭火のような人であるかもしれない。そういってしまえば烏《お》

其中庵

滸《こ》がましいが、あるいは彼の秘かな自負であったかもしれない。いつしか彼自身の境涯を象徴するかの感銘語と思いこみ、其中一人の庵、其中庵と名づけたのだろう。

庵は山口県における鉄道の乗り換え駅として知られている小郡町（平成の大合併で山口市に吸収された）にあった。山陽本線小郡駅（新山口駅と改称）から山口市、津和野方面へ行くには山口線、宇部方面へは宇部線が始発となっている。現在は山陽新幹線も小郡駅に停車する。

小郡駅から北の山裾に、十数分も歩けば其中庵に行き着ける。それでいて人里から一軒ぽつんと離れていたから、草庵というのにふさわしい立地だった。これを喜んで、彼は入庵前に「出家――漂泊――庵居――孤高自らを持して、寂然として独死する――これも東洋的、そしてそれは日本人の落ちつく型（生活様式）の一つだ」と書いている。

庵は人が長く住んでいない廃屋を修理したもの。南向きのぬれ縁に面して西から四畳半、三畳間があり、北側は西の隅に便所があり、三畳、押入のある板間と続き、東側の三分の一はぶち抜きの土間になっており、納戸、炊事場、物置に使われていた。好都合にも「電燈装置」まである、と山頭火は喜んだという。

書斎として使った四畳半の部屋は、西側の壁面の半分が床の間で、もう半分は棚のある空間と押入れとに仕切られていた。上段の棚の上には、高さ二十センチたらずの持仏の観音菩薩像と母の位牌を安置し、自分がお茶を飲む前には先ず最初の一杯を献じている。そして仏と共にお茶をすする伸びやかな平穏の中で、日記には「仏といふものが、しいたいしいみいふいかいいそんざいとして示現する」と書く。もちろん朝の読経は欠かすことなく、「晩課諷経は普門品にする、偈頌の後半部はまつたくうれしい、身心がのび〳〵するやうだつた」と日記に書き、俳句ではこう作る。

こゝにかうしてみほとけのかげわたしのかげ（晩課諷経）

国森樹明

この草庵を親身になって探し、滞りなく事を運ぶために奔走したのは国森樹明であった。彼は明治三十年の生まれだから、山頭火より十五歳も年下。庵から二キロ程離れた小郡町山手上国森が生地で、朝に夕に其中庵の客となっている。「層雲」に拠る俳人だが、勤めは出身校の山口農学校の書記をしていた。

この学校は小郡町内にあったから、山頭火はしばしばそこにも訪ねて二人は実に親密な時期を過ごしている。一所不住から定住だ。「昭和七年九月廿日其中庵主となる、――この事実は大満州国承認よりも私には重大事実である」と、行乞記の末尾は印象的な言葉でしめている。そして翌九月二十一日からの日記は行乞記でなく、其中日記と改めた。其中庵入居前後の句も、ここに挙げておこう。句は日記の中からの引用である。

秋風のふるさと近うなつた
稲妻する過去を清算しやうとする
雨ふるふるさとははだしであるく
くりやまで月かげのひとりで
どかりと山の月おちた
移つてきてお彼岸花の花ざかり
灯ればしたしく隣があつた

山頭火

入庵後の糧

ようやく入庵を果したが、さてその先はどうするか。庵居四十日、彼は緑平に手紙で「『三八九』でも出さなければ食つてゆけませんし（といつて行乞はとてもやれません、やれてもやれんでも時々出かけなければなりませんけれど）、それを復活刊行するには、当面、六円位いります（百五十部謄写します、謄写器は持つてをります）、そして私の現状は目下庵居渦渡期で、たいへん困つてをります」（昭和七年十月三十一日）などと訴えている。

山頭火のガリ版刷の個人誌「三八九」は、昭和六年三月に熊本で第三集まで出して中断していた。そのとき句友たちから前金で集めた誌代を踏み倒している。あれから一年半以上も経っているから、時効だろうか。そういう横着な気持ちはなかったはずだが急ぎ金策を立てなければならない。「目下、庵居過渡期で、たいへん困つてをります」というのは正直なところ。そこで六円位を貸してください、という相変わらずの無心状である。

実はこの手紙、彼としては出したくなかった。そのことについて、同日の日記に「とてもぢつとしてはゐられないので、十時過ぎ、冷飯を掻きこんで、ぶらりと外へ出た、さて何処へ行かうか、行かなければならないところもなければ（あることはあるけれど行けない）、行きたいところもない、まあ、秋穂方面でも歩かうか。／途中、駅のポストへ出したくない――だから同時に出してはならない手紙を投じた」と書いている。

ポストに緑平宛の手紙を投函したのは十月三十一日だった。このときは無一文。その状態は十七日から十四日間も続いていたというのだ。十七日の朝には持ち金二十五銭。十銭で醤油、五銭が撫子、十銭が焼酎を買って財布は空っぽである。

緑平だけを頼れないので、十月二十六日には「よくない手紙――書きたくない手紙を書いた、ウソとマコトとをとりまぜて、泣言と愚痴と嘆願とを述べ立てた、あゝ嫌だ」と日記に記述。二十七日には「防府まで出かけるつもりだつたが（いふまでもなく金策のために）、頭痛悪寒がするので、床をとつて寝た」と。三十日には「落葉を掃いてゐるうちに、何となしにうれしくなつた、よいたよりがあるかも知れない、敬坊は今日こそやつてくるだらう、……ところが、悪い手紙が来た（S女から）、予期しないではなかつたけれど、悪い手紙はやつぱり悪い、読むより火に投じた」と書く。敬坊は伊東敬治、S女はサキノのことか。

山頭火は庵居するにあたり、「孤高自ら持して、寂然として独死する」ことを覚悟していた。けれど実際はどうだったか。地域の人々はどう見ていたか。其中庵の裏にある竹林に竹を伐りにきた老人は立ち寄って好奇の目を向ける。草庵の独り暮らしもいざとなると難しく、その心境には複雑なものがあった。

「しづかでうらやましいといふ、誰でもがさういふ、そして感にたへたやうにあたりを見まはす、まあひとりで、かうしてやつてごらんなさいと私の痞の虫が腹の中でつぶやく、かうした私の生活は私みづから掘つた私の墓穴なのだ。……」
（十月二十一日）

とにかく庵でのぎりぎりの生活を維持するためにはどうすればよいか。個人雑誌「三八九」を発行するのが一つの方途だろう。それを口実に、緑平から早急に金を借りる必要があった。

「三八九」の復活発行

句集『鉢の子』の事務一切を引き受けてくれている三宅酒壺洞は、そのころよんどころない別の用事で奔走していたから余計なことは頼めない。そこで考えたのが「三八九」の復活第四集であった。これは昭和七年十二月十五日に発行している。後記には毎月一回発行、会費一カ月二十五銭と書いているが、熊本のときは会費三十銭、特別会友は会誌二部配布で五十銭だった。どういう理由で値下げしたのかは明らかでない。緑平から支援の金はすぐ送られてきたが「三八九」発行までに四十日近く経過している。

緑平からの送金を懐にすると、山頭火はさっそく樹明と酒を飲む。そのときは何でもなかったが、樹明は十一月十一日付のハガキで、緑平に次のように書き送っている。

「御無沙汰ばかりしてをります。いよ〳〵御清勝のこと、存じますが、山翁この二三日何かと怒つて絶食してをります。毎日不機嫌なので困つてをります。どうしたわけでせうか、三八九の扉を書くまでは機嫌がよかつたが、どうしたことか機嫌が悪くなつて三八九の鉄筆を握らないばかりか絶食といふのですから、これこそ不思議であります。このことはあなただけお知らせしておきます。詳しいことは追々と書きませう。

冬の畑の大根になつた」

このころの日記を見ると、確かにおかしい。日記の日付を誤っているし、十一月九日の日記には「ブランクだ、空白のま丶にしてをかう。／十日の分もおなじく、さうする外ない」などと書く。時として起こる、いわゆる憂鬱病か。ために「三八九」の編集は滞ったらしい。

ブランクの間にも句友たちからの便りは寄せられていた。「三八九」復活を期待する声だ。その巻頭には扉の言葉として、「故郷」と題した随筆を掲載。その末尾には「私は今、ふるさとのほとりに庵居してゐる。とうとうかへつてきましたね——と慰められたり憐まれたりしながら、ひとりしづかに自然を観じ人事を観じてゐる。余生いつまで保つかは解らないけれど、枯木死灰と化さないかぎり、ほんとうの故郷を欣求することは忘れてゐない」と複雑な胸中を明かしている。続いて会友消息では、荻原井泉水、木村緑平、田代宗俊、木藪馬酔木、坂田青葉、内島北朗、木村幸雄、河本緑石、芝川省三郎、瀧口入雲洞、友枝寥平、山中重雄、国森樹明の諸文を載せている。

また山頭火の俳句は、「其中庵風景」と題して十八句を掲載。数句をここに引用しておこう。

山頭火

朝やけ雨ふる大根まかう

寝るよりほかない月を観てゐる

晩課諷経

ここにかうしてみほとけのかげわたしのかげ

水音の、しんじつ落ちつきました

昭和七年発行分の「層雲」を見ると、山頭火についての記事が多い。草庵を結びたくて苦労し、その資金集めに第一句集『鉢の子』を出版した年である。師の井泉水はどちらもうまくいくように、山頭火を支援したことが、その誌面にも反映していたのだろう。

井泉水の山頭火句評

「層雲」三月号の井泉水選「層雲壇」には、山頭火の「うしろ姿のしぐれてゆくか（自嘲）」と「鉄鉢の中へも霰」の二句が採られている。五月号では特にこの二句を取り上げて、井泉水を囲む主要同人たちによる合評会「麻布俳談」で論評された。六月号では「山頭火句集『鉢の子』選後」とサブタイトルをつけた、八頁にわたる井泉水の批評文「歩くもの」を掲載している。これは破格の扱いで、取り上げた山頭火の四十四句には、一句一句に見事な評釈が加えられているのだ。ここには井泉水の評する山頭火の俳句を「歩くもの」から数句を取り上げて引用しておきたい。

「　木の葉ちる歩きつめる
放哉は小豆島に籠つてから、門外不出をモツトーにして、きつちりと願を組んでしまつた。放哉は好く座つた人の境涯である。山頭火は歩く、どこまでも歩く、歩くことを以て懺悔とする、歩くことを以て行願とする、山頭火は好く歩くもの丶境涯である。放哉は座りきつたればこそ、浪音を感じた、雨の音を感じた、風の音を感じた。山頭火は歩きつめたればこそ、青い空を感じた、寒い土を感じた、青い空から凍てた土に落ちてくる木の葉を感じた、自分の笠に降りかゝり、自分の身に降りかゝる木の葉を感じたのである。此の木の葉を観念的な飛花落葉なぞと一つに見てはなるまい。」

「　うしろすがたのしぐれてゆくか
『自嘲』と前書がある。だが、寧ろ『留別』とでも題した方がしつくりしようかと思ふ。自分が自分の姿を自らあはれむといふよりも、そこの門に立つて見送つてくれてゞもゐる友人への挨拶とした方がおもしろいであらう。」

「 いただいて足りてひとりの箸をおく

此句を此集の末尾におく。末尾にあつてふさはしい句である。山頭火の生活は、決して是で終つたのではない、否、これからにこそ、彼の更生したる姿が更に淋しく輝き出す事であらう。だが、多年の行乞生活の結實としての作品集であれば、其集として初めあり、又終あるべきである。私は、其終に此佳き句を見出したことを喜んで、私も亦、彼を評釋したる此ペンをおく。

彼の句集の名は、『歩く』『このみちをゆく』『頭陀』『鐵鉢』など、彼からも案が出、私も考へたが、結局『鉢の子』と題することにした。

彼は行乞生活を清算して、さゝやかな庵を結びたいといふ念願なのだ、是も知友の施捨に待たねばならぬものだけれども、最近の通信に、『幸にして其が出来たならば、其中庵《ごちうあん》と名づけたいと思つてゐる（是が本當の空中樓閣でありませう）』と云つて來てゐる。『其中庵とは好からう、觀音經に

入於大海、假使黒風、吹其船舫、飄堕羅刹鬼國、其中若有乃至一人、稱觀世音菩薩名者、是諸人等皆得解脫、羅利之難

又

若三千大千國土滿中、怨賊有一商主、將諸商人、齎持重寶、經過險路、其中一人、作是唱言、諸善男子、勿得恐怖。」

引用はこれくらいにしておこう。山頭火の方は井泉水の好意に、旺盛な句作で応えている。毎号の「層雲壇」に投句し、井泉水の選を経て掲載された句は衆目を驚かすものだった。また昭和八年一月号には、山頭火の新住所「山口県小郡町矢足、其中庵」と記す消息も掲載されている。これによりようやく居所を定めたことを知り、手紙を書く会員もいた。早速に届いた手紙の一通は句稿を同封し、添削をしてもらいたいというものだった。依頼してきたのは大前誠二、山口県南東部の室積町（現在の光市）にあった山口県女子師範の先生だった。明治四十一年広島県生まれ、広島高師（漢文学）を卒業した若き国語教師。昭和六年から「層雲」に投句し、山頭火の存在も知るようになったという。

句友往来

誠二は山頭火が其中庵に居を定めたのを知るや、早速指導を頼んだのだ。後には庵に訪ねたり、山頭火が誠二の下宿を訪ねる親しい間柄となっている。またこの時期、県内だけでなく他県からも山頭火に教えを乞う人もあった。差し出し年月日が不明だが、東京からは下谷区北稲荷町、小島方に下宿する泉薫園という人が、これも俳句について山頭火の意見を求める手紙を出している。その返信には山頭火の当時の俳句に対する考えが窺えるので、少々長くなるが全文をここに引用しておこう。

「拝復、御尋の件、難しい問題です、確に俳句が十七字を墨守する以上、律と、文語は、表裏一体のものですし、その枠内で読者に訴へんとするには、季語や、切字の援用、つまりあらゆるものを利用せねばなるまい、との御意見には、当然とも想はれます、然し、俳句と短詩との距離、何故吾々自由律派が俳句と言う名称にこだわるのか、短詩、もしくは俳句風短詩で結構ではないか、さうでないのは、俳句の持つ伝統と名声におんぶしようとする卑怯未練のやり方なりと言ふのには、承服出来ません、亦、正岡子規は実相観入、など思も及ばぬ、唯、平面描写のみに汲々とした、三等ヤクザ俳人であり、それは彼の『赤々と日はつれなくも秋の風』に対する論評で実証されるとの御意見には興味を引きました、寸楮切ましたので、いずれ亦。草々」

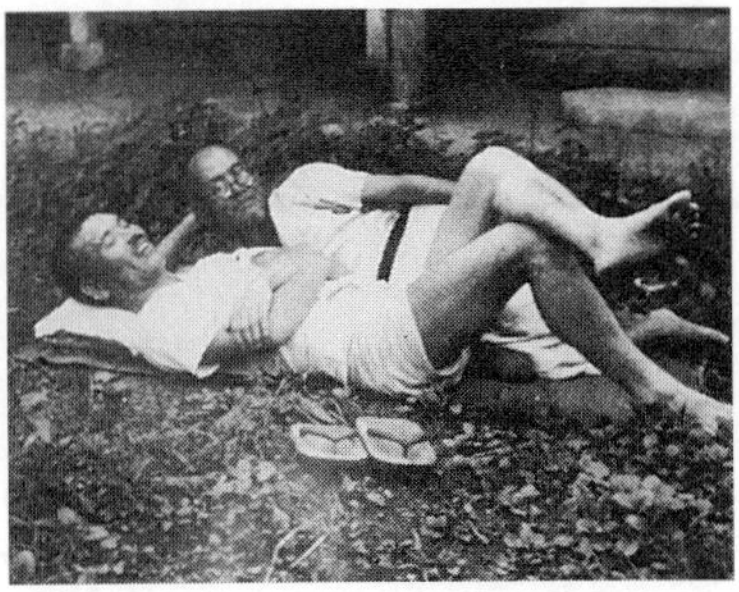
大山澄太と山頭火

山頭火の考える俳句と短詩との区別を、もっと開陳してほしかったが、半端で終わっているのは惜しい。また山頭火の門を叩いた一人に大山澄太がいた。いや草庵に門はないから、すぐに中まで入って仲よくなっている。

澄太は明治三十二年岡山県井原の生まれ。山頭火より十七年下の三十四歳だった。当時は広島逓信局に勤め、局内報「広島逓友」の編集を担当。山頭火はやがて編集実務にたけた句友を持つことで、何かと助かることが多かった。時には稿料をもらって「広島逓友」に随筆を書かせてもらうこともあったから、有難い親友ともなっていく。初対面は昭和八年三月十八日、澄太は照会の手紙を書き送って、後日に訪ねたという。山頭火の日記には初対面の模様を次のように書く。

「五時頃、大山さんが約束を違へずに来庵、一見旧知の如く即時に仲よしとなつた、予想した通りの人柄であり、予想以上の親しみを発露する、わざとらしさがないのが何よりもうれしかつた、とにかく練れた人である。お土産沢山、――酒、味淋干、福神漬、饅頭。」

ついでに書けば、澄太は山頭火顕彰の第一の功労者だろう。没後は遺稿を出版し、各地に句碑を建て、講演をして歩いて山頭火を世に広めた人だ。平成六年九月没、九十四歳。

兼行桂子は数少ない女性の句友である。明治三十二年鹿児島県生まれ、昭和六年三月発行の「三八九」第三集には「南薩には住なれて五年……」と近況を寄せている。奈良女高師を卒業して鹿児島の伊作高女で教鞭を執っていた。昭和十年には奈良女高師の研究生として再入学している。山頭火は昭和十一年二月に彼女を奈良に訪ね、共に薬師寺などを散策している。平成七年二月、大牟田市で死去、九十五歳。

山頭火に俳句の弟子がいたか、ということがよく問われる。本人には弟子を持とうなどという意識がないから、弟子は一人もいなかったというべきか。彼に私淑する人はいて、そのうち忘れてならないのは近木《ちかぎ》黎々火《れいれいか》だろう。

黎々火は明治四十五年の生まれ。山頭火より三十も年下で、当時は二十一歳だった。本名は森富正史、のち下関に住む伯父の近木家へ養子に入り改姓。俳号も現在は圭之介とし、自由律俳句の長老の一人である。俳句初学は門司鉄道局勤務のころで、大山澄太編集の「広島逓友」俳句欄に投句。そん

近木黎々火と山頭火

な縁で其中庵に住みついた山頭火を訪ねよう、と澄太から誘われて訪問したのが山頭火との初対面だった。昭和八年三月十九日のことである。

黎々火の住んでいた長府町（現下関市）と小郡町（現山口市）は、汽車で行けば一時間余のところ。思いつくと夜になって訪ねることもしばしばで、迎える山頭火は息子をかわいがるように大事にした。また山頭火も長府の近木家をよく訪ねている。

井泉水の来訪

何かあると山頭火は黎々火に所用を頼んでいる。

其中庵に井泉水はじめ親しい句友を招いたときは、準備のために手助けを求めている。そのときの手紙の一部を引用してみよう。

「当地における井師歓迎のプログラムがきまりましたから、私からも念のためにお知らせいたします。

○十一月二日午後四時四十分着

五時から六時、農学校で講演

七時晩餐会（本町通末永旅館 会費弐円）

八時から俳談会（同旅館）

（井師の注文により層雲十一月号の前月句抄を題目として）

井師は同家泊、有志は庵宿泊

（それだけの用意をし置《ママ》きます）

○十一月三日朝から、庵の裏山で松茸狩、会食（雨天ならば庵で歓談、会費壱円）

井師は午後一時の列車で小倉へ

お待ちしてをりますよ。

それから、これは我儘なお願いですが、もしその日までに下関へお出かけのやうでしたら、小形無地掛軸一本買つてきていただけますまいか、井師来庵を機として、来庵者の署名をして貰ひたいのです（私が生きてゐる限り）、これは私の宿望でした、いつかあなたに話したやうにも思ひますが。掛軸（既製品）は下関岬ノ町の海岸横町の店に売つてゐました、値段はたしか一円位でした、ずゐぶん以前、行乞途上で瞥見したのですから、今も在るかどうか分りませんが。ただし、この事は、あなたがついでの場合、そしてあなたに余裕がある場合（甚だ失礼な申分ですけれど）、さういふ場合に対してのお頼みです。

明日から宇部地方へ出かけます、四五日行乞して、多少の小遣銭を搾取してきます、嫌だけれど仕方ありません。」

其中庵に井泉水を迎える案内は緑平にも白船にも、その他親しい句友たちに出した。山頭火一世一代の晴れ舞台、みんな其中庵に集まってくれ、と招いている。

多忙のため来れなかった福岡県玄海町神湊の田代宗俊和尚には、直後にハガキで「おたよりいつもありがとう存じます、庵はまことに空前の、そして恐らくは絶後のにぎやかさでした」と書いている。山頭火は事前に盛況を予想し、井泉水以下「層雲」の主要同人が会するとなれば寄せ書きをすることになろう。黎々火にはそのための掛け軸一本を買ってきてもらいたい、と頼んだのだ。

黎々火が買い求めて持参した掛け軸には、井泉水筆で大きく「其中大衆」と書き、その下に参会者たちが自筆で俳号を書き連ねた。この日だけは其中一人でなく、其中大衆というわけだ。井泉水、山頭火、白船、澄太、敬治、元寛、樹明、黙壺、黎々火の九名。緑平は所用で来れなかった。山頭火はこの軸を大切に所持していたが、のち近木に与えている。

また井泉水の来訪は、近在に山頭火の信用を高めたという。東京帝大出の、東京で高名な俳人がわざわざ訪ねて来て、樹明の勤める農学校で講演をしたわけだ。このとき俳人山頭火の名も大いに宣伝した。

井泉水は其中庵訪問記を、「層雲」昭和九年二月号に詳しく報告し、其中庵での作十四句を掲載している。

笠は掛けるところにかかり茶の花　井泉水
なるほど其中庵の茶の花で咲いてゐる

柿一つ空にあづけてあつた取つてくれる
何もかもうれしくて柚釜のこげすぎてゐる

2　隠遁の矛盾

俳禅一如

私は山頭火の日記を読みながら、その精神の軌跡とでもいうものを類推している。その日記は、山頭火自身の言によれば「日記は自画像だ」という。その心境を昭和八年一月一日には、改めて書きはじめる「其中日記」巻三の扉のことばとして、次のように書いている。

「日記は人間的記録として、最初の文字から最後の文字まで、肉のペンに血のインキをふくませて認められなければならない、そしてその人の生活様式を通じて、その人の生活感情がそのまゝまざ〳〵と写し出されるならば、そこには芸術的価値が十分にある。
現在の私は、宗教的には仏教の空観を把持し、芸術的には表現主義に立脚してゐることを書き添へて置かなければならない。」

こうした山頭火の心構えを察して、改めて日記を読むと、たしかにそれと頷ける部分も多い。その中から印象ぶかい一節を引用で示してみよう。昭和八年二月十九日の日記からである。

「今朝は早かつた、早過ぎた、四時頃でもあつたらうか、一切事をすまして、ゆつくり読書しても、まだサイレンは鳴らなかつた、しかし、早起はよい、朝の読書もよい、頭脳が澄みきつて、考へる事がはつきりする、あまり句は出来ないけれど、自己省察、といふよりも自己観照――それが一切の芸術の母胎――が隅から隅まで行き届く、自分といふものが、そこらの一草一石のやうに、何のこだはりもなく露堂々と観照される。……

今朝の片破月はうつくしかつた、星もうつくしかつた、空のすべてがうつくしかつた、そよとの風もない、そして冷たさのしん〳〵と迫ってくる天地はうつくしいものであつた、かういふ境地、かういふ境地から湧いてくる情趣は俳句的であると思つた。」

ここに書かれた一つの世界は、まさに俳禅一如というほどのものだ。文中にある〈露堂々〉は禅語でものの本質が隠すところなく堂々と露われているの意。彼は一草一石と同じく自然の中に没入し一体化して、存在の真のすがたを観照している。

落葉ふる奥ふかく御仏を観る　　山頭火

ところで山頭火が隠遁者になりきっていたかといえば、そうではない。其中庵の場所は交通至便だから、彼の庵住の消息を知り訪ねてくる人もいた。近所には「層雲」で知り合った俳句仲間もいたりで、かなり友達に恵まれている。ために酒を飲む機会も多く、飲めばドロドロボロボロになるまで止まらない。草庵にあっても、破戒と懺悔、そして持戒とそのサイクルの繰り返し。その持戒を保つ一時期だけは、俳禅一如の世界の中にあった、と言えるかもしれない。

隠遁者の食生活

ところで其中庵の時代にも、彼は大いに旅をしている。大旅行もあれば、数日間の近在を歩く旅は行乞のためであった。昭和八年一月二十日の日記にこう書いている。

「今日の行乞は、ほんとうに久しぶり——半年ぶりだつた、声が出ないのに閉口した、からだがくづれるのにも閉口した、必ずしも虚勢を張るのではない、表面を飾るのではないけれど、行乞相は正しくなければならない、身正しうして心正し（心が正しいから身が正しくなるのであるが、それと同様に）、我正しうして他正し、それは技巧ではない、表現である。」

行乞はちょっとでも滞ったらすぐ紊《みだ》れてしまう、と山頭火は言っているが、確かにそうなのだろう。草庵と行乞との兼ね合いはなかなか難しかった。けれど、この時期になると俳句でも少々の収入はあったようだ。これがまた生活を紊すから始末が悪い。この期を代表する俳句としては、昭和八年三月十九日作の次の一句を取り上げてみたい。

春風の鉢の子一つ　山頭火

〈鉢の子〉は僧がほどこしを受けるための器、鉄鉢ともいう。彼は昭和七年一月八日に福岡の響灘に面した松原で、「鉄鉢の中へも霰」の厳しい句を作っている。これと響き合う句だが、やっぱり「春風」の句も厳しい句ではなかったか。日記では、あたかもこの句に対応させるかに、続けて次のような公案を書きつけている。

「　厳陽尊者、一物不将来の時如何。
趙州和尚、放下着。
厳――、一物不将来、箇の什麼をか放下せん。
趙――、担取し去れ。」

この公案をどう解くか。解釈するなら、厳陽尊者は趙州和尚に「私は何にも持っておりません」と言う。趙はそれでも「捨てろ」という。厳は「私は捨てるものは何もないのに、何を捨てろといわれるか」と応じる。趙は「それなら担いで持っていけ」と怒鳴ったというのだ。あるいは山頭火の場合、ここで捨てるものがあるとすれば、〈鉢の子一つ〉それしかなかった。それでこの先も生きてゆくとなくば、これはかなりの難題であろう。

彼は頼りないあてをあてにして、終日、友からのたよりを待っていることもあった。そのころには、山頭火も層雲派ではかなり知られた俳人になっていたから、彼を援助しようとする人も少々はいた。かつて熊本で出していた「三八九」というガリ版刷りの個人雑誌を復刊し、自活の道を開こうともした。しかし、彼が時として程はずれに飲む酒のため、その生活はいつも破綻の連続だった。

山頭火の飲む酒は、しばしば周囲の人に迷惑をかけている。身内の者はいうまでもなく、他人でも彼の近くに住んだことのある人は、困ることもあったという。そうした人から、山頭火の思い出ばなしを聞き歩き、わたしは隠遁生活のもつ自家撞着に興味をもつようになっていった。

あれこれ食べるものはあつて風の一日　　山頭火
ぬくい日の、まだ食べるものはある
けふは蕗をつみ蕗をたべ
何とかしたい草の葉のそよげども
風の枯木をひろうてはあるく

一般的にいって、隠遁でなにより必須な条件は〈捨てる〉ということだと思う。家を捨て、世間を捨てて隠遁する。さらに頼りとすべきものまでを捨てて、ただ真実だけを求めようとするのである。だが、食生活はどうするか。隠遁者といえども霞を食って生きてはいけず、生命をつなぐ糧だけは確保する必要があった。といって、なんらの生産的手段をもたない出家隠遁者には、喜捨にすがるか、乞食をするか、ほかに手立てはなかったはずだ。

私は草庵というもの、ことにそこで営まれた隠遁者たちの食生活に興味をもつ。『方丈記』の一節に、「或はつばなをぬき、岩梨をとり、又ぬかごをもち、芹をつむ。又、すそのの田井に至りて落穂を拾ひ穂くみを作る」とあるが、それは長明に限ったことではなかろう。隠遁者たちは野山に出て、食べられるものはすべて採ったに違いない。けれど糧食の一助にしかならない。やはり食の大部分は、喜捨にすがるほかなかった。

ゆとりの把握

こうして営まれた隠遁では、あくまで清貧が理想であった。贅沢すれば隠遁が成り立つはずはない。むしろ貧しさに耐えることを、修道の要目にしていた。けれども、なお空腹のときは、乞い歩くほかなかろう。長明は「おのづから都に出て身の乞丐《こつがい》となれることを恥づ」と書いている。恥ずかしくても、それは余儀ないことでもあった。

隠遁とは群れから離脱し、個をとりもどす方法である。それなのに再び群れに投じて、物乞いをするのは、気乗りしない行為であった。もっとも門辺に立って喜捨を乞うのは、真理に生き信仰の清さを保つために、仏から許された最高の浄き生き方とする考えもある。恥ずべき行為ではないと説くのだ。今日いう物乞いの意味ではけっしてない。だが、それが最高の生き方という考えに、私は率直に納得できない。

ここで山頭火の隠遁生活に叙述をもどそう。私の調べた限り、彼の隠遁がつねに最高のものだったとはいいがたい。ときに最高の精神が宿ることがあったとしても、彼の生活というのは、最低というべきではなかったろうか。

やつぱり一人がよろしい雑草
やつぱり一人はさみしい枯草

山頭火の人生も、近頃では、最低にあって最高だった、などとよくいわれる。このことばには矛盾がある。最高と最低はあくまで対立概念で、それを安易に同一と見なすことはできないだろう。おそらく、これは禅から出た考えで、有と無、生と死を同一に見るのに類似している。絶対矛盾、絶対二律背反を同一と見る論理なのである。それはいつの場合も、すべてにあてはまるとは限るまい。この論理を巧みに利用し、無批判な山頭火賛美をあおることは避けねばならない。山頭火の草庵生活は、まったく矛盾に満ちていた。それはけっして融和のできる矛盾でなく、気軽にいえるような一如の世界ではなかった。

何か足らないものがある落葉する
百舌鳥のさけぶやその葉のちるや
ともかくも生かされてはゐる雑草の中

山頭火にとって山林独住の生活は味取観音堂で経験していた。草庵での生活とは自ずと異なる。また意識的に異なる方向へ志向したはずで、草庵での生活は趣味的なものが加味されたのではあるまいか。そして厳しい修行ではなく、少々は精神的にゆとりのある生き方であったように思う。

あるいは草庵で、隠遁者が坐禅を組んだとしても、隠遁と禅とは一如ではない。とかく禅的な見方をする人は、山頭火の草庵生活を、すべて禅から生まれたものといいたがる。けれども隠遁にはたいてい美的要素が付随してくる。その美のなかに、隠遁者は存在の真のすがたを見ようとする。それも一種の宗教だろう。けれども、美によって存在の実相を把握しようとする方法は、やはり宗教とは違うのである。

生えて伸びて咲いてゐる幸福　　　　山頭火
うれしいこともかなしいことも草しげる
草にも風が出てきた豆腐も冷えただろ
寝床へ日がさす柿の葉や萱の穂や

空虚な笑い

山頭火はつねに「修証義」的な持戒の意識をいだいていた。だが長い放浪のうちに、それは徐々に変質し、いつしか美的な情感に傾斜する場合の方が多くなった。すなわち其中庵での生活は、禅僧耕畝から俳人山頭火へのよみがえりを意味する。といっても、俳人としては飯は食えず、なお隠遁と乞食をうまく使いわけなければならなかった。それは微妙な立場である。彼のすべてのイロニイは、そこに起因しているといってよかろう。

イロニイの意味について、少々説明しておきたい。たとえば、このことばの類義語にフモール、サティールというのがある。いずれも笑いの一種だが、フモールとは小さなもの、卑賤な笑うべきもの、それらに向かって超然とほほえむのをいう。サティールはその笑うべきを知りながらも、笑い事ではすませない何かを感じ、その不謹慎さをなじりながら、自己を主張する。それに対してイロニイにはフモールの超然たる笑いはなく、またサティールの攻撃性もない。ただ空虚な笑いがあるだけである。そして、その笑うべき対象はいつかは自滅するものと確信しながら、かつ笑うのである。

山頭火の隠遁を考える場合、イロニイの意味はさらに深くて重い。その隠遁は笑うべき対象としてあるのではなく、隠遁そのものがイロニイという切迫した情況のなかにあった。つまり、山頭火の生存自体を、すなわちイロニイと考えてよいほど、彼は危うい場所に生きていたのだ。

ひっそり咲いて散ります　山頭火
日の光ちよろちよろとかげとかげ
ふつと影がかすめていつた風
産んだまま死んでゐるかよかまきりよ
ひよいと芋が落ちてゐたので芋粥にする

山頭火の物質生活を支えていたのは、ある時期以後は見捨てた息子からの月々の仕送りが主であった。子供が親を養うのは普通のこととも考えられる。だが普通のサラリーマンで妻子も養っている息子が、親に月々十円なにがしを送ることは、やはり大変なことであった。ちなみにいえば昭和九年ころの安下宿は二食付で十五円くらいが相場である。質素な草庵の生活なら、おそらく十円あれば事足りたはずである。なのに山頭火はそれを酒代に回すから、たちまち生存難に陥っているのだ。

現世を離脱した生活が、まったく現世的なものによって支えられているという矛盾、これはまったくイロニイの生活である。彼は息子からの送金を酒を飲むことで浪費したうえ、さらに友人たちにかなり負担をかけることも多かった。隠遁などというより、まったく甘ったれの生活である。そういう見方をする人も多い。勤勉な生活をする人には、およそ山頭火の生き方は肌が合わぬというよりは、理解できぬということだ。

世間との距離

歴史的には清貧を尊ぶ隠遁を支持する人もかなりいて、多くの隠遁者たちの生を支えてきた。芭蕉の『幻住庵記』に「人家よきほどに隔たり」とあるのも、やはりイロニイとみるべきだろう。山頭火も草庵の選択には異常なほど、その場所というものにこだわっている。その理由のひとつには、やはり生活というものの便利さみたいなものを考えていた。近ければ、時には誰かが食べものを酒を持参して来るだろう。その他のご利益にも授かれる。だが、それをあまりに重視すると、ルンペンとかわらなくなる。彼はルンペンのことを、「一切の執着煩悩を持つている人」といっているが、それら執着煩悩から離れることが、むしろ隠遁の目的でもあった。

人里はなれた山奥では、よほど有能な人でない限り、いつかは俗世から見捨てられ、その生活は成り立たない。その意味で、草庵と人里との距離は、単に空間的なことばかりではなかったろう。俗世に離反しながらも、その俗世に養われるといった不安定のうえに、草庵の生活は営まれていた。

何の生産的能力のない隠遁者は、人に頼らなければ、その生活は成り立たない。口に無所有の理想をとなえながらも、まったくの無所有では、人はやはり生きていけない。そこが隠遁者の危ういところで、まかりまちがえば命を落とすか、偽善者に堕落するかの二者択一である。そんな危機感は彼の芭蕉でさえも持っていたようで、「草庵にしばらく居ては打破り」のことばを遺している。

草庵のそばに水くみに出てきた山頭火

草庵の生活もしばらくすれば倦んでしまう。打破るためには旅するほかない。山頭火も感ずるところあって昭和九年一月十二日の関口父草へ出したハガキには「今春は東上して、北陸へまはって五合庵へ拝登するつもりですから、お目にかゝりたいと念じてゐます。御尊父によろしくお伝へ下さいまし」と書いている。

関口江畔と父草は父と子で、共に「層雲」に拠る俳人だった。息子の父草氏は私が訪ねたときも健在で長野県佐久市に在住。氏の回想によれば「山頭火なる旅僧が拙宅へ見えたのは、昭和十一年五月のこと。例の二・二六事件突発の世情騒然たる頃でした。井泉水主宰『層雲』により結ばれた同志で、時に山頭火五十五歳、父の江畔七十二歳。私は三十四歳。町外れの一軒家である無相庵は『ランプのホヤを磨いている今夜の月』といつた調子の生活でした」という。

病みほおけ

実は昭和九年に関口親子を訪ね、新潟では良寛の住んだ五合庵へ拝登する予定だった。けれど名古屋から木曾を抜けて伊那谷の飯田町まで辿りついたのがやっとで、肺炎の発熱で倒れてしまったのだ。田代宗俊和尚には入院先の川島医院から、四月二十六日に「春風の鉢の子一つで出かけてきましたが、もろくも当地で倒れました、蛙堂老のお宅にお世話になつてをりましたけれど、便所へも行けなくなつたので入院いたしました」と消息を伝えるハガキを出している。

長野県飯田の句友太田蛙堂宅では四月十五日から二十日まで、二十一日からは川島医院に二十八日まで入院。そこより引返し四月二十九日には其中庵に帰っている。そして五月一日は父草に「あなた方にお目にかゝることを待ちあぐねてゐましたのに、残念、諸兄によろしく」とハガキを出している。

山頭火は其中庵に在住のころ、長期にわたる旅を二回している。昭和九年春と、昭和十年末から十一年七月に及ぶ岩手県平泉までの旅である。昭和九年は中途で挫折したが、「またの機縁」を果すべく佐久の関口江畔、父草父子を訪ねたのは昭和十一年。それは父草氏が回想するとおりだが、昭和九年の旅は……。

草や木や生きて戻つて茂つてゐる
もう死んでもよい草のそよぐや
ここを死に場所とし草のしげりにしげり　　山頭火

山頭火は弱音を吐くわけにはいかなかったが、伊那で病んで帰庵後は衰弱しきっていた様子だ。死んだらどうするか。親しい句友たちは、死後の始末のことまで心配しないでもなかった。

川棚温泉での結庵のときは、息子健にまさかのときの身柄引き取りを頼んでいる。そんな経緯を知ってかどうか、誰かが健に父である山頭火の大患を知らせたらしい。病みながらやっとの思いで帰庵した二日後の五月一日に、健は其中庵に山頭火を見舞いに来た。日記にはこう書いている。

「誰か通知したと見えて、健が国森君といつしよにやつてくるのにでくはした、二人連れ立つて戻つて来る、何年ぶりの対面だらう、親子らしく感じられないで、若い友達と話してゐるやうだつたが、酒や鑵《ママ》詰や果物や何や彼や買うてくれた時はさすがにオヤジ、ニ、コ、ニ、コ、だつた（庵には寝具の用意がないので、事情報告かた〴〵、夕方からS子の家へいつてもらつた、健よ、平安であれ）。」

健は昭和八年三月、秋田鉱山専門学校を卒業し、飯塚の炭鉱に就職していた。実はそれを知ったのは数カ月後の六月七日というのは意外である。北九州へと旅に出て、緑平から聞いて初めて知った。

そのあたりのことは、彼の記す日記で知ることが出来る。


「香春岳は旅人の心をひきつける。

途中、木屋瀬を行乞する、五時前にはもう葉ざくらの緑平居に着いた。

月がボタ山からのあなたからのぼつた、二人でしんみりと話しつゞける、葉ざくらがそよいでくれる。

彼の近状をこゝで聞き知つたのは意外だつた、彼が卒業して就職してゐるとはうれしい、幸あれ、

――父でなくなつた父の情である。」


一言の通知をすることなく、健が知らぬ間に就職していたことは淋しかった。といって相談に乗れる父ではない。けれど病患の報を受けて、ただちに見舞いに来てくれた息子の存在は心強かった。妹シヅのところへ事情報告のため挨拶に行かせるとは、行き届いた配慮だとも思う。

父と子の間

ところで息子の健が就職したと知ると、山頭火は健にも甘えている。身体が相当に衰弱していたから行乞に出られない。懐の方も窮して、緑平を介して健から金を送ってもらうように頼んでいる。「直接にはとても〱です、どうぞよろしく」と緑平の力を借りたようだが、情けない仕儀だ。たしかに息子への無心は、父親としても辛いものがあろう。といって緑平を巻き込むのは、なお情けない。どっちへ転んでも、金は入手できたはずで、緑平が先ず三円を用立てて送金してゐる。四月の入院騒動では都合二十円を送ってもらっているから、緑平への迷惑も

かさみ過ぎだ。

省みれば、山頭火は昭和八年一月六日、「私は執着を少くなくするために、まづ骨肉と絶縁する、そしてその最初の手段として音信不通にならう（賀状なんかもさういふ方面へは一切出さなかつた）」と日記に書く。けれど息子が就職したことを知ると頼ろうとする。困った親だが、日記には「父と子との間――（Kをおもふ）――」などと書き、余白を取ったままだ。書きたいことは多かったが、書けなかったらしい。また次のような記述もある。

「父と子との間は山が山にかさなつてゐるやうなものだ（母と子との間は水がにじむやうなものだらう）、Kは炭塵にまみれて働らいてゐる、彼に幸福あれ。」

先に息子健から月々十円を仕送りしてもらっていることは書いた。それは昭和九年七月からのことだ。

　ふと子のことを百舌鳥が啼く　　　山頭火

伊那での肺炎が再発したようで、体調はずっとよくなかった。行乞に出る気力もなく、意気消沈の状態が続く。そんなときは自殺について考え、あれこれ書いている。

昭和九年九月六日の日記には、「まことに借金はサナダムシの如し。／身辺整理、いつでも死ねるやうに、いつ死んでもよいやうに。――」と記す。そして句稿には、

つくつくぼうしよ死ぬるばかりの私となつて
死ねる薬が身ぬちをめぐるつくつくぼうし
今が最後の、虫の声の遠ざかる

ちょっと気になる俳句である。おそらく睡眠剤のカルモチンを多量に飲み、自殺をはかったらしい。どこまで本気だったか分らないが、それほどに身辺は困窮していた。

八月十六日の緑平宛手紙では「井師の横額――其中一人の四字、簡素な表装がしてあります――を買つていたゞけますまいか、あれやこれやで不義理な借金が拾五円ばかり出来て、これを返さないと、どうしても落ちつけないのです」と訴えている。緑平は要求どおり十五円を送金。これでも事態は一時しのぎで、借金が山頭火を苦しめた。いっそ自殺をとカルモチンを飲んでもみたが死にきれない。生きているから仕方なく手紙を書いた。日記には「恥知らずの手紙を二つ書く、恥はむしろ晒した方がホントウだらう」と記す。手紙二通は句友に当てた金策であった。

俳句の方は「今生の最後のものとして」というからには絶唱のはず。ここに数句、抜き出してみよう。

くらがり風鈴の鳴りしきる
おそい月が出てきりぎりす
炎天、否定したり肯定したり
炎天のレールまっすぐに
いつでも死ねる草の枯るゝや

山頭火

山頭火は十月二十三日に妹シヅを訪ね、息子健の結婚について相談している。そして十月二十五日の午後四時に汽車に乗り熊本へ。サキノと会い、息子の結婚の件で話し合うためにだ。その結果は先の緑平宛ハガキで「熊本はやっぱり鬼門でした」と伝えているが、サキノはあれこれ口出す山頭火にけんもほろろな態度だった。

熊本へ出かける前、二十五日の日記には「熊本へ行かなければならない、彼女と談合しなければならない、行きたくもあり行きたくもなし、逢ひたくもあり、逢ひたくもなし、——といふ気持」と書く。山頭火はサキノに会って、どんな談合を期待していたのだろうか。けれどサキノは専門の鉱山技師としての道を歩む健に、浪々の父が付きまとうのはやめてほしかった。彼女の態度は一貫して独立自活、息子の世話になるつもりはなかった人だ。これに比して、山頭火はサキノに甘えっぱなし。さらに息子の健にまで面倒をかけるのは許せなかった。

彼女は山頭火の、いわば無意識の依頼心を見抜いていた。その甘ったれ根性にさんざん泣かされていたから、サキノは健にまですがりつくな、と叱責したのではなかろうか。

サキノの懸念はすぐ現実のものとなった。山頭火は熊本からの帰途、飯塚で一泊し息子健に会っている。そして月々仕送りしてもらう約束を取りつけた。

山頭火にとって息子の結婚話はなんだったのか。健が結婚してしまえば、もう金をもらえる当てはない、とでも考えたか。当時の日記を読んでいくと、彼の戸惑いはどうもそのあたりに起因しているようだ。それほど山頭火は身心ともに衰弱していた。健はそんな親父を見て、月々の二十五日過ぎには貰った給料から十円、後には十五円を送金している。たとえば十一月二十七日には「Kからの手紙が私の身心を熱くした。……」と書く。十二月二十六日は山口市に出かけ、飯蒸器を買っている。健からの仕送りがあったからだ。ついでに句友の家を訪問、そこでは「私も甘やかされて健の話をした、息子自慢が出来るオヤジではないのに！　やうやく最終のバスで帰庵した」とうれしい一日。

何の義務を果すことなく、それで息子から仕送りしてもらうのは心苦しい。そんな慚愧の念が無くもなかった。健の仕送りに報いるには何をすればよいか。その結論は句作に精進することだと決め、日記には覚悟のほどを次のように書いている。

「明日の句はもう私には作れないけれど、私にも今日の句はまだ作れる自信がある（芭蕉や蕪村や一茶の作はすでに昨日の句であることに間違はない）、よし、私はほんたうの私の句を作らう、作らなければならない、それが私のほんたうの人生だから」

（昭和九年十一月七日）

芭蕉、蕪村、一茶のは昨日の句といい、自分のは今日の句だ、と意気込むところはあった。そして俳句とは何かについて、あれこれ真剣に考えている。

「うたふもののよろこびは力いっぱいに自分の真実をうたふことである、あらねばならない。私のうちには人の知らない矛盾があり、その苦悩がある、それだから私は生き残つてゐるのかも知れない、そして句が出来るのだらう。

また不眠で徹夜乱読。」（昭和九年十一月十三日）

伊那で病み、やがて帰庵してからの山頭火の体調はかんばしくなかった。そのせいで庵に籠りがちのことが多かったが、これが事態を一層悪くしたようだ。精神の停滞である。そうなると、いろいろ過去にこだわりはじめるのだ。一家離散の悲痛は常に心から離れなかったようで、昭和九年大晦日の締めくくりの言葉にも『最後の晩餐』と書き、改行して「一家没落時代の父を想ひ祖母を想ふ」と記している。そして昭和十年の「年頭所感」の句は

　噛みしめる五十四年の餅である

性慾減退

日記でも我が身を振り返ることが多くなる。年齢のせいもあろう。肉体の衰えがそうさせたか。顕著な例は性慾の減退で、昭和九年十一月十六日には「性慾をなくした安けさ、アルコールが遠ざかりゆく静けさ」(すこしは何となくさみしいな)。」の記述。昭和十年四月六日には「性慾のなくなつた生活は太陽を失つた風景のやうなものだらう」と記し、七月二十一日には「色慾から、、食慾へ、、——これが此頃の私の推移傾向である」と書く。その間の日記を順次読んでいくと、どうも盛り上がる生命力が感じられない。

昭和十年五月七日から二週間余は長門峡あたりを歩き、死に場所を捜した。その心境を「一歩一歩が生死であつた。生きてゐたくない、死ぬより外ないではないか、白い薬が、逆巻く水が私の前にあるばかりだつた」と記す。

ほうたるこいこいふるさとにきた
うまれた家はあとかたもないほうたる
山頭火

山頭火の生家の周囲には清流の水路を巡らせ、初夏には蛍が多く飛び交っていた。前句は昭和七年、後句は昭和十三年の作。彼の中では廃絶の生家と蛍が連合し、いつしか切ない俳句の素材となっていった。

昭和十年六月十四日にも、深夜に生家跡のあたりを彷徨。そのときの作は、

故郷にて

蛍ちらほらおもひだすことも

日記には特別に余白を取り、「生家の跡――（十四日の夜）――」と書いている。けれど思い出すことはあまりに重く、何も書けなかったらしい。余白はそのままになっている。

一時は気を取り直しても、ほんとうの元気が出ない。七月二十五日には思い悩んで妹シヅを訪ねている。

「人生――生死――運命或は宿命について思索しつゞけたが、今の私にはまだ解決がない！
午後、四時四十分の上りで佐野へ。――
故郷の故郷、肉縁の肉縁、そこによいところもあればよくないところもある、いはゞあたゝかいおもさ！」

七月二十七日には九時の下りで北九州へ。そこには句友が多く、あちこち訪ね歩いた。飯塚では久しぶりで健に会い、一緒に飲みに行っている。

「Hで健と会飲、だいぶ瘦せて元気がないから叱つてやつた、一年一度の父子情調だ。

侍つた芸者と仲居とが口をそろへて曰く、親子で遊ばれる方は飯塚にもめつたにございません、――これはいつたい褒められたのか貶されたのか。」

自殺未遂

八月一日には関門にもどり、亀井岔水居でも一泊。其中庵に帰着するとすぐ礼状のハガキを出しているが、疲労困憊の様子だった。本来なら楽しい旅のはずだったが、意気消沈するばかり。改めて書いた手紙は自殺未遂をそれとなく告白する内容だった。「私はあれから方々へまはつて帰庵いたしましたが、我儘の神罰はてきめんで、痔が悪くなり、さらにもつと悪いことには卒倒いたしました、アルコールとカルチモンとがたたつたのでせう、幸か不幸か、その日は雨がふつてゐたので雨にうたれて、自然的に意識を回復いたしましたが、眼鏡はこわれ、頰と腕と脛とを擦り剝ぎました」（昭和十年八月十六日）と伝えている。

宛名の亀井岔水は、本名仁太郎。明治三十八年生まれで、山頭火より二十三歳も年下だった。日本銀行の本店勤務のとき、東京で「層雲」に入門。昭和九年に門司の日銀支店に転任し、そこに昭和十三年秋まで勤務している。転任して門もなく其中庵に山頭火を訪ね、以来二人は親しく付き合う間柄であった。

掲出の手紙で、山頭火は岔水に何を書こうとしたのだろうか。この文面だけではよく解らないが、自殺未遂を報告している。その様子は八月十日の日記には詳細に書いているので、少々長くなるが全文を引用しておこう。

八月十日の日付の下に「第二誕生日、回光返照。」と書き、

「生死一如、自然と自我との融合。

……私はとうとう卒倒した、幸か不幸か、雨がふつてゐたので雨にうたれて、自然的に意識を回復したが、縁から転がり落ちて雑草の中へうつ伏せになつてゐた、顔も手も足も擦り剝いだ、さすがに不死身に近い私も数日間動けなかつた、水ばかり飲んで、自業自得を痛感しつつ生死の境を彷徨した。……

これは知友に与へた報告書の一節である。

正しくいへば、卒倒でなくして自殺未遂であつた。

私はSへの手紙、Kへの手紙の中にウソを書いた、許してくれ、なんぼ私でも自殺する前に、不義理な借金の一部だけなりとも私自身で清算したいから、よろしく送金を頼む、とは書きえなかつたのである。

とにかく生も死もなくなつた、多量の過ぎたカルモチンに酔つぱらつて、私は無意識裡にあばれつつ、それを吐きだしたのである。

断崖に衝きあたつた私だつた、そして手を撒《ママ》して絶後に蘇つた私だつた。」

亀井岔水へと同様、自殺未遂を報ずる手紙を妹シヅにも健にも出した。もちろん緑平にも差し出さ

ずにはいられない手紙であった。そのほか岡山県井原町の山部木郎、滋賀県蒲生郡桜川村の米田雄郎宛にも出した手紙が遺っている。

山頭火は自殺未遂について、明快には書かないが、察すれば分る文面である。それらの手紙をあちこちに書いているのはなぜだろう。日記で見ると、八月十日は自殺をはかった日。十五日には「徹夜また徹夜、やうやくにして身辺整理をはじめることができた」と書く。十六日には「今日も身辺整理、手紙を書きつづける」、十九日も「身辺整理、今日も手紙を書きつゞける(遺書も改めて調整したくおもひをひそめる)」、Kへの手紙は書きつつ涙が出た」と。Kは息子健である。二十二日は「今日も身辺整理、文債書債を果しつつ」、二十四日は「まだ身辺整理が片付かない、洗濯、裁縫、書信、遺書、揮毫、等、等、等、」と身辺整理の語が目立つ。身辺をいかに整理するか、その解決法が手紙を書くことだったというのが窺い知れる。

また身辺整理の方法として、山頭火には句作があった。自殺未遂によって自得したものを、明瞭にするために俳句を作る。それだけでは足らず公表することで、客観化する必要があった。それは他人にではなく、自己へ向けた確認のためであったようだ。山頭火は「死をうたふ」との表題で十一句を作り、牧山牧句人が大阪で発行する俳誌「第二日曜」に送稿している。句稿をここに掲出しておこう。

死んでしまへば、雑草雨ふる　　　　山頭火
死ねる薬を掌にかゞやく青葉

死がせまつてくる炎天
死をまへにして涼しい風
風鈴の鳴るさへ死はしのびよる
ふと死の誘惑が星がまたたく
死のすがたのまざまざ見えて天の川
傷《キズ》が癒えゆく秋めいた風となつて吹く
おもひおくことはないゆふべの芋の葉ひらひら
草によこたはる胸ふかく何か巣くうて鳴くやうな
雨にうたれてよみがへつたか人も草も

3　道中記

八カ月間の旅

山頭火は「この一年間に於て私は十年老いたことを感じる」（第四折本句集『雑草風景』巻末）と書き、第五折本句集『柿の葉』の冒頭句の前書に「昭和十年十二月六日、庵中独坐に堪へかねて旅立つ」と記して、次の句を掲出している。

水に雲かげもおちつかせないものがある　　山頭火

この俳句を見ても、なお精神的な安定からは程遠い。うわべは朗らかそうによそおっていたが、同年八月九日の自殺未遂から立ち直っていなかった。ならばどうすればよいか。危機を乗り切るためには旅に出るほかなかった。芭蕉のいう「片雲の風にさそはれて……」の心境であろうか。このときの旅は、とりわけ大がかりで八カ月間にもおよぶものだった。

その旅のはじめに、彼は東京に住む斎藤清衛にハガキを出している。贈ってもらった著書に対する礼状で、「旅中病中、そしてまた旅中、いよ〳〵捨身懸命の旅であります、御著ありがたういたゞいて、感銘ふかく読みました、私も此旅では道中記を書くつもりであります」（十二月九日）と記す。

斎藤清衛は春陽堂書店の『山頭火全集』を井泉水と共に監修した人だ。山頭火生前の一代句集『草木塔』を東京の出版社に紹介し、世に出したのも斎藤である。

山頭火と斎藤が出会ったのは昭和九年秋であった。前年の三月まで広島高等師範学校教授だったが、感じるところあって職を辞し、彼も漂泊の人生を送っていた時期である。

斎藤は山口県熊毛郡高水村の生まれ。山頭火より十一歳若かったが、同県人という親しみもあったようだ。また東大出の先輩である井泉水と交際し、「層雲」に所属はしていないが、自由律俳句を作り、昭和九年四月には自由律の句集『かたことくさ』を出版。広島在住のころには大山澄太とも交際があり、いつしか山頭火の交友の環にいた重要な人物である。

山頭火は昭和九年十一月十四日の日記に、「夜は斎藤さんから今朝頂戴した『はてしなく歩む』に読みふけつた、私は当然必然、今春の私の旅、そして来春の私の旅を考へながら」と書く。先には

『地上を行くもの』（昭和八年十二月　改造社）を上梓し、和服下駄ばきで歩く〈今西行〉と報じられていた。『はてしなく歩む』（昭和九年十一月　地上社）は続編で、東海道行脚記に次ぐ美濃路・北陸道などの紀行文集である。

斎藤はなお旅を続け、昭和九年五月一日から六月にかけ東北を歩き、『東北の細道に立つ』（昭和十年十一月　春陽堂）を出版する。それら旅の様子は山頭火にも逐一知らせたから大いに刺激を受けたようだ。ハガキにある御著とは、紀行文集第三作目の『東北の細道に立つ』であった。そして山頭火も其中庵を十二月六日に出立し、遥かなる北を目指したのだ。

余談だが、私が山頭火を研究する当初から大いに世話になったのが斎藤先生であった。かつて斎藤門下には蓮田善明、栗山理一、池田勉、清水文雄らの国文学者がいて、昭和十三年七月からは「文芸文化」という文芸雑誌を昭和四十四年まで刊行。日本の古典精神の復興を意図したもので、保田与重郎や伊東静雄らが執筆し、三島由紀夫は「花ざかりの森」などを発表し文壇デビューの切っ掛けをつくったのも「文芸文化」であった。昭和四十五年十一月二十五日、三島は東京市ヶ谷の自衛隊総監部を襲い決起を呼びかけたが、事成らず割腹自殺したのはよく知られている。その前日、斎藤先生宅へ最後の挨拶に来て帰る三島と、私は玄関先で擦れ違った。三島の師事した蓮田善明や池田勉と山頭火が親交のあったのも妙な縁である。

多彩な読書

山頭火が斎藤清衛を介して、若い国文学者たちと知友であったことにも興味がわく。彼は無一物の乞食同然な境涯であったが、機会があれば読書にも熱心だった。興味は多方面で、其中庵の閑居ではカール・マルクスの『資本論』を読んでいたというエピソードも伝えられている。俳諧において重んじた書は『去来抄』で、熊本に落ち着こうとした仮寓の三八九居では仲間を集めて連句の会も催そうとした。個人雑誌「三八九」第二集（昭和六年三月）には「今更いふまでもなく、連句が解らなければ古人の俳諧は其半分は解らない。そして連句は自分で作らないと解らない。私たちが連句を習作しようとするのは連句を作ることよりも連句を味ふことに、最初の意義を認めたからで、ここから古人の俳諧を再鑑賞したいと思ひます。本集から、別冊附録として去来抄の抄を添へました。」と書いている。彼はガリ版刷りの『去来抄』を制作したという。

川棚温泉に草庵を結ぼうと一所に九十五日間も滞在していたときは、熱心に読書を心掛けている。昭和七年六月二十四日の日記には次のように記す。

「小串へ出かけて、予約本二冊を受取る、俳句講座と大蔵経講座、これだけを毎月買ふことは、私には無理でもあり、贅沢でもあらう、しかし、それは読むと同時に貯へるためである、此二冊を取り揃へて置いたならば、私がぽつかり死んでも、その代金で、死骸を片づけることが出来よう、血縁のものや地下の人々やに迷惑をかけないで、また、知人をヨリ少く煩はして、万事がすむだらう（こんな事を考へて、しかもそれを実行するやうになつたゞけ、私は死に近づいたのだ）。」

山頭火にとって本は、いろんな意味で貴重品であった。座右の書としては芭蕉の句集。「芭蕉翁発句集鑑賞、その気品の高いことに於て、純な点に於て、一味相通ずるものがある、厳かにして親しみのある作品といふ感じである、約言すれば日本貴族的である」（七月二十九日）なども記す。

昭和七年九月の入庵後は、愛読書の一冊が吉田兼好の『徒然草』で、自分の境遇と照らし合わせて親しんでいた。兼好は「つれ〴〵わぶる人は、いかなる心ならん」と時間を持て余す人を軽蔑する。すなわち為すことがなく、所在のないわびしさを辛く思っているような人は理解できない、とでもいいたかったのだろう。この一文を、山頭火はどう読んだか。兼好の一貫した態度は、早く世俗を離れ、閑居するのが一番よいということ。山頭火もその考えに賛成だが、いざ庵を結んでみると戸惑うことも多かった。

行乞しているときは辛くとも、その日の糧には困らなかった。けれど閑居して収入がなければ、たちまち食が心配となる。おのずと援助してくれそうな知人たちに対して、必要以上の媚びへつらいもあった。ために自己嫌悪におちいることもあり、何のための出家だ、何のための庵居か、と自らを責めさいなむこともしばしばあった。

歩けば辛いが、歩かなければ精神が停滞する。そのジレンマに悩まされ、あるいはそれをいかに解決するか、ヒントを求めて『徒然草』など読んだのだろう。

彼は出家の俳人だから、読む本もその系統のものが多い。道元の『正法眼蔵』とか『碧巌録』『浄土三部経』などが座右の書だった。俳句の方では芭蕉や一茶をよく読んだが、一茶は趣味に合わない、と感想を述べている。その境涯の似通いで最も関心をもったのは、井上井月と松窓乙二の二人の俳人だった。彼が井月の存在を知ったのは、国森樹明を訪ねたときのこと。彼は昭和五年刊の『井月全集』を所蔵していた。山頭火はこれを借りて読み、日記には「樹明兄が貸して下さつた『井月全集』を読む、よい本だつた、今までに読んでゐなければならない本だつた、井月の墓は好きだ、書はほんたうにうまい」と書いている。墓と書については、全集の口絵写真を見ての感想である。

あるいは、『井月全集』が機縁となり、これを話題にすることで樹明とはよしみをむすんだ。間もなく樹明の世話で、難行していた草庵の方もうまく事が運び、山頭火は小郡町で其中庵を営むことになった。

この『井月全集』は、山頭火にとってその後も常に気がかりな書物となったようで、大きな影響を受けている。ついには井月の終焉地である信州伊那へ旅することになったのである。けれど途中で肺炎に倒れ、井月の墓に参ることが出来なかった。それは前節で少々触れたとおりだ。

松窓乙二

俳人乙二の方は時雨ふる其中庵でのつれづれに読んだ本の中から、その存在を発見している。十一月二十五日の日記には次のように記している。

「けふもしぐれる、身心やゝよろしくなる。
こほろぎの子、あぶらむしの子、子は何でもかあいらしい。
雨に汚れ物――茶碗とか鍋とか何とか――を洗はせる、といふよりも洗つてもらふ。
俳句講座を漫読して、乙二を発見した。何と彼と私とはよく似てゐることよ、私はうれしかつた、松窓七部集が読みたい、彼について書きたい。
けふはほんたうにしみ〲としぐれを聴いた。」

乙二に対してこうした深い関心を寄せるのは、相当の思いこみがあったのだろう。また、彼についてこんなにも〈書きたい〉というのはめずらしい。事の次第では井月に対してよりも興味を持ち、いっそう傾倒していったかもしれない。ここで少々俳人乙二の経歴についてふれてみよう。

俗称は岩間清雄、松窓は庵号である。奥州白石の生まれ。白石城主の祈願所である千手院の修験者で権大僧都。俳諧は早くから父に学び、内外典の造詣ふかく、江戸に出て夏目成美、建部巣兆、鈴木道彦らと交わることもあった。そのほか日本の各地を旅することが多く、函館と松前には二度渡り、都合八年間を過ごしている。その間に「斧の柄社」を作り、いわば北辺の地に蕉風の俳諧を鼓吹した。そのころのことを記した『箱館紀行』などもあるが、発句は由誓編『乙二七部集』がある。文政六年（一八二三）七月九日没、享年六十八。

乙二の旅の足跡は山頭火以上で、多くの作品を遺している。そうした古人のいたことに山頭火は興味をもったようだが、このとき得られた乙二情報は多くなかった。『乙二七部集』も当時は容易に見られる書物でなかったから、乙二探索は進まない。もう少し知る機会があったなら、井月に傾倒したように乙二を思慕し、宮城県の白石はもちろん、北海道までも足を伸ばしたのではなかったか。

とにかく草庵にあっては古人の書を読み、とくに芭蕉や一茶、そして西行や良寛らについての旅の思索を深くした。もちろん、芭蕉の『奥の細道』に関心があって、その中の一節「古人も多く旅に死せるあり。予もいづれの年よりか、片雲の風にさそはれて漂泊の思ひやまず」というのは、また山頭火の思いでもあったようだ。

山頭火が芭蕉を意識し、その足跡をたどろうとするのは昭和十年。庵を結んで三年が過ぎていたが、昭和九年には井月墓参に失敗し、みずからの精神的な停滞に我慢できなくなっていた。そんな折、親友の斎藤清衛から贈呈された紀行文集『東北の細道に立つ』は刺激的な一書であった。山頭火もさっそく旅に出て、その旅先から斎藤に礼状をしたため、自分も「道中記を書くつもり」と胸中を打ち明けている。

ところで山頭火が斎藤に礼状を出したのは昭和十年十二月九日。そのころには本格的な道中記を模索していたはずである。けれど出端をくじかれた。翌年二月一日、その原稿を盗まれたのだ。そのことは稿を改めた道中記に次のように書いている。

「広島の盛り場で私は風呂敷を盗まれた。
日記、句帖、原稿――それは私にはかけがへのないものであり、泥坊には何でもないものである。
とにかく残念な事をした、この旅日記も書けなくなつた、旅の句も大方は覚えてゐない。
やつぱり私のぐうたらの罰である。」

山頭火自身が残念がるのはもちろんだが、今日からみて評伝書きの私にとっても惜しいの一語につきる。頓挫すればその後の意欲も失われるものだ。それでも気力を奮ってか、昭和十一年の年頭所感を改めて書いている。

昭和十一年の年頭所感

「芭蕉は芭蕉、良寛は良寛である、芭蕉にならうとしても芭蕉にはなりきれないし、良寛の真似をしたところで初まらない。
私は私である、山頭火は山頭火である、芭蕉にならうとも思はないし、また、なれるものでもない、良寛でないものが良寛らしく装ふことは良寛を汚し、同時に自分を害ふ。
私は山頭火になりきればよろしいのである、自分を自分の自分として活かせば、それが私の道である。」

山頭火はここに古人の足跡をたどるにしても、それが独自の道であることを確認しようとした。以下しばらくは、遺された旅日記や俳句、随筆を読み、それらのことを少々検証してみよう。

「一茶の作品は極めて無造作に投げ出したやうであるが、その底に潜んでゐる苦労は恐らく作家でなければ味読することが出来まい（勿論、芭蕉ほど彫心鏤骨ではないが）。
いふまでもなく、一茶には芭蕉的の深さはない。蕪村的な美しさもない。しかし彼には一茶の鋭さがあり、一茶的な飄逸味がある。」

これは、山頭火の随筆の一節である。芭蕉、蕪村、一茶に対する見解がほの窺えておもしろい。其中庵に入った当座は、手元に一冊の参考書もなかったようだが、「好きなものは、と訊かれたら、些の躊躇なしに、旅と酒と本、と私は答へる、今年はその本を読みたい。まず俳書大系を通読したいと思ふ」と感想を述べている。

昭和十年末に旅に出たときは、いずれにしてもかなりな書物を読んだあとなので、古人の旅が念頭にあったことは間違いない。そして約八カ月間の旅においては良寛や西行、一茶、芭蕉の遺跡をさぐっている。その旅の経路はおおよそ次のとおり。

昭和十一年の正月は岡山市で過ごし、そこより東上して一月十三日は奈良に遊び、兼行桂子と共に薬師寺などの古寺を見て歩く。再び山陽道へと引き返し、一月末には倉敷の円通寺で良寛が過ごした日々をしのんでいる。良寛はここで国仙和尚につき、十七年間も修行したのだ。花崗岩の石庭もある名刹である。

岩のよろしさも良寛さまのおもひで　　山頭火

さらに山陽道から北九州へと歩き、二月末には木村緑平宅へ。三月五日には門司に寄港していた大連航路の船「ばいかる丸」に乗船し、神戸へと向かった。（以下、山頭火句の引用について紛らわしくないかぎり、山頭火の号を省略）

門司埠頭

春潮のテープちぎれてなほも手をふり

ばいかる丸にて

ふるさとはあの山なみの雪のかがやく

三月十六日、大阪の富田林では西行の終焉地である弘川寺に詣でた。西行堂の木像を拝し、西行塚を見たと記す。

弘川寺

春の山鐘撞いて送られた

けふのよろこびは山また山の芽ぶく色

弘川寺からは京都へ向かい、途中で八幡市にある石清水八幡宮にも立ち寄った。三月十九日は京都市内に遊び、「八坂の塔、芭蕉堂、

ばいかる丸

西行庵、知恩院、南禅寺、永観堂、銀閣寺、本願寺、等々等」、翌日は「鷹ヶ峰、庵、光悦寺、金閣寺、酔つ払つて、仙酔楼居へ」と書く。伏見に住む句友酒井仙酔楼の案内で、宇治平等院に遊んでの作は次の三句。

雲のゆききも栄華のあとの水ひかる
春風の扉ひらけば南無阿弥陀仏
うららかな鐘を撞かうよ

一月にも奈良に行ったが、三月には奈良の大仏殿、二月堂、三月堂、興福寺、南円堂とめぐり、翌日は唐招提寺、薬師寺を参拝。三月二十四日には芭蕉の生誕地である伊賀上野を訪ねている。「芭蕉遺蹟を探る——故郷塚、瓢竹庵。上野は好印象を与へてくれた」と書く。三重県ではほかに伊勢神宮、二見ヶ浦をめぐり、特に芭蕉の遺跡に関心を寄せている。

東上して東京へ　愛知県の津島では句友の池原漁眠洞を訪問し、「坊ちゃんお嬢さん同行で、木曽川あたりへ遊ぶ」一日であったという。その折の写真の一枚を表紙に飾らせていただいた。名古屋では「層雲」同人に歓待され、大いに酒も飲んだ。鎌倉にはさらに俳句仲間が多く、案内されて光明寺大聖閣、鶴岡八幡宮、建長寺、円覚寺、長谷の大仏など見物。そして四月五日には東京へ出て、多くの親友たちに会っている。

　　また一枚ぬぎすてる旅から旅
　　ほつと月がある東京に来てゐる

四月九日には斎藤清衛の住む世田谷区祖師谷にあるかたこと庵を訪ねている。その道中記にはこう書く。


「武蔵野はなつかしい、うつくしい。

運よく斎藤さん在庵。

同道して徳富健次郎の墓に詣でる。

櫟林のところ〴〵に辛夷の白い花ざかり。

青樫荘に前田夕暮氏を訪ふ。

さらに青木健作氏を訪ふ、三十余年ぶりの再会である、でも、昔なつかしい面影は失はれてゐなかつた。

やがて農平君も来訪、四人で歓談、夜の更けるのも忘れて。

斎藤さんは健作君の宅で、私は農平君の宅に泊めて貰ふ。

まことに珍らしい会合であつた。」

山頭火の訪問については、斎藤が書いた文もある。煩をいとわず、ここに記しておこう。

「山頭火が、東北地方の旅を志して、東京に出、わたしの千歳村の家を訪ねてくれたのは去年の四月の始めであつた。わたしは、外国に出かける準備に忙しい時であつたが、その訪問は嬉しくありがたかつた。法衣姿でやつてくるかと思つたら、きちんとした羽織姿でやつてきた。聞けば井泉水(?)のところで借着して出かけてきたのだと云ふことであつた。荻窪の前田さんのところ、それから落合の青木さんのところなどへもそれから一緒に訪ねたりした。わたしは程なくシベリアに向つたが、山頭火は二三ヶ月かけて、信州、上州の方面から陸中羽州の方面まで可なり大きい旅を続けたといふことを、ロンドンの宿舎で受けた私信で知ることを得た。」　(「伝統」昭和十二年十月)

東京では四月二十六日に開催の「層雲」記念大会に出席している。会場は築地の「伊吹」という料亭だったが、墨染衣を着た山頭火は玄関番に物貰いと間違えられて、入場を断られ一苦労したという。山頭火にとって東京は懐かしい。東京専門学校高等予科から早稲田大学に入学、青春の一時期を過ごしたところだ。大正八年十月から大正十二年九月まで、関東大震災の罹災に遭うまで過ごした土地でもある。知り合いも多い。取分け熊本に妻子を置き去りに上京していた時代に、一番親しかったのは茂森唯士だった。私も茂森氏には伝記を書くので随分と世話になったが、久しぶりに山頭火が上京してきたときは、言論界で論陣を張りはなばなしく活躍していたころである。茂森氏は当時を回想して次のように書く。

「まさに四年ぶりの邂逅である。歯が抜けおちて白いあご髯がピンと前の方にはね出し、容貌も老いと人生の苦労にけずられて一種独特のきびしい風格に変ってきていた。そのとき東京十二社の料亭に彼と一夕心ゆくまで酌みかわし、語りふかしたときの酒の気分は、十数年前の彼とは非常にちがったものとなっていた。どこかゆとりのできたしみじみとした味いが深くなっていた。郷里小郡の山に庵を結び、西に東に行乞の旅をつづけている話と句作三昧の話が大部分であった。何でも伊豆の西海岸が大変気に入って仏縁あって永住の庵をそこに結びたいと語っていたように記憶する。その夜高円寺の私の家に一泊して翌朝別れたのが彼との永別となった。」

（「日本談義」昭和二十七年十二月）

山頭火は十三年ぶりの東京だった。井泉水や「層雲」の多くの同人たちに会い、渡辺砂吐流の永福町の家では二泊している。プロレタリア俳句に邁進していた栗林一石路にも会って旧交をあたためたという。

この年の二月二十六日には、皇道派青年将校たちが国家改造を要求して起こしたいわゆる二・二六事件があった。首都にはまだ緊張した空気がみなぎっていて、戒厳令は解かれていない。風狂の態の彼が市中を飲み歩くのは処罰の対象となる恐れもあったが、昔なじみの浅草に行き一人で飲み歩いてもいる。

信濃路へ

五月二日には新宿から甲州街道を八王子へと向い、甲府を経て信州へと向かった。芭蕉の『奥の細道』をたどるなら荒川区の千住から日光街道（奥州街道）を歩まねばならない。芭蕉は、西行五百年忌に当たる元禄二年（一六八九）の旅立ちだったが、山頭火はそれより二百四十七年後に、奥州街道でなく甲州街道を信州へと向かうのであった。

花が葉になる東京よさようなら

甲信国境

行き暮れてなんとここらの水のうまさは

信濃路

あるけばかつこういそげばかつこう

五月九日には一昨年からの約束を果すため佐久平の関口江畔、父草を訪ね歓待されている。「江畔老の家庭はまた何といふなごやかさであらう、父草君が是非々々といつて按摩して下さる、恐れ入りました」の記述。

上信越高原は温泉が多い。途中は草津温泉や万座温泉で英気を養う旅であった。五月二十五日は草津から上り三里、下り一里で万座温泉へ。「とりつきの宿——日進館といふ、私にはよすぎる宿に泊る、一泊二飯で一円。すべてが古風であることもうれしい、コタツ、ランプ、樋から落ちる湯（膳部がいかにも貧弱なのはやつぱり侘しかつたが）、何より熱い湯の湧出量が豊富なのはうれしい」と書く。

長野市では善光寺に詣で、そこより一茶終焉の地の長野県柏原へ足をのばした。五月二十九日の旅日記には、「長野駅はそれにふさはしい仏閣式建物である、こゝまで（風間）北光君と紅葉城君とが見送つて下さつた、そして切符やら煙草やら何やらかやら頂戴した、八時の汽車で柏原へ。──」

一茶が「是がまあつひの栖か雪五尺」とよんだ土蔵は、そのまま遺っていた。これを見て「おらが蕎麦はおいしく、一茶はさびしい」などと感想をもらしているが、山頭火の方も滅入ったようだ。

桑畑の若葉のむかうから白馬連峰

土蔵

ぐるりとまはつてきてこぼれ菜の花

墓所

若葉かぶさる折からの蛙なく

越後からみちのくへ

越後路では長岡市で写真館を営む「層雲」俳人の小林銀汀居で二泊。スタジオで記念の写真も撮ってもらって、良寛の生誕地である出雲崎へ。そこより良寛の遺跡をめぐり、国上山の五合庵にも立ち寄って、弥彦神社に参拝。

小林銀汀氏の手による山頭火の写真

良寛墓、良寛堂
あらなみをまへになじんでゐた仏

国上山
青葉わけゆく良寛さまも行かしたろ

この一帯の海岸からは、どこからでも日本海に浮かぶ佐渡がよく見える。『奥の細道』では、「鼠の関を越ゆれば越後に歩行を改めて、越中の国市振の関に到る」とあるが、山頭火はその逆コースをたどった。芭蕉の句に対しては、一種パロディ的に対応した次のような俳句がある。

荒海や佐渡によこたふ天河　芭蕉

日本海岸
こころむなしくあらなみのよせてはかへし
砂丘にうづくまりけふも佐渡は見えない
荒海へ脚投げだして旅のあとさき　山頭火

水底の雲もみちのくの空のさみだれ

山頭火が鼠の関を越え、みちのくの山形県に入ったのは六月十三日。鶴岡では「層雲」同人和田秋兎死（光利）にさんざん甘えて、前後不覚の泥酔。衣も袈裟も、笠や鉄鉢もそのままにして逃亡するかに仙台へ。六月二十三日の道中記には、「私は遂に自己を失つた、さうらうとしてどこへ行く。――／抱壺君にだけは是非逢ひたい、幸にして澄太君の温情が仙台までの切符を買つてくれた、十時半の汽車に乗る」と書く。常に片道切符しかなく、海藤抱壺《かいとうほうこ》宅から関口江畔に復路の切符代をと温情にすがるハガキを出している。

抱壺は仙台市生まれの層雲派俳人。山頭火より二十も年少、旧制中学生のとき肺結核にかかりずっと自宅療養の身であった。すでに句集『三羽の鶴』で名が知られ、山頭火も才能を高く評価していたが、昭和十五年に三十九歳で没。抱壺に会っての感想は「六時すぎて仙台着、抱壺君としんみり話す、予期したよりも元気がよいのがうれしい、どちらが果して病人か！」との記述。

せっかくここまで来たのだからと芭蕉の足跡をたどって平泉へも行った。「五月雨の降り残してや光堂」、彼は金色堂を見て「あまりに現代色が光つてゐる！　何だか不快を感じて平泉を後に匆々汽車に乗つた」と書いている。

毛越寺
草のしげるや礎石ところどころのたまり水
　平泉
ここまでを来し水飲んで去る

ついでに書けば江畔への無心状も効を奏して、六月二十八日には送金を受け取った礼状を書いている。緑平宛にも同じく借金を申し込んでおり、緑平メモによると六月二十六日、抱壺気付で七円電送。その礼状も同じく六月二十八日に出している。

仙台からの手紙　山頭火の道中記では六月二十六日、平泉から仙台に引き返し、「層雲」同人の菊《きく》地青衣子《ちせいいし》居を探して宿泊。菊地の本名は整吉。山頭火よりは三つ年上で旧制中学の教員だった。翌二十七日、二十八日も厄介になり、そこで道中記の一部には次のように書いている。

「熱い湯からあがつてうまい酒をよばれる。
主人心づくしの鯉の手料理！
手紙二つ書く、――澄太君へ、緑平老へ、――これは悲しい手紙だ、私の全心全身をぶちまけた手紙だ（或は遺書といつてもよからう！）、懺悔告白だ。」

この手紙はどんな内容のものだったのか。六月三十日、鳴子から差し出した緑平宛の長文の手紙が遺っている。青衣子居で書いたというのがその手紙だろう。長くなるが、その一部を引用しておきたい。

「私の中には二つの私が生きてをります、といふよりも私は二つの私に切断せられるのです、『或る時は澄み、或る時は濁る』と書いたのはそのためです、そして澄んだ時には真実生一本の生活を志して句も出来ますが、濁つた時にはすつかり虚無的になり自棄的になり、道徳的麻痺症とでもいふやうな状態に陥ります。

私は長年此矛盾に苦しんで来ました、そしてその原因は無論私が変質者であるためでありますが、それを助長するものはアルコールであると信じます、といつて私とアルコールとはとうてい絶縁することが出来ません、絶縁すれば私はもつといけなくなるのです、此矛盾の苦悶に堪へかねて、幾度か自殺を企てました、昨年の卒倒も実は自殺未遂だつたのです、此旅行だつて死場所を見つけるためでした。」

彼は仙台の青衣子居を辞し、二十九日に鳴子の多賀の湯に宿泊。江畔、緑平、他にも無心した金があって、「酒、酒、そして女、女だつた」と書いている。

七月一日は酒田泊。「身心頽廃」「アルコールがなければ生きてゐられないのだ、むりにアルコールなしになれば狂ひさうになるのだ。……」の記述。

山頭火は生と死の彷徨なども書くが、精神はまさに危機的状態であった。けれど一度や二度の経験ではなく、これを遣り過ごすしぶとさも身につけていたというべきか。嵐が過ぎるまで耐えるのである。次には精神の清澄さを取りもどす。

彼はそういった精神の渦巻きを濁と澄とで形容する。そして自身の人生を象徴的に詠んだのが次の一句だ。

濁れる水の流れつつ澄む　山頭火

濁れの度合が酷ければ酷いほど、澄んだときは美しい。彼は死場所を求めた惨めな旅だったが、十カ月の濁の果てに美しく澄んだ世界を見るのである。それは福井の永平寺において現出した。すなわち山頭火の詠んだ、次の「永平寺三句」である。

永平寺参詣

水音のたえずして御仏とあり
てふてふひらひらいらかをこえた
法堂《ハットウ》あけはなつ明けはなれてゐる

永平寺を下山してから、山頭火は大阪に出た。夕方における都会の雑踏にまぎれながら、いのちながらえている自分の存在が不思議にさえ思えた。ある種の孤独感に襲われながら、見知らぬ多くの人を見、そして自分を見ていたのだろう。

大阪道頓堀
みんなかへる家はあるゆふべのゆきき

七月二十二日帰庵
ふたたびここに草もしげるまま
わたしひとりの音させてゐる

其中庵を留守にしての八カ月間は、山頭火にとっても異常な長旅であった。それによって得られたものは何だったか。わたしは芭蕉や西行、そのほか良寛や一茶らの漂泊を念頭において、その系譜に連なるための自己確認の旅であったとも考える。その旅を経て、芭蕉でもなく、良寛でもなく、一茶でもない、山頭火は山頭火である境地を意識的に見い出したのだ。彼自身はその長旅を総括して、昭和十一年十月八日の日記にこう書いている。

「自己省察、その一つとして、――こんどの旅は下らないものであつたが、よい句は出来なかつたけれど、句境の打開はあると思ふ、生まれ出たからには、生きてゐるかぎりは、私も私としての仕事をしなければならない、よい句、ほんたうの句、山頭火の句を作り出さなければならないと思ふ、私は近来、創作的昂奮を感じてゐる、私にもまだこれだけの芸術的情熱があるとは私自身も知らなかつた、——私は幸にして辛うじて、春の泥沼から秋の山裾へ這ひあがることができたのである。」

4 銃後の俳句

山頭火には「銃後」と題した二十五句がある。昭和十四年一月発行の第六折本句集『孤寒』に収録した自選句だ。銃後というのは戦線の後方の意で、転じて直接は戦争に参加しない一般国民や国内をさす。

千人針

自選二十五句の第一句は「層雲」（昭和十二年十二月）に「千人針」と題して掲載した五句中の一句である。

日ざかりの千人針の一針づつ　　山頭火

この句は昭和十二年八月三十日、門司での作である。その日の日記には「埠頭で青島避難民を満載した泰山丸を迎える、どこへ行つても戦時風景だが、関門はとりわけてその色彩が濃く眼にしみ入る」と書く。前書に「街頭所見」とあるから、即座に目に触れたものを吟じる嘱目の一句だ。

千人針は千人の女性が一針ずつ縫って結び目をこしらえた白木綿の布である。これを肌につけて戦争に赴けば、戦苦から免れ無事に帰還できるという俗信から発生した風習。街角や駅前などで女の人が並んで一針を請う姿が目立つようになっていた。

山頭火は世を捨て一人静かに草庵ぐらしの身であったが、心中は穏やかならざるものがあった。実は社会の変動に最も影響を受け易いのは隠遁者である。もとより蓄えはなかったから、たちまち干上がってしまうのだ。

社会情勢は大きく動いていた。日本軍の中国進出で、内外ともに緊迫した空気があった。昭和十二年七月七日の夜、北京西南郊の蘆溝橋付近で、ついに日本軍と中国軍との衝突がおこっている。それは氷山の一角で、中国大陸はいたるところ一触即発の状況であった。東京では来るべき戦線拡大に備えて、閣議で参謀本部の華北派兵案を承認し、内地からの二箇師団の派遣、近畿以西の全陸軍部隊の除隊延期を決定していた。七月十一日、政府はこんどの事件を「北支事変」と称すると発表し、華北派兵の「重大決意」を示すと声明を出した。七月十三日付の新聞はそれらの報道を、一面から三面にかけて掲載し、国民の戦争熱をあおるようにしむけている。

その新聞記事を読んだ山頭火は、七月十四日の日記のなかで、北支事変についてこう書いている。

「北支の形勢はいよ〳〵切迫した、それは日本として大陸進出の一動向である、日本の必然だ、それに対して抵抗邀撃するのは支那の必然だ、ここに必然と必然との闘争が展開される、勝っても負けてもまた必然当然であれ。」

彼は時局に対して敏感であった。「新聞を読んで時事を知り時代を解することは私たちのつとめであり、なぐさめであり、勉強でもある」と、彼は新聞を丹念に読んでいる。もっとも、当時の新聞そのものが戦争謳歌に荷担し、その報道はつねにゆがめられていたのだが。

かつて彼がとらえていた社会とは、「人と人とが血みどろになつて摑み合うてゐる。敵か味方か、勝つか敗けるか、殺すか殺されるか、――」というのであった。それがいま、中国大陸を舞台にして大規模に展開されようとしている。時の首相・近衛文麿は昭和十二年八月十五日、「帝国としては最早隠忍その限度に達し、支那軍の暴戻を膺懲し以て南京政府の反省を促す為、今や断乎たる措置をとるの止むなきに至れり」との声明を発表し、全面的な戦争開始を宣言している。こうした緊迫した状況のなかで、中支空爆の記事などを読み、彼は彼なりに悩んでいる。八月十八日の日記では、

「死の用意、いつ死んでもよいやうに、いつでも死ねるやうに用意しておけ。
私は穀つぶし虫に過ぎない、省みて恥ぢ入るばかりである。
一切が無くなつた、――ひかり、のぞみ、ちからのすべてが無くなつてしまつた。」

戦争の時代

どこにも所属しない者にとって、戦争の時代は住みにくい。山頭火は特に戦争反対というのでもなく、といって戦争に荷担するつもりもない。一切の体制と無縁のところで、彼は彼の道を歩もうとした。それはいかなる社会情勢であっても変わることない生き方で、昭和六年二月発行の「三八九」第一集の中で「私を語る」と題して次のように書いている。

「征服の世界であり、闘争の時代である。人間が自然を征服しようとする。人と人とが血みどろになつて摑み合うてゐる。

敵か味方か、勝つか敗けるか、殺すか殺されるか、——白雲は峯頭に起るも、或は庵中閑打坐は許されないであらう。しかも私は、無能無力の私は、時代錯誤的性情の持主である私は、巷に立つてラッパを吹くほどの意力も持つてゐない。私は私に籠る、時代錯誤的生活に沈潜する。『空』の世界、『遊化』の寂光土に精進するより外ないのである。」

心情としては変わらなかったが、日々の草庵暮らしに不安は多い。人生はいつでも意想外なことが多いが、今度の戦争は国の浮沈にかかわる大事であり、個人の意志など無縁なところで進行しているという予感があった。

市井の中へ

こんな社会情況では誰も助けてくれない。出来ることなら自活したい、と思っていたらしい。「彷徨、身心落ちつかず、やるせなさたへがたし」（昭和十二年九月二日—九月十日）の日々が続き、九月十一日には国森樹明の口ききで下関市竹崎町の材木問屋に就職している。その日の日記には次のように記す。


「人間を再認識すべく市井の中へ飛びこむ覚悟を固める、恐らく私の最後のあがきであらう。

五時の汽車で、樹明君と共に下関へ、——嬉しいやうな、悲しいやうな、淋しいやうな、切ない気持だつた。

七時すぎ下関着、雨が降るのでタクシーで、N家へ行く、こゝで私は人間を観やうとするのである。

老主人といつしよに飲む、第一印象はよくもなかつたがわるくもなかつた。

私は急転直下した、山から市井へ、草の中から人間の巷へ。……」


彼は九月十二日付のハガキで、就職のことを緑平にだけ知らせている。それは国森との寄書きで、

「万事急転直下、私は山から街へ下りました、もう少し落ちついてから詳しい手紙を差上げます、人間の一生といふもの、生きつゞけてゆくことはまことにむつかしいものですね、万事他へは暫く秘々密々に、句集は近く送ります。　山生

翁と一緒に来ました、山の生活から市井のくらしになるわけです。このことはあなた以外にもらさずにゐて下さい、詳細、後報いたします。　樹生」

仕事というのは、材木受渡し現場に出て数量を記録すること。彼は菜葉服にゴム長靴すがた、その出立ちで彦島に出かけている。小舟に乗って海上を往来して材木受渡しの帳面付けをするのが主な仕事だ。樹明は山頭火の高学歴を売り込みの種にしたが、慣れない海上では足がふらつき肉体的に耐えられない。年齢的にも無理があり、根気もなくて五日目には職場から逃げ出している。

緑平にはそのことを知らせて、「山生にはやつぱり山がよろしく、山にかへります、そしていよ〳〵山ふかく分け入りませう」とハガキしている。

彼はその材木問屋を逃げ出し、その足で関門の句友たちを訪ねまわって、十九日に帰庵している。そして、彼は再びひとりの侘しい生活を始めなければならなかった。

一方、中国大陸で展開されている戦争は、拡大の一途をたどっていた。日本軍は華北、華中へと大軍を送りこみ、十一月には杭州湾にも新たな大兵団を上陸させる作戦をとっていた。その後、日本軍が南京を占領するのは十二月である。その進撃途上で、日本軍は多数の婦女子を含む三十万人の住民を虐殺したという。

しかし、銃後の国民には事の真相は知らされていない。新聞には日本軍の活躍が、それも美談をまじえて報道された。山頭火はそれらの新聞記事を読み、「――戦争は、私のやうなものにも、心理的にもまた経済的にもこたえる、私は所詮、無能無力で、積極的に生産的に働くことは出来ないから、せめて消極的にでも、自己を正しうし、愚を守らう（中略）戦争の記事はいたましくもいさましい、私は読んで興奮するよりも、読んでゐるうちに涙ぐましくなり遣りきれなくなる」（十月二十二日）と書いている。

山頭火は自省の念が強かったが、それは持続するものでなかった。強ければ強いほど反動があって、自暴自棄に陥ることもたびたびである。

十一月一日の日記には、「自己否定か。／自己破壊か。／自己忘却か」と、ことば少なに書いている。というのは、湯田温泉へ出かけて、そこで正体なく酔ってしまったらしい。それでも彼は飲みつづけた。二日、三日、四日、五日と、「飲んだ、むちやくちやに飲んだ、T屋で、O旅館で、Mで、K屋で。……／たうとう留置場にぶちこまれた、ああ！」。

山頭火は留置場に四泊五日とどめおかれた。その後、検事局にまわされ、飲食代の支払を誓約することで、ひとまず解放されている。彼は山口から小郡まで、己を責めながら歩いて帰った。

翌十日、彼は急いで緑平に手紙を書いた。


「――たうとう最後の場面に立ちました、私は今、死生の境を彷徨してをります、十四日が生きるか死ぬるかの岐れ目です。

――庵から警察へ、それから検事局へ、そしてどこへ。

――私はあなたにお願ひするだけの気力をなくしましたけれど、検事の勧告を受けれて、もう一度立ち直らうかと思ひます。

金高は四拾五円、期限は十四日。

あなたに余裕がありますならば、そのいくらかを貸していただけますまいか、大山君へも同様な手紙を書きました、その返事を待つてをります。

――自分で自分にあいそがつきました、誰もがあいそをつかすのはあたりまへです。

――先日の分もあのまゝこんな事を申上げられる義理ではありません、何といふ愚劣、醜態、あゝ。

十日夜」


同様の手紙を大山澄太にも書いたという。そのほか息子の健に、大阪の「層雲」同人である小田安比古にもＳＯＳの手紙を出したらしい。それらの返事を待ちこがれて、彼の心はおちつかなかった。やがて支払期限の十四日だが、緊急にと書いてやった手紙の返事は誰からもこない。

当時、平社員の平均月給は六十円くらい。急に四十五円を用立ててくれといわれても、右から左へという具合にはいかない。万時休すか。ついには「土に還る、――ああ！　身辺整理。みそさゞいが来て、さびしい声で啼く」と書く。

彼はいよいよ追いつめられた。翌十五日、彼は覚悟をきめて日記に向かった。最後の心境を書き遺すためである。

「晴、うらゝかな日ざしが身ぬちにしみとほる。

私は最後の関頭に立つてゐる、死地に於ける安静！

身辺整理、いつでも死ねるやうに。――」

そのとき、健から電報為替が届いたのだ。彼は救われた。山口へ急いで出かけて、その金でどうにかこうにか一件落着。彼もこの後は大いに反省し、しばらくは謹慎している。

これが事件の顚末だが、山頭火をここまで追いつめた遠因は何だったか。一つには日中戦争の勃発である。その以前から陸軍の横暴が続いていたが、「宇垣大将は遂に大命拝辞（大将の官職をも辞退するといふ）、平沼枢相も拝辞、そして林大将大命拝受、これで政局は落ちつくらしい。／私は陸軍の誠意を信じる、熱情を尊ぶ、たゞ憂ふるところは専政、独裁、圧迫、等々である。／政党よしつかりしろ、国民よ頑張れ！」（二月三十日）。「国家は国民の社会である」（六月二日）とは日記の一部。やがて山頭火の心配は現実のものとなり、七月一日の日記には「大阪毎日新聞による、黒龍江畔風雲急らしい、どうぞ戦争にならないやうにと人民のために祈る」と書く。風雲急を告げる世界を察知するため、新聞は必需品と、前日から読売新聞も定期購読で読みはじめている。

戦争への省察

以下、日記に散見できる戦争に対する感想の文言を抜き出してみよう。「北支風雲ます〳〵急、これも私にこたえる」（七月十九日）「北支の風雲がたうとう爆発した、悲痛であるが、詮方のない事実である。現実的現実に直面せよ」（七月二十九日）「沈欝、ああたへがたいかな。／上海爆発！　爆発すべくして、たうとう爆発した」（八月十五日）「中支空爆の記事を読んでゐると、私の血も湧く」（八月十八日）「関門地方は燈火管制で真暗だ、その闇の中を出征する光景はまことに戦時気分いっぱいだ」（八月二十七日）等々。

戦時下の社会のなかで、山頭火はすべてに行きづまっていた。それを打ち破るために、彼は無軌道に走ったが、そのあげくがとらわれの身となったのだ。それとは無関係に、戦線は拡大の一途をたどっている。このさき、彼が精神の転換をはからねば、戦時下の社会で生きてゆけなかった。

折から日本軍は河北、山東、チチハル、綏遠五省の主要都市を占領。山頭火は十二月十四日の新聞を読んで、「わが南京攻囲軍は十三日夕刻南京城を完全に占領せり。江南の空澄み渡り日章旗城頭高く夕陽に映え皇軍の威容紫金山を圧せり」という「上海日本海軍部公報」に注目している。南京占領という時局に合わせて、彼もまたみずからの使命をひとり日記に書きつけている。

「悠久な時の流れ、いひかへれば厳粛な歴史の流れ、我々はその流れに流されて行く、その流れに躍り込んで泳ぎ切らなければならない、時代の波に棹さして自己の使命を果さなければならない。」

（十二月十六日）

といって、すでに五十六歳の山頭火にできることといったら、やはり句作のほかなかったのである。

月のあかるさはどこを爆撃してゐることか

ふたたびは踏むまい土を踏みしめて征く

しぐれて雪のちぎれゆく支那をおもふ
　戦死者の家
ひっそりとして八ツ手花咲く

十二月二十四日にはたまたま出かけていた山口駅で、彼は六百五十柱の遺骨を迎えている。そのとき、彼の目には涙がとめどなくあふれて困ったという。彼はその哀しみをみずからの境地として句を作っている。

　遺骨を迎ふ
しぐれつつしづかにも六百五十柱
もくもくとしてしぐるる白い函をまへに
山裾あたたかなここにうづめます

山頭火は先に「ふたたびは踏むまい土を踏みしめて征く」と詠んだ。それに呼応の作が「しぐれつつ」の句で、「層雲」（昭和十三年五月）に二句だけを並べて発表している。生きて故国に帰ることのないと思い込んでいる兵士の悲惨、遺骨になって帰って来た残酷さ、それも六百五十柱とずいぶん多い数だ。泣かずにはいられないというのは普通の感覚である。けれど、おおっぴらには泣けないのだ。

いわば滅死奉公を国是とした風潮の中で、山頭火の視線は国威高揚の全体主義でなく、常に個人に向けられていた。

李芒氏の山頭火評

ちょっと余談だが、私は中国社会科学院所属で日本文学研究の第一人者といわれた李芒氏と、山頭火の俳句について語ったことがある。彼は意外にも山頭火が詠んだ一連の「銃後」の句を高く評価するのが印象的だった。李芒氏は杜甫の戦争を詠んだ詩と比較して、これに匹敵するのが山頭火の「銃後」の句だと評するのだ。これには少々驚いたが、山頭火の真に高潔な文学姿勢を認めておられるのが嬉しかった。

雪へ雪ふる戦ひはこれからだといふ

遺骨を迎へて

いさましくもかなしくも白い凾

街はおまつりお骨となつて帰られたか

遺骨を抱いて帰郷する父親

ぽろぽろしたたる汗がましろな凾に

お骨声なく水のうへをゆく

その一片はふるさとの土となる秋

以上の六句は昭和十三年の句からの抄出である。この年は戦線もさらにひろがり、三月には華北と華中の両戦を結ぶために、徐州作戦が開始された。中国軍は根強い抵抗ぶりを見せ、四月の台児荘の戦闘では、日本軍ははじめて大きな敗戦を経験している。この徐州作戦前後から、日本にとっての内外情勢は悪化し、戦費の厖大な支出と軍需物資の大量輸入で、経済危機に見舞われていた。国内ではいよいよ戦時色が濃くなる一方である。これに対して山頭火は、控え目ながらも戦争についての感懐をぽつぽつと記している。昭和十三年の日記から、その一部を抜き出してみよう。

「誰もが戦闘帽をかぶつてゐる、それも非常気分を反映していゐてわるくはないけれど、おなじ色に塗りつぶされたゞけの世間のすがたはあまりよくはなからう。」（三月十三日）

「戦争は必然の事象とは考へるけれど、何といつても戦争は嫌だと思ふ。」（四月十三日）

「戦時的色彩が日にまし濃厚になる、私もひし〳〵と時局を感じる、しみ〴〵戦争を感じる。」（七月三日）

働きのない草庵ぐらしの人間にとっては、ますます生きにくい世の中となってゆく。もちろん一番つらいのは山頭火のような局外者で、どうしたものかと悩むわけだ。こんな閉塞状況を芭蕉ならどう打開したか、やはり気にして調べている。五月二十四日の日記では、

「夜は今日借りた本を読みつづけた。
〝高くこゝろをさとりて俗に帰るべし〟
芭蕉の言葉（土芳—赤冊子）」

書いていることはこれだけだが、芭蕉の境涯について考えることは多かったらしい。それより五カ月後には、突如として

「　古池や蛙とびこむ水の音
　　——蛙とびこむ水の音
　　　——水の音
　　　　——音
　芭蕉翁は聴覚型の詩人、音の世界」
（十月四日）

と書いている。これほど要を得て簡潔な芭蕉評を他に知らない。捨てて捨てて最後に残るものは音の世界。それも一瞬後には跡形もなく消え去ってしまう。あとは空漠たる沈黙があるばかり。

音はしぐれか　山頭火

芭蕉に唱和しての作かどうか分らないが、山頭火が彼を意識していたことだけは間違いない。その芭蕉の境涯は「野ざらしを心に風のしむ身哉」という俳句でも象徴するように、野ざらしの髑髏になることを覚悟して旅をした俳人である。これは風狂ともいうべき生き方で、彼は社会常識から離脱して、反俗の旗幟を鮮明に、独自の俳風を確立していった。それはやがて世に認められ、芭蕉の反俗的姿勢はそのまま俗世間の価値基準に組みこまれてゆく。

反俗も俗世の中で飼いならされれば、いかに吠えようとも見世物小屋の虎かライオンとなる。そうならないためには、さらにこれまで以上に反俗を貫き通し、社会の枠外にまでも飛び出さなければならないだろう。といって飛び出してしまえば、すべては無用な世界となる。そうなれば何も風狂ぶる必要もない。そんなことは先刻承知で、とにかく俳句を捨てるようなことはしない。芭蕉はあくまで俗に踏みとどまって、より新たな俳風を編み出そうとした。それは『奥の細道』の旅を果して大津の幻住庵に滞在していたとき、「かくいへばとて、ひたぶるに閑寂を好み山野に跡をかくさむにはあらず」(「幻住庵ノ記」)と書いているのでも推察できる。

愚に生きる

芭蕉の考えは山野に深く隠れて人と交わりを絶とうというのではない。『奥の細道』の旅に出る以前には反俗の旗幟を掲げてみたが、何のための反俗かをよく知っていた。そこから先へはけっして暴走などしない。いわば紙一重のところで転換して、次は「高く心を悟りて俗に帰るべし」(『三冊子』)というのである。すなわち芭蕉の場合は危うい軌跡をたどりながらも、かえって新たな世界を作りあげていった。山頭火がこうした生き方を気にかけ、参考にしようとしたのは当然だろう。けれど現実社会は千変万化で予断を許さない。戦争だってその一つだ。日記の中では、こう繰り返す。

「まさに私の転機だ、私はこゝで転換する、句作の上でも、生活の上でも、私全体の上に於て。
愚にかへれ、愚を守れ、愚におちつけ！」
（昭和十三年十月十二日）

こう書きながらも実行が伴わないみじめさを痛感。そんなときに酒が入ればもう自暴自棄で、命も何も投げやりとなる。その破滅ぶりは凄い。いわば死ぬか生きるかすれすれの境遇であったが、いつでも大真面目であった。其中庵の時代に庵から二百メートルほどしか離れていない家に住み近所づきあいで親しくしていた河内山光雄《こうちやまみつお》は、山頭火の句作生活にふれてこう語っている。

「山頭火はほんとうのよい自分の俳句をつくりあげることを念願とし、生命をかけていたと思います。純情で、けっぺきでつねに反省の生活でありました。句作はすいこうを重ね、日に十句位をつくって、そのうち一句あまり残すというふうでありました。一字一句ないがしろにせず、私のところにときどき来て動植物の図鑑をみて草木や小鳥などの名前をしらべていました。（中略）山頭火は常に道として行として句作せよといっていました。また純情な山頭火は非常に母親おもいであっていつも居間に位牌をおいて冥福をいのっておりましたが、まことに頭のさがる思いであります。

　　うどん供へて、母よ、わたくしもいただきまする

例によって山頭火と一杯飲みながら話をしているとき、山頭火は私にこの世間で小さいイボであってもちろんコブではない。イボならあまり邪魔になるまいと笑っていました。」

（『大耕』昭和四十四年十月）

事実、山頭火はみずから社会のイボ、ホクロになることを心がけ、在り所によってはそれも一つの愛嬌と、自嘲の笑いを浮かべるのであった。人一倍に自我を意識し、自尊心の強い男が、処世術として身につけたのが自嘲の笑いだったか。けれど捨てる神あれば拾う神ありで、「広島逓友」の編集者である大山澄太は山頭火に俳句欄の選者を委託していた。そんな縁もあって広島逓信局庶務課の大山宛にしばしば手紙を出している。昭和十三年七月十四日の手紙から一部を抜粋してみよう。

「日にまし戦時色が濃厚になつて、私のやうなものは日々の生活にも困りますけれど（中商《マヽ》工業者はひどいでせうね）、私としては我がまゝはいへません、何事にも忍従して余命を保つ外ありません。十一日、山口駅で遺骨を迎へました、二百数十柱の帰郷、あゝ哀しい場面でありました。

　　ぽとりぽとり流るる汗が白い凾に

妙なことがあるもので、先日、愛国婦人会の本部から来状、此度、白木屋の楼上で、傷病将士慰安展覧会を開催するから、そして品物は売却して、その代金を寄附するから、彩筆報国の意味で、半

切なり色紙なり短冊なり寄贈してくれとの事、私は早速喜んで、半切弐枚短冊弐枚を寄贈いたしました（その用紙は友人の寄附です）、こんな事でも――これだけの事でも私をたいへん慰安してくれました。（中略）ぼんやりしてゐて餓死することも出来ませんから、これからはせい〴〵書きませう、実は、選者としての挨拶に代へて、自由律俳句講話といつたやうなものを極めて入門的に啓蒙的に具体的に書き続けたいと考へてをりました、しかし、それは急ぎませんから、来月は腹案のある感想――物を大切にすること――について五六枚書きませう。」

俳句欄選者

広島逓信局の広島逓友会編集部には、大山澄太のほか山下寛治、井家上耕一、垰田義夫がいた。みんな山頭火と面識があったというから、編集部ぐるみの親密な付き合いだったらしい。発行していた雑誌は「広島逓友」で、そこへの依頼原稿を書き上げ七月十日に投函した。折り返し澄太からは、原稿料と新たな原稿紙を送ってもらっている。

山頭火が「広島逓友」に、どのような文を書いたか詳らかでない。俳句欄もあって選者となり、小使い稼ぎをしたことを聞くがこれも雑誌未見で不明。山頭火没後の翌年八月に刊行の遺稿『愚を守る』に収録された随筆「遍路の正月」「片隅の幸福」「白い花」「草と虫とそして」「物を大切にする心」が「広島逓友」に掲載された分であろう。

ところで七月七日は日支事変の一周年、掲出の手紙にも「日にまし戦時色が濃厚になつて」と困惑の態。其中庵の方も六年が経ち、雨漏りがひどくなる一方だ。けれど戦時下だから耐え忍ばねばとしおらしい。十一日に山口駅で遺骨を迎えた場面は、日記にもう少し詳しく書いている。

「十二時過ぎて、その汽車が着いた、あゝ二百数十柱！　声なき凱旋、——悲しい場面であった。白い函の横に供へられた桔梗二三輪、鳩が二三羽飛んで来て、空にひるがへる、すすり泣きの声が聞える、弔銃のつゝましさ、ラッパの哀音、——行列はしゆく〳〵として群集の間を原隊へ帰つて行つた。……」

ほまれの家

馬も召されておぢいさんおばあさん

音は並んで日の丸はたたく

戦傷兵士

足は手は支那に残してふたたび日本に

当時の俳壇においては、いわゆる戦火想望俳句が大流行。内地にあって戦場や戦闘を想望しながら作るフィクション俳句で、山口誓子はこれを唱導して次のように書いている。「新興無季俳句はその有利の地歩を利用して、千載一遇の試練に堪へて見るのがよかろう。銃後に於てよりも、むしろ前線に於て本来の面目を発揮するのがよかろう」（「俳句研究」昭和12年12月）と。

山頭火はどうだったか。彼はあくまで銃後の、それも戦死して戻って来た遺骨にこだわって、切ない俳句を作っている。その作句態度については、昭和十三年一月十三日の日記に断片的に記しているので引用しておこう。

「　事変俳句について
俳句は、ひつきょう、境地の詩であると思ふ、事象乃至景象が境地化せられなければ内容として生きないと思ふ。

戦争の現象だけでは、現象そのものは俳句の対象としてほんたうでない、浅薄である。

感動が内に籠つて感激となつて表現せられるところに俳句の本質がある。

事実の底の事実。――

現象の象徴的表現、――心象。

凝つて溢れるもの。――」


山頭火は戦争を想望するのでなく、「事象の説明であつても、それは同時に景象の描写である句、さういふ句を作りたい、作らなければならない」と表明している。ために銃後の景象にこだわったか。その他「途上見聞の一」と日記の端に書きつけた次の文が印象的である。

「日の丸をふりまはす子供に母親が説き諭してゐる。――
今日はバンザイではありませんよ、おとなしくお迎へするんですよ。
血縁の重苦しさよ。」

山頭火も自分自身に説き諭した作句の態度は、バンザイではなく、しんみり遺骨をお迎えすることではなかったか。

5　風来居

其中庵解消

山頭火が其中庵を捨てて、再び旅に出ようとしたのは昭和十三年四月十二日のことだ。芭蕉も俳人として一所に留まっていることの難しさを、「草庵にしばらく居ては打破り」ということばに遺している。食は足りても精神の方が飢餓状態になるのだろう。日記には次のように書く。

「身辺整理をつゞける。――
いよ〳〵覚悟をきめた、私は其中庵を解消して遠い旅に出かけよう、背水の陣をしくのだ、捨身の構へだ、行乞山頭火でないとほんたうの句が出来ない、俳人山頭火になりきれない。

春寒うつくしい月夜であった。

其中庵解消の記

行方も知らぬ旅の路かな
濁れるもの、滞れるもの　」

銃後にあって安眠をむさぼっていられない気持ちだったか。「また山口の聯隊から出征するので、歓呼の声が渦巻く、その声が身心に沁み入る。……」（四月十三日）などとも記す。けれど句作の方は必ずしも不調というのではない。銃後を意識する俳句でないものも、ここに紹介しておこう。

母の四十七回忌

うどん供へて、母よ、わたくしもいただきまする

其中一人いつも一人の草萌ゆる

秋風、行きたい方へ行けるところまで

行旅病死者

霜しろくころりと死んでゐる

ふつとふるさとのことが山椒の芽

ふるさとはちしやもみがうまいふるさとにゐる

うまれた家はあとかたもないほうたる
ここを墓場とし曼珠沙華燃ゆる

其中庵を解消したいというか、解消せざるを得ない諸般の事情も重なっていた。草庵は雨漏りがひどく住むに耐えられないほど傷んでもいた。五月二十日には「下の家から梯子を借りて来て屋根を繕ふ、漏つて堪へきれなくなつたのだ、梅雨季も近づいてくるが、葺替代がないのだ、あぶなかつた、足をすべらして落ちさうだつた」の記述。七月五日には「寝床の中へまで雨が漏つてきたので、びつくりして、詮方なしに起きたが、まだ夜が明けない、裏の棚田で水鶏がせつなげに啼いてゐた。……」と。住むのに耐えられなくて「一時どこかに移動」するつもりで、十月二十五日の日記には「樹明君とM老人を訪ねる、家のことである、交渉不成立、あはれ〳〵。／――わが日の本にわが寝床なし！」と書く。

出版を予定していた句集『孤寒』は用紙不足のために遅れている。第一句集の『鉢の子』のほかは、身近に名編集者大山澄太を得て第二句集『草木塔』、第三句集『山行水行』、第四句集『雑草風景』、第五句集『柿の葉』と順調であったが、戦時下の影響でか頓挫した。

健は満州へ

寝床は決まらず、句集は遅刊、それに頼りの息子健は遠く満州へと行ってしまうというのだ。健は昭和十一年八月に結婚、はなむけの句としては、

結婚したといふ子に
をとこべしをみなへしと咲きそろふべし　山頭火

昭和十三年七月四日の日記は「Kから女子出産、母子共健全とのたよりがあつた、めでたしめでたしと独り言をいふばかりである！」と書き、

自嘲
初孫がうまれたさうな風鈴の鳴る　山頭火

昭和十三年十月二十一日の日記には、

「風、風、この風はすこぶる意味深長だ！

Kから来信、日鉄退社、満炭入社といふ、Kよ、行くか、行け、行け。――

――私はぢつとしてゐられない、風を歩いて、――そしてNさんを訪ねたが、予感した如く不在、父君母君と語る、親なるかなの感が深かつた。――」


普通は「親の心子知らず」だが、山頭火父子は逆であった。健は山頭火へ毎月十円から十五円の仕

送りを欠かしたことはない。子供が生まれて後もそのまま続けるとなれば、内地の職場よりも満州の方が金になる。そんな算段もあっての転職だったから、健からの仕送りが途絶えることはなかった。けれど先のことは分らない。山頭火にとっては、じっとしておれない一大事ではなかったか。

其中庵に入るときは、庵での生活に希望をいだき、「孤高自らを持して、寂然として独死する」これも日本人の典型的生活様式と誇りを持っての実行であった。が、戦争は一人の孤独人にも閑寂を与えなかったのだ。其中庵の末期では、ころりと死にたいなど死の想念にとらわれるが、結果として山口市湯田の温泉街の一隅に移り住む。

わが其中庵も
壁がくづれてそこから蔓草　　山頭火

破れ草庵は修理もきかなくなってしまい、安逸をむさぼるわけにいかなかった。そのためにほっつき歩き、よく出かけたのが湯田温泉である。平成の大合併で、其中庵のあった小郡町は山口市に吸収された。ＪＲの山口線だと小郡駅（これも新山口駅と改称）から六つ目の駅が湯田温泉駅で、その次が山口駅だ。山頭火はたいていは徒歩で出かけている。好都合にも湯田温泉のちょっと外れに、一軒のぼろ屋を見つけたのだ。広さは四畳半一間だが独立家屋、市井に紛れるには恰好の住処だった。

若き詩人たち

湯田温泉は詩人中原中也の出身地。亡くなったのが昭和十二年十月二十二日、三十歳。翌昭和十三年四月には東京の創元社から詩集『在りし日の歌』が出版されている。地元にもこの夭逝詩人を慕う文学青年は多く、語らって七月には三十九人の詩作品を集めた『山口県詩選』を出版。その詩集の出版記念会は七月十六日、山口市内の八木百貨店食堂で開かれている。それに招待された山頭火は、よろこんでその会に出席している。その日の彼の日記には、

「かねての約束の如く、山口詩選出版記念茶話会へ招待されたので出かける、一時のバスで湯田へ。いつものやうに一浴して（一杯は差控へて）、（中略）七時前、長谷、福富、下井田等と八木食堂へ、出席者十人ばかり、新聞記者がしゃべることゝゝ、私もまけずにしゃべりちらしたが。十時頃、そこを切りあげて、長谷君の部屋で飲む、誰もが興奮してゐる、和田君は泣いて語る、中原君は酔うて寝る、下井田君は人生批判をつゞける、福富さんと長谷さんとはおとなしい、私はやたらに飲む、……それから湯田へ出かけて飲みつゞける、三時近くなつたので、すまないが、中原君の蚊帳の中に入れて貰った。」

こんなふうに、山頭火の湯田温泉がよいは愉快なものであったらしい。さすがに山口市は県庁所在地であり文化的な街、彼を歓迎する文学青年も多かった。ことに山頭火に心酔していた人に、中也の実弟である中原呉郎がいる。出版記念会の夜はそんな気安さもあってか、山頭火は湯田温泉の中原邸

に泊りこんだ。その翌々日には、中原が其中庵まで出かけている。そのつぎの晩にも、彼は山頭火を訪問し、親しく文学談に興じている。当時、中原は長崎医大の学生で夏休みで帰省中だった。もともと彼の好みは文学にあり、そのころは兄の中也ばりの詩を盛んに作っていた。できることなら兄同様、詩人になるのが彼の夢であったらしい。しかし、代々の医業を継ぐために、彼はむりやり医大に入学させられていた。といって、文学への未練は断ちがたい。あるときには、そんな悩みを山頭火にうちあけた。そのときの山頭火は大真面に、「中原君、ドクトルになりたまへ」と説得したそうだ。後年、

中原邸にて
（後列より中也夫人孝子，中也母フク，和田健，福富忠雄）

風来居

わたしは中原さんと親しくなり二人でよく酒を飲んだが、そんなとき山頭火が真顔で「ドクトルになりたまへ」と言ったのは忘れられない、という話を聞いた。

山頭火と親しくなった文学青年たちの多くは息子の健か、それ以下の年齢の人たちであった。中原のほか矢島行隆、下仁田清、和田健らである。若いから無軌道の酒を飲み、文学談に耽った。そんな中では大先輩だから、いっそ山頭火の仮寓を見つけ近くに呼ぼうということになったらしい。案外と話はとんとん拍子で、引越しの荷物運びまで若い文学仲間たちを動員している。その中にはプリント屋を経営する人もいて、知友たちへの転居通知は謄写印刷のハガキで早速差し出された。

「いつも御無沙汰がちで申訳ありません。
さて私はこのたび機縁のままに左記の場所へ転じました、とりあへずお知らせいたします。
山口市湯田前町　徳重裏
（龍泉寺上隣）
昭和十三年十一月二十八日　種田山頭火」

念願だった温泉の近くに転居出来て嬉しかったはずだが、反応はいまひとつだ。

急転直下の風来居

周囲の環境は「草の中から人間の中へ」と書き、それも急転直下とあって、少々戸惑いがあったかもしれない。斎藤清衛には転居通知のほか別便で、「湯田は好きな土地ではありませんけれど、山口の山は好きです、まいにち朝湯のこゝろよさは何ともいへません」（十二月十九日）と書いている。

十一月、湯田の風来居に移る

一羽来て啼かない鳥である　山頭火

山頭火が風来居と名づけて移り住んだ、仮寓のある一かくを秋葉小路という。「秋葉小路（一）」と題し、こんな戯れ歌を作っている。

うらのこどもは　よう泣く子
となりのこどもも　よう泣く子
となりが泣けばうらも泣く
泣いて泣かれて明け暮れる

先には転居を「草の中から人間の中へ」と伝えているが、近隣の騒がしいのに閉口している。ちょっと外出すれば飲食店の並ぶ温泉街だ、若い連中と飲んで騒ぎ、人間付き合いに食傷気味だった。昭和十四年三月二十一日の日記には、次のように書く。

「近来、私は人間に接触しすぎたやうである、何だか嫌なものがこびりついたやうである、早く旅に出て、その嫌なものを払ひ落したい。」

旅といえば、ずっと気になっていたのが長野県伊那の井月のことだ。彼については先に少々触れたが、山頭火はその存在を昭和七年八月に知って以来、ずっと忘れられない俳人であった。本名は、一説によると井上克三といい、越後長岡藩の下級武士だったと伝えられている。嘉永五年（一八五二）ころ、信濃上伊那郡に飄然とやって来たが、出自はなお明らかでない。上伊那郡では一所不住の浮浪生活で、乞食井月と呼ばれていた。

その俳句は俗風に染まぬ独自のものがあり、子規の前駆をなす近代性をおびている。明治十九年の十二月には伊那で行き倒れとなり、そのまま死ねば遺骸の始末が厄介だ。迷惑とばかり村人たちは、戸板に乗せて井月を隣り村へと追い払った。次々にたらい回しにしたようだが、最後は上伊那郡美すず村の塩原梅関が引き受けて、明治二十年三月十日に死去。

梅関は彼のために小さな自然石の碑を建て、その正面に井月の句「降るとまで人には見せて花曇」を彫らせた。墓は梅関夫妻と同一のもので、戒名として塩翁斎柳家井月居士、俗名塩原清助と刻まれている。生前に身元引受人である梅関の弟として入籍していたからだという。

こうした数奇な運命の俳人が遺した俳句を集めた『井月の句集』は大正十年に刊行され、それをさらに増補総合した『井月全集』が昭和五年に出版されていた。山頭火はこれをしばしば読み、その生き方と俳句に傾倒している。井月の俳句を引用してみよう。

今日ばかり花も時雨よ西行忌　井月
旅人の我も数なり花ざかり
何処やらに鶴の声きく霞かな
落栗の座を定めるや窪溜り

井月思慕

山頭火の精神状態は、いつも周期的に起伏がひどい。時には危険なところまで陥ることもあったが、そこから脱出する手段として旅があった。井月を発見して以後に襲われた危機的状況は、昭和八年末から九年にかけてではなかったろうか。その日記を見ると、案の定、昭和八年十一月三日から翌九年二月三日までの記述がない。例外として十二月二十七日の一日だけ記録はあるが、約三カ月間の空白である。

その間に、山頭火が何を考え、どう過ごしたか分らない。が、旅に出る計画を立てることで気を紛らわし、暖かくなるのを待って井月墓参を考えていたようだ。その目安は彼岸のころにあったようで、昭和九年三月二十一日、彼岸の中日の日記には「出立の因縁が熟し時節が到来した、私は出立しなければならない、いや、出立せずにはゐられなくなつたのだ」と書く。

久しぶりの大旅行であった。そのせいか多くの友と別れを惜しみ、なんとなくもたもたした感じだ。

あるいはこれがずっと尾を引いてか、木曾路に入って風邪をひく。もっとも木曾の坂下から飯田へ向かう途中の峠道には、残雪が深くて行きなずんだ。飯田に住む「層雲」俳人の太田蛙堂宅に着くと寝こんでしまい、急性肺炎のため四月二十一日には当地の川島病院に入院。

ここまで来れば、伊那にある井月の墓は、そう遠方というところではない。けれど身体は衰弱し、一週間後に退院すると、仕方なく飯田駅から飯田線で豊橋に出て、ほうほうのていで帰庵した。その旅をふりかえり、日記には「木曾路で句作のいとぐちがやうやくほぐれかけたが、飯田で病んでいけなくなつた、そして帰来少しづゝほぐれる」と書く。

山頭火の井月思慕は、ここで途絶えなかった。いや『井月全集』をさらに読みなおし、昭和十三年三月五日には次のように書く。

「……私は遂に無能無才、身心共にやりきれなくなつた、どうでもかうでも旅にでも出て局面を打開しなければならない、行詰まつた境地から真実は生れない、……窮余の一策として俳諧の一筋をたよりに俳諧乞食旅行に踏み出さう！」

このとき、念頭には井月のことがあったはず。翌日の日記には「今日は仏前に供へたうどんを頂戴したけれど、絶食四日で、さすがの私も少々ひよろ〳〵する、独坐にたへかね横臥して読書思索。万葉集を味ひ、井月句集を読む、おゝ井月よ」と印象的に書いている。

伊那への旅

井月墓参はなかなか機縁が熟さない。およそ一年後の昭和十四年三月三十一日に、ようやく出発することになった。それも七年前は積雪のために失敗したから、旅を急がない。四月一日には広島市の澄太居に泊り、翌日は澄太と一緒に三原の仏通寺に詣でた。五日には宇品から船に乗り大阪へ。京都を経由して名古屋からは知多半島、渥美半島と回り道をした。渥美町福江の潮音寺には芭蕉の弟子杜国の墓がある。芭蕉の句碑もあったから、これを見学した。

鷹ひとつみつけてうれしいらご崎　　芭蕉
はるばるたづね来て岩鼻一人　　山頭火

山頭火は四月二十二日に奥三河の鳳来寺にも参拝している。その後は兵松に出て、そこより天龍川をさかのぼり、伊那に向かった。

ところで余談になるかもしれないが、どうも漂泊の詩人は誰もが月を気にかけ、月に憧憬をいだいているようだ。月にはそれだけ魅力があるわけで、芭蕉『おくのほそ道』の旅も、その動機は「松島の月まづ心にかかりて」ということであった。

松島は奥州随一の景勝として知られた歌枕、月をよんだ歌も多い。芭蕉は松島を訪れ、月見の場所として注目したのが、そこに住む隠遁者の庵であったというのがおもしろい。本文を引用してみよう。

「はた、松の木陰に世をいとふ人もまれまれ見えはべりて、落穂・松笠などうち煙りたる草の庵、閑かに住みなし、いかなる人とは知られずながら、まづなつかしく立ち寄るほどに、月、海に映りて、昼の眺めまた改む。」

芭蕉は隠遁者がどういう素性の人か知らなかったが、何より「なつかしく」という心持ちは無条件の信頼が前提だろう。それは共通の信じ合うものがあるからだ。この場合、心を寄せ合うものは月をおいて外になく、月に真如を観ようとした。

真如というのは一切のもののありのままのすがたをいう。ここでは月という自然のうちに示現される真実を観るのである。仏教においては月輪観として確立された観想法で、満月の月輪を対象として、そこに自らの悟りを得ようとするものだ。インド僧で初期大乗仏教の確立者竜樹は「我れ自心を見るに形月輪の如し。何んが故にか月輪を以て喩とするならば、いわく、満月円明の体は、即ち菩提心と相類せり」と説いた。日本では真言宗新義派の開祖の覚鑁は「月即ち是れ心なり。心即ち是れ月なり。月輪の外に更に心念無し」と説いている。

とにかく精神を集中して月を観るのである。そして円満で清浄な月輪のうちに真如を観るわけだ。密教でいえば即身成仏の世界だろう。けれど詩人はそこまで踏みこまない。月に風情を感じ、心を分かつ友を持つことを最上とする。

山頭火が心にかけ、執念を燃やした旅にも伊那での月見があった。そこは放浪の俳人井月が住みついたところで、日記には「私は芭蕉や一茶のことはあまり考へない、いつも考えるのは路通や井月のことである、彼等の酒好きや最後のことである」と書く。

路通は芭蕉の門人だが、謎の多い乞食僧である。山頭火はその境涯に親近感をもったのだろうが、足跡までは追いきれなかった。その点で、井月は幕末から明治二十年に没するまで伊那盆地を歩き回った放浪の俳人で身近に理解できたのではあるまいか。月の俳句も次のようなものがある。

旅役者もてはやされて月の秋　　井月
山を越川越けふの月見かな
酔いてみな思ひ思ひや月今宵
芋掘りに雇はれにけり十三夜

山頭火は井月にある種の共鳴を感じ、初めて伊那を目指して旅立ったのが昭和九年三月二十二日だった。木曽路から清内路の峠を越えて伊那盆地の飯田に到着するが、残雪の深い峠道で難儀して、急性肺炎にかかり寝こんでしまう。句友の家に厄介になっていたが、便所にも立って行けなくなってついに入院。その間に作った月の句を書き出してみよう。

この窓、あるべき月のかたむいた　　山頭火

山へはっきりと落ちてゆく月
月よ山よわたしは旅で病んでいる
まことの山国の、山ばかりなる月の

このときの旅は、当初の目的を果せず引き返している。以来、因縁時節の到来を待ち、山頭火が再び伊那を目指したのは昭和十四年四月であった。それも急がず浜松あたりで時間かせぎをして、時機を待っている。

ふと三日月を旅空に　　山頭火

浜松から伊那盆地へは、天龍川沿いに上る道がある。歩いても数日で行ける距離だ。まだ満月まではたっぷり時間があった。

一人へり二人へり月は十日ごろ　　山頭火

句の前書には「句会帰途」とある。まだ浜松に滞在し、句友たちと句会を楽しんでいるのだ。そして四月二十九日の旅日記には次のように書く。

「天長節。

早起、今朝はいよ〱出立である、浜松では滞在しすぎた。……

……私としては滞在しすぎました、これから秋葉山拝登、天龍を溯つて信濃路を歩きます、

……どこへ行つても山は青いけれど、なか〱落ちつけません。……

野蕗老のまめ〱しさよ、おべんたうを詰めて貰ひ、残りの酒を酌んで別れる、なが〱お世話になりました、さよなら、ごきげんよう」

山　が　月　が　水　音　を　ち　こ　ち　　山頭火

天龍川の支流を遡り、五月三日には伊那に着いた。そこの女学校の先生をしていたのが「層雲」同人の前田若水。会ったことはなかったが句友として親しかった。学校にまで訪ねて行って、その足で一緒に井月の墓に詣でている。それを旅日記には次のように書く。

「同道してバスで井月の墓に参詣した（記事は前の頁に）、それから歩いたり乗つたりして高遠城址を観た、月が月蔵山から昇つた（満月に近い、ほんたうに信濃の月だつた）」

山頭火は念願の井月墓参を果したわけだ。井月が眠る墓地の様子はメモ書きで記している。後で随

筆でも書くつもりだったのだろうが、いつもの通りで井月についての文は遺していない。

井月墓前にて

お墓したしくお酒をそゝぐ　山頭火

お墓撫でさすりつゝ、はるばるまゐりました
供へるものとては、野の木瓜の二枝三枝

信濃の月

墓参をすませた後の山頭火は、若水に連れられて高遠城址に登っている。それは引用文のとおりだが、感動的なのは昇った月が満月に近いという記述。もちろん月の句も詠んでいる。「高遠」と前書を付けた句は

なるほど信濃の月が出てゐる　山頭火
旅の月夜のふくろう啼くか

合点がいったとき、相手に同意する気持を表すのが「なるほど」である。山頭火は誰に同意したのか。考えられるのは先人の井月であり、井月のよんだ月の俳句にも共鳴したのだろう。

名月は空に気の澄む今宵かな　井月

また銘記すべきは、山頭火が満月の月蝕を見ていることだ。「五月三日の月蝕」と前書きを付けて、

旅の月夜のだんだん虧《カ》げてくる　山頭火

この月は山頭火にとって、実に印象ぶかいものであった。その感激を親友の久保白船にハガキで「天龍川を溯つて、やうやく昨日伊那入、さつそく井月のお墓まゐりをいたしました、これから木曽路を歩いて一応帰山いたします」と書き、「昨夜の月蝕」と前書を付け、前掲の句を書いている。高遠の空にかかった満月は、まさに真如の月であったろう。この月を媒介に、この地に眠る井月へも共鳴できるものがあったはず。それが山頭火の井月思慕の旅であり、やっと果した満足の喜びが「なるほど信濃の月がでてゐる」と合点の句になった。

伊那では感慨深い三日間であった。五月五日七時に前田若水居を出発し、山頭火は木曾路へといそいだ。五月六日、福島から緑平宛に「けふハ木曾街道をなるたけ旧道を歩きました。あすハ歩けるだけ歩いて、それから神戸へいそぎませう」と消息している。その翌々日、斎藤清衛にあてた消息は、「伊那では井月の墓にまゐりました、宿願の一つを果すことが出来ました、きのふもけふも木曾路

を歩きました、木曾は花ざかり、そして水のゆたかさきよさうまさ（天竜も同様でしたが）。

　旅人の身ぬちしみとほる水なり

これからいそいで一応帰山いたします、どうぞお大切に。」

山頭火は伊那を出立、まず権兵衛峠をこして奈良井に出ている。そして、二つ目の鳥居峠を越し、藪原を経て福島へ。五月七日の日記には、

「福島を離れると、水のない木曾川になる、ダム工事のためだ、しみ〴〵みじめさを覚える。木曾御獄の遠望といふ立札があつたが、雨霧にその山容は見えない。二里ばかりで、有名な木曾の桟道がある。芭蕉の句碑二つ、明治天皇の聖績《ママ》碑（東郷大将題）。

　かけはしや命をからむ蔦かつら（芭蕉翁）

傍らにみすぼらしい家があつて、みすぼらしい老人が何やら拾うてゐた、これこそまことに、命をからむかけはし！

十一時、上松町に着く、そこから半里位で、名だたる寝覚の床、臨川寺からの眺望はすぐれてゐる。（中略）寝覚の床は清閑境であるが、鉄道線路がその上を走つてをり、前方に送電塔がそびえてゐるのはふさはしくない。」

山頭火は木曾路をぬけて、汽車で名古屋へ。再びリンゴ舎の森有一に世話になった。大阪では比古居、神戸では詩外楼居。彼が湯田の風来居に帰ってきたのは五月十六日であった。そのことを知らせた緑平宛のハガキでは、

「やうやく帰つて来ました、帰つて来たところで別事ありません、それで、何となく落ちつけますからフシギ〳〵、なるたけ早くここから或る場所へ転じます、そのうちまた。」

山頭火には最初から、この湯田温泉に長くいるつもりはなかったらしい。文面のなかの「或る場所」とは、四国の松山のことである。

第六章　念願二つ

1　ひよいと四国へ

危機の転換

山頭火は宿願だった伊那の井月の墓参りを済ませ、湯田温泉の風来居へと帰ってきた。昭和十四年五月十六日には木村緑平宛に「やうやく帰つて来ました、帰つて来たところで別事ありません、それで、何となく落ちつけますからフシギ〳〵、なるたけ早くここから或る場所へ転じます、そのうちまた」とハガキを出している。

当初から風来居に長く住むつもりはなかったらしく、他に意中の場所があったようだ。六月十五日の緑平宛ハガキでは「私ハ帰来とかく身心おちつかず――橘が匂ひ蛍がとべば！――また旅に出るつもり」と記し、次の一句を書き添えている。

ほうたるほうたるなんでもないよ　　山頭火

この句は後に「ほうたるほたるなんでもないよ」と改作したようだが、何か気を持たせる不可解な俳句だ。六月に白い花の咲く橘の香は何となく昔を思い出させる。また蛍は「うまれた家はあとかたもないほうたる」と詠むように、山頭火にとっては郷愁にかられる切ない風物詩だ。そのころの日記を見ると、六月十七日には「亡弟二郎を想ふ、彼は正直すぎて、そしてあまりに多感だつた、彼の最後は彼の宿命だつた、あゝ」と記す。翌十八日には「死を考へる、母、姉、祖母、父、弟、……そして妻を子を考へる。……」と書く。

山頭火にとって「橘が匂ひ蛍がとべば！」おのずと慚愧の念を呼び覚ます回路ができていたらしい。それは死への誘惑ともなり危険な状態なのだが、旅に出れば救われる。それは一つの延命法で、〈ほうたるほたる〉と呼びかけながら、自分は自殺などしない、〈なんでもないよ〉と応答しているのだ。彼は湯田温泉の風来居で死ぬつもりはない。意中の場所は四国の松山と念願していた。

ちょっと叙述が細かくなるが、六月十五日の緑平宛のハガキでは行き場所を特定していない。けれど翌十六日には「私ハまた旅に出ますつもり、九州から四国へ渡ります」と具体的な書きぶりだ。同日に斎藤清衛や近木黎々火らにも、九州経由で四国へ渡ることを伝えている。内情はどうだったのだろうか。

実は大山澄太が六月十五日にひょっこりやって来て、山頭火の転居願望を聞いたらしい。いや大山へは、松山へ行きたい、とかねて希望を伝えていた。これを受け、大山は三月末に松山へ行った折に藤岡政一や高橋一洵《たかはしいちじゅん》に相談を持ち掛けている。

松山の支援者たち

大山澄太と藤岡政一は年来の知友であった。藤岡が一つ年上だが、大正の初めころ、広島逓信局に一緒に勤務していた時期があり、その後に藤岡は帰郷して逓信省事務官として松山郵便局に勤めている。大山は広島逓信局の庶務課に勤務して「広島逓友」の編集に携わっていた。その雑誌の俳句欄選者には山頭火が起用され、また随筆も書いている。藤岡は仕事との関係と特に大山と親しかったこともあり、「広島逓友」を介して山頭火が何者かということを知っていた。

高橋一洵は後に松山での山頭火を最期まで支援し看取った人だ。藤岡政一さんがその人となりを『山頭火全集』月報七号（昭和四十八年十月）の中に書いているので引用させてもらう。

藤岡政一

高橋一洵

「その時の高橋さんは、山頭火より十八歳若い四十歳で松山高等商業学校（現在の松山大学の前身）の教授であった。童顔童心のいい人で、風采などあまり構わず、専門は政治学の筈だが、そちらの方より仏教と文学を好み、俳句も捻り、俳画のようなものを描き、放浪癖も多分にあるという。山頭火に誂向きの人物だったので忽ち意気投合したらしい。爾後山頭火を親身に世話した人である。」

大山が三月下旬に松山に来たのは、広島逓信局主催の女子局員に対する「精神修養講習会」を催すためであった。三泊四日の日程で松山市の城北にある龍穏寺で開かれている。その主催者側の責任者が大山澄太、地元での責任者が藤岡政一。講習会の講師として招かれたのが高橋始、雅号の一洵で知られている人だ。会が終わって三人だけの打上げのとき、大山は山頭火が松山に来たがっていることを話題にしたという。一洵はそれまで山頭火の存在を知らなかったが、説明を聞くうちに興味を持った。山頭火が禅と俳句に生きているというのに共感し、同じく早稲田大学の同窓ということに親近感を覚えたらしい。松山に寄越しなさい、と快諾した。

山頭火にとってはまたとない朗報であった。けれど大山が松山での事の成り行きを彼に伝えたのは、数カ月も経ってのことだ。詳しくは六月十五日にはじめて知らされ、その喜びを急ぎ緑平や斎藤らに報告している。六月二十三日には緑平宛に、旅立ちの近いことを次のように書く。

「私ハ以前からニヒルに悩んでゐます、アルコールが主因らしく生きつゞけることが苦しくなるのです、旅する外ありませんから、また旅に出ます、遍路となつて四国を巡拝して来ます、今月末又ハ来月初めお訪ねいたします、そして宇品から高浜へ渡ります、毎日身辺整理をやつてゐます。」

旅立ちへの逡巡

山頭火はすぐにでも出立するかの心持ちだったはずだ。けれど、なぜか風来居に居続けて若い連中と酒を飲み歩いている。念願の井月墓参も果し気が抜けたか。その年はずいぶん暑かった。友の誰彼に「四国へ渡ります」と知らせた翌六月十七日の日記には「空梅雨らしく、なか〱降りださない」と書き、以後は連日のように空模様を気にしている。七月八日には「梅雨はいよ〱空梅雨らしい、夏日かゞやき炎天燃ゑる、――それにつけても私には自粛持戒が足らない」と記す。

山頭火は「草と虫とそして」と題した随筆の中で、「季節のうつりかわりに敏感なのは、植物では草、動物では虫、人間では独り者、旅人、貧乏人である（この点も、私は草や虫みたいな存在だ！）」と書いていたのを思い出す。炎天下に旅に出ることは、いかに厳しいかをよく知っていた。大正十五年の捨身懸命の旅では「炎天をいただいて乞ひ歩く」と詠んでいる。それは懐かしい句で、現在は身心とも衰弱していることを意識する年齢であった。満でいえば五十六歳半だったが、死の想念に憑りつかれることもあったようだ。

折から六十年ぶりの旱魃といわれ、井戸水も涸れて貰い水をしなければならなかった。八月二十六日の日記には「世界の情勢はまさに発火点に達したらしい、その前夜といつた緊迫ぶりである、いつの時代でも戦争は絶えない」と書き、続けて次のように記す。

「つく〴〵思ふ、人間の死所を得ることは難いかな、私は希ふ、獣のやうに、鳥のやうに、せめて虫のやうにでも死にたい、私が旅するのは死場所を探すのだ！」

四国の句友

　この日記を書いた同じ日に、彼は愛媛県東部、周桑郡楠河村の道安寺に寄宿していた木村無相宛にハガキを出している。その中で「私も近々いよ〳〵御地へ渡ります、宇品から高浜へ、そして遍路として巡拝いたします、お目にかゝる時日がきまればお知らせいたします、みゆきさんも御見舞いたしますつもり、四国路にハ友達が少ないので何かと困ることが多からうと思ひますが、歩けるだけ歩きます」と書く。

　宛名の木村無相は明治三十七年、熊本生まれ。朝鮮、満州の各地を転々として帰国後は一灯園に入る。再び満州、大連そしてフィリピンでは日本人小学校の教員として五年間滞在。昭和八年からは日本で求道遍歴をつづけていたが、「層雲」で活躍の山頭火を知り、いつからか文通する間柄だったという。

　山頭火が遍路となって四国を巡拝しようというのは、死場所を求めてであった。無相は当時、伊予の今治から二里の道安寺に寄食していた。互に消息が分って以降、四国へ行く日時が決まれば改めて連絡する手筈になっていたのだ。二人はこのとき、文通だけで会ったことはなかった。

　またハガキに「みゆきさんも御見舞いたしますつもり」とあるのは、結核で自宅療養中の河村みゆきのことだ。古い「層雲」同人で、四国霊場札所第六十一番の香園寺住職河村恵雲夫人である。無相は香園寺で修業した時期もあったから河村夫妻をよく知っていた。山頭火来訪の折は共に温かく迎えようと相談していたという。

いよいよ四国へ渡るための機は熟していた。けれど「早く旅に出たいが用意が整はない。――／いひかへると、旅費の工面がつかない、――いら〱する、この旅は、私にとつては、捨身懸命的である、ひたむきに良心的に歩かう」（八月二十七日）と書く。そしてようやく出立できたのが、九月二十六日だった。

柳ちるもとの乞食になつて歩く　　山頭火

かれは「柳ちるいそいであてもない旅へ」とも作っているように、四国へ渡っても特に当てはなかった。柳は樹木の落葉に先駆けて散る初秋の趣があり、散り方も一時にではなく散り散らずの景で初冬までも続く。すなわち心に逡巡するものがあり、そのたゆたいを象徴しているのが〈柳ちる〉であろう。ある時期は道中記を書こうと意欲に燃えた旅もあったが、このたびの出立には当初から死の影をおびている。

山陽道には知友が多く、徳山では久保白船と別れを惜しんでいる。そのときの山頭火の身なりは、まさに乞食の風体で白船を驚かしている。さらにびっくりさせたのは、山頭火の最後の所持品ともいうべき鉄鉢を形見に置いてゆくという。このときは死の覚悟も出来ていたようで、決意の堅いことを察し、白船は鉄鉢を山頭火からもらってる。柳井では藤田文友と岩国では松金指月堂《まつかねしげつどう》に会い、広島の澄太居へと向かった。

ところで山頭火の没後に、大山澄太氏があちこちの講話、講演会で幾百回と語り、また自著にも書いているので、巷間よく知られている話がある。山頭火は四国へ渡る前、昭和十四年九月二十九日から、広島の澄太居に二泊し、その時こう語ったという。

「澄太君、わしはのんた、笠ももりだしたが屋根ももりだした。畳も破れたが、馬鹿酒を呑みすぎたためか、心臓も破れたらしい。もう余命幾許もないような気がする。まあ、あと一年だね。君、カラスやトンビはどのようにして、この世から姿を消すのだろう。わしはあちこち山野を旅して歩いたが、カラスが野垂れ死にしているのを見たことがない。トンビが病死して屍を晒しているのを見たこともない。わしもあのようにして、世の中から姿を消すことができたらよいと思うのに……」

注目すべきは、山頭火が語った「まあ、あと一年だね」という言葉である。澄太はこれを重く受け取り、知り合いの医師である小野実人《みひと》の小野医院に、山頭火を連れて行った。小野医師は診察もしないまま、その息づかいから推測して応答したという。

「心臓が疲れていますね、酒の業です。でも自分を偽らず、好きな句を作り、好きな人と交わって、もういつ死んでもいいでしょう。」

果して、医師がそういう乱暴な発言をするとは思えないが、立会人であった大山の伝えるところである。とにかく「あと一年」のいのちと、山頭火自身が予言し、周囲がそれを納得し、事態は予言通り推移した――というのが、大山の繰り返し語ってきた、いわば〝山頭火伝説〟の一つである。あまりに出来すぎているので、美化する意図が働いたかとも思えるが藪の中だ。

十五という命数

山頭火が「あと一年」のいのちと語ったということに、わたしは別の観点から関心を持っている。彼は、生まれ故郷の防府から二十キロほど離れた小郡に草庵を結んで住んでいた。昭和七年九月から同十三年十一月までの六年余りの間だ。この時、「故郷」と題したエッセーを書いている。末尾の一節は

「私は今、ふるさとのほとりに庵居してゐる。とうとうかへつてきましたね――と慰められたり憐まれたりしながら、ひとりしづかに自然を観じ人事を観じてゐる。餘生いつまで保つかは解らないけれど、枯木死灰と化さないかぎり、ほんたうの故郷を欣求することは忘れてゐない。」

小郡の「其中庵」の後は湯田温泉の「風来居」に移り、終焉地には松山を目差す。つまり本当の故

郷を欣求し、一所に留まることができなかったのである。その内面心理には複雑なものがあろうが、山頭火の年譜を追うと、奇妙に符合する年数に気づく。その年数を挙げてみよう。

明治十五年は、山頭火が生まれた年。大正十五年は、解くすべもない惑いを背負うて行乞流転の旅に出た年。そして昭和十五年は、どんな年になるだろうか。

昭和十四年九月末日、山頭火は澄太に「あと一年」のいのちだと語ったという。十五の数にこだわるなら、昭和十五年秋に死ねるならば俳人としては見事な往生となろう。

ついでに言えば〈五〉というのが因縁の数字らしい。例えば、明治二十五年は、母親が自殺した年。大正五年は種田家が破産して一家離散。果して来年（昭和十五年）は、身辺にどんな異変が起こるか予想すれば、当時の彼にあっては、死ぬことしかなかったと思う。

さて、いよいよ死を意識すれば、死に場所こそが一番の問題となる。山頭火に言わせれば「ほんたうの故郷を欣求すること」でもあり、選んだところは伊予の松山であった。

宇品乗船

ひよいと四国へ晴れきつてゐる　　山頭火

十月一日朝、高浜沖の船上

秋空指してお城が見えます

秋晴れの島をばらまいておだやかな

秋晴れひよいと四国へ渡つて来た

山頭火は〈ひよいと〉を強調して、四国に渡ってきたことを詠んでいる。気軽に事を行うさまであるが、はたしてそうだったか。松山はまったく知らぬ土地ではない。昭和三年には遍路として巡拝しているから、道後温泉にも立ち寄ったはずだ。大正四年には愛媛新聞の前身である海南新聞に、山頭火の俳句が都合二十句も掲載されている。層雲派俳人の野村朱鱗洞《のむらしゅりんどう》が新聞選者として活躍していたころで、山頭火には特に依頼しての俳句掲載であった。

俳句のメッカ

松山は正岡子規や河東碧梧桐、高浜虚子を輩出して近代俳句のメッカともいわれた土地である。夏目漱石が松山中学の英語教師として住んでいた明治二十八年、子規も病気療養のために帰郷して大いに運座を催している。子規と漱石は同じ下宿に住み、また松山中の俳人がそこに集まってきた。子規が近代俳句の指針を示す『俳諧大要』の稿を起こしたのも松山であり、俳句雑誌「ほとゝぎす」(のちに「ホトトギス」)を創刊したのも松山で、背後には海南新聞という存在があった。

さすが松山だと先見の明を感じるのは、山頭火が松山に来たことを「海南新聞」が大々的に取り上げていることだ。それも二日間にわたり、写真入りで報じている。少々長くなるが、その全文をここに引用しておこう。その第一日目は十月四日付で「俳僧種田山頭火氏／飄然俳都を訪問」と大見出しを付け、小見出しは「故野村朱鱗洞氏墓に参詣」とある。本文は以下のとおり。

「中央俳壇層雲派の驍将として最近その名をうたはれている漂泊の老僧種田山頭火氏が去る一日へうぜんと俳都松山をおとづれ、弟子の昭和町松山高商教授高橋一洵斎氏宅にわらぢを脱いでゐる。氏はかつて明治末葉のホトトギス派爛熟期に自由律俳句を高唱しまた本社俳壇の選者として十六日吟社を主宰してゐた故野村朱鱗洞氏と同士で日本俳壇の新運動に従事してゐた。相馬御風、吉江喬松氏等とゝもに早大文科を出たが現在は苦闘にみちた過去を清算、山口県湯田温泉の近くに草庵を結び、仏門に帰依して諸国巡礼と俳諧に安住の地を求めて居る。来松の動機も同志朱鱗洞氏の霊を慰めるためで二日石手寺の墓所を訪ひ今は亡き親友の前に心からの回向を捧げた。八日頃まで滞在のうへ高橋教授と四国巡礼の旅に出発する予定である。」

写真とインタビュー

第二日目は翌十月五日付で、写真入りで掲載されている。鉄鉢は白船に譲ったから、左手にもっているのは小さな鉦だ。右手に杖をつき、笈を背に負うている。首に頭陀袋はさげているが、墨染の衣でなく袷の着物を尻からげして、地下足袋姿だ。どう見ても行脚僧の風姿からは程遠い。彼が俳句に詠むとおり、「柳ちるもとの乞食になつて歩く」の風体である。

新聞記事は山頭火の立ち姿を撮した縦長の写真に合わせて三段抜きで「わけ入つても青い山」の大見出しを付け、小見出しで「笠にとんぼをとまらせてあるく」の山頭火句を掲載。記事の内容は「種田山頭火氏は語る」というものでインタビュー構成になっている。少々長いが「自然に帰依する／俳人の心境」と副題をつけた興味深い記事なので、全文を引用で示しておきたい。

「秋山を指さしてお城が見えます　これは自由律俳句を主張する層雲派のうちでも驍将と知られる俳僧種田山頭火氏が去る一日松山に来たとき城山を見て漏らした一句である、いま松山高商教授高橋始方に滞在して市内に托鉢に出たり、かつての同志野村朱鱗洞の墓所を石手寺にさがしたり漂々とした日を送っているが独善的なホト、ギス派に挑戦して自由律俳句を主張する熱烈な闘志のある反面雑草のやうな淋しいしかし自由な生活を心とし行雲流水の旅を心から楽しんでゐるやうな氏の風貌にどことなく本当の『人間』を見るやうな感じを受ける、山口県防府の酒造家の息子に生れ相馬御風、吉江喬松氏等と相前後して早大を出たが、ある背負い切れないものを感じて出家し禅僧となり行乞漂泊の生活を続け最近は郷里に近い湯田温泉の近くに草庵を結び山林独住の生活をいとなんでゐる、この現代の芭蕉か一茶のやうな人をたづねてその自由な無の世界を窺って見た。」

山頭火を紹介した海南新聞（現・愛媛新聞）の記事

ちょっと長いので一旦切って先に続けよう。前日の記事と重複するところもあり、気になる内容の個所もある。湯田温泉近くの仮寓は場末の四畳半一間、それが独立家屋となったものだから山林独住の草庵というものではなかった。「現代の芭蕉か一茶のやうな人」とはうれしい叙述だ。以下は山頭火の談話が中心となる。

「私は妥協が出来ない人間です、何か知ら重圧を感じる生活に妥協すれば住めるものを私はだらしなく遁《に》げてしまったのです。そして私は元来旅がすきです、あてのない旅、気兼ねのいらない自由な旅に自分の後半世をゆだねてしまった、人に迷惑をかけず隅の方で小さく呼吸してゐることが現在の私です、まあいはゞ『イボ』のやうな存在です、癌になれば大いに迷惑をかけるが小さな『イボ』なれば迷惑にならないと思ふ

分け入っても分け入っても青い山
笠にとんぼをとまらせてあるく
だまって今日の草鞋をはく
ほと〳〵とし木の葉なる

これがいまの生活です、一種の性格破産者とも思ってゐる、しかし自然を心ゆくまで見て歩くうち芭蕉、一茶に通じるものを感じるが二人の境地に達するまでには至らない、また私は水が非常に好きだ、三日くらゐ水ばかり呑んで旅することもあったが別に苦にもならずかへって珍味を喰べた気

がする、水の味が解ったときに人生の味が本当に解るのではないかと思ふ

飲みたい水が音たてゝゐた

こんなにうまい水があふれてゐる

また氏は酒も好物だといふ、木賃を払ってあまれば酒に換へて陶然となる、世の中に欲望を断ったものが飲む酒の味はまた格別だといつてゐる、最後に困らす意味で最も現実的な問題『戦争』についてきいて見ると　私も世俗よりは遠ざかったが、国よりは離れてゐない、やはり日本人だ、といひつゝ自著の俳句等を示し『銃後』といふ欄を指さした

日ざかりの千人鉢の一針づつ

秋もいよ〳〵深うなる日の丸へんぽん

再び踏むまい土を踏みしめて征く　」

以上が掲載記事である。新聞というマスメディアのせいもあって、山頭火が広く一般社会に紹介された初めての機会でもあった。幸せにも俳句のメッカともいわれる松山において幸先よく受け容れられたのである。

2　遍路行

死ぬのは四国で

山頭火が死場所として四国を選んだのはなぜだろうか。単なる思い付きではなかったはずで、おそらく人生の一大事であった。湯田温泉の風来居を去り、海を渡って松山に行くことはかねてからの心づもりがあったのだろう。

彼ほどに津々浦々を旅した人はいないだろう。そんな経験があって四国を死場所と決めたのだから、確たる信念があったはず。昭和二年末から翌三年七月まで、かなりの長期に渡り四国八十八カ所の霊場札所を巡拝している。その足跡は自らが思う所あって消しているので辿りようがない。けれど七カ月以上も歩いているから、四国の人情や風土は知りつくしていた。

尾崎放哉が小豆島の南郷庵で亡くなったのち、後釜に座らないかという話があった。師の井泉水を介しての打診だったが断わっている。時期尚早だったのだろう。当時、彼はじっと座しておれる心境ではなかった。けれど、日々旅にして旅を栖とする生き方は思いのほか過酷である。そこで身を休め精神を安定するために草庵暮らしを求めるわけだが、山頭火もいよいよ死期を意識しはじめたか。

死ぬのは四国でという思いが強かった。理由はいろいろ考えられるが、彼の最後の自筆日記を見たときに、私はふと納得がいったのを思い出す。こよりで綴じた日記の表紙に「雲去来（松山日記）」と表題をつけ、その右傍に〝如実知自心〟の語を書きつけている。これは何を意味するか。密教の根本経典『大日経』住心品にある一節の最も大切なことばだ。

先ず秘密主が「悟りとは何ですか」と問う。大日如来はこれに答えて「菩提心を因となし、大悲を根となし、方便を究竟《くきょう》となす」という。叙述はこうした問答形式で進められる。分りやすくいえば、悟りを求める心を原動力とし、限りない慈悲心を基本的条件として、そこからほとばしり出る巧みな手立てをもって究極の行為となすという意味だ。さらに続けて菩提とは何かと問われたとき答えたのが「謂はく真実の通りに自心を知ることである」ということば。真如のまま、あるがままに自己の心のありようを知るべきだというのだ。すなわち凡人の心がそのまま悟りにほかならないことを明らかにしている。

改めて山頭火が日記の表紙に「如実知自心」と記した真意をさぐってみたい。彼は四国に渡り先ず果そうとしたのは遍路となって歩くことだった。そこで求めるものは「如実知自心」であり、その実践形態こそが遍路であるということだ。

遍路は弘法大師空海が開いた永遠回帰の遍照金剛の道。遍照金剛とは光明があまねく照らし金剛のように不壊《ふえ》であることをいうが、仏道修行もまた無限に続く不壊を意味するものであった。それがすなわち「如実知自心」につながる道でもあったわけだ。

山頭火はこれまで仏教というものをどう理解していたか。かなり恣意的に自分の都合で解釈してきた嫌いがなくはない。本格的な仏道修行を諦め、文学的な趣味性に傾いていた俳人だから、一概に批判するのは当らない。けれど改めて遍路となって歩こうとするとき、意識に変化があったのではなかろうか。その一つは墨染の衣を脱ぎ捨て、行乞者の象徴ともいうべき鉄鉢も句友の白船に譲っている。まったく虚飾を捨て、「如実知自心」の実践に踏み出そうとしたのである。

ところで山頭火が遍路となって出立する前に、どうしても果しておきたいことがあった。それは句友であった野村朱鱗洞の墓参りである。先には年来の願いであった伊那にある井月の墓に参っている。同様に朱鱗道の墓参にこだわっていた。その経緯についても書いておきたい。

夭折の朱鱗洞

山頭火と朱鱗洞は「層雲」初期におけるライバルであった。いや朱鱗洞の俳句は歌集『一握の砂』(明治四十三年)を刊行し評判の高かった石川啄木に比肩されたほどだ。「層雲」創刊は明治四十四年であり、啄木は当初からそこに詩や短歌を掲載している。朱鱗洞は俳句で注目を浴び、俳壇の啄木ともいわれるほどの評判だった。それに比べて山頭火は朱鱗洞より十歳ほど年長だが、俳壇へのデビューは数年遅れている。

朱鱗洞が世界的に猛威をふるった流行性感冒にかかり死去するのは大正七年十月、二十五歳のときである。その死は多くの人に惜しまれた。師の井泉水は「私はまだ後継者をさがしておかなければならぬ年ではなかったが、心ひそかに、層雲の後継者は彼のほかにない、という気がしていた。その彼がその年、流行した悪性の感冒のために、にわかに没したと聞いて骸然とした。自分の子供を失くしたような気持ちだったのである」(「愛媛新聞」昭和四十六年二月二十五日)と回想している。デビュー以来、誰もが前途を嘱望し、山頭火とは早くより気脈を通じる仲であった。

大正三年一月二十日、高浜虚子が帰郷したときは朱鱗洞が中心になり七人ほどで句会を開き歓迎している。碧梧桐により近いが、虚子ともまた親しく松山の俳句会を総括する存在だった。

朱鱗洞の夭折は俳句における層雲派にとって計り知れない痛手であった。山頭火は「一すじの煙悲しや日輪しずむ」と追悼句を詠んでいるが、まさに日輪しずむの思いであったのだろう。没後の翌大正八年五月には遺稿句集『禮讃』が刊行されている。これで故人の思い出は終止符を打たれるのが世の常ともいえよう。けれど山頭火は昭和七年四月十日の行乞記の中で次のように書く。

「緑平老のたよりによれば、朱鱗洞居士は無縁仏になつてしまつてゐるといふ、南無朱鱗洞居士、それでもよいではないか、君の位牌は墓石は心は、自由俳句のなかに、自由俳人の胸のうちにある。」

朱鱗洞への哀悼の念はここで一応の決着がついた。そのつもりだったが、昭和十三年になって句集『禮讃』の改刷本が刊行されている。それを見ると、小伝を記した末尾に朱鱗洞の遺骨は「松山市外温泉郡道後村大字石手、石手地蔵院に葬る」とあるのだ。噂と違って朱鱗洞は無縁仏ではなかったのだ。山頭火は心のうちに、何かおどるものを感じたに違いない。

死者への追慕の念は、あるいは山頭火の人格形成と密接な関係があるともいえようか。よく言われるのが母の自殺に遭遇し、そのときの衝撃が後半の精神障害を引起す原因となる、いわゆるトラウマである。これと朱鱗洞への追慕がどう関連するかは分らない。ここで大山澄太氏が山頭火について語るたび繰り返し触れた母の位牌の話を思い出す。


「松山へ立つ朝、山頭火はたった一つの大きな黒い風呂敷包みを整理していたが、ころりと白い紙に巻いたものが転んで出た。彼は大切そうに両手を伸ばした。

『それは何かね。』

『母の位牌だ。母が井戸から引き上げられた時、わしは冷いぬれた死屍にすがりついた。あの死に方では母は成仏していないと思う。好んでお寺巡りをしたのも、母のためなのだ。いつも笈の底に納めて旅をして来た。』

と言った。家内も私も、ものが言えず涙をこぼしてしまった」


山頭火は最後の死場所を求めて四国へ渡ったときも、母の位牌と一緒だったのか。

ここで朱鱗洞の家系のことにも少々ふれておこう。祖父は旧松山藩士、六石五斗二人扶持の家柄だったという。明治二十六年十一月二十六日、父徳貴四十一歳、母キヌ三十五歳のとき、彼は生まれた。本名野村守隣。俳号は柏葉、朱燐洞、のち朱鱗洞と改めた。彼には三姉一兄があったが、他家に嫁いでいる次姉のほかみな早死。母も彼の十三歳のとき亡くなっていた。

野村家は朱鱗洞の死によって、実質的には断絶した。ときに父の徳貴は六十七歳で、一人遺されてしまったのである。徳貴は仕方なく家財を整理して、次女ノブの嫁ぎ先の大分市に身を寄せ、大正十年に亡くなっている。松山と大分とは海をへだてて遠い。ノブも昭和八年に亡くなっているから、身内に朱鱗洞の菩提を弔う者はいなかったのである。

遺稿集の誤伝から

ところがどういう経緯でか、遺稿集に付した小伝に、墓の在処が書かれているのだ。朱鱗洞を高く評価し、その夭折を悼んでいた山頭火が、それを見落とすはずがなかった。長く無縁仏だと思っていただけに、墓参をしなければすませられない気持になったのだろう。

山頭火の墓参の意味は、井月にふれて書いておいた。この墓参の行為というのは、現実生活から幻想の時空へと転化する一つの通路になっているのである。

山頭火はこれまで一所不住で、放浪流転の生活が長かった。その明け暮れに、いつも願うところは心安まるおちつきどころであった。ある時期には、それは故郷をしのぶ情感となってあらわれている。

年とれば故郷こひしいつくつくぼうし
波音のたえずしてふるさと遠し
ふるさとは遠くして木の芽
ふつとふるさとのことが山椒の芽
泊ることにしてふるさとの葱坊主

ふるさとはちしやもみがうまいふるさとにゐる

山頭火は海を渡って松山に来るまでは、故郷の山口におちつこうと努めていた。小郡の其中庵では六年間も住んだ。湯田温泉の風来居では約十カ月。そこも安住の地ではなかったのである。

生まれ故郷は、観念のそれとあまりにも違っていた。彼の求める故郷は、心の中に生きづいている。帰心あるものの半ば宿命的に意志的に突き抜けてしまう現実の故郷、その向こうにはいつしかもう一つの時空が開けていたのである。

いつも生き死にのことを考えていたが、肉体の衰えと共に総決算、いや年貢の納め時という思いは強かった。夭折した朱鱗洞には次のような俳句がある。

はるの日の禮讃に或るは鉦打ち鈴を振り
正しく鉦を打つ巡禮の子に報謝
巡禮の児にやよ雲雀ないてをり

遍路を詠んだ句だ。特に視線は親子遍路の子供の方に向けられている。若い句友の清新な句境に触発されて、遍路への思いはより深い肝銘となっていたのではあるまいか。その前に果さなければならないのは朱鱗洞の墓参りであった。

松山においては地元に住む高橋一洵や藤岡政一らに迎えられている。山頭火の意向をうけて、高橋と藤岡は朱鱗洞の墓を捜したが見つからない。改刷本の句集『禮讃』所収の小伝に記す「松山市外温泉郡道後村大字石手、石手地蔵院に葬る。」の記述は誤りで、地蔵院の墓地に野村家の墓はなかった。

朱鱗洞の墓捜しについては藤岡政一さんから詳しく聞いたことがある。八方手をつくし、郷土史家の景浦《かげうら》稚桃《ちとう》や友人の丹生谷保《にゅうのやたもつ》らの協力を得て、やがて市内小坂町の安扶志《あぶし》共同墓地にあるのを見つけた。その朗報をもって山頭火が滞在している高橋宅に行くと、もう夜の十時近くになっていたが、山頭火は「すぐに墓参りに行き、そのまま遍路の旅に出ます」という。

慌しい決断だが、山頭火の心境には切迫するものがあったのだろう。山頭火は杖をつき、高橋は鈴をもち、藤岡は山頭火の乏しい荷を背負った。生憎、雨がぽつりぽつりと降りはじめて夜道は真暗だ。藤岡さんの回想を記しておこう。

「墓地に着いたものの暗闇のなかに墓石が乱立して足の踏みこむ余地さえなく難渋しました。が、やっとマッチの火を頼りに野村家の墓を見つけて火をつけた線香を供えて三人で心経を唱えました。山頭火が掌で石塔をごしごしとさすっていたのを覚えています。闇の中だからよく分らないけど、恐らく涙をこぼしていたでしょう。そういう気配を感じました。それから三人は時々雨が降ってくる暗い街を国鉄松山駅まで歩きました。既に十二時を回って人気のない駅の待合室のベンチで思い思いに寝て休みました。」

明けて十月六日の早朝に、山頭火はひとり予讃線の一番汽車に乗り遍路の旅に出発した。その道中では今治の先の桜井駅で下車し、当地の郵便局長清水恵を訪ねている。翌日は今治に引き返し、いづみや別館に宿泊。九日には周桑郡三芳町の道安寺に寄寓中の木村無相と小松町の香園寺で落ち会っている。

木村無相へ

無相については先に触れたが、四国霊場札所第六十一番の香園寺住職の妻河村みゆきは「層雲」同人だった。「層雲」社中では高名な山頭火だったから、住職の河村恵雲ともども来訪を歓迎している。その心尽くしに甘え香園寺外寮に一週間近くも滞在した。その間、無相は一緒に寝泊りして山頭火を師として敬い、父に対するかの親愛の情をもって接している。その当時を回想した無相の随筆がある。山頭火の素直な心情がうかがえるので引用で示しておこう。

「浪浪の何たるかをしたたかに身に沁みて知っている山翁にとっては、その遙かな〳〵後から来る若い私の浪浪には、黙って見ていられぬ堪えきれないものが感じられたのでありましょう。

夜半、一時二時に、寝入っている私を幾晩となく揺り起しては、『流浪はいけない、流浪は止めなさい。流浪はもう私一人で沢山、私をもって最後としたい――』泣かんばかりに頼むように申され、また、『私がこの旅を終えた後、果して松山に落ちつけるかどうかはホントーはまだわからないが、貴方の身の落ちつきどころだけは必ず何とかするから、流浪は止めにしなさい。貴方のことは一洵さんにお願いするつもりだから、貴方からもそのうち一洵さんに手紙を出しなさい――』と斯うも言って、我が子のことのように私の身を案じ下さったことですが、いかにも業の深い私は、山翁がまだ四国をめぐっていて松山に行きつかない先きに、お別した翌月の十一月には静岡県での大井川畔の金谷の町にと流れていたのでありました。」（『山頭火全集』月報六号、昭和四十八年三月）

山頭火は無相と別れてからも心配で、十月三十一日には徳島県鳴門から手紙を出している。一部を引用してみよう。

「私自身はどうなるか解りませんけれど、あなたの事は何とかなるやうにおたのみいたします、そのおつもりで万事処理して下さい。高橋さんへお手紙をお出しになつた方がよくはないでせうか。よく考へて下さい、私も考へます、お互に大切な時期ですよ。

第一策がいけなければ第二策第三策があります、流浪はいけません、私としてはたうてい賛成することが出来ません、その心持は解りすぎるほど解るだけに。

観念的に物事を考へないで、生活をがつちり体験する覚悟が何よりも大切であると思ひます、あたりまへの事をあたりまへに生かす心がまへを持ちつゞけたいものです、私自身のことは外にして。」

山頭火の意外な一面を覗かせた一文だが、言わんとするところは正に常識に則っている。彼は後輩に向かっては明確に流浪の生活を否定した。ならばこれまでの自身の人生はどう評価するのか。この問いはずっと自分自身にも突き付けられた課題でもあった。後身のために道を誤まらせたくないから、親身になって心配したことばが「観念的に物事を考へないで、生活をがっちり体験する覚悟が何より大切である」という箴言であった。それは取りも直さず山頭火自身を叱咤したはずで、「あたりまへの事をあたりまへに生かす心がまへを持ちつゞけたいもの」という結論へとたどりつく。それは正しく如実知自心、遍路のこころでもあった。

逃亡奴隷

振返ってみれば人生には岐路があって、そこに立つときどきに決断しなければならない。

山頭火の場合はどうだったか。少年時に母が自殺するという憂き日にあって、その後の生き方は宿命づけられたと言えるかもしれない。そう見方も否定できないだろう。けれど母の自殺が彼の人生を決定づけたかといえば、そうでもなかろう。旧制中学は優秀な成績で卒業し、早稲田大学まで進んでいる。中途退学とはいえ当時としては学歴に引け目はない。結婚して家業を継ぎ、酒造場の経営に精を出した時期もある。破産出郷後は文筆による立身を夢見て単身上京した。これとても多くの文学者たちが辿った道であり、筆一本で立てなかっただけだ。

山頭火は自叙伝を書くことに拘泥している。そのことはよく知られていて、自らも日記に「ああ亡き母の追懐！私が自叙伝を書くならばその冒頭の語句として――私一家の不幸は母の自殺から初まる、と書かなければならない」（昭和十二年十一月二十七日）などと記した。自叙伝はついに書き遺さなかったけれど、彼の俳句を読めば、いわば自叙伝的であり、自らの境涯を詠む俳句であった。また彼の考える俳句観は次の一文によってもうかがえる。

「俳句ほど作者を離れない文芸はあるまい。（短歌も同様に）、一句一句に作者の顔が刻みこまれてある、その顔が解らなければ、その句はほんたう解らないのである。」（昭和十二年六月七日）

日記で散見できる俳句観だ。これを俳句でなく私小説と置き換えれば、日本の近代文学の構造は明らかとなる。それらのことを明解に解剖した評論に、伊藤整の『小説の方法』（昭和二十三年）という名著がある。その中で注目するのは日本独特のジャンルたる私小説で、山頭火の言を借りれば「私小説ほど作者を離れない文芸はあるまい」ということになろう。

伊藤整は日本の近代小説と西洋のそれとを比較しながら、その相違を明らかにする。日本の作家たちの作品は社会を放棄して狭い文壇のなかで棲息し、その実体験を報告するといった類のものであった。日本の近代社会におけるエゴの確立とは現世放棄者たることによってはじめて可能になる質のものであったという。対して西洋の文学者たちは社会の一員として生きるために仮構を必要とした。それを仮面紳士と名づけるなら、日本の私小説家たちは宿命的に逃亡奴隷的な性格をもつ。

こうした仕分けを念頭に、山頭火の生き方を考えるなら、彼は一も二もなく逃亡奴隷の境涯であろう。ある時期からは妻子と離別し、東京での図書館勤めの仕事も捨て、ついには出家得度した。こうして得た山林独住の堂守の生活からも逃れて、やがて行乞流転の旅に生きたのだ。これは伊藤整が私小説家たちの特色的なものとして名づけた逃亡奴隷と、軌を一にするといえるのではあるまいか。もちろん同じではないが、袋小路に追いつめられてゆく構図に出口はない。もちろん手をこまねいているだけでなく、脱出するために努力した。山頭火にあっては一つの手段が旅であった。
山頭火の旅については、これまでも多くの叙述を積み重ねた。そして、彼自身の意識の上でも最後の旅と考えたのが遍路でなかったか。その途上で自分を慕ってくれる青年に、流浪はいけないと戒める。そして手紙では「あたりまへの事をあたりまへに生かす心がまへを持ちつゞけたいもの」と諭す。これは独りよがりな考えでなく、いわば逃亡奴隷の観念から脱却しているのではあるまいか。といって、おいそれ悟りが開けるものではない。以下は山頭火の四国遍路日記から散見できる行動を追って叙述を進めてみたい。

野宿のお遍路

日記は昭和十四年十一月一日からのものだ。松山を出発したのは十月六日で霊場札所を飛びとびに巡り、放哉終焉地の小豆島にも立ち寄っている。その間は句稿を遺すのみ。十月二十六日には第八十八番結願の大窪寺に参拝した。その翌日から日記をつけはじめる。十一月一日までの句稿を見ると、いわゆる行乞相はよくない。

止めてくれない折からの月が行手に

野宿

まどろめばふるさとの夢の葦の葉ずれ
枯草しいて月をまうへに
夜露しつとりねむつてゐた

野宿

月夜あかるい舟がありその中で寝る
ことしも旅の、六十才と書く

十月末ともなれば夜寒の候だ。年令も四捨五入すれば六十歳、明らかに老いを意識している。社会状況はといえば空襲警報が出される日も多い。遍路が歓迎される時代ではなかった。おまけに身なりといえば鉄鉢は捨て、墨染の衣も着てはいない。袷に尻からげでは余りにみすぼらしいと、木村無相が持っていた一灯園の奉仕作業衣をもらって着ていた。かつての山頭火の旅姿は禅僧のなりで、袈裟の功徳、行乞の技巧などと自省している。こうした外形を捨て、いわゆるお遍路として凡に生きようとした。いや愚に徹しようともしたわけだ。その結果はどうだったか。明らかなのは貰いが少なく、宿泊も断られることが多かった。十一月七日の日記では、こんな記述もある。

「先日から地下足袋が破れて、そのために左の足を痛めて困つてゐたところ、運よくゴム長靴の一方が捨てゝあるのを見つけた、それを裂いて足袋底に代用したので助かつた、――求むるものは与へられるといふこと、必要は発明の母といふ語句を思ひだしたことである。」

身なりをかまわない山頭火である。それは止むを得ないことだったかもしれないが、自身の心構えによるものもあった。

野宿さまぐ\

こんやはひとり波音につつまれて

泊るところがないどかりと暮れた

途上即事

ついてくる犬よおまへも宿なしか

ほろほろほろびゆくわたくしの秋

一握の米をいただきいただいてまいにちの旅

あなもたいなやお手手のお米こぼれます

辛い遍路の旅であったが、どことなく自在な解放感もうかがえる俳句である。十一月十七日は仁淀川中流域の高知県高岡郡越知町から川口を行乞。日記の記述が興味ぶかい。

「野宿覚悟で川口の街はづれをいそいでゐると川土手の下から呼びとめられた、遍路さんお米を売つてくれないかとおかみさんがいふのである、そこへ下りて行くと家といへば家のやうな小屋が二軒ある、一升買つてくれた、しかも四十二銭で、——竹籠を編んでゐた主人公が、よかつたら泊つて行きなさい野宿よりましだらう、といふ、渡りに船で泊めて貰ふ、板張、筵敷、さんたんたる住居である、そして夫妻のあたゝかい心はどうだ！（茶碗も数が足らく蒲団も掛一枚きりだつた）子供六人！猫三匹、鶏数羽、老人、牛。……
私はなけなしの財布から老人と主人とに酒を、妻君と子供に菓子を買つてあげて、まづしい、しかもおいしい夕食をみんないつしよにいたゞいたことである。
労れて、酔うて、ぐつすり寝た、瀬音も耳につかなかつた。」

貧乏を絵に描いたような家族だが、人情味あふるるものがある。山頭火が「善根宿」とも記すとおり心をうつ。二泊させてもらって高知と愛媛の県境まで辿りつく。遍路みちは太平洋に面してずっと西方の海岸を巡るのだが、彼はいつしか遍路みちを逸れて松山への最短距離の街道を歩んでいた。

「秋の日は傾いたが、舟戸で泊れない、県界――両国橋――を越えていそぐ、西の谷でも泊れない、落出に来たが泊れない（宿屋といふ宿屋ではみな断られた、遍路はいつさい泊めないらしい）、詮方なしに一杯かたむけ、その店の人に教へられて、街はづれの丘の上にある大師堂でお通夜した」

（十一月十九日）

何で遍路を途中で諦め、松山へと急いだのか。すでに旅僧の恰好は捨てているが、霊場めぐりの遍路にも大して意味を感じないようになっていた。なぜだろうか。捨てて捨てて残るものは、禅僧の恰好でもなければ遍路でもなく、人間だけだ。木村無相に諭したことば、「あたりまへの事をあたりまへに生かす心がまへ」を己が身に振り当てれば、このさき無理をして遍路をつづける必要はなかった。

山頭火の行乞の旅にも変遷がある。初期は有縁無縁を離れ去る気持で誰とも会わなかったという。昭和五年九月以後は旅の記録を遺すために文人気取りの一面がある。墨染衣を風になびかせ、風姿を意識した。四国に渡ってからはだんだん虚飾を捨てた旅になってゆく。

野宿

わが手わが足われにあたたかく寝る
つめたう覚めてまぶしくも山は雑木紅葉
秋　風　あ　る　い　て　も　あ　る　い　て　も

3　終の住処

道後の湯

山頭火は思いのほか容易に受け容れられ、松山に住みついた。他の地方にはない俳句の素地が豊かであったことと、地元における有力者たちの支援による賜であろう。そのせいで愛媛県随一の「海南新聞」には、四国に上陸した当初から、驍将山頭火「飄然俳都を訪問」と大々的に紹介されている。

霊場札所めぐりの旅を中途で切り上げて松山に帰着したときも、十一月二十二日から二十六日まで藤岡政一宅に温かく迎えられて滞在した。もう一人の支援者である高橋一洵は旅行中であったという。山頭火を落ち着かせるためには、しかるべき空き家を見つけなければならない。高橋と藤岡が相談し、また協力者も交えて松山市の近辺を探しまわった。その間は道後温泉の木賃宿「ちくぜんや」に逗留して、彼は家の見つかるのを待っている。宿代は高橋が支払うと保証したから、宿の持て成しも悪くなかった。そのことに触れて日記には次のように記す。


「こゝで私は宿の妻君に改めて感謝しなければならない、まことによい宿であつた、よい妻君であつた、私はとうたう二十日近くも滞在してしまつた（事情がさうさせたのであるが、宿がよくなかつたならば、私はどこかへとびだしたであらう）。

四国巡拝中の遍路宿で、もつとも居心地のよい宿と思ふ（もつとも木賃料は四十銭で、他地方よりも十銭高いけれど、道後の宿一般がさうなのである、それでも一日三食たべて六十五銭乃至七十銭）。夜の敷布上掛はいつも白々と洗濯してある、居間も便所も掃除が行き届いてゐる、食事もよい、魚類、野菜、味噌汁、漬物、どれも料理が上手でたつぷりある、亭主は好人物にすぎないらしいが、妻君は口も八丁、手も八丁、なか〳〵の遣手だつた。」

（十二月十五日）

道後温泉はわが国最古の温泉の一つで『日本書紀』『万葉集』などにも記述がみられる。源泉は十数カ所あって花崗岩の裂け目から湧出。昭和二十一年（一九四六）の南海地震で一時湧出が止まったというが、山頭火が滞在したのはそれ以前だ。道後温泉本館（振鷺閣）は明治中期の建物で現存しているから、彼にも馴染があった。そこから真っ直ぐ西に五、六十メートル歩くと右手に共同湯の椿湯があり、さらに四、五十メートル行くと右手に「ちくぜんや」があった。現在は取り壊されて温泉街の一角となっている。

江戸中期に刊行の『伊予《いよ》道後《どうご》温泉《おんせん》略《りゃく》案内《あんない》』を見ると、遍路はたいてい二日間ほど道後の湯につかり旅の疲れを癒したという。温泉の方もお遍路さんから三日間は湯銭をとらず、無料宿泊所の施設も整えていた。温泉周辺の湯治宿はすべて明王院という修験の寺院が取り仕切り、株組織によって差配運営されていたという。そんな習いもあって、道後温泉と遍路との関係は深いものがある。

一草庵

山頭火も遍路宿の「ちくぜんや」を気に入っていた。逗留もおよそ二十日間、その間にようやく落ち着ける家が見つかり、十二月十五日には移り住んでいる。そこは「ちくぜんや」からさらに西へ六百メートルほど歩けば右手の山裾に護国寺があり、その西隣りが山頭火の住むことになる家であった。一草庵と名づけた終焉の草庵である。感激の入庵について、山頭火は次のように書く。

「たうとうその日——今日が来た、私はまさに転一歩するのである、そして新一歩しなければならないのである。

一洵君に連れられて新居に移つて来た、御幸山麓御幸寺境内の隠宅である、高台で閑静で、家屋も土地も清らかである、山の景観も市街や山野の遠望も佳い。

京間の六畳一室四畳半一室、厨房も便所もほどよくしてある、水は前の方十間ばかりのところに汲揚ポンプがある、水質は悪くない、焚物は裏山から勝手に採るがよろしい、東々北向だから、まともに太陽が昇る（此頃は右に偏つてゐるが）、月見には申分なからう。

東隣は新築の護国神社、西隣は古刹龍泰寺、松山銀座へ七丁位、道後温泉へは数町。

知友としては真摯と温和とで心からいたはつて下さる一洵君、物事を苦にしないで何かと庇護して下さる藤君、等々、そして君らの夫人。

すべての点に於て、私の分には過ぎたる栖家である、私は感泣して、すなほにつゝましく私の寝床をこゝにこしらへた。」


まさに記述どおりだと思う。実は私も四十五年も前になるが、一草庵の近くに住んでいたことがある。もうそのころになると周辺も住宅街として建て込みはじめていたが、山頭火のころは城山まで素通しで眺望はよかったはずだ。

山頭火の句稿には「一洵君におんぶされて、（もとより肉身のことではない）道後の宿より御幸山の新居に移る」云々。そして第一句目として次のように記す。

一洵君に

おちついて死ねさうな草枯るる

（死ぬことは生れることよりもむつかしい、と老来しみじみ感じないではゐられない）

昭和十四年年末の前書のある、もう一句を挙げておこう。

めつきり老いぼれた私は歯のない口をもぐもぐさせて余命をむさぼつてゐる。自嘲一句、微苦笑の心境。

抜けたら抜けたままの歯がない口で

老いを意識し、死の想念がなくはない。けれど心が乱れてはいないようだ。余命いくばくもない、という思いはあるが天命に任せようとした。

明けて昭和十五年元旦には東隣りの護国神社に参拝。「とうとうこのあかつきの大空澄みとほる」「このあかつきの御手洗のあふるる掌に」など五句を作って、「大阪朝日新聞」の愛媛版に載せている。その解説記事には「昨年十月飄然松山を訪れた層雲派俳句の巨匠種田山頭火氏は四国各地を巡遊してこのほど再び松山に来り市内御幸寺に滞在してゐるが俳友松山高商教授高橋一洵炊氏とともに元日護国神社に参拝してうたつた『新らしき世紀』と題する数句を本社松山通信局へよせた」と報じている。これは高橋の計らいによるものだろうが、一草庵での正月を詠んだ句は気張ったところは見られない。

一りん咲けばまた一りんのお正月　　山頭火
ひとり焼く餅ひとりでにふくれたる
正月二日あたらしい肥桶かついで
正月三日お寺の方へぶらぶら歩く
ほどよう御飯が炊けて夕焼ける

自力と他力

山頭火はある時期までの句は、自然に自己を没入し、自己と対象の区別をなくするように努めてきた。日記などで散見できる彼の俳句観は「私は自然に心をひかれる。人事よりも自然にひきつけられる。自己を自然の一部として観ると共に自然を自己のひろがりとし観る」というものだ。人間は哀しいかな、どこかに帰属しなければ生きてゆけない。そうしなければ一片の塵のように思えて仕方ないのだろう。宇宙的な規模で考えれば塵埃ほどの存在でもない。そうと分れば自然の一部と化して融合しようという考えも生まれる。禅門ではこれを帰家穏座と形容する。

山頭火が書く「故郷」と題した随筆の中で、帰家穏座の禅語にふれて、「自性を徹見し本地の風光に帰入する」と書く。我家に帰ったような気持ちで穏やかに坐っておれる境地のことだ。それを得るために、山頭火は苦しい漂泊の旅を続けたのである。それは禅的修行の過程であったが、めでたく自性を徹見して本地の風光に帰入できたか。その結論はなかなか出しにくい。ひいき目に見ても悟りは得られていなかったと思う。

仏教を大きく分ければ、聖道門系で悟りを本位するものと浄土門系の救いを旨とする宗教とがある。山頭火が信奉したのは、もちろん悟り本位の禅であった。けれど四国巡礼の途中から、むしろ自己の計らいを捨てた浄土門系の救いに傾倒している。そのせいもあって自然観にも変化が見られるわけだ。外界との接し方は感謝をこめる態度で、ずいぶん優しいものになってゆく。

仏教学者の中村元氏が座談会の席で、聖道門と浄土門の相違を語っていたのを思い出す。人間の存在は桶のようなものだという。それは円形の板を底として、その周りに細長い板を立て並べて、たがで締めた木製の器である。漆が塗ってあったり、ほかに見掛けの細工が施されているものもある。けれど蓋を取って上から見下ろし桶の底まで見とおし、真相をきわめるというのが禅の方法であった。対して他力の浄土門では、底に身を置いて、どうにもならない自分の立場を知るのである。そのためには自力で脱けだせないことを知り、仏に救いを求めるのだ。

中村元氏のいう自力と他力の比較は示唆に富み、山頭火の生き方に当てはめてみるのもおもしろい。彼の晩年は高所から見下して底の真相まで見抜くという態度ではない。いや若い時代でも禅にあこがれながら、いわば大悟徹底の強い意志力には欠けていた。ともすれば逃亡奴隷的な生き方を選んだのではなかったか。

すべてに行きづまり、大正十四年には出家得度している。けれど厳しい禅修行には耐えられないと尻ごみし、半端な堂守になっている。その後は一笠一鉢の行乞生活がはじまるわけで、その悲惨さについてはこれまで多く書いてきた。もちろんそれが無駄だったというのではない。遭遇した希有な生き方によって、独自な俳句世界を切り開いたことは間違いなかった。けれどようやく晩年になって、彼の資質に合った生き方を得たというのは注目してよかろう。昭和十五年三月十二日の日記には「友達への消息に――」と記し、次のように書いている。

「伊予路の春は日にましうつくしくなります、わたしもこちらへ移つて来てから、おかげでしごくのんきに暮らせて、今までのやうに好んで苦しむやうな癖がだん〳〵矯められました。……
おちついて死ねさうな草萌ゆる　」

相手を特定して書いたハガキではないが、かえって嘘いつわりはないと思う。十二月半ば一草庵に入庵したときは「おちついて死ねさうな草枯るる」だった。明けて昭和十五年春になると「草萌ゆる」と詠む。その間に季節の推移はあるが、心境に変化はない。安心立命の語も当てられるかと思う。といって、いざ死期を意識しての日々となると片づけなければならないことは多かった。その一つは位牌の問題で、これを解決するため故郷に足を踏み入れている。

位牌は死者の霊を祀るために、法名を記した長方形の木牌である。自殺した母の位牌はずっと持ち歩いたようだが、他にも祀らなければならない祖母や父の位牌があった。これを故郷に置き去りにしていたのか、一月六日の斎藤清衛に出したハガキには「明七日早朝出立、山口の旧居をかたづけ、九州の緑平老に逢って来ます」と書いている。

当時の日記が散逸して詳しいことは分からないが、松山市外の高浜港から船に乗り北九州の門司港で上陸。八幡の句友を訪ね赤池の木村緑平に会い、引き返し下関市長府の近木黎々火居に数日滞在している。長府からは松山の高橋一洵あてに「九州の方を先にすましてこれから山口へかへります、そしてまた澄太居に寄つて、おそくとも十七八日には帰居いたします」とハガキを出している。

これまでは特に変わった様子はない。が後片付けに風来居や親族の家に立ち寄ったのがよくなかった。おそらく近親との接触で自尊心をひどく傷つけられたらしい。これが尾を引き、松山に戻ってからも鬱屈した日が続く。そのせいで自棄になり自堕落な酒を飲み、その付けを藤岡政一に払ってもらっている。

詫状は十日余を過ぎた二月十三日に「藤岡さん」という書き出しで長文のものだ。一部を引用してみよう。

「先日ハ何とも申上げやうもない不始末をしでかして、そしてご迷惑をかけてまことに申訳ありません。殊にあのまゝほつたらかしてゐてまことにまことにすみません。

先日帰郷して嫌な事が数回も起りました。所詮ハ私自身が悪いのですけれど、私ハ何ともいへない気持になりました。その気持を抱えて帰庵し、大山さんに逢つたりあなた方が来て下さつたりして紛れてをりましたが、一人になると抑へきれないで軌道を踏みはづしました、いつもの悪い癖で、すてばち気分になつてしまひました。そしてたうとうあのていたらくであります。」

帰郷して嫌な事が、それも数回あったという。どんな経緯だったのだろうか。当時の様子を知る高橋一洵氏は山頭火遺稿『愚を守る』（初版）の跋文の中で「一月の下旬翁は帰庵して、ふるさとから抱いて帰つた父母祖先の御位牌を観音様の下に祭つた。そして毎朝毎夜かねを叩いてその菩提供養を忘れなかつた」と記している。おそらく嫌な事は位牌をめぐって親族同士の諍いだろう。その帰属をめぐる問題には陰惨なものがあった。けれど生きている間に、どうしても片付けておかねばと決行したのだろう。

彼は風来居にいた昭和十四年九月二日の日記には、「私の述懐一節」と題して、ほんとうの自分の俳句を作りあげること、そしてころり往生の二つの念願を挙げている。それに続けて、「私はいつ死んでもよい、いつ死んでも悔いない心がまへを持ちつゞけてゐる（残念なことにはそれに対する用意が整うてゐないけれど）。」と記す。あるいは悔いない心がまえを持つための用意として、先祖の位牌も身近に祀る必要があったのか。

少々余談だが柳田国男が『明治大正史・世相篇』（昭和六年一月）の中で、九十五歳になる宿なし老人のことを書いている。新聞に載っていた記事によるのだが、師走に門司の警察署に保護された彼はほとんど無一物。ただ背に負うた風呂敷包みの中は四十五枚の位牌だけだった。それがいかにも珍しいから新聞記事にもなったのだが、それを読んだ柳田国男も大いに興味を示している。山頭火の位牌にこだわる気持ちとも関連するので、柳田の見解を引用で示してみよう。

「斯んな年寄の旅をさまよふ者にも、尚どうしても祭らなければならぬ祖霊があつたのである。我々の祖霊が血すぢの子孫からの供養を期待して居たやうに、以前は活きた我々も其事を当然の権利と思つて居た。死んで自分の血を分けた者から祭られねば、死後の幸福は得られないといふ考へ方が、何時の昔からとも無く我々の親達に抱かれて居た。」

門司で保護された九十五歳の老人と山頭火との間には、時代のくびきにおいて共通するものがあった。山頭火の行乞も、あるいは自殺した母への追善供養だったともいえよう。句にも亡き母を思慕する真情を吐露し、切ない態度は終生変わらぬものであった。

昭和十三年三月六日、其中庵において母の祥月命日に詠んだのは次の一句。

うどん供へて、母よ、わたくしもいただきまする前書には「母の四十七回忌」と記し、当日の日記には「亡母四十七回忌。かなしい。さびし供養、彼女は定めて、（月並の文句でいへば）草葉の蔭で、私のために泣いてゐるだらう！　今日は仏前に供へたうどんを頂戴したけれど、絶食四日で、さすがの私も少々ひよろ〳〵する、独坐にたへかね横臥して読書思索」と書く。年次を追って日記を読むと、忘れるどころか年を追うごとに思慕をつのらせてゆく。

終焉となる一草庵ではどうだったか。昭和十五年三月六日の日記には「亡母四十九回忌（中略）出校の途次一洵さん立ち寄る、母へのお経をよんでくれる、ありがたう、望まれて近詠少々かいてあげる、いづれ何かの埋草になるのだらう。／道後で一浴、爪をきり顔を剃る、さつぱりした。／仏前にかしこまつて、焼香諷経、母よ、不幸者を赦して下さい」と書く。そして「母の第四十九回忌」と前書を付けた次の一句を詠んでいる。

たんぽぽちるやしきりにおもふ母の死のこと

一代句集『草木塔』　ところで位牌のこだわりはさりながら、山頭火にとって仕上げなければならないのは俳句だった。一草庵で新年を迎えてよりは句集を出版することを案じている。すでに折本句集は昭和七年六月の第一句集『鉢の子』から、昭和十四年一月の第六句集『孤寒』までを刊行。これは句友が協力しての私家版のようなもので広がりがない。いわば世に問う句集としては東京の出版社から発行するのが最良の方法である。出版事情については山頭火もよく知っていた。有効なのは出版社に顔の利く人の強力な手蔓に頼るのがよい。幸い知友に斎藤清衛《さいとうきよえ》がいる。斎藤は『国文学の本質』を大正十三年に明治書院から刊行し、昭和十四年に刊行の『日本的性格の文学』（子文書房）が二十四冊目の著書であった。単なる国文学者でなく今西行とも評される文人で、多くの出版社と付き合いがある。二十五冊目の著書『日本人の紀行』は東京の八雲書林から刊行することになっていた。

山頭火は句集の出版を斎藤に頼んでいる。昭和十五年一月六日には年始の挨拶状と共に

「句集出版の事はかね〲知友からも切望されてゐますし、私も生前まとめられるだけはまとめておきたいと思つてゐますので、どうぞよろしくお願ひいたします、私は出版について、方法も条件もかいもく知りません、おついでにご教示してください、そのうちまた」

と書いている。

斎藤は山頭火の意向を受けて、自分の著書を出版する八雲書林に働きかけた。出版企画はとんとん拍子に進行し、二月八日には斎藤あてに「ありがたうございます。／御厚情にそむかないやうにつとめてをります、そのうちまた〱。」ことば少なの礼状を出している。二月十二日の日記には「門外不出、終日徹夜して専念に句稿を整理する、みづから選ぶ、――むつかしい〱、つゝましくすなほ

に、しづかにおちついて仕事をする、善哉々々」と記している。
句集の刊行が決まってからは、幾夜か徹夜で句稿を整理している。二月二十一日には「午前中にやつとこさで句稿をまとめあげた、さつそく速達で東京へ送つた、やれ〳〵御苦労々々」と一息入れる書きぶりである。それは現在までに刊行の折本句集六冊を検討し、発行が遅れている第七句集『鴉』も加えて集成する、いわゆる一代句集の草稿であった。その目次の原案は次のようなものだ。

「　目次
序　　　荻原井泉水
鉢の子
草木塔
　其中一人
　行乞途上
　後記
山行水行
　雑草の中
　旅から旅へ
　後記

雑草風景
　後記
柿の葉
　後記
孤寒
　銃後
　草庵消息
　旅心
　後記
鴉
　後記
補遺
跋　大山澄太
奥書」

これは斎藤あての手紙に付けて送った予定の目次で、写真と奥書（四百字詰十枚位）は出来次第に送ることを伝えている。けれど補遺と奥書の原稿は出来なかったようで、一代句集『草木塔』には見当たらない。

怪訝に思えるのは折本第二句集と、これを包含する一代句集の題名が『草木塔』と同一なことだ。彼なりの思い込みはあったのだろうが、説明は一切ない。山中を旅していれば草木を供養する石塔を見かけることがある。碑文も「草木塔」であり、仏教で説く「草木国土悉皆成仏」を象徴するものであった。

七冊の折本句集を集成し、それに多少の修正を加えたのが一代句集『草木塔』である。書誌的な説明をすれば昭和十五年四月二十八日発行、部数は七百部、定価三円、発行所は東京の八雲書林。造本は四六版、紙上装本。表紙は貼付の題簽、「草木塔」の署名は木版手刷り。函付。口絵写真二葉。本文は唐紙二百八十頁。五号活字で一頁三句組み、収録句数は七百一句。

集成するにあたっては折り本句集より一句削除、四句追加。個々の句についての改稿は三十七句、仮名と漢字の異動はかなり多い。その校異については『山頭火全句集』（平成十四年十二月　春陽堂書房）の巻末「資料編」に明示しているので参照してもらえばよい。

一つの眼目といえば句集の扉に「若うして死をいそぎたまへる／母上の霊前に／本書を供へまつる」と記したことだろう。まさに追善供養であり、母に捧げる鎮魂句集であった。同時に一句一句は捨身懸命のリズムを包含している。それを身近なところにいて味わい、また句集出版に力を貸した斎藤清衛は序文の中で次のように書く。

一代句集『草木塔』

「山頭火のえらさは、何といつても、そのもつ全霊を詩としてつよく表象することにより、私生活を深め生かしてきたことである。色気なしに、それを押しづよく出しきつたその態度には、さながら戦国の英雄のやうなずぶとささへが見られると思ふ。」

ところで、斎藤は北京に開学された国立北京師範大学の専任教授として赴任する準備で忙しかった。東京と松山という遠隔地のせいもあって、編集上の疎通がなくはなかったが、造本の出来上りには満足だったらしい。句集の出版に関する礼状がかなり遅れて六月二十八日、北京市北池騎河楼清華洞学会の住所で、斎藤あてに出している。松山の護国神社参道を撮った絵はがきに素っ気無い書きぶりなのがおもしろい。

「何とも申訳ない失礼をいたしました、近く御帰郷と存じます、お待ちしてをります、私には此春ほど切ない季節はありませんでした、辛うじて虚脱的境地から抜けることが出来ました、どうぞあしからず御思召のほど。けふはじめてみん〳〵蝉が鳴き出した。
　庵へは⟶（注＝絵はがきの面に鳥居の石手へ矢印が引いてある）
おかげで私には過ぎたる句集が出来ました、あつく御礼申上げます。」

4　ころり往生

句集『草木塔』の評判

句集『草木塔』は一代句集といいながら、山頭火が句作した全期間を網羅するものではない。明治末年から出家以前までの俳句も遺しているが、その前半十五年間の句作は未収録である。また最晩年の約一年間、昭和十四年十月から翌十五年十月に死去するまでの俳句も収録されていない。ともあれ生前に、捨身懸命を特色とする稀有な句集を出版できたことは、俳人として恵まれた境遇だったというべきだろう。

出版された句集の評判はどうだったか。俳句界では有季定型でないために、旧弊に妨げられ話題になることはなかった。短歌界では注目され、歌人の土岐善麿は「短歌研究」（昭和十五年六月）に長文の書評を書いている。そのなかで「鉄鉢の中へも霰」や「秋風の石を拾ふ」「へそが汗ためてゐる」などの短律句に言及し、次のように評している。

「俳句表現の道が、かういうところまで、抜けて来てゐることに就ては、僕も夙うか知つてゐないわけではないが、そのことが、『草木塔』の作者にとつて――作者といふ語さへ山頭火翁に対しては不適当と思はれるが、――最も自然な一つの『究極』といへるであらう。（中略）人間の意識における菩提は、遂に即煩悩であり、彼みづから言ふ通り、もつと『無礙自在』であるためには、もつと『愚』とならなければならないであらう。『草木塔』一巻は、人間を超脱した境涯の作品のごとくであつて、そのことが却つて一層強く人間的体臭を発散させてゐる。」

句集『草木塔』が四月末に発売され、書評が「短歌研究」六月号に掲載されるとは素早い反応だと思う。また批評も正鵠を射たもので、山頭火俳句の境涯性に注目している。

山頭火は土岐善麿の書く評言をどう読んだか。雑誌に書評が掲載されていると、誰かに教えてもらったのだろう。一草庵から徒歩で一キロ程の繁華街「大街道」に行き書店で立読みした。金がないからそうしたのだが、特別な感想は残していない。

句集『草木塔』の掉尾に収めるのは次の一句。「九月、四国巡礼の旅へ」と前書が付けられている。

鴉とんでゆく水をわたらう

ここで〈鴉〉とは山頭火自身のこと。四国へ旅立つ前の約十カ月は湯田温泉の風来居を仮寓としている。そこに移り住んだときは「一羽来て啼かない鳥である」と詠む。〈啼かない鳥〉がやがて〈鴉〉になって四国へと渡ったわけだ。山頭火は俳句についての感懐を日記の端などに書き留めている。「俳句ほど作者を離れない文芸はあるまい」というのは変わらぬ持論であり、昭和八年一月一日の日記には次のように記す。

「現在の私は、宗教的に仏教の空観を把持し、芸術的には表現主義に立脚してゐることを書き添へて置かなければならない。」

端的な表現であり、山頭火俳句の真髄を語ることばだと思う。仏教の空観とは一切皆空の真理を説く『般若心経』を基本とする考えである。たとえば「色即是空、空即是色」はよく知られているくだりだ。この世に存在する形あるものはすべて永遠に存在できないむなしい仮の存在というのが色即是空。同時にすべてのものの本質は仮のむなしい存在だが、それがそのままこの世のいっさいでもあるというのが空即是色の意だ。山頭火は自らの放浪を徒歩禅と位置づけて、どたんばでは矜持を失わない人であった。ついでに言えば中国唐代の永嘉玄覚は『証道歌』の中で「歩くも禅、坐るも禅、語るも黙するも動くも止まるも、からだはつねに安らか」と唱えている。

表現主義の俳句

ここで注目したいのは「芸術的には表現主義に立脚してゐる」という言説だ。山頭火がこれをどの分野から摂取したか明らかでないが、内に押し付ける意の印象と対をなすのが外へ押す意の表現である。受身の印象を転じてより能動的な方法が表現ということで、外形を写し取ることよりも生の感情を表出しようとした。歴史上で表現主義というのは二十世紀の初め、ドイツを中心としてヨーロッパで展開された芸術革新運動である。十九世紀までの安定した近代社会がぐらつきはじめ、外界の印象を鮮明なイメージで描写するということに疑念をいだく芸術家たちが新しい表現方法を模索してゆく。印象そのままの表現でなく、印象に対する主観の強烈な働きのほうが表現に値すると考えた。対象の客観的表現を排して、個性豊かな自我、魂の主観的表現を主張しようとするものだ。

ヨーロッパに発した表現主義という芸術革新運動がどう流入し、いかなる影響を与えたか。詳しく探究する余裕はないが、山頭火俳句のキーワードは仏教的空観と表現主義の二つと言ってもよいのではないか。これを体現していると思える俳句を句集『草木塔』から便宜的に十句ばかり抽出して示してみよう。

まつすぐな道でさみしい

自嘲

うしろすがたのしぐれてゆくか

秋風の石を拾ふ

落葉ふる奥ふかく御仏を観る

ぬいてもぬいても草の執着をぬく

生えて伸びて咲いてゐる幸福

柳ちるそこから乞ひはじめる

空へ若竹のなやみなし

永平寺

法堂《ハットウ》あけはなつ明けはなれてゐる
街はおまつりお骨となつて帰られたか

改めて山頭火の俳句観を昭和七年七月一日の日記から引用しておきたい。

「俳句といふものは――それがほんとうの俳句であるかぎり――魂の詩だ、こゝろのあらはれを外にして俳句の本質はない、月が照り花が咲く、虫が鳴き水が流れる、そして見るところ花にあらざるはなく、思ふところ月にあらざるはなし、この境涯が俳句の母胎だ。時代を超越したところに、目的意識を忘却したところに、いひかへれば歴史的過程にあつて、しかも歴史的制約を遊離したところに、芸術（宗教も科学も）の本質的存在がある、これは現在の私の信念だ。」

山頭火の俳句に対する信念はぶれることなく、昭和十五年の句集上梓の時も変わらなかった。彼は三月七日の日記の中では井泉水や斎藤清衛、大山澄太に次のような内容の手紙を出したと書いている。

「……私も〝山頭火一代集〟ともいふべき此句集の刊行を転機として転一歩したいと念願してをります、これでは私はまだ〳〵落ちつけません。……

老を楽しむ、――酒を味ふ、――さういふ境に参じたいものであります。」

俳句に対する信念は揺るぎなかったが、出版する句集に対しては満足していない。大手を振ってというのではなかったが、出来上がって間もない句集を持参して旅に出た。五月二十七日の朝の汽船で松山から広島へ向かっている。日記には「身心憂鬱、おちついてはゐるけれど、――この旅はいはゞ私の逃避行である。――私は死んでも死にきれない境地を彷徨してゐるのだ」と書く。一代句集を仕上げた満足感があってもよいはずだが、身心とも憂鬱症に取り憑かれている。先に「老を楽しむ」そんな境地に参じたい、と書いていた。けれど老いを楽しむどころか、老いの自覚に戸惑っている。

自嘲

六十にして落ちつけないこゝろ海をわたる

世話になった句友知友に句集を贈呈するために広島から徳山、山口、小郡と巡り、関門海峡を渡り九州へ。六月一日に赤池の木村緑平居に寛いである。若松から乗船して一草庵に帰着したのは六月三日だった。

帰庵してからも体調は不良、憂鬱な気分から解放されなかった。そのせいで日記も六月五日から二十二日まで中断。六月二十三日には「……深更、酔うて帰る途中、すべつてころんだ、額をすりむぎ、眼鏡が壊れ、帽子が飛んだ。……／罪と罰！　因果必然、ごまかせないのである」と記す。これだけ記述して、二十七日まで日記は空白。六月二十八日に日記を書きはじめ、「一洵老来庵、おちついた私を見て貰ふ、愚かな私は五十九歳にして五十九年の非を覚つたのである」と記す。以後は死の二日前まで克明に動静を綴っている。

濁れる水の流れつつ澄む　　山頭火

境涯の一句

松山時代の句帖を見ると九月八日にこの句を記す。初稿は「濁れる水のながるるままに澄んでゆく」だが、即座に七・七と改作し整ったリズムになっている。彼の境涯を象徴するかの一句でもあろう。これで思い出すのは昭和十一年六月三十日、宮城県鳴子から出した木村緑平あての手紙である。すでに触れたが、「私の中には二つの私が生きてをります、といふよりも私は二つの私に切断せられるのです、『或る時は澄み、或る時は濁る』と書いたのはそのためです」云々。当時の彼はそんな自分を変質者とも自認しているが、水の流れのように流れながら澄むのを待てばよい、と自棄にならない態度も認識できたのだろうか。七月六日の日記にはこうも書く。

「——まつたく悪夢だつた、さういふより外に、今春の私の行動を形容する語句はない。あゝそれはまつたく悪夢だつた、今、私は時代と共に歩調を合せて精進することが出来るやうになつた、時局の認識不足といふよりも、自我の分裂だつた、私はやうやく私本来の風光をとりかへしたのである。

勉強しよう、勉強しなければならない、私は俳人として日本文芸に能ふかぎり寄与しなければならない。」

山頭火の念願は本当の自分の句を作りあげることが一つ、もう一つはころり往生だった。念願はその二つだけと強調しているが、一代句集『草木塔』上梓以後の句作の方はどうだったか。たとえば八月十八日の日記と句帖を参照して、その一日を考えてみよう。

先ず日記には「私は昼も夜もしよつちゆう俳句を考へてゐる、夢中句作することもある、俳人といふ以上は行住坐臥一切が俳句であるほど徹底した方がよいと思ふ」と書く。実作の方はどうだったか。句帖を見ると三十句も作っている。目ぼしい句を書き出してみよう。

雑草礼讃

生えよ伸びよ咲いてゆたかな風のすずしく
日ざかり赤い花のいよいよ赤く
うちのやうなよそのやうなお盆の月夜
盆の月夜の更けてからまゐる足音

をりをり顔みせる月のまんまる
こほろぎも身にちかく鳴いて秋めく
　庵中の独坐
膝にとんぼがおのれを鞭うつ
夕立つやこどもいさんで自転車とばす
何かさみしく月の出を待つ
ぽりぽりさみしいからからだを掻く
朝露こぼるる畑のものどつさりもろた
藪入の朝早い鐘が鳴る鳴る　（十九日未明）

多作多捨が山頭火の句作法である。再び日記に戻ると、句作の背景を次のように書く。

「夕方散歩、ほんにうつくしい満月が昇つた、十分の秋だつた、私はあてもなく歩いたが、何となくさびしかつた、流浪人の寂寥であり、孤独者の悲哀である、どうにもならない事実である。」

この記述に続けて、「閑草談」と題した箴言は次のとおりだ。

「俳句性について――
単純に徹すること。
自己純化――執着――些末に対する――放下　なりきる
生命律――自然律――自由律（自然のながれ
自他融合――主客渾一　身心一如（生命のゆらぎ　リズム

全と個（私の一考察）
あらはれ　個を通しての全の表現。」

今さら言うまでもないが、山頭火の俳句は自由律。十七文字の定型でもなければ、季語も超越している。そのため俳句でない、と否定されることも多い。これに対する反措定としてか、断簡として日記の端に次のように書く。

「俳句性管見、――必ずしも形式は内容を規定しないと思ふ、内容が形式を作るともいへる。
純化――純化しきる――一如境
（なりきる）（純情と熱意と）」

これは八月二十六日の日記だが、他にも「色心不二、物心一如の心境、――即物即心。／随縁随喜の心境、――あるがままをうたへ」（九月二日）などの断簡も散見。また或る日には軽妙な俳文を日記の中に見い出せる。九月十六日の記述の一筋から。

「こんなによい月夜だのに誰も来てくれなかつた、一洵和尚、どうしましたぞ！放哉坊の句をおもひださずにはゐられなかつた。――

　こんなによい月をひとりで観て寝る　　放哉

私にも自嘲の句二三ある。

　酒はない月しみ〴〵観て居り
　蚊帳の中の私にまで月の明るく
　あけはなち月をながめつつ寝る

一杯やりたいなあ！　これが自然だ、私の真実だ！

観月感慨無量、戦線をおもひ銃後をかへりみる、遠近親疎、有縁無縁、南無阿弥陀仏。――」

九月二十二日には海藤抱壺の訃を通知され驚いている。肺結核のため長く仙台の自宅で療養していたが、享年三十九歳。日記には「いつぞや君を訪ねていつたときのさま〴〵のおもひでは尽きない――こみあげる悲しさ淋しさが一句また一句、水のあふれるやうに句となつた」と記す。そして「ほとんど徹夜で句作推敲した」という。その日の句作は二十七句、「抱壺君の訃報に接して」と題しては五句作っている。

抱壺逝けるかよ水仙のしほるるごとく
ほつと息して読みなほす黒枠の黒
たへがたくなり踏みあるく草の咲いてゐる
おくやみ状をポストまで、ちぎれ雲うごくともなく
ぐいぐいかなしみがこみあげる風のさびしさ

絶筆三句

ところで山頭火にとって大問題は、もう一つの念願ころり往生である。果たしてころり往生を遂げられたかどうか。臨終については最後に書きたいが、彼は死の三日前までの日記を遺している。いわゆる絶筆ともいうべき十月八日には、感謝する心こそ人の本道であると説く。そして彼は「感謝があればいつも気分がよい、気分がよければ私にはいつでもお祭りである、拝む心で生き拝む心で死なう、それに無量の光明と生命の世界が私を待つてゐてくれるであらう」と死を予感する書きぶりである。句帖には十月六日の次の三句を記す。

ぶすりと音たてて虫は焼け死んだ

焼かれて死ぬる虫のにほひのかんばしく
打つよりをはる虫のいのちのもろい風

これが山頭火の最後の句作である。虫を詠んだ俳句だが、それが単なる虫でないのは明らかなことだ。「俳句ほど作者を離れない文芸はあるまい。（短歌も同様に）、一句一句の作者の顔が刻みこまれてある」とは繰返し語る持論であった。先にもふれたが、風来居へは「一羽来て啼かない鳥」が四国へは「鴉」となり水を渡って移り住んだ。いよいよこの世とお別れのときは、虫となって「焼かれて死ぬる」というのだ。これはまさに境涯を詠んだ俳句であり凄まじい。

手元に年月を記してない新聞コラムの切抜きがある。生前、居酒屋で隣り合って話したこともある評論家の平野謙氏の文章だが、「私小説ならびに私小説作家の生きかたを、伊藤整が破滅型と調和型とに分類したのは、よく知られていよう。（中略）破滅型の元祖は小説家ではなく、俳句であることがよくわかる。尾崎放哉や種田山頭火の破滅的な生涯が、芭蕉以来の伝統に発したもので、その根深さは近代小説の比でないことは明らかである」と書いているのが印象的だ。文壇は崩壊し、また私小説も読まれなくなって久しいが、山頭火俳句の魅力というのは破滅的でも暗くない。それはとことん純化した象徴的表現に救われており、焼かれて死ぬる虫の「にほひ」は香しいのだ。

遺墨の魅力

もう一つ驚くのは、山頭火の遺した墨蹟である。生涯にどれほど揮毫したか知らないが、特に晩年のものが魅力的だ。全国のデパートを中心に大規模な遺墨展がこれまで十年ごとに三度開催され、そのたびごとに数万人の観客を集めてきた。いずれの展観にも私は当事者として関ったから思い出は深い。特に松山の村瀬汀火骨居《むらせていかこつ》で揮亳した最晩年の書は絶品である。死ぬる二日前の十月九日には同家を訪れ「ほろ〳〵酔うて木の葉ふる」と「へう〳〵として水を味ふ」の二句をそれぞれ半折に揮亳している。いかにも伸び伸びと澄みきった書境の筆墨といってよかろう。高い精神性を如実に示す作品である。

日記、俳句、筆墨における生前最後の軌跡には、いっさい外連味がない。正に「濁れる水の流れつつ澄む」心境である。これら絶筆を含む山頭火自筆の松山日記を、末尾から逆に遡及する方法で読んでみるのも興味ぶかい。検証したいのは彼の念願だったころり往生が本物だったかどうかということだ。結果から逆に辿ってゆき、山頭火がめでたくころり往生を果したことが分ればこれ以上のことはない。

現在遺されている日記は十月八日が最後で、その掉尾は「夜、一洵居へ行く、しんみりと話してかへつた、更けて書かうとするに今日は殊に手がふるへる」と記す。

おもしろいのは十月二日の記述である。風邪をひいており頭がおもくぼんやりとして胸が苦しく食慾もなかつた。前日には「身のまはりを整理する、いつ死んでもよいやうに。——」と記す。人恋しくなって汽車で一時間程の今治へ行き、約一年前にも御馳走してもらった郵便局長の清水恵を呼び出して飲んだ。帰庵したのは深夜の二時近く、おもしろいのは次の話だ。

「犬から貰ふ——この夜どこからともなくついて来た犬、その犬が大きい餅をくはへて居つた、犬から餅の御馳走になつた。
ワン公よ有難う、白いワン公よ、あまりは、これもどこからともなく出てきた白い猫に供養した。
最初の、そして最後の功徳！　犬から頂戴するとは！」

日記には犬がくわえていた餅を「直径五寸位　色や、黒く」と説明をつけ絵に描いている。

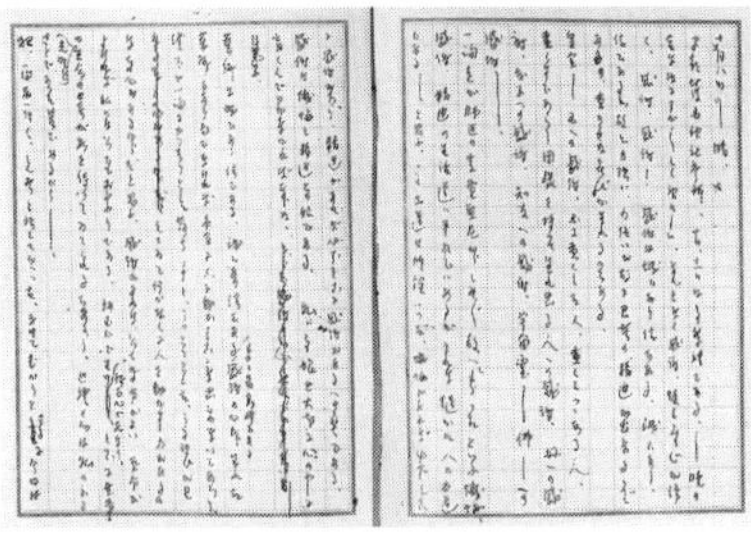
死の三日前まで書き綴った一草庵日記

与へるもののよろこびの餅をいただく　　山頭火

この句は仏教的自省に根ざしている。十月六日には「けさは猫の食べのこしを食べた、先夜の犬のことをもあはせて雑文一篇を書かうと思ふ、いくらでも稿料が貰へたら、ワン公にもニヤン子にも奢つてやらう。むろん私も飲むよ！」と書く。軽妙洒脱な文章である。そして一切の有情《うじょう》はすべて成仏する、悉皆成仏の思想を踏まえている。

仏教では「三輪空寂の布施」という教えがある。与える者、受ける者、その間に授受される物、この三者がすべてとらわれない空の境地で無心に行なわれることをいう。昭和六年一月三日の日記には「与へる人のよろこびは与へられる人のさびしさとなる、もしほんたうに与へるならば、そしてほんたうに与へられるならば、能所共によろこびでなければならない」と記す。山頭火はそれを犬と猫との間でも実践しているのだ。

さらに日記をさかのぼってみよう。死去する二十二日前には「まさに『秋《トキ》』まさしく『純』、なりきれ、なりきれ！／まづ借金を整理すること　そのために酒を慎しまなければならない、禁酒は不可能でも節酒は可能だ／ぐうたら根性、やけくそ気分を払拭すべし、是非実行すべし」（九月二十四日）。

蛙になりきつて跳ぶ　　山頭火

死の二十五日前、九月二十一日の日記は

「近来、私はつつましく、あまりにつつましく生活してゐる、それは内からの緊縮もあるし、外からの圧迫もあるが、とにもかくにも私は自粛自戒して居る、今後、私は私らしく私本来の生活をつづけるであらう、ただ省みなければならないのは無理をしないといふことである、無理は不自然である、不自然はつゞくものでもなく、またつゞけるものでもない。／天地人に面して懺悔する。」

死の二十六日前には「悠々不動の姿勢でありたし。／三食泥酔から二食微酔へ転向。／へりやすい腹の悲哀、そこにユーモアがないでもない。／頑健、あまりに頑健な、持てあます頑健！／自己革新ができなくて何の革新ぞや。／オツチヨコチヨイ気分から脱却せよ。」（九月二十日）と記す。

くどいようだけど、もう一日前も見ておきたい。九月十九日には「自然と不自然との混合体――それを私自身の中に発見する、たとへば私の孤独に於て。／ほんたうの俳句――俳句らしい俳句ではない。――俳句の中の俳句」と記す。彼の念願の二つにうちの一つが〈ほんたうの俳句〉を作って死にたいということだった。それは伝統として伝承されてきた俳句らしい俳句ではなく、有季定型の殻を打ち破ろうとする気合のようなものというべきか。あるいはころり往生を目指しての気力の充実が徐々に張っていく様子が窺える。

日記の記述を抜き出していくだけでは、どうも心境のニュアンスまでは伝わりにくい。けれど実際の自筆日記の筆跡は伸び伸びとして滞るところがない。それは溌剌とした気分のあらわれるともいうべきで、ころり往生を目指しての意気軒昂といえなくもなかろう。

だんだん似てくる癖の、父はもうゐない

一草庵裡山頭火の盆は

トマトを掌《テ》に、みほとのまへに、ちちはははのまえに

山頭火が母を追慕する句はこれまでも紹介した。母への供養は終生にわたり変わることはなかった

が、父はどうか。母に不幸をもたらした原因は父の不行跡にあるとも考えられよう。父との関係は不和の状態で、ずっと蟠りは解けぬままだった。けれど最晩年に至って、父も供養しようというのは心境の変化と見るべきだろう。

ある時期までは父を憎んでいた。あんな父でなかったら不仲にならずにすんだものをと遺憾に思うこともあったろう。けれどこの期に及んで父を恨んでみても仕方なく、自分に人生はあるべくしてあったものと自然な気持ちで受け入れるようになっている。山頭火は母だけでなく父との間にも新たな絆を見い出してゆく。すると自らが形成していた内部の世界は一転し、これまで因われつづけてきた実存の問題も利己的救済に傾き過ぎていたことに気づいてゆくのである。すなわち自己の頑な思いこみで、放浪流転を繰り返してきたのではないかという思いもあった。

本来の仏教的生き方はあくまで利他のための修道で、自己救済のためだけではない。山頭火にもようやく本来の利他行に目覚め、「とにかく放下着放下着、貧心を去れ、貧心を砕け」（九月二日）とか「自尊心を持て、私は私だけの私ではないぞ。／今日は思ひ立つて前庭の草をむしつた、すつかりきれいにした、それは私自身のからだやこころを清めたやうなものであつた」（九月十四日）などと記している。そして山頭火は母や父だけの供養でなく、野辺の無縁仏にまで花を手向けるようになっているのだ。

朝な朝な墓場の落ち葉掃き寄せて燃やすこと

或る日の私

皆懺悔その爪を切るひややかな

供へまつるお彼岸のお彼岸花のよろしき

かくして山頭火の最晩年は、彼自身が日記にも書くように、概ねは「全と個（私の一考察）／あらい、はれ、個を通しての全の表現」（八月十八日）であったと思う。それがすなわち利他のための修道であったと見るべきだろう。

ところで山頭火のころり往生はどうなったか。四国に渡り改めて遍路となって霊場巡りをしたころから、心境の変化は見て取れる。死ぬる三日前、十月八日の日記には

「拝む心で生き拝む心で生き拝む心で死なう、そこで無量の光明と生命の世界が私を待つてゐてくれるであらう。巡礼の心は私のふるさとであつた筈であるから。――」

十月九日は木曜日，村瀬汀火骨居を訪問し、絶品ともいうべき筆墨二点を揮毫している。夜の七時ごろには高橋一洵居を訪ね、玄関先でぼんやり立っていたという。一洵がいぶかると、山頭火はこういった。

「もう一度遍路に出たい、すっぽりと自然に出て、しっとりと落ちついた心になりたいんだ。明日の句会のとき十円ほど貸してもらえまいか」

一洵がそれを承諾すると、山頭火は去年の今ごろ松山に来て、ここから遍路に出発したことを話題にした。ついでに二、三の句友のことも話題にしたという。その夜は妙に人懐っこくて、山頭火は一洵を誘い一草庵の隣りにある護国神社の大祭に出かけ、夜店で酒二合とおでん二本を食った。山頭火は一洵に今日これで三度目の参拝だといい、人ごみの中で連れ立って歩いたという。

十月十日は一草庵での句会である。山頭火はそれを楽しみにして、数日前から柿の会のメンバーの句友宅をまわり出席するように案内している。山頭火を指導者とする句会であった。が、当日の朝には庵の上がり框《かまち》のところで倒れていたのだ。どれほどの時間か分らないが気を失っていた。隣りの御幸寺に住む黒田住職夫人が発見し、床をとって寝かせたという。

昼過ぎには護国神社の祭りに来た句会のメンバーの一人である広瀬無水が庵に立ち寄っている。山頭火は少し気分が悪いが大したことはないと言い、足もとがふらつくので便所に連れていってくれと頼んだ。

夕方の六時ごろには句友たちが一草庵に集まってきた。汀火骨は女学校の校長である田村を連れてやって来た。少し遅れて一洵が来た。そのときも山頭火は間口は仕切りのある隣室の四畳半に寝たままで、少々息は荒かったが脈博は正調であったようだ。酔って寝ているのは、山頭火にしてみればめずらしくない。無水、高木和蕾、村瀬千枝女といつもの顔ぶれがそろうと句会をはじめた。

　夜の十時に句会は終っている。山頭火はなお寝ていたが、京間の六畳の方で一時間ほど雑談をして散会した。特に容態がおかしいということもなかったのでそのままにして皆帰ったという。

　一洵も皆と一緒に庵を出て帰宅したが、どうも眠れない。山頭火のことが気になって、翌朝の二時ごろになって一草庵に出かけている。着いたときには容態が急変しており、身体は硬直していた。山頭火さん、と名を呼べど答へず、呼びつづけるうちに一度は眼を開いて一洵を見たが、再び昏睡に状態に陥る。急いで御幸寺の黒田義隆住職に応援を求め、一洵は医者へ走った。一番町の医者には往診を断られ、二人目に頼んだ医者が来てくれることになる。一洵はひとまず先に駆け戻ったが、山頭火の息はもうなかった。少々遅れて五時二十分に医者が到着。死因は脳溢血と診断される。山頭火が念願していた正にころり往生であった。死に顔は澄んでいたという。

参考文献

【単行本】

第一句集『鉢の子』（折本）　昭7・6　三宅酒壺洞。
第二句集『草木塔』（折本）　昭8・12　其中庵三八九会。
第三句集『山行水行』（折本）　昭10・2　其中庵三八九会。
第四句集『雑草風景』（折本）　昭11・2　杖社。
第五句集『柿の葉』（折本）　昭12・8　杖社。
第六句集『孤寒』（折本）　昭14・1　杖社。
第七句集『鴉』（折本）　昭15・7　杖社。

以上の折本句集七冊は放浪流転、草庵閑居の間に刊行されたもの。支援者に頒布し托鉢以外の収入源ともなっている。

山頭火句集『草木塔』　昭15・4　八雲書林。

七冊の折本句集を集成した一代句集である。扉には「若うして死をいそぎたまへる／母上の霊前に／一本書を供へまつる」と記すように、母への追善供養を象徴する句集でもあろう。

山頭火遺稿『愚を守る』　昭16・8　春陽堂書店。

没後に逸早く刊行の遺稿。最晩年の遍路日記、一草庵日記と俳句、随筆を収録している。高橋一洵の記す跋には松山での山頭火の動静が詳しい。

山頭火句集『草木塔』第二版普及版　昭27・4　大耕舎。

句集『草木塔』と以後の俳句「遍路行」「一人一草」を増補。大耕舎は大山澄太が営む修養団体で、山頭火顕彰のために機能した。

山頭火遺稿『あの山越えて』　昭27・10　和田書店。

山頭火が日記に「行乞記」と命名している昭和五年九月から昭和七年四月までの旅の記録である。版元の和田書店は春陽堂書店の別会社で、同一経営者。

山頭火遺稿『愚を守る』再版　昭28・6　和田書店。

俳句を省き短章を追加。跋が高橋一洵から村瀬純一に交代。

山頭火句集『草木塔』第三版　昭31・10　大耕舎。

遺稿『其中日記』巻一　昭33・6　アポロン社。

昭和七年四月二十一日から十二月三十一日までの日記で、「行乞記」から「其中日記」を含む。

遺稿『其中日記』巻二　昭34・7　アポロン社。

昭和八年一月一日から昭和九年二月二十八日まで。

遺稿『其中日記』巻三　昭35・7　アポロン社。

昭和九年三月一日から昭和十年七月三十一日まで。

山頭火句集『草木塔』第四版　昭36・10　大耕舎。

遺稿『其中日記』巻四　昭37・10　大耕舎。

昭和十年八月一日から昭和十二年六月三十日まで。

遺稿『其中日記』巻五　昭39・12　大耕舎。

昭和十二年七月一日から昭和十四年三月二十一日まで。

山頭火句集『草木塔』第五版　昭41・2　大耕舎。
句集『自画像』大山澄太編　昭41・7　大耕舎。
山頭火句集『草木塔』第六版　昭41・11　大耕舎。
『山頭火の手記』大山澄太編　昭43・9　潮文社。
　内容は日記と書簡。
『あの山越えて』大山澄太編　昭44・2　潮文社。
山頭火句集『草木塔』第七版　昭44・2　大耕舎。
『愚を守る』大山澄太編　昭46・6　潮文社。
山頭火句集『草木塔』　昭46・10　潮文社。
『定本種田山頭火句集』大山澄太編　昭46・10　弥生書房。
『三八九集』大山澄太編　昭52・5　古川書房。
　山頭火の個人誌で手作りのガリ版雑誌「三八九」全六集を一冊にまとめたもの。
『山頭火・終焉の松山』高橋正治編　昭56・9　創思社出版。
　山頭火の遺稿「四国遍路日記」「一草庵日記」の覆刻。
『種田山頭火句集』復刻版全七巻（折本）　昭58・12　ほるぷ出版。
『山頭火大全』　平3・2　講談社。
　春陽堂書店刊の全集より全俳句を集録。
『精選山頭火遺墨集』鴻池楽斎・稲垣恒夫編　平5・9　思文閣出版。
『定本種田山頭火句集』新装板　平6・1　弥生書房。
『山頭火　人生即遍路』高橋正治編・画　平11・4　私家版。

一草庵時代の自筆句稿の覆刻と編者の画との構成。

『山頭火──草木塔』　平12・11　日本図書センター。

『山頭火全句集』村上護編　平14・12　春陽堂書店。


【全書・叢書】


『定本山頭火全集』全七巻　昭47・4〜昭48・6　春陽堂書店。

『山頭火の本』全十四冊　昭54・11〜昭55・5　春陽堂書店。

『山頭火の本』別冊1『山頭火：研究資料』　昭57・7　春陽堂書店。

『山頭火の本』別冊2『山頭火：句と言葉』　昭57・7　春陽堂書店。

『山頭火全集』全十一巻　昭61・5〜昭63・4　春陽堂書店。

『山頭火著作集』全四冊　平8・6〜平8・9　潮文社。

『山頭火全日記・全書簡』（オンデマンド版）全九巻　平16・1　春陽堂書店。

　自社既刊の『あの山を越えて』『山頭火の手記』『愚を守る』『草木塔（自選句集）』の新装版。

　『山頭火全集』全十一巻の句集を省いたもの。

『俳句三代集　別巻』　昭15・4　改造社。

昭和文学全集41『昭和短歌・昭和俳句集』　昭29・7　角川書店。

昭和日本文学全集91『現代俳句集』　昭33・4　筑摩書房。

日本の詩歌30『俳句集』　昭40・1　中央公論社。

新俳句講座3『自由律俳句作品集』　昭41・8　新俳句社。

現代日本文学大系95『現代句集』　昭48・9　筑摩書房。

新潮日本文学アルバム40『種田山頭火』　平5・6　新潮社。

【文庫】
『山頭火 句集』全四冊　平元・4〜平元・10　春陽堂書店。
『山頭火 日記』全八冊　平元・6〜平2・3　春陽堂書店。
『山頭火 アルバム』村上護編　平2・7　春陽堂書店。
『山頭火句集』村上護編　平8・12　筑摩書房。
『山頭火随筆集』　平14・7　講談社。

あとがき

山頭火には念願が二つだけあって、その一つは「ほんたうの自分の句を作りあげること」であった。もう一つは「ころり往生」である。これらについてはすでに書いた。

ところで彼の死は「ころり往生」といってよいのかどうか。このことで物議のあったことだけを書いておきたい。それに対して疑念を抱いている、というのが大山澄太氏なのだ。彼はその著『山頭火の道』（昭55・7　弥生書房）の中で、「世間のやっかい者であることを、彼はよくよく知っていた。そこで私は考えてはならぬことをずっと今日まで心の中に浮き沈みさせていた。それは、彼の死は自殺ではなかったかということである。死の当日、現場にいなかった私であるくせに、そんなことがふと心をかすめて通るのである。二十四回忌になって、はじめてこの根拠のないことをペンにするのも、私の迷いであろうか」と書く。

大山氏は山頭火を支援し、没後は顕彰に努めた人である。山頭火が念願どおりに「ころり往生」を遂げた、と喧伝して歩いたのは大山氏であった。わたしもそのことは最初に彼の口から聞いた。そんな彼が「二十四回忌になって、はじめてこの根拠のないことをペンにするのも、私の迷いであろうか」と書く裏には内心に忸怩たるものがあったのだろう。すでに山頭火の遺稿は全部発表されているといってよかろう。これを読む限り、山頭火の自殺説は成り立ちにくい。死後の山頭火をめぐっては顕彰を急ぎ、自作自演がなかったとはいえない。大山氏は個人的理由で死に目にも葬式、後始末にも立ち合っていないので、今となっては個人的見解とすべきだろう。

一人の人物を、それも交友を語れる人々が多い時代に一冊の著書としてはまとめるのは気骨が折れる。だが証言者は多ければ多いほどよい。真相に近づくためには山頭火を顕彰する人ばかりでなく、反対の立場の人にも多く話を聞いた。その結果の分析は私個人にかかっているのは勿論である。出来るだけ事実に即し、また山頭火の意を忖度するために日記などの引用も多くなった。読むのには煩雑かもしれないが、これは私の方法である。

最後に、私の遅れがちな原稿を何とかここまで漕ぎ着けさせてくれたミネルヴァ書房の堀川健太郎氏に謝意を表したい。

二〇〇六年八月

村上　護

種田山頭火略年譜

和暦	西暦	齢	関係事項	一般事項
明治一五	一八八二	1	12・3山口県佐波郡西佐波令村第一三六番屋敷（現、防府市八王寺二の一三）に種田家の長男として生まれる。名は正一。父竹治郎は二十六歳、母フサは二十二歳。母は明治十三年、同郡高井村から嫁す。祖母ツル（四十九歳）が同居。	井上哲次郎・外山正一らの「新体詩抄」刊行。軍人勅諭の頒布。自由党総裁板垣退助、遊説中に襲わる。東京専門学校（後の早稲田大学）開校。
一八	一八八五	3	妹、シズ誕生。	尾崎放哉が生まれ、前年には萩原井泉水が生まれている。坪内逍遙「当世書生気質」「小説神髄」を発表。子規・紅葉らの句作はじまる。
二〇	一八八七	5	弟二郎誕生。	二葉亭四迷「浮雲」刊。新体詩による詩の言文一致運動

二二	一八八九	7	4月佐波村立松崎尋常高等小学校に入学。4月東佐波令、宮市町、西佐波令が合併して佐波村となる。父竹治郎は助役に就任。7・7後に妻となる佐藤サキノ誕生。12・14弟信一誕生。	起こる。新聞「日本」創刊。大日本帝国憲法発布。東海道本線全通。
二四	一八九一	9		子規「俳句分類」に着手。「早稲田文学」創刊。
二五	一八九二	10	3・6母フサ、投身自殺（三二歳）。	子規「日本」紙上に「獺祭書屋俳話」を連載、俳句革新の第一声となる。
二七	一八九四	12		北村透谷自殺 日清戦争（一八九五　講和調印）。
二九	一八九六	14	松崎尋常高等小学校を卒業、私立周陽学舎（三年制中学、現防府高校）入学。	子規、常臥の身となる。子規中心の日本派隆昌の気運きざす。樋口一葉死す。
三二	一八九九	17	山口尋常中学校（現山口高校）四年級に編入。	正岡子規「俳諧大要」・「俳人蕪村」刊。勝海舟死す。
三四	一九〇一	19	3月山口中学卒業、7月私立東京専門学校高等予科（早稲田大学の前身）入学。牛込区袋町の信陽館に	子規「墨汁一滴」を「日本」に連載。

			下宿。	福沢諭吉、中江兆民死す。山陽線全通。
三五	一九〇二	20	7月東京専門学校（この年から早稲田大学と改称）高等予科を卒業。9月同大文学部文学科に入学。	正岡子規、高山樗牛没。日英同盟協約。
三六	一九〇三	21		東北地方飢饉。荻原井泉水ら一高俳句会を再興。藤村操、華厳滝に投身自殺。
三七	一九〇四	22	病気のため、早大を2月に退学、7月帰郷する。2月と8月に屋敷の一部を売却。父竹治郎、家政に失敗、隣村、大道村に転居。山頭火と酒造場経営にあたる。	日露戦争。平民新聞に「共産党宣言」載る。
三八	一九〇五	23		「ホトトギス」に夏目漱石「吾輩は猫である」の連載始まる。日露講和条約調印。東北地方大凶作。
三九	一九〇六	24	山口県佐波郡和田村、佐藤光之輔の長女サキノと結婚。	碧梧桐俳句行脚「三千里」の旅に出る。島崎藤村「破戒」刊。
四一	一九〇八	26	防府にあった先祖代々の家財すべてを処分。	短歌雑誌「アララギ」創刊。大須賀乙字「俳句界の新傾向」により、新傾向運動起る。

四二	一九〇九	27		虚子、小説に傾斜し俳句に決別を宣言す。碧梧桐の新傾向俳句全国に流行す。
四三	一九一〇	28	8・3長男健誕生。	「白樺」創刊。幸徳秋水大逆事件。韓国合併。
四四	一九一一	29	7月郷土文芸雑誌「青年」に飜訳・俳句を発表。俳号田螺公を用い、翻訳などには山頭火のペンネーム。回覧雑誌を毎月発行し中心となって活躍。	「層雲」に荻原井泉水選の「雲層々」欄が設けられ、碧門分裂きざす。岡倉天心死す。平塚雷鳥「青踏社」設立。
大正二	一九一三	31	荻原井泉水に師事「層雲」三月号に初出句。俳号にも山頭火を使いはじめる。大道村にて「郷土」創刊す。歌集「四十女の恋」に参加。	虚子、俳句復活。ホトトギス雑詠欄にぎあう。斎藤茂吉「赤光」刊。満鉄、満蒙鉄道の敷設権を獲得。
三	一九一四	32	10月井泉水が来遊し初対面、歓迎句会を開催。	新傾向俳句衰え「ホトトギス」俳壇の主流を占む。第一次世界大戦、日本参戦。
四	一九一五	33	酒蔵の酒が腐る。5月広島での「層雲」中国連合句	碧門「層雲」を離れ、「海紅」

			会に出席。秋ごろから脚気を病む。	創刊。臼田亜浪「石楠」創刊。米価大暴落。
五	一九一六	34	7月「層雲」課題選者の一人に。4月大道村の酒造経営倒産。熊本に至り市内で雅楽多書房（後に額絵額縁店）を営む。	渡辺水巴「曲水」創刊。夏目漱石、上田敏没。大隈重信総理襲撃さる。
七	一九一八	36	1月防府に帰郷して句会に出席。6・18、弟二郎、徳山・愛宕山で自殺。	インド詩人タゴール来朝。虚子「進むべき俳句の道」刊。新傾向俳句運動ほとんど終息。シベリア出兵。米騒動全国に波及。野村朱鱗洞没。
八	一九一九	37	4月大牟田に木村緑平を訪ね初対面。10月、単身上京、セメント工場に勤めた。12月に祖母ツル亡くなる。	雑誌「改造」創刊。流行性感冒大流行、死者十五万余。板垣退助死す。
九	一九二〇	38	11・11妻サキノと離婚。11・18東京市役所臨時雇として一ツ橋図書館に勤務。	大須賀乙字没。国際連盟成立。第一回メーデー。
一〇	一九二一	39	5月父、竹治郎死去。6月東京市事務員となり引き	原石鼎「鹿火屋」創刊。

			続き図書館勤務。	プロレタリア文学「種まく人」発刊。皇太子欧洲巡遊。安田善次郎暗殺。原敬暗殺。
一一	一九二二	40	10月長男健の中学入学を勧めるために熊本へ。12月一ツ橋図書館を病気のため退職。	森鷗外、大隈重信没。アインシュタイン来日。
一二	一九二三	41	9月関東大震災に遭い、熊本にもどる。熊本市外の川湊に仮寓。	河東碧梧桐「碧」創刊。雑誌「文芸春秋」・「赤旗」創刊。関東大震災。尾崎放哉、妻と別れて京都の一燈園に入る。
一三	一九二四	42	一時上京後、熊本に帰り「雅楽多」に寄宿。12月泥酔して熊本市公会堂前で市電を止め、これが機縁で報恩寺・望月義庵和尚のもとで参禅す。	俗謡「籠の鳥」流行。アルス版「子規全集」全十五巻の刊行はじまる。富岡鉄斎没。築地小場創立。
一四	一九二五	43	2月報恩寺で出家得度、耕畝と改名、坐禅修業。熊本県植木町味取観音堂の堂守となる。近在托鉢。	荻原井泉水、西国三十三所巡礼。河東碧梧桐「碧」終刊、「三昧」創刊。放哉、小豆島の南郷庵に入る。

一五 昭和元	一九二六	44	4月行乞放浪の旅に出る。10月防府町役場に出頭し「耕畝」と改名届。	ラジオ放送開始。内藤鳴雪・島木赤彦没。尾崎放哉没。句集「大空」刊。大正天皇崩御、昭和と改元。
二	一九二七	45	山陽・山陰・九州・四国の各地を漂泊、行乞を続ける。	芥川竜之介・徳冨蘆花没。水原秋桜子「近代句私鈔」刊。ジュネーブ軍縮会議決裂。金融恐慌。
三	一九二八	46	四国八十八か所の霊場札所を巡礼。7月小豆島の放哉の墓に参る。岡山県の山間を行乞。	秋桜子「馬酔木」の主宰となる。「虚子句集」刊行、花鳥諷詠説出る。最初の普通選挙。共産党第二次検挙。（三・一五事件）
四	一九二九	47	山陽・九州行乞、3月から8月まで「雅楽多」に寄宿。11・3阿蘇内ノ牧にて井泉水と会う。九州三十三か所観音巡礼を志す。	阿波野青畝「かつらぎ」刊行。昭和大恐慌。
五	一九三〇	48	「雅楽多」に復帰。4月長男健は秋田鉱山専門学校に入学。9月九州各地を中心に行乞の旅をつづける。この年、四年間の日記を焼いたが改めて9月から日	荻原井泉水「俳壇傾向論」。プロレタリア俳句「旗」創刊。金輪出解禁。

			記「行乞記」を書きはじめる。	浜口首相狙撃さる。
六	一九三一	49	熊本市内に仮寓「三八九居」を得、1月友人の援助により個人雑誌「三八九」を創刊。安居ままならず12月一所不住の旅に出る。第三集まで発行。	プロレタリア俳人連盟結成。秋桜子、「自然の真と文芸上の真」を発表し「ホトトギス」を脱退。ファッショ団体続出。満洲事変起る。日本プロレタリア文化連盟の結成。
七	一九三二	50	私家版第一折本句集「針の子」上梓。川棚温泉に庵を結ぼうとしたが成らず、9・20山口県小郡町矢足の其中庵に入る。12月「三八九」復活第四集を発行。	新興俳句の名称生まれ、秋桜子・誓子ら旗手と目さる。上海事変おこる。五・一五事件犬養首相暗殺。満州国承認。
八	一九三三	51	「三八九」五集・六集を出す。其中庵にあり、近在を行乞。3月健は秋田鉱専を卒業し九州の日鉄二瀬に入社。11月、井泉水を其中庵に迎える。第二折本句集「草木塔」上梓。	碧梧桐・俳壇隠退表明。国際連盟脱退。京都大学滝川事件。堺利彦・新渡戸稲造死す。
九	一九三四	52	3月広島・岡山・京都・名古屋から木曽を経て信州飯田で発病。4・29帰庵。	改造社「俳句研究」創刊。

一〇	一九三五	53	2月第三折本句集「山行水行」上梓。8・10に自殺をはかったが未遂。12・6「道中記」執筆を念頭に大旅行へ。	日野草城「旗艦」創刊。坪内逍遙、寺田寅彦・与謝野寛没。美濃部達吉「天皇機関説」問題化。
一一	一九三六	54	2月第四折本句集「雑草風景」上梓。3月広島より北九州・門司・神戸・京都・名古屋・浜松・鎌倉を経て上京。「層雲」大会に出席後、山梨、長野、越後、山形、仙台を経て越前永平寺に参禅後、大阪・広島を廻って、7月帰庵。	草城・禅寺洞・久女、「ホトトギス」同人除名。ロンドン軍縮会議を脱退。全日本労働総同盟結成。二・二六事件
一二	一九三七	55	8月第五折本句集「柿の葉」上梓。9月転一歩の覚悟で材木店に就職するが続かず。	碧梧桐死す。虚子帝国芸術院会員となる。石田波郷「鶴」創刊。メーデーの禁止。芦溝橋で日中両軍衝突、日中戦争の発端となる。日独伊三国防共協定成立。日本精神総動員運動起る。
一三	一九三八	56	其中庵を去り、11月山口市湯田温泉の風来居へ移住。12月健は満鉄に入社し満州に渡る。	戦争俳句論起る。「蔣介石を相手とせず」(近衛声明)出る。

一四	一九三九	57	1月第六折本句集「孤寒」上梓。3月山陽・近畿・東海・信州を旅し伊那にて井月墓参。9月湯田を去り四国に渡り、遍路の途中再び、放哉の墓参。12月松山の道後温泉近くについの栖「一草庵」を結ぶ。	**国家総動員法公布。** 人間探究論議起り、楸邨・草田男、波郷の俳句にその名冠せらる。 **国民登録制実施。** **第二次世界大戦発生。** **関門海底トンネル開通。** **ノモンハン事件。** **国民徴用令実施。** **日米通商条約の廃棄。**
一五	一九四〇	58	第七折本句集「鴉」発刊。一草庵の「柿の会」生まる。5月単行本句集「草木塔」を八雲書林より刊行。これをたずさえ中国・九州の句友を訪問。10・11死去。	京大俳句事件起り、平畑静塔ら検挙さる。 日本俳句作家協会設立、虚子会長。 自由律俳人によって新日本俳句協会設立。 **紀元二千六百年式典の挙行。** **日独伊三国同盟成立。** **大政翼賛会発会。** **東京オリンピック中止。**

(太字は文学以外の一般事項)

な 行

は 行

ま 行

さ 行

た 行

人名索引

あ 行

か 行

《著者紹介》

村上　護（むらかみ・まもる）

1941年　愛媛県大洲市生まれ。
伊予松山で過ごした後，26歳から東京在住。作家・評論家。数種の職を経ながら執筆活動に入る。72年に評伝『放浪の俳人山頭火』でデビューした後，異端の人物伝や俳句評論が多い。

著　書　『聖なる無頼――坂口安吾の生涯』講談社，1976年。
『風の馬――西蔵求法伝』佼成出版社，1989年。
『放哉評伝』春陽堂書店，1991年など40数冊ある。
毎日一句を評する俳句コラムを13年間，地方紙で執筆しており，現在も北海道新聞・信濃毎日新聞・愛媛新聞など14紙で連載中。

ミネルヴァ日本評伝選

種《たね》田《だ》山《さん》頭《とう》火《か》

――うしろすがたのしぐれてゆくか――

2006年９月10日　初版第１刷発行　〈検印省略〉
2006年９月30日　初版第２刷発行

定価はカバーに
表示しています

著　者　村　上　　護
発行者　杉　田　啓　三
印刷者　江　戸　宏　介

発行所　株式会社　ミネルヴァ書房
607-8494 京都市山科区日ノ岡堤谷町１
電話（075）581-5191（代表）
振替口座 01020-0-8076番

共同印刷工業・新生製本

ISBN4-623-04720-2

Printed in Japan

刊行のことば

歴史を動かすものは人間であり、興趣に富んだ人間の動きを通じて、世の移り変わりを考えるのは、歴史に接する醍醐味である。

しかし過去の歴史学を顧みるとき、人間不在という批判さえ見られたように、歴史における人間のすがたが、必ずしも十分に描かれてきたとはいえない。二十一世紀を迎えた今、歴史の中の人物像を蘇生させようとの要請はいよいよ強く、またそのための条件もしだいに熟してきている。

この「ミネルヴァ日本評伝選」は、正確な史実に基づいて書かれるのはいうまでもないが、単に経歴の羅列にとどまらず、歴史を動かしてきたすぐれた個性をいきいきとよみがえらせたいと考える。そのためには、対象とした人物とじっくりと対話し、ときにはきびしく対決していくことも必要になるだろう。

今日の歴史学が直面している困難の一つに、研究の過度の細分化、瑣末化が挙げられる。それは緻密さを求めるが故に陥った弊害といえるが、その結果として、歴史の大きな見通しが失われ、歴史学を通しての社会への働きかけの途が閉ざされ、人々の歴史への関心を弱める危険性がある。今こそ歴史が何のためにあるのかという、基本的な課題に応える必要があろう。評伝という興味ある方法を通じて、解決の手がかりを見出せないだろうかというのも、この企画の一つのねらいである。

狭義の歴史学の研究者だけでなく、多くの分野ですぐれた業績をあげている著者たちを迎えて、従来見られなかった規模の大きな人物史の叢書として、「ミネルヴァ日本評伝選」の刊行を開始したい。

平成十五年（二〇〇三）九月

ミネルヴァ書房

ミネルヴァ日本評伝選

企画推薦
梅原　猛
ドナルド・キーン
佐伯彰一
角田文衞

監修委員
上横手雅敬
芳賀　徹

編集委員
今橋映子　竹西寛子
石川九楊　熊倉功夫　西口順子
伊藤之雄　佐伯順子　兵藤裕己
猪木武徳　坂本多加雄　御厨　貴
今谷　明　武田佐知子

上代

俾弥呼　古田武彦
日本武尊　西宮秀紀
仁徳天皇　若井敏明
雄略天皇　吉村武彦
＊蘇我氏四代　遠山美都男
推古天皇　義江明子
聖徳太子　仁藤敦史
斉明天皇　武田佐知子
小野妹子・毛人　大橋信也
額田王　梶川信行
弘文天皇　遠山美都男
天武天皇　新川登亀男
持統天皇　丸山裕美子
阿倍比羅夫　熊田亮介
柿本人麻呂　古橋信孝
元明・元正天皇　渡部育子
聖武天皇　本郷真紹
光明皇后　寺崎保広
孝謙天皇　勝浦令子
藤原不比等　荒木敏夫
吉備真備　今津勝紀
道　鏡　吉川真司
大伴家持　和田　萃
行　基　吉田靖雄

平安

＊桓武天皇　井上満郎
嵯峨天皇　西別府元日
宇多天皇　古藤真平
醍醐天皇　石上英一
村上天皇　京樂真帆子
花山天皇　上島　享
三条天皇　倉本一宏
後白河天皇　美川　圭
小野小町　錦　仁
藤原良房・基経　滝浪貞子
菅原道真　竹居明男
紀貫之　神田龍身
源高明　所　功
慶滋保胤　平林盛得
＊安倍晴明　斎藤英喜
藤原実資　橋本義則
藤原道長　朧谷　寿
清少納言　後藤祥子
紫式部　竹西寛子
和泉式部　ツベタナ・クリステワ
大江匡房　小峯和明
式子内親王　奥野陽子
建礼門院　生形貴重
阿弖流為　樋口知志
坂上田村麻呂　熊谷公男
＊源満仲・頼光　元木泰雄
平将門　西山良平
平清盛　田中文英
藤原秀衡　入間田宣夫
空　海　頼富本宏
最　澄　吉田一彦
奝　然　上川通夫
＊源　信　小原　仁
守覚法親王　阿部泰郎

鎌倉

源頼朝　川合　康
＊源義経　近藤好和
後鳥羽天皇　五味文彦
九条兼実　村井康彦
北条時政　野口　実
熊谷直実　佐伯真一
＊北条政子　関　幸彦
北条義時　岡田清一
曾我十郎・五郎　杉橋隆夫
北条時宗　近藤成一
安達泰盛　山陰加春夫
平頼綱　細川重男
竹崎季長　堀本一繁

西行　光田和伸
藤原定家　赤瀬信吾
*京極為兼　今谷　明
*兼好　島内裕子
重源　横内裕人
運慶　根立研介
法然　今堀太逸
慈円　大隅和雄
明恵　西山　厚
親鸞　末木文美士
恵信尼・覚信尼　西口順子
道元　船岡　誠
叡尊　細川涼一
*忍性　松尾剛次
*日蓮　佐藤弘夫
一遍　蒲池勢至
夢窓疎石　田中博美
宗峰妙超　竹貫元勝

南北朝・室町

後醍醐天皇　上横手雅敬
護良親王　新井孝重
北畠親房　岡野友彦
楠正成　兵藤裕己
*新田義貞　山本隆志
光厳天皇　深澤睦夫
足利尊氏　市沢　哲
佐々木道誉　下坂　守
円観・文観　田中貴子
足利義満　川嶋将生
足利義教　横井　清
大内義弘　平瀬直樹
山名宗全　山本隆志
日野富子　脇田晴子
世阿弥　西野春雄
雪舟等楊　河合正朝
雪村周継　赤澤英二
宗祇　鶴崎裕雄
*満済　森　茂暁
一休宗純　原田正俊

戦国・織豊

北条早雲　家永遵嗣
毛利元就　岸田裕之
*今川義元　小和田哲男
*武田信玄　笹本正治
三好長慶　仁木　宏
*上杉謙信　矢田俊文
吉田兼倶　西山　克
山科言継　松薗　斉
織田信長　三鬼清一郎
豊臣秀吉　藤井譲治
前田利家　東四柳史明
黒田如水　小和田哲男
蒲生氏郷　藤田達生
伊達政宗　伊藤喜良
支倉常長　田中英道
北政所おね　田端泰子
淀殿　福田千鶴
ルイス・フロイス　エンゲルベルト・ヨリッセン
*長谷川等伯　宮島新一
顕如　神田千里

江戸

徳川家康　笠谷和比古
徳川吉宗　横田冬彦
後水尾天皇　久保貴子
光格天皇　藤田　覚
崇伝　杣田善雄
春日局　福田千鶴
池田光政　倉地克直
シャクシャイン　岩崎奈緒子
田沼意次　藤田　覚
末次平蔵　岡美穂子
林羅山　鈴木健一
中江藤樹　辻本雅史
山崎闇斎　澤井啓一
*北村季吟　島内景二
貝原益軒　辻本雅史
ケンペル　ボダルト・ベイリー
荻生徂徠　柴田　純
雨森芳洲　上田正昭
前野良沢　松田　清
平賀源内　石上　敏
杉田玄白　吉田　忠
上田秋成　佐藤深雪
木村蒹葭堂　有坂道子
大田南畝　沓掛良彦
菅江真澄　赤坂憲雄
*鶴屋南北　諏訪春雄
良寛　阿部龍一
山東京伝　佐藤至子
滝沢馬琴　高田　衛
平田篤胤　川喜田八潮
シーボルト　宮坂正英
本阿弥光悦　岡　佳子
小堀遠州　中村利則
尾形光琳・乾山　河野元昭
*二代目市川團十郎　田口章子
与謝蕪村　佐々木丞平
伊藤若冲　狩野博幸
鈴木春信　小林　忠
円山応挙　佐々木正子
*佐竹曙山　成瀬不二雄
葛飾北斎　岸　文和
酒井抱一　玉蟲敏子
オールコック　佐野真由子

*古賀謹一郎　小野寺龍太
*月　性　海原　徹
西郷隆盛　草森紳一
*吉田松陰　海原　徹
徳川慶喜　大庭邦彦
和　宮　辻ミチ子
アーネスト・サトウ　奈良岡聰智
冷泉為恭　中部義隆

近代

*明治天皇　伊藤之雄
大正天皇　フレッド・ディキンソン
大久保利通　三谷太一郎
山県有朋　鳥海　靖
木戸孝允　落合弘樹
*松方正義　室山義正
北垣国道　小林丈広
大隈重信　五百旗頭薫
伊藤博文　坂本一登
井上　毅　大石　眞
桂　太郎　小林道彦
林　董　君塚直隆
高宗・閔妃　木村　幹
山本権兵衛　室山義正
高橋是清　鈴木俊夫
小村寿太郎　簑原俊洋
犬養　毅　小林惟司
加藤高明　櫻井良樹
田中義一　黒沢文貴
平沼騏一郎　堀田慎一郎
宮崎滔天　榎本泰子
浜口雄幸　川田　稔
幣原喜重郎　西田敏宏
関　一　玉井金五
広田弘毅　井上寿一
安重根　上垣外憲一
グルー　廣部　泉
東條英機　牛村　圭
蔣介石　劉　岸偉
木戸幸一　波多野澄雄
*乃木希典　佐々木英昭
加藤友三郎・寛治　麻田貞雄
宇垣一成　北岡伸一
石原莞爾　山室信一
五代友厚　田付茉莉子
安田善次郎　由井常彦
渋沢栄一　武田晴人
山辺丈夫　宮本又郎
武藤山治　阿部武司・桑原哲也
小林一三　橋爪紳也
大倉恒吉　石川健次郎
大原孫三郎　猪木武徳
河竹黙阿弥　今尾哲也
イザベラ・バード　加納孝代
林　忠正　木々康子
森　鷗外　小堀桂一郎
二葉亭四迷　ヨコタ村上孝之
巌谷小波　千葉信胤
樋口一葉　佐伯順子
島崎藤村　十川信介
泉　鏡花　東郷克美
有島武郎　亀井俊介
永井荷風　川本三郎
北原白秋　平石典子
菊池　寛　山本芳明
宮澤賢治　千葉一幹
正岡子規　夏石番矢
P・クローデル　内藤　高
高浜虚子　坪内稔典
与謝野晶子　佐伯順子
*種田山頭火　村上　護
斎藤茂吉　品田悦一
*高村光太郎　湯原かの子
萩原朔太郎　エリス俊子
原阿佐緒　秋山佐和子
*狩野芳崖・高橋由一　古田　亮
竹内栖鳳　北澤憲昭
黒田清輝　高階秀爾
中村不折　石川九楊
横山大観　高階秀爾
橋本関雪　西原大輔
小出楢重　芳賀　徹
土田麦僊　天野一夫
岸田劉生　北澤憲昭
松旭斎天勝　川添　裕
中山みき　鎌田東二
ニコライ　中村健之介
出口なお・王仁三郎　川村邦光
島地黙雷　阪本是丸
*新島　襄　太田雄三
嘉納治五郎　クリストファー・スピルマン
*澤柳政太郎　新田義之
河口慧海　高山龍三
大谷光瑞　白須淨眞
久米邦武　高田誠二
フェノロサ　伊藤　豊
三宅雪嶺　長妻三佐雄
内村鑑三　新保祐司
*岡倉天心　木下長宏
志賀重昂　中野目徹